欧洲浪漫主义
文学导读

姜林静 陈 杰 包慧怡 编著

European Romantic Literature:
A Reader's Guide

復旦大學出版社

本书译者

（按姓氏音序排列）

包慧怡　贺成伟　贺嘉韵　洪樵风　姜林静
雷舒宁　刘颖杰　阮俊华　王清卓　徐璟瑶
徐黎彤　杨黄石　郁罗丹　张　政　周芳颜

目　录

001　　　绪论

第一部分　德国浪漫主义文学

037　　**瓦肯洛德与蒂克**
039　　一个热爱艺术的修士的内心倾诉（选段）
048　　忧郁
050　　金发的埃克贝尔特
064　　**诺瓦利斯**
066　　克林索尔童话
089　　**布伦塔诺与阿尔尼姆**
091　　《少年的奇异号角》诗选
100　　**荷尔德林**
103　　面包和葡萄酒
112　　生命过半
113　　许佩里翁或希腊隐士（选段）
124　　书信选
129　　**艾兴多夫**
132　　月夜

133　死之欲
134　魔杖
135　无用人生涯小传(选段)
140　**E. T. A. 霍夫曼**
143　沙人(选段)

第二部分　法国浪漫主义文学

165　**夏多布里昂**
167　往生者回忆录(选段)
177　**拉马丁**
179　湖
183　山谷
187　傍晚
190　孤独
193　垂死的诗人
201　**维尼**
204　牧羊人之屋
219　海中漂流瓶
228　**雨果**
230　孩子
233　诗人的职能
247　**缪塞**
249　洛伦萨丘(选段)
260　十二月之夜
270　**奈瓦尔**
272　西尔薇娅(选段)

第三部分　英国浪漫主义文学

- 289　**华兹华斯**
- 290　我如流云天际独游
- 292　1802 年 9 月 3 日作于威斯敏斯特桥上
- 293　早春诗行
- 295　我曾经在异乡人中穿行
- 297　汽船、高架和铁道
- 299　**柯尔律治**
- 301　忽必烈汗
- 305　古舟子咏
- 336　睡眠之痛
- 339　自题墓志铭
- 341　**威廉·布莱克**
- 343　虎
- 345　爱的花园
- 346　病玫瑰
- 347　伦敦
- 349　关于他人的苦难
- 352　**拜伦**
- 354　泳峡后记——从塞斯托斯至阿比多斯
- 356　她步履袅娜
- 358　这天我走过第三十六个年头
- 361　骷髅杯上的诗
- 363　致伯沙撒
- 365　**雪莱**
- 367　奥兹曼迪亚斯

368	犹太浪人的独白
370	致尼罗河
371	爱尔兰人之歌
373	印度小夜曲
375	**济慈**
377	初读查普曼译荷马
378	明亮的星
379	当我担忧也许来不及……
380	无情的美人
383	夜莺颂
387	忧郁颂

绪 论

(姜林静　陈杰　包慧怡　撰)

无论是在英语、法语还是德语中,文学史和思想史框架下的"浪漫主义"(romanticism, romantisme, Romantik)进入正式的书面使用都比较晚,而相关的形容词形式则出现得更早,但其语义经历了一系列变迁,也更为模糊和复杂。

法语和德语中都分别有两个与"浪漫"相关的形容词:首先是法语中的"romanesque"和德语中的"romanhaft",这两个形容词的含义更接近古法语中的"roman"(传奇故事)一词(即德语中的"Roman")。古法语中的"roman"原指12世纪开始出现的韵文叙事文学,但随着同类体裁在14世纪的逐渐散文化,后来也不再局限于韵文。法国中世纪文学史中提到的"骑士传奇""典雅传奇"用的都是"roman"一词。而该词在现代法语里的"小说"含义则要到约16世纪才开始逐渐显现,即开始指代篇幅较长的,以人物在特定环境下的经历、行为、心理为写作对象的散文体虚构文学。当然,17、18世纪主流小说的情节设定都比较理想化,脱离现实,所以法语中的"romanesque"和德语中的"romanhaft"这两个形容词的含义都指"传奇般的、梦境般的、像小说般的、以小说样式的"。其次是法语中的"romantique"和德语中的"romantisch",这两个形容词被使用得更频繁,虽然它们原本也包含类似"奇幻的、超凡的"之义,但在18世纪中叶却发生了转义,而越来越接近现代英语中的"romantic",开始具有"敏感温柔的、多愁善感的"之义。德语中的"romantisch"在1700年左右就已出现,当时略带贬义,表示"夸张的、无拘无束的、狂野的",用来指底层民众的某些特性。而法语中的"romantique"在 1776 年出版的皮埃尔·勒图尔诺（Pierre Le Tourneur）翻译的莎士比亚（William Shakespeare）的戏剧集和 1782 年出版的让-雅克·卢梭（Jean-Jacques Rousseau）的《孤独漫步者的遐想》（*Les Rêveries du promeneur solitaire*）中也都已出现。在德国与法国，尽管它们尚未指向一种明确的美学诉求，但已经承载了后来浪漫主义文学的一部分特征，例如注重超凡的情感张力、注重个人内心的表达、反物质而重精神等，并逐渐成为当时文学语境下的"现代性"。

英语的"romantic"一词早在 1650 年就已出现，其名词形式"romance"（一般音译为"罗曼司"）则早在 14 世纪就已作为一个文类术语出现于晚期中古英语中，同古法语中的"roman"相近，指任何基于骑士历险、典雅爱情、圣杯传奇或绿林好汉式的世俗传奇，或各种涉及超自然力或魔法巫术的中世纪故事。但在现代英语中，这个词并没有像在法语与德语中那样转义指代"小说"，小说所对应的英语词是"novel"。在 18 世纪的德国，"罗曼司"（尤其是民谣形式的西班牙罗曼司）通过约翰·戈特弗里德·赫尔德（Johann Gottfried Herder）收集的《民歌集》（*Volkslieder*）而流传开来，"Romanze"成为文学与音乐上的一种特殊门类，指具有民歌风味的、分节歌形式的叙事谣曲。

另一种追溯词源的方法，是通过拉丁文中的副词"romanice"。该词指"用罗曼语"（即拉丁语族下的欧洲诸通俗语言，主要包括法语、意大利语、西班牙语、葡萄牙语等）所创作的作品，以区别于之前在受过教育的人中更普遍的"latine loqui"（用拉丁文说话）。也就是说，早期的"lingua romana"概念中并不包括日耳曼语族的英语和德语，两者对于当时的罗马帝国势力中心来说都属于更为低等的"蛮族语言"。但随着时间的推移，中世纪后"romanice"一词也逐渐被等同于"使用通俗语言"进行创作，无论是用罗曼语族语言还是用日耳曼语族语言。在此意义上，"romanice"就获得了与"拉丁—古典—传统"文化相对立的更普遍和宽泛的含义，"浪漫"就意味着脱离古典的形式与章法，创作更亲近本民族文化传统的新风格作品。

如今，假如我们在谷歌中输入"浪漫主义"词条，无论是德文中的"Romantik"、法文中的"romantisme"还是英文中的"romanticism"，搜索引擎都会呈现出几千万条结果,从卡斯帕·大卫·弗里德里希(Caspar David Friedrich)的代表作《雾海上的漫游者》(*Der Wanderer über dem Nebelmeer*)①到蜜月酒店,从欧仁·德拉克罗瓦(Eugéne Delacroix)的《自由领导人民》(*La Liberté guidant le peuple*)到烛光晚餐,许多看似全然无关的条目似乎都可被归入这一概念之下,令人对"浪漫主义"究竟是什么倍感迷惘。对往昔与邈远的追求是浪漫的,而对平凡事物的迷思与遐想也是浪漫的。无怪美国历史学家阿瑟·奥肯·洛夫乔伊(Arthur Oncken Lovejoy)才会建议使用复数形式的"romanticisms",他甚至绝望地表示,"浪漫包含着那么多含义,以至于它本身根本什么都未表示"②。

尽管如此多义,"浪漫主义"却无疑是一场席卷了整个欧洲并深切影响了现代化进程的思想运动,因此极有必要从德、法、英三语文学的视角来对其进行审视。

德国浪漫主义文学导论

工业革命最初的舞台在英国,技术改变了人类生存与思考的逻辑;政治革命的战场主要在法国,大革命实现了人民对君主、贵族和教会的胜利;而浪漫主义则继承了这种个体的解放,成为一场激烈的精神革命,其首要阵地在德国,并在那里逐渐蔓延。因此德国文学评论家吕迪格尔·萨弗朗斯基(Rüdiger Safranski)才会在他的专著标题中直接称浪漫主义是起"德国事件"(eine deutsche Affäre)③;也因此英国思想家以赛亚·伯林(Isaiah Berlin)在《浪漫主义的根源》(*The Roots of Romanticism*)一书的开篇就指出,虽然在19世纪中叶的法国和英国都能发现一些浪漫主义萌芽的迹象,但这场从艺术开始支配生

---

① 德国北方浪漫派画家中的代表人物卡斯帕·大卫·弗里德里希作于1818年的油画《雾海上的漫游者》后来逐渐被当成浪漫主义的标志。画中描绘了一个以背影示人的男人,手里拄着漫游手杖,正站在山巅眺望雾海。弗里德里希常常在风景画中渗入其主观情感,尤其是宗教情感,他的风景画常常描绘废墟、月夜、大海、森林等,并由此展现他对人与自然、生命与死亡的思考。
② Arthur Oncken Lovejoy, "On the Discrimination of Romanticisms", in Arthur Oncken Lovejoy, *Essays in the History of Ideas*. New York: Johns Hopkins University Press, 1955, p.235.(文中所有译文皆系作者翻译,若无特别标注,下文将不再说明。)
③ 德国文学评论家吕迪格尔·萨弗朗斯基在2007年出版了一本关于德国浪漫主义的专著,命名为《浪漫主义:一起德国事件》(*Romantik: eine deutsche Affäre*)。

活其他方方面面的激进变革,却是首先开始于德国,并由此扩展开来的。

(一)"浪漫"与"古典"

在施莱格尔兄弟1798年共同创立的浪漫派文学刊物《雅典娜神殿》(Athenaeum)中,弟弟弗里德里希·施莱格尔(Friedrich Schlegel)豪迈地宣称"浪漫的诗是渐进的万象诗"①。他随即在双重意义上解释其"万象性":狭义上是指在一部作品中混合各种文学体裁,广义上则是指推翻诗与生活之间的壁垒,赋予任何生活事件以诗意的内涵。而它之所以是"渐进的",是基于其不断反思的力量,它不受传统规范的限定,在"自我创造与自我否定的永恒交替"②中,即在所谓"浪漫的反讽"(romantische Ironie)的过程中不断变化,永不完结。弗里德里希·施莱格尔在1799年出版的自传体小说《露清德》(Lucinde)③中就实践了这种"渐进的万象诗",这部包罗万象的小说呈现了主人公通过不断反思从懵懂走向成熟的渐进过程,但这个填塞着书信、日记、对话、警句的庞然怪物如今早已湮没无闻,只在文学理论领域还占有一席之地。

以"渐进的万象诗"为标杆,德国浪漫主义文学与启蒙运动、古典主义背道而驰地发展起来。早期浪漫派的许多代表人物都与古典主义有着不解之缘,他们的主要活动地点耶拿与约翰·沃尔夫冈·封·歌德(Johann Wolfgang von Goethe)所在的文化中心魏玛(萨克森-魏玛公国的首府)一衣带水。而弗里德里希·席勒(Friedrich Schiller)最初也在耶拿大学任历史学教授,他主编的文学刊物《季节女神》(Die Horen)和他的美学理论著作更是对早期浪漫派影响至深,如《论优雅与尊严》(Über Anmut und Würde)、《论素朴的诗与感伤的诗》(Über naive und sentimentalische Dichtung)、《审美教育书简》(Über die ästhetische Erziehung des Menschen)等。尽管如此,德国古典主义注重将艺术

---

① Friedrich Schlegel, *Kritische Friedrich-Schlegel-Ausgabe*, Ernst Behler, ed. Paderborn: Schöningh, 1967, Bd. 2, p. 182.
② Ibid., p. 172.
③ 《露清德》是弗里德里希·施莱格尔发表于1799年的小说形式的艺术寓言,描绘了主人公从懵懂的青年时代走向认识艺术的成熟时期的过程。主人公尤里乌斯与露清德之间的爱情故事,其原型是作者本人与德国著名的犹太哲学家摩西·门德尔松(Moses Mendelssohn)之女多萝蒂娅(Dorothea)之间的恋情。成为弗里德里希·施莱格尔的情人时,多萝蒂娅还是有夫之妇,所以《露清德》中一些露骨的情欲段落在当时的德国文坛曾引出一段丑闻。

首先作为塑造健康人性的审美教育手段，显然与浪漫主义倡导的艺术理念大相径庭。浪漫派主张让审美无限膨胀，让艺术绝对化，艺术的审美价值最终可以超越其社会及精神因素，甚至超越一切道德、政治及宗教观念。当然，我们在"狂飙突进"时期的歌德那里能发现诸多浪漫主义的元素，尤其是在那个既多愁善感又激情澎湃的少年维特身上。但歌德很快就逐渐远离了青年时代的自己，尤其是搬到魏玛之后，就一直与浪漫派保持距离。到了晚年，他对浪漫主义表现出的反感更是显而易见，在1829年他与艾克曼（Johann Peter Eckermann）的谈话中有这么一段著名的评价：

> 我将古典的称为健康的，将浪漫的称为病态的。因此尼伯龙根之歌和荷马史诗一样是古典的，因为两者都是健康而有力的。而多数新事物并非因为新所以是浪漫的，而是因为它们柔弱、病恹恹，并且本身就是病态的。而古旧的事物也并非因为古老所以是古典的，而是因为它们强壮、鲜活、快乐并且健康。如果我们根据这样的标准来区分古典的与浪漫的，就基本能清楚明了了。①

当然，在此必须澄清的是，歌德这段话中所说的"古典"（das Klassische）与"浪漫"（das Romantische）绝不等同于今天思想史、艺术史框架下的"古典主义"（die Klassik）和"浪漫主义"（die Romantik），这两个概念是后来才被作为一个总括性概念而广泛使用的。歌德所说的"浪漫"显然是并不局限于某个时代、某个民族的一种精神立场，只不过这种精神立场恰好在歌德说这番话的当时当地，即浪漫主义时期的德国，经历了最深刻的历练，获得了最恰当的表现方式。在这个意义上，《尼伯龙根之歌》（Das Nibelungenlied）、荷马史诗和《浮士德》（Faust）都是古典的，而诺瓦利斯（Novalis）的《夜颂》（Hymne an die Nacht）②则和乔治·戈登·拜伦（George Gordon Byron）的《唐璜》（Don Juan）

---

① Johann Wolfgang von Goethe, *Maximen und Reflexionen*. Frankfurt am Main: Insel Verlag, 2003.
② 《夜颂》是诗人诺瓦利斯（原名弗里德里希·封·哈登贝格[Friedrich von Hardenberg]）于1800年在浪漫主义文学刊物《雅典娜神殿》上发表的组诗，由6首散文诗组成。诗中包含了许多自白的成分，将黑夜、死亡、超验之爱与性体验联系在了一起。

一样浪漫。浪漫主义时期的结束并不意味着"浪漫"的终结,我们在现代象征主义、表现主义中都能看到"浪漫"的延续,甚至在某种意义上可以说,我们今天的整个世界也依旧在花样百出的"浪漫"中翻腾。

(二)浪漫派对"浪漫"的定义

尽管从词源梳理中就能看出,"浪漫主义"一词的使用本就表现出面对古典与传统的革新,但显然无法简单用"古典的对立"来定义这一包罗万象的复杂现象,尤其是在其发源地德国。我们应当先看一下德国浪漫派是如何讨论他们自己,如何尝试对"浪漫"之特质进行概括的。其中,诺瓦利斯对"浪漫化"(romantisieren)的经典定义会赋予我们极大的启发:

> 世界必须被浪漫化。这样人类才可以重新找到本原的意义。浪漫化无非就是一个质变的平方。低贱的自我在这一过程中与一个更好的自我等同起来,……当我赋予低贱之物高尚的意义,赋予普通之物神秘的身价,赋予熟知之物陌生的尊严,又赋予有限之物无限的外表,那么,我就是在浪漫化。①

诺瓦利斯的这一定义在很大程度上把握住了浪漫作为一种时代特征的本质。"浪漫化"由此成为一种彻底推倒艺术与生活之间隔墙的过程。这一数学式的"质变的平方"(而非"成倍的量变")是一种极具主观性的升华,也就是说,生活世界中的任何部分都可以成为一面镜子,重要的不再是镜里映照出的客体,而是在镜外观察并描摹、进行"浪漫化"的主体。正如浪漫主义充满精神秘密的象征"蓝花"(blaue Blume)②,这朵出现在梦中的蓝花不断移动、变形、生长,成为诗人对玄奥智慧、永恒之爱、无限邈远的追求。它开启了一场旅途,但并非古典主义威廉·迈斯特(Wihelm Meister)式的外在成长之旅,而是浪漫主

---

① Novalis, *Novalis Werke*. München: Verlag C. H. Beck, 1987, Fragment Nr. 37, p. 384-385.
② "蓝花"这一意象出自诺瓦斯在去世前一年创作的未完成小说《海因里希·封·奥夫特丁根》(*Heinrich von Ofterdingen*),小说的主人公是 13 世纪中古德语史诗《瓦特堡的歌唱比赛》(*Sängerkrieg auf der Wartburg*)中一位具有传奇色彩的吟游诗人。"蓝花"出现在小说开篇主人公的一场仲夏夜之梦中,海因里希梦见了一朵神秘蓝花,促使他开启了探求世界、寻找蓝花的旅程。

义的内在超验之旅。诺瓦利斯与其早逝的未婚妻索菲·封·库恩(Sophie von Kühn)之间那段著名的爱情同样是个典型的例子。① 他在第 105 号断片中写道:"艺术,将一切化为索菲,抑或相反。"② 这位少女本身的特质早已无关紧要,重要的是将"一切化为索菲"的浪漫化过程,而这一过程也可被倒置为:从索菲身上看到一切。获得解放的个体、天才的诗人能在"一"中看到"一切"。正如他在第 66 号断片中所揭露的:"我们生活中的所有偶然事件,都是我们可以用来随意加工的素材。一个精神丰富的人,就可以从生活中加工出许多东西。每一次相识、每一起事件对他来说都是一个无限序列中的首项,是一部无尽小说的开端。"③

"无尽小说的开端"这一表述透露了"浪漫"(Romantik)与"小说"(Roman)之间的关系,异常精准地概括了德国早期浪漫主义小说的特征。"浪漫小说"成为"古典戏剧"的对立面,它展现了一种新的反理性、反功利主义的审美理论。无论是诺瓦利斯的《海因里希·封·奥夫特丁根》、弗里德里希·施莱格尔的小说《露清德》,还是路德维希·蒂克(Ludwig Tieck)的《弗朗茨·施特恩巴德的漫游》(*Franz Sternbalds Wanderungen*)④,每部小说都是未完成的。这并非仅仅因为有的诗人(如诺瓦利斯)英年早逝,而更是因为"浪漫的小说"本来就无法涵盖终点,尤其无法涵盖迈斯特式的美的目的性⑤。虽然德国古典主义与浪漫主义都痛恨庸俗,但古典派坚信可以通过"崇高的教育"来逃避平庸,而浪漫派

---

① 1794 年 11 月 17 日,诺瓦利斯遇见了年仅 12 岁半的少女索菲,并对她一见钟情。次年,两人经双方父母的同意非正式订婚。然而就在同一年,索菲就染上了重病,在经历了痛苦的治疗后于 1797 年 3 月 19 日去世。诺瓦利斯没有勇气来到爱人垂死的病榻前,甚至想自我了断,在索菲死后差不多三个月才鼓足勇气,在一个傍晚探访了索菲的墓地。而这次探访也成了改变诗人一生的奇妙经历,他在《夜颂》中描绘了这次墓地探访。
② Novalis, *Novalis Werke*. München: Verlag C. H. Beck, 1987, Fragment Nr. 105, p. 486.
③ Novalis Schriften, *Die Werke Friedrich von Hardenbergs*. Stuttgart: W. Kohlhammer Verlag, 1960—1977, Bd. 2, p. 431.
④ 出版于 1798 年的艺术家小说《弗朗茨·施特恩巴德的漫游》是由路德维希·蒂克与他早逝的挚友威廉·瓦肯洛德(Wilhelm Wackenroder)共同构思的,最后由蒂克执笔完成。小说描述了中世纪一个德国青年画家施特恩巴德(被设定为德国文艺复兴时期大师阿尔布莱希·丢勒[Albrecht Dürer]的弟子)的漫游之旅。他为了寻找艺术,了解自我,离开了丢勒所在的纽伦堡,游历尼德兰、斯特拉斯堡、佛罗伦萨以及罗马等地。小说情节本设定为主人公还要回到纽伦堡,回到师父丢勒的墓前与曾经的朋友重修旧好,但蒂克最后没有完成这部小说。
⑤ 源出歌德的教育小说《威廉·迈斯特的学习生涯》(*Wilhelm Meisters Lehrjahre*),小说出版于 1795 至 1796 年间,讲述了主人公摆脱原先无聊的生活,从事戏剧艺术以及投身社会实践的成长经历。歌德在书中讨论了人的教育、修养、成长等主题,影响了整整一代人。

则认为,他们所追求的崇高艺术本就是理想世界的一部分,其神圣性绝不可以被利用,甚至无法通过教育获得,只能在讨论中被接近。这种"渐进"性其实也体现在浪漫派所钟爱的另一种文学体裁断片(Fragment)中,早期浪漫派很大程度上正是依靠这种不完整、不封闭、反系统性的方式建立起他们的文学与审美理论的。新的文艺思潮也需要理论,但"拥有体系与完全没有体系对精神来说同样致命,因此必须下定决心将这两者结合起来"①,而只有在无尽的小说或破碎的断片中,一切看似矛盾对立的事物才有可能相互融合:自然与艺术,现实与理想,主体与客体,意识与潜意识。这一过程正如克莱门斯·布伦塔诺(Clemens Brentano)在诗中所描绘的:"轻淡生命中的爱与忧/起起伏伏恣意畅游/心愿意把一切拥抱/只是欲求,永不获着"②。一切皆待体验,皆可欲求,因此一切皆可成诗,却永远没有抵达终点的那一刻,因为本就没有确定的目的地可言。

由此,"浪漫"成为一种私人化、主观化的进程式概念。在此过程中,所有现存的浪漫客体最终都将幻化为主体感悟到的(或主体自以为是自己感悟到的、其实不过是从别处获得的)某种投影,终究是镜花水月,可望而不可即。因此总是盼望激情的奥斯卡·王尔德(Oscar Wilde)才会在给朋友的信中心灰意冷地感叹:"世上并没有浪漫的体验,至多有浪漫的回忆,有对浪漫的渴求,仅此而已。"③我们也就能理解,为何各种截然不同甚至彻底矛盾的事物都可以作为浪漫派的产物而共存,它们不过是不同的"浪漫主体"在无穷的多棱镜折射中所看到的不同"浪漫客体"而已。

(三) 文学史角度的德国浪漫主义

如果从文学断代史角度看,"浪漫主义"这个概念在德国一般指始于法国大革命之后的18世纪末,终于1848年欧洲革命前后的一段时期。它的起点是瓦肯洛德与蒂克这对青年挚友共同完成的艺术小说《一个热爱艺术的修士的内心倾诉》(*Herzensergießungen eines kunstliebenden Klosterbruders*),其终点则或

---

① Friedrich Schlegel, *Kritische Friedrich-Schlegel-Ausgabe*, Ernst Behler, ed. Paderborn: Schöningh, 1967, Bd. 2, p. 173.
② 引自克莱门斯·布伦塔诺的诗歌《轻淡生命中的爱与忧》("Lieb und Leid im leichten Leben")。
③ 转引自科尔姆·托宾:《黑暗时代的爱:从王尔德到阿莫多瓦》,柏栎译,北京:人民文学出版社,2020年,第49页。

绪 论

许是有些古怪的 E. T. A. 霍夫曼(E. T. A. Hoffmann),抑或被称为"最后的浪漫主义诗人"同时也是其批判者与超越者的海因里希·海涅(Heinrich Heine)。这半个多世纪又可以根据浪漫主义的不同发展方向分为三个阶段。首先是以施莱格尔兄弟为核心的早期浪漫派,他们曾先后将耶拿与柏林作为活动的中心,因此这一流派通常也被称为"耶拿浪漫派"(Jenaer Romantik)。这一流派的诗人与哲学家交往甚密,尤其受伊曼努尔·康德(Immanuel Kant)与约翰·戈特利布·费希特(Johann Gottlieb Fichte)哲学[①]的影响,共同推动了一段艺术理论与文学创作齐头并进的诗哲时期。紧接着是以布伦塔诺与阿希姆·封·阿尔尼姆(Achim von Arnim)为核心的盛期浪漫派。受到拿破仑战争的影响,盛期浪漫派与注重创立纲领性理论的早期浪漫派拉开了距离,更看重民间文学中不加矫饰的原始力量和民族精神,致力于搜集并整理民歌、童话和神话传说,出版了民歌集《少年的奇异号角》(*Des Knaben Wunderhorn*)、《儿童与家庭童话集》(*Kinder- und Hausmärchen*,即俗称的《格林童话》[*Grimms Märchen*])等。由于活动与出版中心在海德堡,因此这一流派通常也被称为"海德堡浪漫派"(Heidelberger Romantik)。试图挣脱一切束缚的自由意识与对民间文学的挖掘造就了独特的美学魅力,尤其表现在诗歌领域,早期与盛期孕育了一批杰出的德语诗人,如本书中所选的诺瓦利斯、弗里德里希·荷尔德林(Friedrich Hölderlin)与约瑟夫·封·艾兴多夫(Joseph von Eichendorff)。而到了1815年维也纳会议之后,浪漫派的革新意识与创作激情明显衰退,晚期浪漫派主要包括南方天主教地区一些充满宗教情怀的诗人,如约翰·路德维希·乌兰德(Johann Ludwig Uhland)、尤斯汀努斯·克纳(Justinus Kerner)等,他们也被称为"施瓦本浪漫派"(Schwäbische Romantik)。

这种断代式的暴力划分显然存在很多问题,因为在这半个多世纪的时间中,还共存着不少与浪漫主义明显拉开了距离的流派、诗人和作品。例如古典主义一直延续到1832年歌德去世,又例如1815年维也纳会议后出现的保守的

---

① 弗里德里希·施莱格尔在《雅典娜神殿断片集》第 216 节中甚至称:"法国大革命、费希特的知识论与歌德的迈斯特是那个时代最伟大的倾向。"(Friedrich Schlegel, *Kritische Friedrich-Schlegel-Ausgabe*, Ernst Behler, ed. Paderborn: Schöningh, 1967, Bd. 2, p. 198.)

中产阶级艺术流派,即比德迈耶时期(Biedermeier)诗人,或在1830年法国七月革命后到1848年德国三月革命之间出现的政治激进派,即三月革命前时期(Vormärz)诗人。

(四)对德国浪漫主义的批判

1830年,听闻法国七月革命推翻了复辟的波旁王朝,海涅辗转反侧,无法入眠。他感叹德国浪漫主义只是将理想化为诗,而现在却急需依靠行动将诗变为现实。1831年他流亡到巴黎,以此告别那个曾浸润在莱茵河畔浪漫氛围中的少年。此后几年,他在法国发表了一系列批判德国浪漫派的文章,并在1836年扩展为《论浪漫派》(Die romantische Schule)一书。海涅一反斯塔尔夫人(Madame de Staël)在《德意志论》(De l'Allemagne)中对德国精神生活的高调赞扬与推崇,尖酸刻薄地一一数落德国浪漫派代表人物,尤其是施莱格尔兄弟,批判他们的虚幻与无能。尤其让海涅感到厌恶的,是德国浪漫派试图逃逸到中世纪基督教世界中去,不积极面对此世,却一味消极遁入对彼岸的盼望中。

到了19世纪下半叶,浪漫主义诗作陷入了死胡同,德国文学走向低谷。此时出现的批判也越来越严苛,不仅局限于某个浪漫派作家与流派,也逐渐针对作为一种全面精神表现的浪漫现象。在1886年出版的《善恶的彼岸》(Jenseits von Gut und Böse)第256节中,弗里德里希·尼采(Friedrich Nietzsche)将"浪漫主义"描述为一种欧洲范围内的"病态的疏离感"(krankhafte Entfremdung)①。这种"疏离"不仅是上文所述的主体与客体、感性与理性之间的分裂(格奥尔格·威廉·弗里德里希·黑格尔[Georg Wilhelm Friedrich Hegel]在《美学》[Vorlesungen über die Ästhetik]中分析浪漫型艺术时也强调了这种冲突与分裂),也是人与神之间的最终隔绝,不断向上突进、向内追求的天才式的自我最终取代了超验的神,成为世界上最高的存在。

而由"偶然"化为"无尽",虽"欲求"却永不"获着"的这一过程,后来被德国法学家卡尔·施米特(Carl Schmitt)在《政治的浪漫派》(Politische Romantik)一书中又进一步称为一种"失根感"(Entwurzelung)。1921年该书再版时,施

---

① Friedrich Nietzsche, "Jenseits von Gut und Böse", in Friedrich Nietzsche, *Sämtliche Werke in zwölf Bänden*. Stuttgart: Alfred Kröner Verlag, 1964, p. 192.

米特写了一篇非常重要的序言。他首先梳理了前人对浪漫主义的各种不恰当的描述，总结出它们共同的问题，即：这些描述总在描述那些被感受为"浪漫"的对象，或者说，"浪漫"的症状和结果，却没有以浪漫的主体为出发点。施米特认定，"对'浪漫'的定义不应从任何被感知为浪漫的对象或客体出发"，而应"从浪漫的主体，从他们与世界特殊的浪漫关系出发"①。随后，他提出了一种具有普遍约束力的定义浪漫主义的新公式：

> 浪漫主义是主观化的机缘主义，因为对于浪漫主义来说，根本的是与世界之间的机缘关系，浪漫的主体代替上帝占据了中心地位，把这个世界及其万物统统变成了一种纯粹的机缘。由于最终的权威从上帝变成了天才的'自我'，整个前景也随之改变，真正机缘的东西才纯然出现了。②

这种定义的关键所在即"因"与"果"之间本应存在的必然性的缺失。施米特所说的"机缘主义"（Occasionalismus）恰好与"因果关系"（Kausalität）相对立。也就是说，历史与现实、道德与伦理全都退居二线，纯粹的审美与情感因素成为关键，一切都出自"浪漫主体"纯粹机缘的主观品味与心情。如果说在文学创作领域，这种"机缘主义"还无伤大雅，至多消解了"美与丑""崇高与低贱""有限与无限"这些传统对立，但在涉及政治领域时，本该严肃的政治决断就失去了任何意义，因为浪漫的选择不再是非此即彼的，不再关乎"公义"或"不公义"、"永恒的福佑"或"永恒的地狱"。因此，施米特将浪漫主义描绘为一个"中立化和去政治化的时代"，他立场鲜明地表达了对浪漫派政治投机的反感，尤其将批判的矛头指向弗里德里希·施莱格尔③和亚当·缪勒（Adam Müller）④，指责他们在政治理念上摇摆不定，低三下四地服务当权者，容忍自己为任何政治制

---

① Carl Schmitt, *Politische Romantik*. Berlin: Duncker & Humblot, 1998, p. 6.
② Ibid., p. 19.
③ 弗里德里希·施莱格尔在拿破仑战争后做了奥地利首相梅特涅亲王的外交官。
④ 亚当·缪勒是19世纪初活跃在德奥政坛的外交官，起先服务于普鲁士政府，后来又成为梅特涅亲王的宣传官。同时，他也是德国浪漫派中的一名政治经济学家和政治理论家。他主张知识分子应当自愿为国家服务，这样知识才能获得其生命力。

度所利用。

而到了两次世界大战之后,匈牙利哲学家、文学批评家格奥尔格·卢卡奇(György Lukács)在 1954 年的《理性的毁灭》(Die Zerstörung der Vernunft)①中更是将浪漫主义视为反理性主义、现代颓废主义,甚至将它视作法西斯主义的先行者。

(五)客观评价德国浪漫主义的可能

尽管浪漫主义遭到了严苛的批评,但依旧不可否认,它为德国带来了丰厚而独特的文化遗产。早期浪漫主义与古典主义一同推动了新的文艺理论、文艺批评在德国的蓬勃发展,施莱格尔兄弟主办的文学刊物《雅典娜神殿》虽然只存活了短短两年,却吸引了当时最意气风发、才华横溢的青年一代,诺瓦利斯、蒂克、弗里德里希·威廉·约瑟夫·谢林(Friedrich Wilhelm Joseph Schelling)、费希特、弗里德里希·施莱尔马赫(Friedrich Schleiermacher)等诗人、哲学家共同参与了这场深具批判性、反思性的"永恒对话",影响了之后整个西方文学的思想变革。

此外,浪漫派作家对回归中世纪简朴虔信生活的渴望,促使他们重新挖掘并整理中古德语文学。海德堡浪漫派那部影响深远的《少年的奇异号角》收录了从中世纪到 18 世纪的 700 多首日耳曼诗歌,甚至让对浪漫派充满反感的歌德和以毒舌著称的海涅都赞叹不已,前者认为每个普通民众的厨房里和每位学者的钢琴上都需要这套民歌集,而后者称其"包含着德意志精神最迷人最可爱的花卉,谁要想从一个可爱的侧面认识德意志民族,就应该读这些民歌"②。格林兄弟的《儿童与家庭童话集》包含了 200 多个德意志民间童话,虽然这部童话集原本并不是写给孩子的,更多是在民俗学意义上搜集并整理国故,但这些简单质朴、幽默可爱、奇幻莫测的故事却在各地受到民众的欢迎,真正达到了"民族性"与"普世性"的兼容,逐渐成为世界范围内脍炙人口的文学作品。而这些充满乡土气息、感伤情怀的民间文学,与崇高博大的古典主义文学一起唤醒并

---

① 《理性的毁灭》最初出版于 1954 年,后来的版本里又添加了副标题"从谢林的非理性主义通往希特勒之路"(Der Weg des Irrationalismus von Schelling zu Hitler)。卢卡奇在书中从阶级斗争的视角出发,将具有反抗性的浪漫主义哲学视为法西斯思想的发源地。

② Heinrich Heine, Die romantische Schule. Stuttgart: Philipp Reclam jun., 1997, p. 105.

绪 论

滋养了一大批日耳曼文学的新星，让德语诗歌在浪漫主义时期绽放出了鲜妍芬芳的花朵。

浪漫主义在音乐领域显然延续得更长久。或者可以说，音乐是所有艺术形式中最符合浪漫主义本质的，因为相比文学与绘画，音乐的"模仿性"最弱，而"创造性"最强，最远离被理性所把握的有限世界，最能潜入人无限的内心，最名副其实地体现了诺瓦利斯所说的"创造内心的艺术"（Gemütserregungskunst）。从崇高的路德维希·凡·贝多芬（Ludwig van Beethoven）到恣意的罗伯特·舒曼（Robert Schumann），从华丽的理查德·瓦格纳（Richard Wagner）到悲切的古斯塔夫·马勒（Gustav Mahler），浪漫主义以更丰富更多变的表现方式，在音乐的流淌中跨越了一个多世纪，一直绵延到 20 世纪。一方面，纯器乐音乐在浪漫主义时期发展到巅峰，尤其是从贝多芬开始，具有人文精神的崇高音乐取代了供人消遣的宫廷音乐，使德奥音乐在欧洲艺术领域获得了超越意大利、法国音乐的自主性。另一方面，古典与浪漫主义时期生机盎然的文坛恰好给浪漫主义音乐家提供了取之不尽的文学素材，弗朗茨·舒伯特（Franz Schubert）、舒曼、约翰内斯·勃拉姆斯（Johannes Brahms）等人的"艺术歌曲"（Kunstlied）使这一音乐形式在 19 世纪成为诗乐结合的顶峰，放射出最耀眼的光辉。同时，也正是重新登上德语文学舞台的中世纪文学，为瓦格纳的歌剧提供了素材。当德国浪漫主义文学业已衰亡没落时，他的一系列辉煌之作——《唐豪塞》（*Tannhäuser*）、《罗恩格林》（*Lohengrin*）、《特里斯坦与伊索尔德》（*Tristan und Isolde*）、《尼伯龙根的指环》（*Der Ring des Nibelungen*）①、《帕西法尔》（*Parsifal*）等——却如春风野火般，让浪漫的光焰在音乐领域又持续照耀了近半个世纪。

除了理论与创作上的成就之外，这还是一个翻译家辈出的时代，不少浪漫

---

① 瓦格纳的《尼伯龙根的指环》系列一共由 4 部歌剧构成，分别是《莱茵的黄金》（*Das Rheingold*）、《女武神》（*Die Walküre*）、《齐格弗里德》（*Siegfried*）和《诸神的黄昏》（*Götterdämmerung*）。瓦格纳于 1848 年至 1874 年断断续续完成了这 4 部作品的编剧与作曲，并于 1876 年在拜罗伊特首次完整演出了这一系列。这 4 部歌剧并非完全根据中世纪中古高地德语叙事诗《尼伯龙根之歌》改编，瓦格纳还借用、融合了冰岛史诗，尤其是《埃达》（*Edda*）与《沃尔松格传》（*Volsung Saga*）。而这些中世纪的日耳曼及北欧史诗，也被收录到《少年的奇异号角》中。

派作家同时也是杰出的译者。奥古斯特·施莱格尔（August Schlegel）以无韵诗的形式翻译了 17 部莎士比亚戏剧，他与蒂克共同完成的莎士比亚全集①成为评价之后所有德译本优劣的标准，使莎士比亚在德国浪漫主义时期成为"天才诗人"的典范。此外，奥古斯特·施莱格尔还翻译了西班牙剧作家卡尔德隆·德·拉·巴尔卡（Calderón de la Barca）的戏剧作品以及印度史诗《薄伽梵歌》（*Bhagavad Gita*），蒂克还翻译了米格尔·德·塞万提斯（Miguel de Cervantes）的《堂吉诃德》（*Don Quijote*）。诗人荷尔德林不仅翻译了索福克勒斯（Sophokles）的悲剧《安提戈涅》（*Antigone*）与《俄狄浦斯王》（*König Ödipus*），同时也是古希腊抒情诗人品达（Pindar）作品的译者，而古希腊悲剧与诗歌也深入骨髓地影响了荷尔德林自己的创作。

可以说，浪漫派之所谓"没有界限的美，抑或美的无限"②一方面成就了审美领域的百卉千葩，另一方面却也逐渐引向了道德的颠覆与文明的崩塌。托马斯·曼（Thomas Mann）在《浮士德博士》（*Doktor Faustus*）中就通过一个与魔鬼做交易的音乐家的故事，描述了审美的极端膨胀所带来的恶魔般的结局。或许正因为认清了浮士德般的德国人从"美"到"丑"、从"善"到"恶"的转变，也由此看到了从"恶"回转到"善"的可能，托马斯·曼在小说的最后才敢于探问一片漆黑的德意志深渊中是否依旧有光："今天，德国正在灭亡，它被恶魔缠身，一只眼被一只手蒙住，另一只眼呆滞地望向恐怖，从绝望落向绝望。它何时将到达深渊的底部？何时才会从最后的绝望中生出一个超越信仰、发出希望之光的奇迹呢？一个孤独的男人双手合十地祈祷：'愿上帝宽恕你们可怜的灵魂吧，我的朋友，我的祖国。'"③

---

① 这套莎士比亚德译全集于 1797 年至 1810 年首次出版。值得一提的是，当时署名路德维希·蒂克译的几部戏剧，其实是由他的女儿多萝蒂娅·蒂克（Dorothea Tieck）所翻译的。多萝蒂娅从小就展现出了惊人的语言天赋，她精通法语、英语、意大利语、西班牙语，也能用古希腊语与拉丁文阅读原典。因为她父亲工作繁忙且多病，她就帮助她父亲翻译了多部莎士比亚戏剧以及莎士比亚所有的十四行诗，她父亲仅承担审稿工作。但当时这些作品几乎全部以她父亲路德维希·蒂克译来署名，多萝蒂娅几乎完全隐在了幕后。
② Jean Paul, *Vorschule der Ästhetik*. Frankfurt am Main: Eichborn Verlag, 1996, p. 88.
③ Thomas Mann, *Doktor Faustus, Das Leben des deutschen Tonsetzers Adrian Leverkühn, erzählt von einem Freunde*. Frankfurt am Main: Fischer Taschenbuch, 1990, p. 672.

法国浪漫主义文学导论

（一）反古典的法国浪漫主义

在1823年首版的《拉辛与莎士比亚》(*Racine et Shakespeare*)里，司汤达(Stendhal)把"浪漫主义"(romanticisme)定义为"基于当下的习惯和认知为民众呈现最能令他们愉悦的作品的艺术"①。该定义的核心在于对当下性的强调，对19世纪初的法国而言，这已足够具有颠覆性。要真正理解这一点，我们有必要回溯近代法国文学的发展脉络。16世纪重生的以早期现代法语为载体的法国文学②，诞生于世俗王权与世俗书写互为依存的法国文艺复兴时代，以塑造新的文学典范为内在动力。在参与这一进程的法国文人看来，新的法兰西典范近可比肩乃至超越文艺复兴的先行者意大利，远则以辉煌的古希腊、古罗马文学为标杆。文学史告诉我们，这条以古代为标准的重塑典范之路在"太阳王"路易十四时代到达了一个完满的终点，"古典主义文学"之名也应运而生。随之而来的18世纪以几位经典作家的经典作品为代表，指出了巅峰时期法国文学的种种特点，并将其固化为不可置疑的具有绝对意义的"品味"。这一做法本质上体现了一种对于文学理想范式的崇拜，文学的历史被他们视为一个不断趋近完美的过程。然而，这条成就古典主义理想文学的道路为何会与司汤达定义里所提到的当下现实脱节呢？

事实上，17世纪的作家们绝没有一味复制古代，无视当下。恰恰相反，他们所缔造的这一新兴典范之所以"新"③，正因为它建立在17世纪法国"当下"的审美需求即"品味"之上。也许正是出于这一原因，司汤达以"当下性"来定义浪漫主义文学的做法，被学者米歇尔·布希(Michel Brix)认为是空洞的，因为这样的定义"同样适用于高乃依④甚至布瓦洛⑤"⑥，即文学史上公认的古典主义

---

① Stendhal, *Racine et Shakespeare* (*1823*). Paris: Librairie ancienne Honoré Champion, 1925, p. 39.
② 区别于中世纪的古法语文学。
③ 法国古典主义文学也被称为新古典主义文学。
④ 皮埃尔·高乃依(Pierre Corneille)，法国剧作家。
⑤ 尼古拉·布瓦洛-德普雷奥(Nicolas Boileau-Despréaux)，17世纪中后期法国诗人、批评家，被浪漫派视为法国古典主义美学的象征。
⑥ Michel Brix, *Le Romantisme français: esthétique platonicienne et modernité littéraire*. Leuven: Peeters, 1999, p. 8.

作家。然而,布希未必真正理解司汤达在这篇讨伐法国古典主义的经典檄文里所强调的"当下性"。首先,高乃依、布瓦洛们创作时所考虑的当下具有很大的局限性。在"古典主义"文学成就达到巅峰的17世纪,文学的受众是贵族阶层。上流社会尤其是贵族女性阅读者的好恶在根本上决定了法国文学"古典品味"的构建,司汤达定义里的"民众"(peuple)并不在当时写作者的视野范围之内。更重要的是,司汤达用以定义浪漫主义的"当下"是绝对意义上的当下,而古典作家们的"当下"是一个阶段性、过程中的"当下",它是法国在构建堪比古希腊、古罗马的新文学典范过程中恰好依托的"当下"。换言之,17世纪以贵族为主体的文学受众只是幸运地出现在了这个历史的关键结点,成为见证典范新生的"当下"。从这个意义上说,文学上的"古今之争"在17世纪中后期到来是必然之事,这是已故典范(古)和"当下"典范(今)之争。然而,在以伏尔泰(Voltaire)为代表的后世文人眼中,17世纪,尤其是路易十四时代的"当下",在实现法国文学巅峰的同时,也宣告了一段趋向完美典范的历史的终结。此后的一切"当下"都不再具备独立的审美价值,只能依附17世纪那个从此被视为永恒的"当下"。反观司汤达的定义,我们可以说,浪漫主义既不承认典范,也不相信永恒,只追求当下的绝对化。

这场美学层面的意识形态之争,对新生的浪漫派而言注定艰难。因为依照古典派的逻辑,无论哪个当下的普通读者,都应当从自身所处的现实中抽离,去学习欣赏他们所推崇的那种被视为完美典范的文学,进而养成自己的品味。而鉴于古典主义美学在法国统治了一个多世纪,如此循环往复,"古典品味"的权威性自然会在客观上得到巩固,直至成为一座固若金汤的堡垒。从这个意义上说,维克多·雨果(Victor Hugo)将"浪漫主义"视作一个"斗争词语"①是极为贴切的。雨果本人就是浪漫派众斗士中那位激昂的先锋官:从《颂歌和谣曲集》(*Odes et Ballades*)开始,每篇序言都成了他直接抨击古典主义的檄文或者间接与之对抗的新文学宣言。

---

① 见《威廉·莎士比亚》(*William Shakespeare*)一书第三部分第二章,尽管在书中这一篇章的语境下,浪漫主义的斗争性体现在新文学对于社会革命的表达。Victor Hugo, *William Shakespeare*. Paris: Gallimard, 2018, p. 346.

在著名的《克伦威尔》(Cromwell)序言里,雨果写道:"一如多神教和古代哲学,独尊史诗缪斯的古人只研究自然的其中一面,毫无怜惜地从艺术中抛弃了这个屈从于摹仿的世界里所有与某种特定类型的美无关之物。这种类型起初固然是壮美的,然而就像一切体系化存在一样,晚期的它将变得错谬、狭隘和刻板。"①从17世纪晚期开始逐渐成为"体系化存在"的古典主义美学在一个多世纪后,也不出意外地展现了它的保守和排他,它的"错谬、狭隘和刻板"。正因如此,作为斗争者的雨果才毅然呼唤创作的绝对自由。在1829年首版的《东方集》(Les Orientales)序言里,雨果开宗明义地强调"诗的花园里没有禁果""一切皆是主题""一切皆可入诗"②。他把整体意义上的文学比作一座典型的中世纪西班牙城市,里面既有宽阔明亮的广场,也有昏暗幽深的街巷,既有宏伟的哥特式教堂,也有"无花果树和棕榈叶掩映下的东方清真寺"③。这种鲜明的反差在雨果看来是文学对于自然的投射,也就是他在《克伦威尔》序言里所强调的"有光有影④,有怪诞有崇高"⑤。对他而言,正是反差将新生的法国浪漫主义文学和单向度、片面和谐的古典主义文学区分了开来。与此同时,文类也完成了革新,尤其是在戏剧领域:界限分明的悲剧、喜剧就此让位于杂合(hybride)的浪漫主义正剧(drame romantique)⑥。

与此同时,雨果也预见到了批评家们对其作品"无序、繁复、怪异、品味不佳"的指责,因为这些古典美学堡垒的捍卫者期待的是如"凡尔赛宫、路易十五时代的广场、里沃利大街"那样一目了然的、"优美的直线条文学"⑦。雨果对此自然十分不屑,便在《东方集》序言中嘲讽道:"别的民族津津乐道于荷马、但丁、莎士比亚。而我们呢?布瓦洛。"⑧事实上,关于创作自由是否意味着作品无序

---

① Victor Hugo, "La Préface de" in Maurice Souriau, ed., *Cromwell*. Paris: Société française d'imprimerie et de librairie, 1897, p. 190-191.
② Victor Hugo, *Les Orientales*. Paris: Jean Hetzel, 1868, p. 1.
③ 雨果称自己的这部诗集就是一座清真寺。
④ "光与影"(Les Rayons et les Ombres)成了雨果1840年出版的那部著名诗集的名称。
⑤ Victor Hugo, "La Préface de" in Maurice Souriau, ed., *Cromwell*. Paris: Société française d'imprimerie et de librairie, 1897, p. 191.
⑥ 不同于德尼·狄德罗(Denis Diderot)意义上的正剧。
⑦ Victor Hugo, *Les Orientales*. Paris: Jean Hetzel, 1868, p. 1.
⑧ Ibid.

这一点,雨果在 1826 年版《颂歌和谣曲集》的序言里,已明确给出了否定的答案。他的阐述建立在对于"规则"(régularité)和"秩序"(ordre)这两个表面相似的概念的区分之上:

> 规则只是外在形式特征;秩序源于事物的根本,得益于主体内部种种亲密元素的智慧排布。规则是物质层面的组合,纯属人为;秩序则是神圣的。这两种本质上差异如此之大的特征显然并不相互依存。一座哥特式教堂在它天然的不规则形态下拥有令人赞叹的秩序;而我们那些对希腊、罗马风格模仿得如此拙劣的现代法国建筑,有的却只是一种规则的无序。普通人总能完成一件规则之作;但只有伟大之人才懂得让构想变得有序。俯视的造物主确立秩序,近观的模仿者制定规则;前者循自然之道,后者遵自己所属派别的律条。对于前者,艺术是灵感;对于后者,艺术是学问。简言之,规则是平庸者的品味,而秩序是天才的品味。我们不反对基于对这两者的观察来评判古典主义文学和浪漫主义文学之争。①

可见,对于雨果而言,坚守"规则"的古典美学等同于外在、人为、模仿,并最终导向平庸,而自由之下暗藏"秩序"的浪漫美学则象征着内在、神圣、创造,即天才的实质。换言之,浪漫主义,至少在雨果的意义上,意味着对于体系化的古典主义的全面否定。

(二)内心的外化

除了强调绝对当下,追求创作自由,诉诸内心也是法国浪漫主义文学较之古典文学的一大根本改变。"我是第一个让诗歌走下帕纳斯山的人,第一次把人的心弦交给了众人所说的缪斯,并非传统的七弦里拉,而是因灵魂和自然的无数次震颤才有感而动的心弦。"②写下这句著名宣言的,是法国浪漫派早期诗人阿尔封斯·德·拉马丁(Alphonse de Lamartine)。1820 年,他的诗集《诗的沉思》(*Méditations poétiques*)出版后获得巨大成功,标志着浪漫主义诗歌的崛

---

① Victor Hugo, *Odes et ballades*. Paris: L. Hachette, 1858-1859, p. 22.
② Lamartine, *Méditations poétiques*. Paris: Chez l'auteur, 1860, p. 14.

起,尽管这种成功并没能得到延续,也未被其他诗人所复制。1860年,当《诗的沉思》作为新版《拉马丁作品全集》(*Les Œuvres complètes de Lamartine*)首卷再度出版时,我们可以读到早期版本所不包含的两篇序言,上文引用的名句即出自其中第一篇。学者让-玛西·格莱兹(Jean-Marie Gleize)一针见血地指出,拉马丁的表态象征了"反陈规抒情诗的诞生",在他笔下,诗歌完成了"看似不可能的对于内心的外化"①。值得注意的是,这句宣言出现在拉马丁所描述的一段与诗歌相关的儿时回忆之后。孩童时代的他曾跟随父亲拜访过一位爱好作诗的老者,后者向父子二人分享了自己一篇诗作的片段,讲的是一个乞丐如何通过以那喀索斯的故事为代表的一系列神话来向林中年轻的牧羊女描述眼前的一汪清泉。拉马丁在序言中评述道:"这位老者属于他那个时代,而在那个时代,没有诗人能直呼事物本来的名字。若是想要梦到作诗,就得在床头放上一本神话辞典。"②所谓"让诗歌走下帕纳斯山",从某种意义上说,正是不再千篇一律地假托神话言物,而是"直呼事物本来的名字",这意味着让灵魂(内部)直面自然(外部)。

当拉马丁告别了学生时代令他苦不堪言的希腊、拉丁诗歌翻译练习,开始被诸如托尔夸托·塔索(Torquato Tasso)的《被解放的耶路撒冷》(*La Jérusalem délivrée*)、苏格兰史诗《莪相》(*Ossian*)等作品触动后,他才真正完成了诗歌启蒙。值得注意的是,拉马丁强调了自己是在花园的草地上、千金榆的树荫下阅读塔索的,至于被他称为"我早年的荷马"的《莪相》,则是被他带去了山里,或在"白云和冷杉下",透过"秋日的薄雾"阅读,或"坐在激流边,迎着北方的风,听着溪谷里雪融的声音"③阅读,在他看来,正是这样的环境孕育了《莪相》。而他自己日后创作时,也无法离开类似的自然环境。可以说,正是在灵魂直面自然的过程中,拉马丁完成了从阅读到创作的转化。他的创作"不模仿任何人,只是自我表达,为自己而表达",不再如古典时代的创作一般依循规则和技艺,而只是令"自己抽泣着的内心得到舒解"④。拉马丁

---

① Jean-Marie Gleize, *Poésie et figuration*. Paris: Seuil, 1983, p. 28-29.
② Lamartine, *Méditations poétiques*. Paris: Chez l'auteur, 1860, p. 14.
③ Ibid., p. 17.
④ Ibid., p. 21.

在序言中写道:"这些诗句曾是灵魂的哀诉或者嘶喊。我在寂寞里,在林中,在海上,为这哀诉或嘶喊配上节奏;仅此而已。那时的我,并没有变得更像诗人,只是更敏锐、更投入、更真实。真正的技艺在于被触动。"①换言之,对以拉马丁为代表的浪漫派诗人而言,诗歌创作不再仰仗技艺的习得,而是内心的抒发。但抒发离不开外部世界的刺激,因此拉马丁强调自己是"易留痕和敏感之人",而这两个特质构成了"一切诗歌的首要元素"②。由此可见,创作不再是制式化的表达,而或多或少可以理解为某种诗性的应激反应,自然的声、景、气味通过感官在诗人内心留下痕迹,并转化为诗人的情感,再经由符合传统格律的诗句得到释放。从这个意义上说,浪漫主义创作意味着将个性化的主观声音融于客观不变的法文文法,并在文法的框架内革新抒情诗的修辞传统和表达习惯,以文本层面的一个具有普遍意义的"我"来隐藏诗人个性化的自我。

(三)忧郁与昂扬:法国浪漫派的两种精神底色

基于对创作者内心体验的重视以及浪漫派的北方源流,不少学者倾向于将新教精神与浪漫主义文学结合起来思考。首先,与教条化、威权式的天主教相比,新教将思考、体验神圣的权利交还给个体,反对以依附掌控了民众世俗和精神生活的教会作为信仰的检验标准。而浪漫派基于自然世界和社会现实展开超验思考的习惯以及他们身上的某种神秘主义倾向,或可被视为新教精神的世俗版本。即便在法国这个拥有深厚天主教传统的国家,将神圣经验个体化、内心化的这种带有浪漫主义色彩的实践也因为大革命而得到某种程度的解放。毕竟随着君权神授的波旁王朝的覆灭,教会原本维系自身权威所依赖的世俗屏障也彻底崩塌。

最明显的标志莫过于弗朗索瓦-勒内·德·夏多布里昂(François-René de Chateaubriand)的《基督教的真谛》(*Génie du christianisme*)的畅销③。这部象征着后大革命时代天主教复兴的代表作,却有着与正统教义相悖的宗教感

---

① Lamartine, *Méditations poétiques*. Paris: Chez l'auteur, 1860, p. 21.
② Ibid., p. 8.
③ 《基督教的真谛》1802年出版后大受欢迎,有人也将其视为文学史上法国浪漫主义的开端。

受和浓厚的神秘主义倾向:"生命中只有神秘之事方可称优美、甜蜜和伟大。"①与开篇对于神秘晦暗的歌颂相呼应的,是作者对于现实的极度失望。"如果说一切有限之事对于处处碰壁的我而言毫无价值,这难道是我的错吗?"②《勒内》(René)③中这句无望中透着孤傲的诘问所折射的,是在《基督教的真谛》里被称为"激情的迷惘"(vague des passions)的心灵状态。在夏多布里昂看来,这种状态随着文明的深入而不断加剧,以至于人"尚未沉浸就已清醒,欲望尚存,却已不再抱有幻想"④。"丰盈、充沛、奇绝"的想象力和"贫瘠、干枯、祛魅"的现实间存在着令人绝望的落差。然而,承受着后大革命时代巨大精神真空的"现代"人却无法像曾经同样厌世的基督徒那样在信仰中找到慰藉,而是成为"人群中的异类",如同行尸走肉一般。他们是精神的受难者,在他们"孤独的内心里,各种失去目的的激情相互消磨,才孕育出这种有罪的忧郁"⑤。即便一度对于复辟的波旁王朝寄予希望,并积极从政,夏多布里昂依然在七月王朝到来后心灰意冷,彻底出世,以往生者的姿态写作自己的回忆录。尽管在这部著名的回忆录里,我们也能读到作者对于基督教主导下人类走向进步的某种乐观⑥,但相信历史周期律的夏多布里昂依然强调当时的法国正处在历史的"下沉期","这个衰败的世界⑦只有在跌落谷底后才会重振,才开始焕发新生"⑧。

相似的心灵状态,我们也可以在与夏多布里昂隔了将近两代的后来者阿尔

---

① 见《基督教的真谛》第一部分第一卷第二章。François-René de Chateaubriand, *Génie du christianisme*. Paris: GF-Flammarion, 1966, p. 60.
② François-René de Chateaubriand, *René*. Paris: Librairie E. Droz, 1935, p. 40-41.
③ 夏多布里昂早期带有自传色彩的小说代表作。
④ François-René de Chateaubriand, *Génie du christianisme*. Paris: GF-Flammarion, 1966, p. 309.
⑤ Ibid., p. 310.
⑥ 夏多布里昂在回忆录中写道:"如果《基督教的真谛》尚未动笔,我将以一种完全不同的方式来书写:我不会回顾我们的宗教过去的成就和制度,而是让世人看到基督教是对于未来、对于自由的思考;看到这种救赎性的、弥赛亚式的思考是社会平等的唯一基石。"François-René de Chateaubriand, *Mémoires d'outre-tombe*. Liège: J. G. Lardinois, 1849, p. 28.
⑦ "衰败的世界"这一认知体现了夏多布里昂对于19世纪工业文明所带来的物质进步的不屑与否定。他在《往生者回忆录》(*Mémoires d'outre-tombe*, 也译作《墓畔回忆录》或《墓中回忆录》)中写道:"文明攀升到了最高点,但那是无果的物质文明,它什么都无法造就,因为只有道德能赋予生命;人类的创造必须经由天国之路完成,铁路只会以更快的速度将我们带往深渊。"
⑧ François-René de Chateaubriand, *Mémoires d'outre-tombe*. Paris: Garnier Frères, 1904, p. 555.

弗雷德·德·缪塞(Alfred de Musset)①身上找到。因为后者的小说《一个世纪儿的忏悔》(*La Confession d'un enfant du siècle*),它在文学史上拥有了一个更为人熟知的名字:"世纪病"。缪塞认为,他这一代年轻人所感受到的忧郁,或者说某种存在意义上的不适,正是来自他们所处的这个"没有确定形态"、一切都"没有被盖上印记"的世纪,一个人人"活在碎片之上,仿佛世界末日近在眼前"②的世纪。对于这一病症及其病因,缪塞如此写道:

> 在他们身后,是一个虽遭毁灭,却依然在废墟上,和所有绝对君权时代的化石一同垂死挣扎的过去;在他们前方,是一道无垠天际线上的晨曦,未来的最初几缕曙光;而处于这两者之间的,却是如同分隔了新旧大陆的那片大洋一般,某种飘忽不定、模糊不清的存在:它是一片波涛汹涌、灾难不断的海,远处不时能见着白帆或者吐着厚重蒸汽的大船驶过。一言蔽之,它就是如今这个世纪,一个分隔了过去和未来的世纪,一个既非过去又非未来,却既像过去又像未来的世纪,身在其中之人,不知自己每踏出一步,脚下踩着的是明天的种子还是昨日的残片。
>
> 这就是他们不得不选择的混沌;这就是帝国的儿辈,大革命的孙辈③,这群一身勇气和力量的孩子所面对的时代。④

理解了"世纪儿"们的病症,我们就不难想象以内心抒发为基础的浪漫主义文学对于缪塞及其同时代年轻人有着何等重要的排忧解愁之意义。

总体而言,作为动荡历史⑤的亲历者和见证者,法国浪漫派对于历史都抱

---

① 夏多布里昂生于1768年,缪塞生于1810年。
② Alfred de Musset, *La Confession d'un enfant du siècle*. Paris: Félix Bonnaire, 1836, p. 74.
③ 在《一个世纪儿的忏悔》的另一处,缪塞还写道:"经历了'93年'和1814年的人,心灵都带着两道伤痕。""93年"指1793年,当年,路易十六等被处决,标志着法国大革命进入雅各宾派专政的"恐怖期"。1814年,法兰西第一帝国皇帝拿破仑被迫退位。
④ Alfred de Musset, *La Confession d'un enfant du siècle*. Paris: Félix Bonnaire, 1836, p. 28.
⑤ 指大革命、雅各宾专政、第一帝国、王权复辟、1830年七月革命、1848年革命、1851年政变、第二帝国……

有相似的热情①。尽管在夏多布里昂、缪塞等人身上,这种热情随着七月王朝的建立而趋于幻灭②,忧郁却并非法国浪漫派的全部底色。同样是面对后大革命时代的法国,那个反古典的美学斗士雨果,不仅没有因为共和理想的一次次破灭而逐渐陷入虚无,乃至染上"世纪病",反而一如既往的昂扬。在《威廉·莎士比亚》一书第二卷尾声,雨果写道:"19世纪有着一位庄严的母亲,法国大革命";而"革命,全部革命,就是19世纪文学的源泉"③。在雨果看来,19世纪的文学因为由革命所孕育,也就天然具有革命性;而身处革命后重生期的作家,则被历史赋予了新的职责,一种属于"改革者和开化者"的职责:"他们不再传承;他们重建一切"④。事实上,雨果所秉持的是一种不同于"世纪儿"们的进步主义的历史观,进步的不间断性源于"天命"(loi providentielle)⑤;历史对于雨果而言并不是一系列先后发生的偶然事件,而是顺应某种神圣意志的一段有意义的进程。学者阿兰·瓦扬(Alain Vaillant)在《什么是浪漫主义?》(*Qu'est-ce que le romantisme?*)一书中指出,这一进程对浪漫派而言有着一个理想的终点。从这个意义上说,历史的进程同时也是摆脱历史或者说摆脱时间的过程,因为理想终点的企及意味着历史的终结。带着这种历史观思考人类社会的作家往往以一种先知的姿态预告未来,也就是预告他们各自所设想的那个理想终点。⑥ 文学,尤其是诗歌,在某种程度上成了对于未来的"启示"。另一方面,被强调"绝对当下"的浪漫所抛弃的古典,则被永远定格在了过去,成为历史的一部分。当然,成为历史并不意味着被遗忘;相反,随着19世纪法国公共教育的不断发展和完善,古典主义文学成为法语语文教育的核心内容。换言之,以高乃依、莫里哀(Molière)、让·拉辛(Jean Racine)、布瓦洛、让·德·拉布吕耶尔

---

① 法国浪漫主义文学也体现了书写历史的偏好,在瓦尔特·司各特(Walter Scott)的历史小说风靡法国之后,奥诺雷·德·巴尔扎克(Honoré de Balzac)、雨果、大仲马(Alexandre Dumas)也都投入了历史小说的写作。
② 从某种意义上来说,被奉为现实主义大师的巴尔扎克对于七月王朝时期法国社会的描写,也可以视作幻灭后作家的一种可能的选择:不再憧憬未来的他转而观察和思考当下,因为他也只拥有当下。
③ Victor Hugo, *William Shakespeare*. Paris: Gallimard, 2018, p. 348.
④ Ibid., p. 350.
⑤ Ibid., p. 345.
⑥ 以雨果为例,他在《海洋》("Océan")一诗的结尾就展望了这样的一个理想终点:一个人类洗去了原罪、实现了互爱的世界,一个该隐的子嗣和亚伯的后人和解的世界。

(Jean de La Bruyère)为代表的 17 世纪作家成了法兰西民族文化的象征。从某种意义上来说,也许正是由于有着厚重坚实的古典主义文学传统,法国浪漫主义才没有像英国、德国浪漫主义一般去本民族的乡土文学、民间传说中寻根,构建属于自己的文化身份。①

英国浪漫主义文学导论

(一) 英国浪漫主义的定义、分期和代表人物

浪漫主义被以赛亚·伯林称为近代史上规模最大的一场运动,是"发生在西方意识领域里最伟大的一次转折"②,却也是最难定义和最充满矛盾的思想革命和文化潮流,包含诸多对立和互相抵牾的观念,同时富含统一性和多样性,"它是美,也是丑;是为艺术而艺术,也是拯救社会的工具;它是有力的,也是软弱的;它是个人主义的,也是集体主义的;它是纯洁也是堕落,是革命也是反动,是和平也是战争,是对生命的爱也是对死亡的爱"③。奥古斯特·施莱格尔和斯塔尔夫人都认为浪漫主义文学起源于罗曼语言(主要为法语),本质上是修正后的普罗旺斯吟游诗歌;其他理论家则认为浪漫主义文学的根源可以追溯到凯尔特语族诸语支(爱尔兰语、威尔士语、布列塔尼语等)。阿瑟·奥肯·洛夫乔伊认为浪漫主义的诸多观念互相矛盾、错综纠结,以至于不可能给出任何准确的定义和分期。类似地,法国首位浪漫主义史学家 F. R. 德·托兰(F. R. de Toreinx)把浪漫主义定义为"那些恰好无法定义的事物"④;英国古典学家弗兰克·劳伦斯·卢卡斯(Frank Lawrence Lucas)甚至给予英语中"浪漫主义"一词 11 396 种定义。德国哲学家恩斯特·特洛伊奇(Ernst Troeltsch)则称浪漫主义为"一场真正、彻底的革命,一场同时反对资产阶级情调和普遍平等主义伦理的革命;……反对在西欧盛行的算术化、机械化的科学精神,反对混淆功利与

---

① 值得一提的是,除了《巴黎圣母院》(Notre-Dame de Paris)之外,浪漫主义时期诞生的主要历史小说均以 17 世纪法国而非中世纪为背景。
② 以赛亚·伯林:《浪漫主义的根源》,吕梁等译,南京:译林出版社,2011 年,第 10 页。
③ 同上,第 25 页。
④ 蒂莫西·C. W. 布莱宁:《浪漫主义革命:缔造现代世界的人文运动》,袁子奇译,北京:中信出版集团,2017 年,第 xiii 页。

道德的自然法,反对将人性过度抽象为普世与平等"①。

通常被看作英国浪漫主义文学之父的威廉·华兹华斯(William Wordsworth)曾在1815年的一篇序言中提到过"浪漫的竖琴"和"古典的里拉琴"②,但显然彼时"浪漫"尚未成为一个文学史分期术语。事实上,乔治·戈登·拜伦写于1820年的这段话多少反映了有关"浪漫主义"的话语在英国相较于在欧陆的"晚熟":"我发现在德国和意大利,在他们称之为'古典的'和'浪漫的'事物之间存在剧烈的斗争,这两个术语在英格兰并非可供分类的主体,至少当我五年前去国离乡时还不是。"③20世纪早期的文学史家习惯于用高潮性的政治事件为浪漫主义断代,在他们笔下,英国浪漫主义或始于1776年美国发表《独立宣言》(Declaration of Independence),或始于1783年美国赢得独立战争对英国上层阶级的沉重打击,或始于1789年法国大革命爆发并深刻影响此后欧陆与英国的时局;结束的标志则是1830年威廉四世登基或者1832年英国议会通过《改革法案》(Reform Bill)。20世纪初出版的《剑桥英国文学史》(Cambridge History of English Literature)更是简单粗暴地将英国浪漫主义划分成前后两部分,前期为"法国大革命阶段"(1789—1815),后期为始于拿破仑落败、终于维多利亚女王登基的"浪漫复兴阶段"(1815—1837)。④

20世纪后半期,学界出现了以关键文本的作者生平来为浪漫主义断代的倾向,而华兹华斯作为其最长寿的核心人物成了一个重要的"坐标":他于1770年出生于湖区,1791—1792年间游历大革命期间的法国,这期间的田野笔记和人性观察后来被他写入半自传体长诗《序曲》(The Prelude);1795年他与塞缪尔·泰勒·柯尔律治(Samuel Tayler Coleridge)相识,三年后两人同著的《抒情歌谣集》(Lyrical Ballads)出版,常被文学界看作英国浪漫主义时代开启的标

---

① 蒂莫西·C. W. 布莱宁:《浪漫主义革命:缔造现代世界的人文运动》,袁子奇译,北京:中信出版集团,2017年,第 xvi 页。
② William Wordsworth, *Selected Poems and Prefaces by William Wordsworth*. Boston: Houghton Mifflin, 1965, p. 486.
③ Rupert Christiansen, *Romantic Affinities: Portraits from an Age, 1780-1830*. London: Bodley Head, 1988, p. 241.
④ Stephen Greenblatt, ed., *The Norton Anthology of English Literature*, 9th edition, Vol. 2. New York: W. W. Norton & Company, 2012, pp. 50-51.

志;华兹华斯在 1790 年代一度的精神导师、激进理性主义思想家威廉·葛德文(William Godwin)后来成了珀西·比希·雪莱(Percy Bysshe Shelley)的岳父——葛德文之女是《弗兰肯斯坦》(*Frankenstein*)的作者玛丽·雪莱(Mary Shelley),葛德文的继女克莱尔·克莱蒙特(Clare Clairmont)则与拜伦育有一女;华兹华斯在深深影响了上述晚期浪漫主义诗人后又被他们作为日趋保守的老古董摈弃,其人生的最后四十年几乎没有重要作品问世;1850 年他以八十高龄在湖区去世时,曾经闪耀诗坛的浪漫派诗人都已离世至少四分之一个世纪(拜伦、雪莱、约翰·济慈[John Keats]无一活过 35 岁,济慈更是年仅 25 岁就病死他乡);这个英国浪漫派诗歌传统的揭幕人,也是目睹其落幕的最后的生者。

英国浪漫主义的理论果实在那些早期浪漫派诗人(威廉·布莱克[William Blake]、华兹华斯、柯尔律治)的哲学和美学散文中得到了最初的淋漓尽致的表达,它最杰出的那部分小说虚构人物和抒情果实则分别出自以司各特为代表的 19 世纪英国小说家和以拜伦、雪莱、济慈为代表的晚期浪漫派诗人。此外,还有罗伯特·彭斯(Robert Burns)、罗伯特·骚塞(Robert Southey)、约翰·克莱尔(John Clare)、托马斯·穆尔(Thomas Moore)、塞缪尔·罗杰斯(Samuel Rogers)、托马斯·坎贝尔(Thomas Campbell)、乔治·克莱布(George Crabbe)、沃特·萨维奇·兰铎(Walter Savage Landor)等风格迥异的诗人以各自擅长的题材和手法为诗坛吹去新风,散文领域的代表人物则有威廉·哈兹利特(William Hazlitt)、查尔斯·兰姆(Charles Lamb)、托马斯·德·昆西(Thomas de Quincey)等,戏剧领域有乔治·达利(George Darley)等。就时期而非风格意义上而言,这也是英国文学史上第一次密集涌现女性作家的年代,这些初代"蓝袜子"们——安娜·利蒂希娅·巴尔葆德(Anna Laetitia Barbauld)、夏洛特·史密斯(Charlotte Smith)、多萝西·华兹华斯(Dorothy Wordsworth)、玛丽·渥斯顿克雷福特(Mary Wollstonecraft)、简·奥斯丁(Jane Austen)、玛丽·雪莱只是其中一部分的名字①——如今不再被看作其

---

① 不乏文学史家基于出生年代将勃朗特三姐妹划入浪漫主义阵营,2012 版《诺顿英国文学史》则将她们划入维多利亚时期,鉴于三姐妹的主要作品(长篇小说)都在 1847 年及此后才出版,并且相对于常被看作由诗歌统御的英国浪漫主义时期,维多利亚时期主要被视作小说兴起的时期,作者认为《诺顿英国文学史》的划分是更为合理的。

男性配偶或家人文学生涯中的贤内助或"影子写手",而是以各自动人心魄的作品,在诗歌、小说、政论、随笔等各领域都创作出了足以定义一个年代的丰硕成果。

(二) 科学和工业革命、自然观与认知论

如果说改良蒸汽机的英国人詹姆斯·瓦特(James Watt)在18世纪末打开了工业革命的大门,那么开门的钥匙最初却是在艾萨克·牛顿爵士(Sir Issac Newton)那里锻造的。牛顿在1688年发表的著作《自然哲学的数学原理》(*Philosophiae Naturalis Principia Mathematica*)中描述了万有引力和三大运动定律,奠定了此后三个世纪里物理学、力学、工程学的基础。无怪乎英国新古典主义诗人亚历山大·蒲柏(Alexander Pope)用他传世的英雄双韵体(heroic couplet)为牛顿写下如是墓志铭:"自然与自然律隐没于黑夜中央/神说,要有牛顿!于是就有了光。"伏尔泰不吝连续使用最高级来评价牛顿的作用:"牛顿是史上最伟大的人,确实就是最伟大的,古时候的科学巨擘在他身旁,不过是玩耍玻璃弹珠的孩童。"[1]尽管牛顿本人是虔诚的信徒,其发现还是对宗教、天启以及将最高文学体验看作启示的认知观造成了不可挽回的打击。从此,科学才是唯一可靠的知识形式,探索真知必须依赖数学方法和经验,一切不能通过科学方法进行实证的都是伪知识。[2] 机械、效率、规则和唯"进步"马首是瞻的时代自此开启,牛顿力学也成了启蒙时代的光源之一。启蒙思想家的宇宙中仍为上帝保留了位置,但只是作为万物机械运动规律的最高设计者,只是作为最高钟表匠,从远处事不关己地聆听着宇宙时间永不变化的滴答声。

浪漫主义的欧陆先驱们绝不喜爱牛顿式的宇宙,当卢梭在《论科学与艺术》(*Discours sur les sciences et les art*)中宣布"随着我们的科学和艺术的日趋完美,我们的心灵便日益腐败"[3],他并非那个时代质疑启蒙理想的唯一一人。德

---

[1] Theodore Besterman, *Voltaire*, 3rd edition. Oxford: Blackwell, 1976, p. 246.
[2] Maurice Cranston & Jean-Jacques, *The Early Life and Works of Jean-Jacques Rousseau 1712 – 1754*. Harmondsworth: Penguin, 1987, p. 271.
[3] 卢梭:《论科学与艺术的复兴是否有助于使风俗日趋纯朴》,李平沤译,北京:商务印书馆,2019年,第14页。

国哲学家约翰·格奥尔格·哈曼(Johann Georg Hamann)的批判尤为直白:"上帝是一位诗人,不是一个数学家……这备受称赞的理性,普遍适用、确凿无疑、唯我独尊,只不过是一个被思考的客体、草填的干尸罢了,哪里有什么神性?"①歌德在《浮士德》中让靡菲斯特向上帝发出对人类引以为傲的理性主义的挑衅:"如果您当初没为他投下天堂的一线光,/他说不定还会有所改良。/他把那道光叫作理性,/但那只令他比野兽更具兽性。"②

作为第一波工业革命发源地的英国本土情况如何呢?M. H. 艾布拉姆斯(M. H. Abrams)认为,认知论领域的浪漫主义革命,在英国是一种先有作品再有理论的"反应式革命"(revolution by reaction),而非理论先行并催生作品。也就是说,早在学院哲学系统论述其原理之前,体现全新浪漫主义认知观的"从镜到灯"、从摹仿到表达的"哥白尼式大转变"就已经在浪漫主义诗人和评论家的作品中诞生,其反叛的对象是"最伟大的"牛顿本人,还有托马斯·霍布斯(Thomas Hobbes)、约翰·洛克(John Locke)这样的17世纪英国经验主义哲学家,及其背后以柏拉图和亚里士多德为代表的"摹仿论派"亦即"镜派"的认知观③。常被看作浪漫派中的神秘主义诗人的威廉·布莱克视洛克和牛顿为大敌,在长诗《弥尔顿》(Milton)中直白地呼吁:"否认那个被称作人类理性能力的幽灵吧……用对救主的信仰取代理性的展示,/用'灵感'取代'记忆'的破布烂衣,/从阿尔比翁之衣中抖落培根④、洛克、牛顿,/褪去他邋遢的外套,用'想象力'为他盛装。"⑤

在多数启蒙思想家及其后继者那里,自然是一个完全可被认知的对象,一部嵌有无数精巧齿轮的庞大机器,有法可寻,无秘可藏,有待人类运用理性去发现探索其规则、加以驯服、使之更有效率地服务于人的目的。浪漫主义思想家和实践者眼中的自然全然不是这般光景。自然是灵感和想象力的来源,是滋养

---

① 蒂莫西·C. W. 布莱宁:《浪漫主义革命:缔造现代世界的人文运动》,袁子奇译,北京:中信出版集团,2017年,第18页。
② 同上,第19页。
③ M. H. Abrams, *The Mirror and the Lamp: Romantic Theory and the Critical Tradition*. Oxford: Oxford University Press, 1971, pp. 47-69.
④ 弗朗西斯·培根(Francis Bacon),英国文艺复兴时期哲学家、政治家。
⑤ William Blake, *William Blake: The Complete Poems*. London: Penguin, 2004, pp. 603-604.

人类灵魂的慷慨又神秘的土壤,英国浪漫主义文学的高潮始于华兹华斯这样的湖畔诗人并非偶然:"大自然!在那巨城的人与物的漩涡中,/我怀着厚重的虔诚,真切地感觉到了/我曾接受的惠赐。"①自然之美塑造了华兹华斯的心智,他幸运地出生于英国最得天独厚的地区之一——地球上少有将湖泊、山川、森林、废墟等万千地貌浓缩于如此适宜徒步的距离中的社区——填满他童年逃学时光的是午后格拉斯米尔湖上的泛舟,日落时分思奇多峰古铜色的光辉,古老巨岩间的嬉戏,危崖畔的悬空听风。他的代表长诗《序曲》的副标题是"或一位诗人心灵的成长",任何读过这部心灵史诗前四卷的人都会对少年华兹华斯与自然的关系心生羡慕。自然赋予他比交际更甜美的孤独,精炼其感官的灵敏和纯净,让他惯于听见修道院残垣的叹息和常春藤垂泪的声音,在唤醒一个年轻人澎湃的想象力之时又为它系上船锚,成为稳住创作者风雨飘摇的心灵的台风眼。因此华兹华斯可以不无优越感地对柯尔律治写道:"我不像城里人在渴求中憔悴,譬如/你这般忧郁的人们,亲爱的朋友!/你虽有伟岸的精神,却在无尽的/苍白梦境中将完全陌生的事物拆散、拼合。"②

在伦敦长大、比华兹华斯小两岁的柯尔律治的确在很多方面如同他的镜像。虽然同被归为湖畔派,柯尔律治的世界是末世论底色的哥特幻想,鸦片酊和白兰地氤氲里的中世纪和远东迷思是他主要的灵感来源,《忽必烈汗》(*Kubla Khan*)缥缈的元上都和《克丽丝塔贝》(*Christabel*)阴郁的古堡异形同质,都是这位自觉与城市文明纠葛太深的诗人释放其创作能量所必需的逃离之地。两人确实在相当长的时间内视彼此为知己,《序曲》原是华兹华斯在柯尔律治的鼓励下动笔、并视柯尔律治为第一读者的"诗信"。但两人也深知彼此在秉性和风格上的差异。柯尔律治在《文学传记》中写道,诗歌宇宙中,华兹华斯的一半扎根于日常之物,自己的一半属于超自然之物。华兹华斯始终对天马行空的奇想成分保持审慎,对从昆图斯·贺拉斯·弗拉库斯(Quintus Horatius

---

① 威廉·华兹华斯:《序曲:或一位诗人心灵的成长》,丁宏为译,北京:中国对外翻译出版公司,1999年,第204页。See also William Wordsworth, "The Prelude", in William Wordsworth, *Selected Poems and Prefaces by William Wordsworth*. Boston: Houghton Mifflin, 1965, pp. 193-356.

② 威廉·华兹华斯:《序曲:或一位诗人心灵的成长》,丁宏为译,北京:中国对外翻译出版公司,1999年,第218页。

Flaccus)到埃德蒙·斯宾塞(Edmund Spenser)的加了想象滤镜的虚幻田园诗传统发出温和的戏谑:"我尤其倾心于那由至上的/大自然亲自分派并美饰的/职业和劳作,于是,羊倌们最先/成为我喜欢的人。但并非那些/拉丁姆的荒野中由农神统管的牧人……更不是/斯宾塞美化的羊倌"。①

哲学方面,尤其在认知论领域,柯尔律治常被看作华兹华斯的向导。柯尔律治曾在哥廷根大学进修康德哲学,并旁听人类学家约翰·弗里德里希·布鲁门巴哈(Johann Friedrich Blumenbach)和东方学家约翰·高特弗瑞德·艾希霍恩(Johann Gottfried Eichhorn)的课程,这些当时的新兴学科都符合他驳杂的兴趣,用他自己的话来说,华兹华斯"部分地受到了我的影响……他要把人当作人看待,一个有眼睛、耳朵、触觉和味觉的主体,与外部自然接触,从心灵内部为感官启智,而非用感官经验堆砌出内心世界"②。柯尔律治指的是华兹华斯在《序曲》第十三卷末表达的那种感官双向论:"心灵的证人/与判官都是她自己……维持着内外/作用的付收平衡——即一种使生命/升华的交换,协调着所见客体/和主观目光各自所具有的优卓的/特点、原本的职分、最佳的功能。"③这也是两人及其浪漫主义后辈所持认知观的核心部分:我们看到怎样的世界取决于我们是何种观看者,向万物投以怎样的目光;通过心灵的主观能动作用,每个人都参与创造自己所居住的世界——用艾布拉姆斯的话来说,这是典型的"灯"派认知观(相对于"镜"派),可上溯到剑桥(新)柏拉图派、新柏拉图主义和普罗提诺(Plotinus)的《九章集》(*The Enneads*)。如果说柯尔律治主要依靠阅读完善自己的理论体系,华兹华斯却更接近一位天生的普罗提诺主义者,大自然和直觉为他导航甚于书本,如他在《序曲》第二卷中所回忆的:"我的心灵放射出/辅助的光芒,它使落日的余晖/更加奇异。"④

---

① 威廉·华兹华斯:《序曲:或一位诗人心灵的成长》,丁宏为译,北京:中国对外翻译出版公司,1999年,第 207 页。
② M. H. Abrams, *The Mirror and the Lamp: Romantic Theory and the Critical Tradition*. Oxford: Oxford University Press, 1971, pp. 47—69.
③ 威廉·华兹华斯:《序曲:或一位诗人心灵的成长》,丁宏为译,北京:中国对外翻译出版公司,1999年,第 340—341 页。
④ 同上,第 44 页。

（三）"中世纪复兴"、悠远往昔、异域与寻乡

如前所述，"浪漫主义"（romanticism）一词在英语中进入书面使用的年代十分晚近（最早的可靠记录是 1821 年），最初用来表达始于 18 世纪后半叶抗衡新古典主义的文学、艺术与哲学领域的思潮，在英国文学语境中尤其与对个体想象力和感受力的强调、对自身生平材料的自传性使用、对自然之崇高和心灵之超验可能的探究密不可分。一个经常被遗忘的事实是："浪漫主义"一词在英语中直接起源于一种中世纪文体，即用韵文或散文写就的中古英语"罗曼司"（romance），并可进一步追溯到它的古法语源头"传奇故事"（roman）。那些光怪陆离的骑士探险、典雅爱情故事、罗宾汉谣曲、圣杯传奇、龙与怪兽奇谭曾在"理性时代"被看作荒诞不经、植根于异教文化、对文明人没有价值，自 18 世纪后半叶起却陆续被学者和作家们重新发现——此前两三个世纪内，他们重点关注的来自"往昔"的遗产主要局限于"古典"，即古希腊与古罗马文学及其影响。托马斯·珀西（Thomas Percy）主教 1765 年在伦敦编辑出版的三卷本《古代英语诗歌遗珍》（*Reliques of Ancient English Poetry*）是这一波"重新发现中世纪"风潮中颇有代表性的成果。曾经被视作乖张离奇、耽于想象、缺乏清晰结构和情节连续性（更不用提遵循三一律）、过于寓意化和理想化的这些中世纪罗曼司，现在被看作一方珠玉暗藏、沉眠太久、有待被"考古发掘"的沃土，为后启蒙时代的本地文学指出了一条可能的新路：新的"现代"文学精神或许恰恰系于"浪漫"气质的复兴中，并植根于超绝的想象力中。一如布莱克在《天堂与地狱的联姻》（*The Marriage of Heaven and Hell*）中所言："如今被证明为真的事物，曾经也只是被想象。"①

"罗曼司风格复兴"或"浪漫的复兴"（Romantic Revival）与"哥特复兴"（Gothic Revival）这两个术语虽然涵盖的年代和领域各有出入，有时却会被用作近义词，而对我们解读作品更有用的一个与上述两者部分重叠的术语是"中世纪主义"或"中世纪复兴"（medievalism）。牛津英语词典对"medievalism"一词的定义是：建筑、文学、音乐、哲学、学术和流行文化各领域任何带有中世纪特色的信仰和习俗系统，以及对中世纪元素的顶礼膜拜。就其定义而言，它是

---

① William Blake, *William Blake: The Complete Poems*. London: Penguin, 2004, p. 184.

任何时间上并非中世纪(medium aevum)的年代对中世纪思想、文化和艺术形式的吸收、改造、嫁接、挪用。英国文学史上，这一风潮几乎和浪漫主义同时兴起，无论是在以霍勒斯·沃波尔(Horace Walpole)的《奥特朗托堡》(*The Castle of Otranto*)、安·拉德克里夫(Ann Radcliff)的《尤多弗秘事》(*The Mysteries of Udolpho*)、马修·路易斯(Mathew Lewis)的《僧侣》(*The Monk*)为代表的早期哥特小说中，还是在早期浪漫派如柯尔律治和晚期浪漫派如济慈的诗歌中，或是在司各特取材于中世纪的历史小说(《艾凡赫》[*Ivanhoe*]、《昆丁·达沃德》[*Quentin Durward*]等)中均有集中体现。不管是写作《古舟子咏》(*The Rime of the Ancient Mariner*)和《忽必烈汗》的柯尔律治，还是写作《圣阿格尼丝节前夕》(*The Eve of St. Agnes*)、《无情的美人》(*La Balle Dame sans Merci*)和《伊莎贝拉：或罗勒花盆》(*Isabella, or the Pot of Basil*)的济慈，以中世纪罗曼司为素材进行再创作，选择中世纪作为叙事背景或情节发生地都并非一时兴起的偶然为之，而是有意的、系统化的、持续的美学上的努力，意图在工业革命和快速城市化进程中的英国恢复半是基于历史和文学阅读、半是基于想象力的"属于中世纪的"价值。伯林的如下描述部分代表了"属于中世纪的"对于浪漫主义诗人们意味着什么："它是陌生的、异国情调的、奇异的、神秘的、超自然的；是废墟，是月光，是中魔的城堡，是狩猎的号角，是精灵，是巨人……是不可名状的恐惧，是非理性，是不可言说的东西……它是远古的、历史的；是哥特大教堂，是暮霭中的古迹，是久远的家世……是孤独，是放逐的痛苦，是被隔绝的感觉，是漫游于遥远的地方，特别是东方，漫游于遥远的时代，特别是中世纪。"①我们或许还可以加上：对于目睹机械、铁路、煤矿、大工厂、迷宫般的街道日益加速取代树林、溪流、手工作坊、乡间小路成为日常风景的浪漫主义作家而言，前工业时代的中世纪是田园牧歌理想的最后一处停尸房。

浪漫主义常被作为对启蒙运动及其理想的回应、背叛和反击来理解，而启蒙时代所珍视的"往昔"是古典时代。从这一意义上，启蒙主义者都是文艺复兴的精神后裔，古希腊是他们共同的精神父执，而英国浪漫主义诗人和继

---

① 蒂莫西·C. W. 布莱宁：《浪漫主义革命：缔造现代世界的人文运动》，袁子奇译，北京：中信出版集团，2017年，第23—24页。

承其遗产的维多利亚诗人所提倡的"回归往昔",势必不同于启蒙主义者的主张,不是回到古希腊、古罗马,而是要回到直到最近都时常被妖魔化的、所谓的"黑暗中世纪"——文艺复兴太过亮堂,一切都那么高饱和,那么鲜艳,那么灿若白昼,"夜"似乎彻底随之消失;中世纪人却懂得夜的价值,因而也更加懂得"照亮"的价值。事实上,整个中世纪文化的主要物质载体彩绘手抄本(illuminated manuscripts)的词源正是拉丁文 illuminare(照亮)。浪漫主义在精神气质和实现途径上,都相信瞬间、暗示和碎片胜于相信完美的结构、和谐的对称和合乎逻辑的论证。对浪漫主义者而言,一切可被堂而皇之描述的形式、一切可被缜密论证的结构都是对真实的扭曲,一切宣称可以准确解决问题并且普遍适用的公式都是自欺欺人;潜在的可能要比已然实现的更为真实,而把握真实的唯一可靠之路是捕捉幽冥之处闪烁的微光,牵引他们的是黑丝绒上单颗宝石折射的光晕,而非整块切割规整的黄金。

　　这就是浪漫主义理想与中世纪气质的最为切合之处。正如浪漫主义是对理性主义的回击,"中世纪复兴"也可以被看作是对文艺复兴美学理想的叛逆。19 世纪英国最杰出的艺术批评家约翰·罗斯金(John Ruskin)并没有使用"中世纪复兴"这一术语,却在他论述威尼斯中世纪哥特式教堂的美德的杰作中全面而有力地捍卫其价值,他将英国当时的主流建筑称作"被古典主义者所玷污而建造的建筑",体现了"文艺复兴时期工匠自卑的性格特点",并宣称"正是威尼斯,也仅仅是威尼斯,给予了广泛流行的文艺复兴艺术有效的反击"。[①]

　　正如在时间维度上浪漫主义者将其乡愁寄托于悠远的往昔,在空间维度上,遥远的异域他乡正是他们情之所系。无论是柯尔律治笔下的中国、拜伦笔下一系列东方叙事诗中的土耳其和阿拉伯沙漠、雪莱笔下的埃及和印度,还是拜伦、雪莱、济慈从未绕开的阳光普照的"南方"(希腊始终是最被钟爱的"异域",有时也包括意大利),都是诗人以插上翅膀的想象力在寒冷阴湿的高纬度岛国之外为自己寻得的另类精神故乡。这种看似悖论的寻乡情结是沸腾于浪漫主义诗歌深处的滚烫的内核。因为感到无乡,所以思乡并寻乡;因为试图把握无限、追求不可穷尽

[①] 约翰·罗斯金:《威尼斯的石头》,孙静译,济南:山东画报出版社,2014 年,第 15 页。

之物、复原已失落且必然不可恢复的东西，所以浪漫主义诗人们不幸或有幸在渴望中患上了思乡病。到了19世纪下半叶，当维多利亚女王成了印度女皇，不列颠王国成了日不落帝国，在世界的几乎每个角落广建殖民地并派遣官员极力推广英语教育和英式文化，此时在英国本土身为一个英国人到底还意味着什么？稍加反思盎格鲁-撒克逊人的族裔根源，一个生活在19世纪伦敦的英国人将会发现自己并非"阿尔比翁"①的土著，一开始就是外来者和殖民者——不列颠岛真正的原住民是布立吞人，是说爱尔兰语和威尔士语的凯尔特人。英国在科技、工业、国际政治经济上最显赫辉煌的时代，也是其公民身份焦虑最严重的时代之一。笃信基督教的中世纪英国人的终极乡愁植根于业已失落的伊甸园，这一失乐园有望通过死后去往天国（新耶路撒冷）重获。经历了宗教去魅的英国浪漫主义作家及其维多利亚时期后继者——后者以写作《国王牧歌》(*Idylls of the King*)的桂冠诗人阿尔弗雷德·雷德·丁尼生（Alfred Lord Tennyson）为代表——却只能在罗曼司的羊皮纸残篇中寻找乡愁的载体。这些18、19世纪的盎格鲁-撒克逊作家有些讽刺地选择了亚瑟王这样的中世纪早期凯尔特英雄作为英国本土经验的代言人，把亚瑟王的卡米洛特宫作为完美王政的模板，把对"失落的黄金年代"的乡愁置换到一个拥抱骑士理想、仅存于传说和文学而无史可考的悠远往昔中——这一切并非偶然，也值得我们持续深思。

　　随着工业革命的白热化和维多利亚女王登基一同到来的是长篇小说的时代，一个属于查尔斯·狄更斯（Charles Dickens）、乔治·爱略特（George Eliot）、威廉·梅克比斯·萨克雷（William Makepeace Thackeray）的"现实主义"时代。然而即使在这些紧随而来的小说家身上，乃至在沃尔特·惠特曼（Walt Whitman）、威廉·巴特勒·叶芝（William Butler Yeats）、T. S. 艾略特（T. S. Eliot）、菲利浦·拉金（Philip Larkin）等现代英语诗人身上，浪漫主义的遗产仍披着幽灵之衣可被直接或间接地辨认。这或许是因为经由浪漫主义作家们全面更新的事物，与其说是文学风格，莫如说是感知世界、体会并描绘情感、理解人类普遍生存处境的方式。在这一意义上，我们每个人，或多或少仍然是浪漫主义的孩子。

---

① Albion，英国旧称之一，常见于文学语境，一说来自肯特郡多佛白崖的"白色"（拉丁文为albus），确切词源已不可考。

第一部分

德国浪漫主义文学

瓦肯洛德与蒂克

(贺成伟　张政　撰)

　　威廉·海因里希·瓦肯洛德(1773—1798)与路德维希·蒂克(1773—1853)都是德国浪漫主义早期重要的开创者。两人都出生在柏林,并在中学时代成为挚友,开始从事文学创作。中学毕业后,蒂克先后在哈勒、哥廷根和埃尔朗根大学学习哲学、神学、语言学和文学,而瓦肯洛德则不得不遵从父亲的意志在大学中修读法学,但同时也旁听艺术史课程,研习意大利文艺复兴艺术。

　　1793年,瓦肯洛德与蒂克一同游览了德国南部弗兰肯一带和班贝格、纽伦堡地区,那里优美的风景和璀璨的古代文化给两人留下深刻印象。尤其是在纽伦堡,他们领略到了被称为"德意志的欧洲人"阿尔布莱希特·丢勒①的艺术精髓,并发现中世纪德意志本土艺术同意大利文艺复兴艺术之间存在着某种神启式的亲缘性。于是瓦肯洛德在1795至1796年间写出了《一个热爱艺术的修士的内心倾诉》。1798年,瓦肯洛德死于伤寒,终年24岁。好友蒂克在他逝世后,又在其原稿基础上添加了三篇随笔与一篇序言,结集成书出版。此书并不是一部艺术理论著作,而是兼有艺术随笔、部分虚构的人物传记、诗歌以及一篇艺术家小说。在之后的选篇中,瓦肯洛德借一位匿名修士之口传达了自己在崇高的艺术面前感受到的神性威慑和内心狂喜。作者建立了一个新的"艺术的圣

---

① 阿尔布莱希特·丢勒,德国中世纪末期、文艺复兴时期著名画家、雕塑家和艺术理论家,尤以木版画和铜版画闻名。除了众多祭坛画、肖像画,丢勒对意大利文艺复兴也有所认识,将古典神话融入了德国艺术,是北方文艺复兴最重要的艺术家之一。

坛",高居其上的则是拉斐尔(Raphael)①和丢勒。作者认为艺术激情是上帝的恩典,因而超越了世人狭隘认知中的流派和时空。宗教虔敬和艺术迷狂、典雅的古典美和质朴的德意志艺术相互融合,这种艺术宗教是德国浪漫主义的先声。

这次旅行对两人的文学创作与艺术理念所产生的巨大影响,也体现在蒂克早年的长篇小说《弗朗茨·施特恩巴德的漫游》中。1794年,蒂克中断大学学业,回到柏林进行自由创作,此后他曾短居耶拿,并与耶拿浪漫派的核心成员如施莱格尔兄弟、诺瓦利斯等人熟识。他十分推崇并积极实践耶拿浪漫派所主张的"万象诗",即在文学创作中打破艺术的界限。蒂克于1853年在柏林去世。

蒂克的作品形式丰富,其中最有价值的当属戏剧作品与艺术童话。他有名的剧本是三幕剧《穿靴子的猫》(Der gestiefelte Kater),使用了剧中剧的表现形式,将观众作为戏剧中重要的元素之一呈现在舞台上,打破了剧情的连贯性。舞台上一边正在演出一部名为《穿靴子的猫》的戏剧,一边有观众在看戏并评论演出,这可以说是最早制造了"间离效果"的戏剧。

1797年蒂克出版了三卷《民间童话集》(Volksmärchen),其中既有根据中古时期德国民间故事改写的童话,也有蒂克自己创造的艺术童话,本书所选的《金发的埃克贝尔特》(Der blonde Eckbert)便收录其中。

此外,蒂克在翻译领域也颇具建树。精通中古德语、英语和西班牙语的他,整理翻译了12世纪宫廷史诗《洛泰尔国王》(König Rother)和13世纪骑士史诗《特里斯坦与伊索尔德》。他还翻译了塞万提斯的《堂吉诃德》,并对莎士比亚戏剧展开了广泛而深入的研究。

---

① 拉斐尔,意大利文艺复兴三杰之一,尤以擅画安详典雅的圣母像闻名,而其著名作品《雅典学院》(The School of Athens)则融合了基督教和古希腊的人文光辉。

一个热爱艺术的修士的内心倾诉(选段)

瓦肯洛德

(贺成伟 译)

拉斐尔的显现①

自古以来,世人关于诗人和艺术家激情的论争层出不穷。寻常人无法理解这种激情的本质,对它总怀有一种十分偏颇乃至完全错误的想象。正是由于这种误解,无论是否自成一统,无论是运用某种方法分析论证,还是抛开方法夸夸其谈,世人谈起艺术天才内心深处的灵启时往往流于荒谬的臆测,正如他们对我们神圣宗教的神秘奥义也总是妄加揣测。所谓理论家关于艺术家激情的系统阐述无非是道听途说。他们不过是搜肠刮肚,从虚荣而庸俗的哲思妙想里搜罗到几个自以为提纲挈领的好词,竟还尤为沾沾自喜,殊不知自己对艺术家激情的精神实质和意义完全一无所知——这种精神实质本就无以言传。他们谈起艺术家的激情,就像在说眼前实实在在的一个物件;他们条分缕析,口若悬河,如此轻慢地讲出这个神圣的词语竟不脸红,只因为他们不知道自己所言究竟为何。

近世以降,自作聪明的文人连篇累牍地探求造型艺术的理想真谛,如此亵渎何尝不是一种罪孽!他们承认,画家和雕塑家要达到其艺术理想,必须超乎象外,异乎寻常,走自己独特非凡的道路;他们也清楚,个中经验其实缥缈莫测,神秘非常。然而,他们却自以为是,在学生面前也做出一派姿态,好像此中机巧自己已经了然于心似的。因为但凡人类灵魂中真有些隐匿的东

---

① 原文标题中的"显现"一词为"Erscheinung",既有"幻梦"之意,又指天主教传统中的"圣母显现"(Marienerscheinung)。

西是他们在求知若渴的学生面前讲不出个门道来的,他们似乎就要无地自容了。

还有一些人其实只是没有信仰的、盲目的毁谤者。他们自感无缘于世间罕有的崇高天才,因而便讪笑讥讽,断然否认艺术迷狂中的天赐之物,对这样的艺术天才也绝无赞扬和膜拜。道不同,不相为谋,我的话不是对这种人说的。

然而,对于上文所指的伪道学家们,我还是想要有所劝诫。他们的观点放肆而武断,仿佛神性之物只是凡人庸常的作品。这种论断传授给学生,便会贻害年轻的心智。如此还会在学生心里种下妄念,以为穷尽一己之力真的就能够攫取艺术大师们——恕我直言——唯有依凭神的感召方能抵达的灵感之境。

艺术家的奇闻异事为人津津乐道,又或是世人铭记他们的格言和座右铭,念兹在兹。可是这种赞叹往往仅流于表面,甚而至于不曾有人真的想从这些言语符号中领悟其真正所指——艺术至高的神圣;而且在艺术中也不曾像面对自然万物那样,颂扬造物主的圣迹。这又做何解释呢?就自身而言,我始终对此怀有信仰;如今,模糊变得澄澈,我的信仰已经成为光明的虔信。我无上荣幸,上天选中了我,以他尚不为人所识的神迹作为明证,传扬他的荣光。我已然成功地筑起一座新的圣坛来表达对上帝的崇敬。——拉斐尔,众画家中发光的太阳,在一封写给卡斯蒂利奥内伯爵①的信中给我们留下了以下这段文字。我视之贵于黄金,每每诵读,无不怀着隐秘而幽寂的敬畏和崇拜。他写道:

> 真正优美的女性形貌难得一见,故而我遵从精神中的形象,它化入了我的灵魂。

最近,我偶然领悟了这句意味深长的话。这束照进内心的亮光使我无限欢喜。

我寻遍修道院里古老的手稿,在一堆已经积上灰尘的闲置羊皮纸中找到了

---

① 巴尔达萨雷·卡斯蒂利奥内(Baldassare Castiglione),意大利文艺复兴时期的作家,拉斐尔的友人,后者于1516年为其创作过肖像画《巴尔达萨雷伯爵》(*Portrait of Baldassare Castiglione*)。

几页布拉曼特①的手记。其源流已不可考。其中一张上有如下记述，我不加赘言，呈德文译文于此：

　　　为了自娱，也为了留存准确的记忆，我想在此记录一件奇异的事。这件事是我尊贵的朋友拉斐尔透露给我的。我向他承诺一定保持缄默，严守秘密。拉斐尔笔下的圣母和神圣家庭美得无与伦比，不久前，我向他吐露了我的满心赞叹，并且再三恳求他务必要告诉我：世象万千，他圣母像中无可比拟的美、亲切动人的表情和无比典雅的神态到底是从哪里撷取而来的？起初，他迟迟不愿告诉我，显露出他特有的青年的腼腆和矜持。终于，他情绪激动起来，眼中含着泪，扑进我怀里，环抱着我的肩膀，向我坦露了他的秘密。早在纯真的孩提时代，他心中就一直对圣母怀有别样的圣洁情感，有时甚至单单是讲出圣母的名字都不能不伤怀。后来，因为全部心神都倾注在绘画艺术上，恰如其分地描绘出圣母玛利亚神圣的完美就成了他最崇高的愿望，但他却迟迟不敢落笔。他日思夜想，心绪一直盘桓在圣母的形象周围，却一直没能臻于完满。他的想象力好像一直都在混沌中逡巡。然而，时而也会有一道上天的光束照进他的灵魂，这光明的线条把他苦苦求索的形象展现在眼前；但这往往只在倏忽之间，他难以把这形象留在心中。如此一来，他的灵魂总是惴惴不安，起伏不定。那惊鸿一瞥中的线条也每每飘浮游曳，晦暗的感知从不见清朗，显不出明晰的图像。终于，他再也按捺不住自己的激情，颤抖着双手，开始绘制神圣的童贞圣母，而他的内心也随着绘画的进展越发焦灼。一天夜里，他像往常一样在睡梦中向圣母祷告，猛然感到一阵震撼，从睡梦中惊醒起身。一片昏黑中，他的目光被一片光亮吸引。这片光显现在墙上，正对着寝榻。他定睛一看，才发现墙上挂着他未完成的圣母像。画像沐浴在无比柔和安详的光芒之中，已然至臻化境，真切而生动。他慑服于眼前图像的神迹，眼中涌出晶莹的泪水。画中的圣母双眼注视着他，眼神动人，无以言喻；片刻之间，眼看就要化静

---

① 多纳托·布拉曼特（Donato Bramante），意大利文艺复兴时期的建筑师，拉斐尔的朋友。

为动。在他看来，好像圣母就真的站在自己面前。最奇妙的是，眼前的圣母正是他一直以来追寻的形象，是那幽微而模糊的预感中的形象。至于自己是如何又睡去了，他已经记不得了。第二天一早，他仿佛重获新生。幻梦中圣母的显现永久地镌刻在了他的心神和感官之中；而现在，凭着灵魂窥见的形象，他也得以成功地绘制上帝之母的肖像。在自己的绘画作品面前，他也总是深怀敬畏之心。——这是我的朋友，我尊贵的拉斐尔，讲述给我的。这一奇迹意蕴绵远，又为世所罕见，因而须得我欣然志之。

这珍贵无比的手稿乃是我偶然所得，以上就是它所记载的内容。读过这些，或许就能透彻地领悟天神般的拉斐尔看似古怪费解的言语背后的用心：

我遵从精神中的形象，它化入了我的灵魂。

经过全能的主这一灵启的奇迹洗礼，人们是否能理解拉斐尔纯洁的灵魂在这寥寥数言中所传达的深意和真心呢？如此，人们难道还不能明白，所有关于艺术家激情的庸俗妄言都只是单纯的亵渎吗？难道还不能改弦更张——进而认识到这奇迹直接源于上帝的恩典，除此以外，再无他物？

这个举足轻重的话题必须严肃视之，而我就此搁笔，把独立的思考留给每一位读者。

缅怀我们的先辈尊者阿尔布莱希特·丢勒①（节选）

一个热爱艺术的修士　敬书

纽伦堡！你这座昔日的世界名城！我多么爱徜徉在你蜿蜒的小巷；我又是怎样凝望着你，怀着孩童似的爱，注视着你祖辈相传的房舍和教堂！——四处

---

① 原文标题使用了形容词"ehrwürdig"，这在天主教语境中有"尊者""可敬者""上帝可敬的仆人"（Ehrwürdiger Diener Gottes）的含义，而德国信义宗亦在每年4月7日纪念丢勒。罗马天主教和德国新教都赋予了他神圣色彩，作者的用词或许也可视作在自己的作品中将这位联系古今和南北的艺术家"封圣"。

都铭刻着我们古老祖国艺术的厚重痕迹！我多么衷心地爱着彼时的造型艺术，它们语言是那么粗犷，那么强健而又那么真切！它们是怎样吸引着我，把我拉回那个邈远的世纪——那时，纽伦堡，你曾是人才济济的学堂，祖国的艺术在你这里蒸蒸日上；在你的城墙之内，艺术精神的硕果在成长，浪潮在激荡——那时，这里还生活着文坛巨擘汉斯·萨克斯①和雕塑大师亚当·克拉夫特②，还有高居北辰的阿尔布莱希特·丢勒和他的朋友维利巴杜斯·皮克海默③！那时，这里还生活着其他众多享誉四方、尊贵可敬的艺术大家！多少次我曾渴望回到那个时代！多少次，纽伦堡，当我在你庄严图书馆的狭窄一隅，靠着小小的圆窗坐在暮色里，望着汉斯·萨克斯的皇皇巨著，抑或望着其他古旧泛黄的蠹书出了神——又或者，当我漫步于你幽深教堂的宏大穹顶之下，当阳光透过彩绘玻璃窗，奇迹般地把古代的雕塑和绘画照亮，这时过往的时代就会一次又一次浮上我心头！

　　心胸狭窄之流，小信之人④，你们又要惊讶了，又要对我侧目而视了！噢！意大利爱神木的丛林，我认得它们——我认得，上天赐福的南方，那里激情涌动的伟人胸中天神的炽焰——我灵魂的思慕始终寄挂于此，这里是我生命中最曼妙辰光的故乡！而你们又要将我唤向何处呢？——你们，你们一叶障目，自设牢笼！难道罗马和德意志不是同处一片土地之上吗？难道天父不曾在地球上连接南北，沟通东西吗？人的生命真的太过须臾？阿尔卑斯山真的高不可攀？——故而今人的心怀之中自然容得下不止一种热爱。

　　然而今时今日，纽伦堡，我哀矜的心绪却盘桓在你城墙前的领福之地，此处上帝的墓园中安息着阿尔布莱希特·丢勒。他曾是德国乃至全欧洲的荣光。瞻仰者鲜有，遗骨安葬在无数墓碑之下。每一块墓碑都有一尊旧时的雕像作装饰，铭志着古老的艺术。其间竖起一丛丛高高的向日葵，把这坟冢装点成了一

---

① 汉斯·萨克斯(Hans Sachs)，生于纽伦堡，德国 16 世纪著名民众诗人和工匠歌手。
② 亚当·克拉夫特(Adam Kraft)，德国晚期哥特风格雕塑家，其艺术活动主要在纽伦堡。
③ 维利巴杜斯·皮克海默(Wilibaldus Pirckheimer)，德国人文主义者、法学家、翻译家、艺术收藏者和赞助人。他是丢勒的友人，担任过纽伦堡的枢机长官，逝世于纽伦堡。
④ 作者在此使用了《圣经》词汇。参见《新约·马太福音》(6：30)："你们这小信的人(Kleingläubigen)哪！野地里的草今天还在，明天就丢在炉里，神还给它这样的妆饰，何况你们呢！"

座可爱的花园。阿尔布莱希特·丢勒的遗骨就静卧在这里,遭人遗忘。因为他,德意志人的身份使我感到慰藉。

能够领会你绘画中的精魂,又能以一片真情享受画中独到别致之处的人,必为世所少见,而上天似乎正是将这殊于众人的情操赐予了我;因为我环视四周,几乎找不到谁和我一样,怀着真诚的爱和崇敬在你面前久久停驻。

…………

走开,你们这些自作聪明的顽童,从纽伦堡的先辈艺术家身边走开!——这些人见解幼稚,拿腔拿调,少了他们,就再也不会有人自不量力地对丢勒多加指摘,说他不曾师从提香①和柯勒乔②,又或者嘲笑他画中的古法兰克式服装稀奇古怪,与那个时代格格不入!

丢勒和许多与他同时代的杰出画家给其笔下各民族的历史,连同我们宗教的历史,都披上了自己时代的外衣,因而当今的绘画教师囿于时人幼稚的审美,也不愿认可他们的美与高贵。不过我却能料想到,每一位艺术家,只要对过往时代的本质了然于心,是如何抱定自己时代的精神和气息用以复活旧迹的;人类的创造力乐于亲近一切陌生的、遥远的甚至神圣的存在,并将它们吸纳进自己的世界和自己的视野里谙熟中意的形式之中,这又是多么合宜,多么自然。

阿尔布莱希特引笔作画之时,我们德意志人在世界民族的舞台上尚有一席之地,也曾坚定地保持着我们自己独到而出众的品格。德意志品格这一严肃、刚正、有力的本质,不仅仅体现在他刻画的面容和整体外在形貌上,更忠实而清晰地印刻在这些绘画的内在精神之中。在我们这个时代,这种骨子里的德意志品格,还有我们的德国艺术,都已经迷途失落了。年轻的德国人习得欧洲所有民族的语言,审慎而批判地从各民族的精神中汲取养料——学习艺术的学生们听从教导,作画一并仿照拉斐尔的表现形式和威尼斯画派的色彩,借鉴尼德兰画派的写实风格和柯勒乔魔术般的光线,以期借此达到超越一切的完美境

---

① 提香(Titiano),意大利文艺复兴后期威尼斯画派代表作家,注重色彩运用,影响了其后整个西方艺术。
② 柯勒乔(Correggio),意大利文艺复兴时期画家,以壁画和圣坛画闻名。

地。——可悲啊！虚妄的智慧！噢！风行于世的盲目愚信！人们以为自己真的可以让各式各样的美融汇一处，再把世上所有大师的长处嫁接到一起；甚至相信，透过观察各位巨匠的作品，拾天赋异禀者之牙慧，就可以将所有英灵集于此身，以至超越一切往者！——自身的创见之力已经消散了，人们只寄希望于拙劣粗糙的模仿，绞尽脑汁东拼西凑。天才本不应得，如此也只是强求，结果只能换来冷冰冰的、工笔乏味而没有灵魂的作品。——德国艺术原是一个虔诚的孩子，生在一座小城的一围墙垣之内，长于血亲之家中——现在它长大了，变成了平庸的大人，一并从灵魂中抹去了小城镇的良俗、自己的情感和只属于自己的印记。我绝非想要奇妙的柯勒乔、瑰丽的保罗·委罗内塞①或者遒健的波纳罗蒂②去效仿拉斐尔的风格。"要是阿尔布莱希特·丢勒也在罗马生活过一阵子就好了。如果他能从拉斐尔那里学到真正的美和终极的理念，那他或许会成为一个伟大的画家；后人难能不为之惋惜，同时也只能惊叹于如此境遇之下他精深的造诣。"这样的论调我也绝不敢苟同。我非但不感到惋惜，反而庆幸命运把他，一位真正的本土伟大画家，赐给了德意志的土地。否则，他就不是他自己了；他身上流淌的不是意大利的血液。他不是为拉斐尔式的终极理念和崇高尊严而生的；他的志趣在于，向我们展示他身边鲜活的普通人。在这一点上，他是佼佼者。

尽管如此，亲爱的丢勒，当我年轻时在一座华美的画廊里，第一次看到你和拉斐尔的作品时，还是奇迹般地发现，在所有我熟识的画家中，你们两位同我的心之间有着格外切近的亲缘。我沉醉于两位大师的素朴和直率，他们抛却了其他画家的矫饰，把人类充盈的灵魂清楚明白地呈现在我们眼前。不过当年的我尚不敢向旁人倾诉衷肠，唯恐人人都要笑我；而且我也深知，绝大多数人在这位德国老画家身上看到的不过是呆板和枯燥。那日参观完画廊之后，我一心满是这新奇的想法，竟带着它就沉沉睡去了。午夜梦回，幻境浮现，令人心醉神迷，更是大大坚定了我的信念。夜已过半，我独自擎着火把，穿过漆黑的厅堂，从府

---

① 保罗·委罗内塞（Paolo Veronese），意大利文艺复兴晚期画家，与提香、丁托列托并称威尼斯画派三杰。
② 米开朗琪罗·波纳罗蒂（Michelangelo Buonarroti），文艺复兴三杰之一。

邸内榻向画廊走去。临要进门,忽闻里面传来窸窣的低语——我打开门——而后猛又退后一步。整个大厅笼罩在一片奇异的光中,一幅幅画作面前正站着它们可敬的作者。大师们的身形真真切切,穿戴着只见于画中的旧时衣冠。其中一位我不认识的大师告诉我,有时他们在夜里从天而降,趁着夜的静谧,四处漫步于尘世的画廊,反复观赏自己的妙笔佳作。我认出了许多意大利大师,却几乎不见尼德兰画家。我满怀敬畏地穿行于大师们之间——看哪!众人之外,拉斐尔和阿尔布莱希特·丢勒手挽着手,活生生地站在我眼前,在平和宁静之中沉默地注视着两人陈列一处的画作。我没有勇气同天神般的拉斐尔攀谈;神秘的尊者之讳使我紧锁双唇。但我却一定要向我的阿尔布莱希特致以问候,向他倾吐我的敬爱——然而就在此刻,伴着一阵轰鸣,眼前的一切模糊消散。我惊醒过来,全身激烈地震颤。

这个梦境使我由衷欢喜,而不久后,当我阅读老瓦萨里①的文字时,这种喜悦更加充沛了。他写道,这两位艺术家生前已是真正的挚友,他们以各自的作品相互联系,完全无须彼此结识;那位德国老画家正派而忠实的作品,看得拉斐尔满心喜悦,不枉他的一番敬爱。

我自然也不必隐瞒,从那以后,在两位画家的作品面前,我心中所感也一如梦中那般了。在阿尔布莱希特·丢勒那里,我时而还试着向大家宣讲他绘画真正的可圈可点之处,也敢于遣词造句,直陈其无与伦比之美;然而拉斐尔的作品总是以天堂般的美灌注于我,催逼着我,使我无法言语,更无以向旁人道明那向我闪露的神性之所踪。

但我现在仍不愿移开视线,仍旧凝望着你,我的阿尔布莱希特。比较乃是愉悦之大忌。即便是至高的艺术之美也只在我们心无旁骛、目不斜视之时,才能施展它的全部伟力——它本当如此。上天将才华分赏给世间的艺术巨匠们,我们感念其恩威,只能静立于每一位之前,飨之以其应得之礼。

艺术不仅仅成长在意大利的天空之下,也不仅仅只在壮美的浑圆穹窿和科

---

① 乔尔乔·瓦萨里(Giorgio Vasari),意大利文艺复兴时期艺术理论家,以《艺苑名人传》(*Lives of the Artists*)闻名。

林斯大柱①之下——在尖耸的拱顶、粗砺雕饰的屋舍和哥特式②的塔楼之下,真正的艺术同样生生不息。

和平与你的形骸同在,我的阿尔布莱希特·丢勒!但愿你泉下有知,能感受到我是如何地爱你;但愿你能听见,我是如何在今天这个你已陌生的世界里,传扬你的名。——你的黄金时代赐福于我,纽伦堡!唯有彼时,祖国艺术曾光耀德国。——可是发光的云翳掠过天穹,这美好的岁景也会掠过大地,终究要消逝。逝者如斯,凭吊见疏;只有极少人还会以一腔由衷的爱,从蒙尘的书本中,从余下传世的艺术作品中,将往者唤回,唤入自己的心神。

> **思考题**
>
> 1. 海涅曾讽刺德国浪漫主义者试图复活"中世纪的僵尸",请结合瓦肯洛德的作品谈谈你对这种批评的看法。
> 2. 请以瓦肯洛德为例描述德国浪漫主义作家心中的意大利形象。
> 3. 请简述瓦肯洛德作品中宗教虔敬与艺术迷狂之间的联系。

---

① 科林斯柱式(Korinthische Ordnung),古希腊三柱式之一,也为古罗马继承使用,在三种柱式中最为纤细,装饰性也最强,柱头用毛茛叶雕刻装饰,形似盛满花叶的花篮。雅典的宙斯神庙即采用科林斯柱。
② 哥特式艺术(Gotik),起源于12世纪,承接罗曼式艺术,审美基调阴暗冷峻,建筑上最鲜明的特征是大教堂的尖拱和肋架拱顶。哥特艺术在15世纪逐渐为文艺复兴的古典风格所取代,而18世纪又出现了"哥特式复兴"的潮流。

忧 郁

路德维希·蒂克

（洪樵风 译）

夜晚黑沉，透过云的幕帘
暗淡星辰燃起微光，
田野之上幽灵来往，
当命运三女①恶意降人间。
愤怒诸神送我诞生因缘。

夜枭对我唱恐怖摇篮曲。
一声尖啸穿透寂静，
告我以可怕的欢迎。
苍白的悲与苦沉降入地，
他们问候我像弟兄重聚。

鬼夜行时，悲伤将我告知：
你被诸般痛苦祝福，
你的命运指向残酷。
向你拉紧弓弦，每刻每时
凶狠击出血腥的新伤势。

---

① 德语原文为 Parzen，即拉丁文中的 Parcae（帕耳开），是古罗马神话中的命运三女神，对应古希腊神话中的 Moirae（摩伊赖）。她们常常被描述为掌管着人类生命的三姐妹，其中一位纺着生命之线，一位决定着线的长短与轨迹，一位负责切断生命之线。

人间欢愉将要与你远离，
生灵不愿与你称友，
你在荒芜石径行走，
那里鲜花不开危岩遍地，
日光炎热而毒辣地烧起。

爱情回响宇宙万有之间，
那遮蔽苦难的伞阴，
那人世欢乐的花芯，
将我们的心灵送向上天，
使渴者得饮极乐的醴泉。

而你的爱情被永远禁绝。
你的身后门已关紧，
乘着绝望的野马群
历经惨淡一生遭受追猎，
那欢乐却不敢与你相携。

你将要堕回永世的暗夜，
看那万苦向你对准，
只靠伤痛感受生存！
到耗尽弥留的最后一瞥
方有最初之乐垂怜迎接——

金发的埃克贝尔特

路德维希·蒂克

(张政 译)

在哈尔茨山区的某个地方住着一位骑士,大家都叫他"金发的埃克贝尔特"。他四十岁上下,中等身材,一头光滑浓密的浅金色短发衬托出他苍白憔悴的脸。埃克贝尔特安静地活在自己的世界里,从未和邻居发生过争吵,人们也很少在他的城堡之外见到他。他的妻子也同样享受着这份孤独。他们看起来真心相爱,只是时常会抱怨为什么上天不愿赐给这段婚姻一个孩子。

很少会有人来拜访埃克贝尔特,即使有客人来了,也几乎不会打破他们生活的规律。夫妻二人过着节俭的生活。后来,埃克贝尔特渐渐开朗起来,只有独自一人时才会变得沉默,表露出平淡且隐忍的悲伤。

没有人比菲利普·沃尔特更常拜访这座城堡。埃克贝尔特与他关系很好,与菲利普常有的共鸣让他感到愉悦。沃尔特其实住在弗兰肯地区,但他有大半年的时间都会在埃克贝尔特的城堡附近逗留,收集并整理草药和矿石。沃尔特靠着一笔小财产过活,不依赖任何人。埃克贝尔特时常在孤独的散步途中陪伴他。时光流逝,两人的友谊愈发深厚起来。

也有令人担忧的时候。虽然埃克贝尔特已经努力掩藏,但当他有秘密瞒着朋友时,灵魂总是不可抵挡地驱使他把最私密的感情和盘托出,这样他们的友谊就会更加深厚。在这种时刻,双方脆弱的灵魂将得以相认,有时一方还会惊讶于对另一方的了解。

一个薄雾弥漫的秋夜,埃克贝尔特与他的朋友和妻子贝尔塔围坐在炉火边。火焰把房间照得通明,火光一直窜到了屋顶,窗外则是一片漆黑,只听得到树木因湿冷的天气而瑟瑟发抖的声音。沃尔特正抱怨着他漫长的返程之旅,埃克贝尔特则建议他留下,前半夜一起畅谈,之后睡在城堡的客房里。沃尔特接受了他的建议。于是酒和晚餐端了上来,火越烧越旺,朋友间的对话也越来越快活和亲密。

晚饭之后,仆人们都退下了,埃克贝尔特握着沃尔特的手说:"朋友,你应该听听我妻子讲她小时候发生的那个奇异的故事。""好啊!"沃尔特回答道。于是他们又都围坐到壁炉边。

这时已是午夜,月亮在浮云间若隐若现。"您可别觉得我烦人,"贝尔塔说,"我丈夫说了,您是一个高尚的人,对您隐瞒任何事情都是不恰当的。虽然这故事听上去十分离奇,但您千万别把它当作童话。

"我出生在一个村庄里,父亲是一个贫穷的牧羊人。父母并不怎么会操持家务,他们常不知如何才能赚口饭吃。更让我难过的是,他们总是因为贫穷而争吵,互相责骂。他们也总骂我,说我是个头脑简单且愚蠢的孩子,连最不重要的小事都办不好。实际上,我的确非常笨拙迟钝。我什么东西都拿不牢,既不会缝纫也不会纺织,任何家务我都帮不上忙,只知道家里真的很穷。我经常会坐在角落里,幻想自己突然变得富有,就能帮助他们,幻想自己把大量的金银财宝交给他们,从他们的惊诧中获得快乐。然后,我似乎看到小精灵在我面前晃悠,他们纷纷告诉我隐藏地下珍宝的地方,或者给我能变成宝石的小石头。简单来说,这些奇异的幻想纠缠着我,使我在必须起身帮忙家务或者做什么事儿的时候变得更毛手毛脚,因为我的脑袋总被这些奇奇怪怪的幻想给绕晕了。

"爸爸总是对我发脾气,对他来说我好像是家中一事无成的累赘。因此,他待我相当严厉,很少能从他口中听到友善的字句。大概八岁时,我开始认真考虑是时候做些或者学些什么了,但爸爸觉得我这样想只是为游手好闲度日罢了,觉得我只是任性和懒惰。他对我的恐吓难以描述,却依旧不起效,于是他便开始用最残酷的方式来责罚我。他说他每天都会这样做,因为我是个一无是处的人。

"我整夜痛哭,感到非常孤单,只能自我同情,以至于希望能一死了之。我害怕破晓,每天都不知该怎么开始新的一天。我希望能在各方面都灵巧一些,但又完全不知道为什么就是比同龄人笨拙许多。我几乎绝望了。

"有一天,天刚亮我便起床了。不知不觉中,我打开了小茅屋的门,来到了广阔的野外,一会儿就走进了一片在白天都几乎看不见的树林里。我不断地向前走,对周遭的一切都不管不顾。我根本感觉不到劳累,因为我知道如果爸爸把我抓回去,他会恼于这次出逃而更残酷地对待我。

"当我走出森林时,太阳已经高高挂在天上,眼前有一些被浓雾覆盖着的黑色的东西。我一会爬山,一会穿越山崖间的小径。这时,我猜自己应该是走到了附近的山上。我孤零零一人,感到有些害怕,因为从未在平原上见过山。光是听到山这个词,我幼小的耳朵就觉得像听到了什么毛骨悚然的声音一般。我无心返回,恐惧驱使着我前进。与此同时,我惊恐地环顾着四周。有时,风穿过树木向我袭来;有时,远方的伐木声刺破清晨的宁静来到身边。当我好不容易遇到一群烧炭工和矿工时,却发现他们操着陌生的口音,我惊讶得差点昏过去。

"我一路乞讨,穿过了许多村庄,又饿又渴。别人问我什么的时候,我总能蒙混搪塞过去。当我踏上一条小径时,大概已经连续走了四天。这条小径带我离大路越来越远,四周的山峦渐渐异于前路,变得更为奇异。危岩峭石随处可见,似乎被风一吹便会坍塌掉落,我不知是否该继续往前。晚上我就睡在树林里——因为现在是最好的季节——或者睡在废弃的牧羊人小屋中。我根本没碰到过人住的地方,也没指望能在荒郊野岭遇到任何人。山脉变得更凶险了,我时常在令人头晕目眩的山谷边行走,最后脚下的路干脆就消失了。我绝望地哭喊起来,在山谷中我的哭喊变成了恐怖的回声。夜幕降临时,我找到一块能休息的苔藓地,却睡不着,因为晚上总能听到各种奇怪的声音,一会是野兽,一会是穿过山间的风,一会是不知名的鸟。我祈祷着,快到黎明才堪堪入睡。

"太阳照到脸上时我才悠悠转醒。眼前是一面陡峭的山崖,我开始攀爬,怀着能找到荒山野岭的出口的念想,也希望能看到房子和人影。但当我站在山顶时,目光所及之处就如身边的一切那样都被浓雾所掩盖;天空是阴暗的,只剩灰蒙蒙的一片。我看不见任何树木,任何草地,甚至连一片树丛都看不到。只有一丛灌木孤独忧郁地生长在山崖的裂缝之间。一种难以言表的渴望正在萌生:我想见到一个人,哪怕是让我害怕的人也好。此外,我早已饥肠辘辘。我坐下来,决心等待死亡。但不久求生的欲望又占据了上风,于是又吃力地站起来,眼泪不停地流,然后又上气不接下气地走了一整天。最后我几乎失去了知觉,整个人精疲力竭,几乎都不想活下去了,但仍然害怕死亡。

"傍晚时四周的环境变得友善了一些,我的思维和念想都重新活了过来,每一根血管都在呼喊着对生的渴求。这时,我仿佛听到了远方磨坊的声音,便加快步伐向前跑去。终于到达这荒芜山区的尽头,我多么快乐,多么轻松啊!我又看到了树林、草地和远方令人愉悦的山峦,感觉仿佛从地狱进入了天堂一般。现在看来,我的孤独感和无助感都根本不可怕了。

"但希冀中的磨坊并未出现,映入眼帘的是一个瀑布,这大大减少了我的快乐。正当我用手从小溪里舀水喝时,突然听到不远处传来一声咳嗽。我从未像当时那样又惊又喜。我顺着声音走去,在树林的角落里发现了一位老妇,她看上去正在休息。她穿着几乎全黑的衣服,一顶黑色的帽子遮住了头和大半张脸,手里握着一根拐杖。

"我走到她跟前向她求助。她让我坐在她身边,给了我面包和一点酒。我吃的时候,她用尖锐的嗓音唱起了一首圣歌。唱毕,她问我愿不愿意跟她一起走。

"她的邀请令我喜出望外,尽管她的言行很奇怪。虽然拄着拐杖,她却走得很灵活,每走一步脸上都会露出奇怪的样子,这一开始让我总想笑。荒芜的群山离我们越来越远,我们穿越了一块宜人的草地,又走过了一片漫长的森林。走出森林时,太阳才刚落山。那天傍晚的情景我永生难忘:一切都融化在柔和无比的红色与金色之中,每棵树的树梢都与晚霞融为一体,田野也都散发着迷人的光彩,树林和树叶都纹丝不动,洁净的天空看上去就如大门敞开的天堂。溪流的水声和树木的簌簌声不时打破这明朗的宁静,好似略带感伤的快乐。我年轻的灵魂此时第一次知道了世界为何物,知道了这其中的变数。我忘记了自己,忘记了向导,我的精神和眼睛只在那金色的云朵之间游荡。

"我们登上了一座长满桦树的小山。从山顶望下去是满眼桦树的碧绿山谷,在树丛之间立着一座小屋,迎面传来一阵活泼的狗叫声。一会儿,一只小狗便跳到了老妇面前,还不停地摇着尾巴。一会儿它来到我跟前,从不同的角度打量着我,最后又高兴地回到了老妇身边。

"我们下山时,我听到从小屋里传来一首奇妙的歌曲,像是鸟儿在唱歌,歌词大概是这样的:

> 林中静寂①,
> 使我欢喜。
> 昨日如今,
> 永远如此。
> 哦,何其欢乐,
> 林中静寂。

"这短短的几句不断地重复着。如果要我来描述它的话,几乎像是号角和芦笛在远处杂乱地合奏着。

"我对这一切实在太好奇了,没等老妇同意就走进了那间小屋。夜幕已经降临,屋里的一切都收拾得井井有条,壁橱里放着些杯子,桌上立着几个奇形怪状的容器,窗边闪闪发光的笼子里关着一只鸟,它就是那只唱歌的鸟。老妇气喘吁吁的,还不时咳嗽,一副缓不过来的样子。她一会摸摸小狗,一会又和鸟儿说话,鸟儿却只会用那一首歌来回答她。顺便说一下,她完全没理我,就像我不在屋里一样。待我打量她的时候,身体不禁抖了几下,因为她的脸一直在变化。或许是上了年纪的缘故,她的头不停抖动,让我根本看不清她的面貌。

"她休息好后点起了灯,收拾了一张很小的桌子,把晚饭端了上来。现在她才开始打量我,让我坐在一张编织藤椅上。我跟她面对面坐着,中间是台灯。她开始大声祷告,那骨瘦如柴的双手交叉着,这使得她的脸扭曲起来,我差点又要笑出声。但我还是表现得小心翼翼,以免惹她不高兴。

"饭后她又祈祷了一遍,然后带我进了一间矮小狭窄的房间,让我睡在这儿的床上,她则睡在卧室。没多久我就睡着了,睡得昏昏沉沉。但在晚上我醒来

---

① "林中静寂"(Waldeinsamkeit)是蒂克首创的一个单词。蒂克将自己对自然的感受融入作品中,认为林中静寂才是人世间最大的幸福。在其《弗兰茨·施特恩巴尔德的游历》一书中,我们也可以找到类似的描写。这一主题被后来的浪漫主义作家们反复借用。

了好几次，不是听到老妇在咳嗽，就是她在同那只狗讲话，或是那只鸟儿在唱歌，一直重复着那几句歌词，虽然看上去像是在做梦。这一切同窗外簌簌作响的桦树和远方夜莺的鸣唱组成了一种奇妙的和声，让我觉得自己不是醒着，而是进入了另一个奇异的梦境之中。

"早晨，老妇叫醒了我，并马上让我开始干活。我得纺织，不久就很熟练了，与此同时还要照顾那只狗和鸟。我很快就学会了做家务，也熟悉了周围的一切。现在一切对我来说都是如此寻常，我再也不觉得那老妇有什么奇怪的地方，也不觉得这幢远离人世的房子荒诞无比，又或是那鸟儿与众不同。我倒是越来越觉得它十分美丽，它的羽毛五彩缤纷，脖子和身体上交错着最美的淡蓝色和最艳的红色。它歌唱的时候会骄傲地挺起胸膛，使身上的羽毛愈加美丽。

"老妇时常外出，到傍晚才回来。我就带着狗一起去接她，她称我为孩子或女儿。我终于打心底里喜欢她了，像人的感官终究能适应一切那样，尤其是在童年时期。晚上她会教我阅读，我很快就在艺术上入了门。老妇有很多记载了奇异故事的古老书籍，这些都成为我此后孤寂人生中永不枯竭的欢乐源泉。

"如今，当我回忆起昔日的生活，依旧觉得一切无比奇妙。无人拜访，活在小小的家庭圈之中，家里的狗和鸟给我一种认识了很久的好朋友的感觉。虽然当时我叫过那只狗的名字无数遍，现在却怎么也想不起它那奇怪的名字了。

"我和老妇就这样一起生活了四年。一直到我差不多十二岁，她才终于更信任我，并告诉了我一个秘密。原来那只鸟每天都会下一个蛋，蛋里有一颗珍珠或一块宝石。我一直发现她总是神秘地捣鼓着鸟笼，但从未在意。现在她把这个任务交给了我，让我在她不在时取出鸟蛋，保存在那些奇形怪状的容器里。她把食物留给我后就出门了，这次更长，几个礼拜，甚至几个月都没回来。我的纺车不停地转，狗叫唤着，奇异的鸟儿唱着歌，此外周围的一切都那么平静，让我忘了狂风骤雨。没有人会迷路至那里，也没有野兽会闯到我们的屋子跟前，每天我从早到晚地工作，并对一切都感到分外满意。如果有人能如此与世隔绝地度过这一生，或许是非常幸运的。

"从极少的阅读体验中，我形成了对世界和人类的奇特看法，这一切都出自我和我的环境：如果要讨论快活的人，那我只会想到那只尖嘴的狗，别无其他；

所有华贵的女士看起来和那只鸟都差不多;所有老妇都跟那位奇特的老妇别无二致。我也会出于喜爱而阅读,并在幻想世界中为自己构思千奇百怪的故事。我为自己幻想出一位世界上最英俊的骑士,把一切优秀的特质都装点在他身上,根本不去想倘若我的所有苦心设想都成真的话,他会是什么模样。但如果他不爱我,我真的可以感同身受到那份痛苦。那样我便会在脑中发表一篇感人至深的长篇演讲,有时还会大声宣告,只为了能获得他的爱——你们要笑我了!所有人肯定都经历过那样的青年时期。

"那时我更愿意一个人待着,那样我就会成为屋里的女主人。狗非常喜欢我,任我摆布,鸟儿则用那首歌回答我所有的问题,我的纺车也转得越来越快活,这样的生活让我不想做出任何改变。当老妇结束漫长的出游回来时,她夸我细心,说家中的一切自从我来之后变得更井井有条了。她对我的成长和健康的外貌十分满意,简单来说,她待我完全像待亲生女儿一样。

"'我的孩子,你好乖!'当时她低声对我说,'如果你一直这样成长,日子会过得越来越好;但若是偏离了正轨,你非但不会成长,惩罚也会随之而来,无论在多远的未来。'她这么说的时候我并没上心,因为我的心思都在自个儿的活和事务上,但到了晚上突然想起这番话,怎么也想不明白她想要表达什么。我仔细掂量话里的每一个字,从财富的角度思索了一番后才明白,原来她的珍珠和宝石可能是些值钱的东西,最后这样的想法在我的脑中愈发明确。但她说的正轨是什么呢?我还是不能把握这句话的含义。

"一转眼我已经十四岁了,若是获得理智是以失去纯洁的灵魂为代价,这对人来说是不幸的。我当然也知道,是否要在老妇离开的时候带着鸟儿和宝石离开,去探索书中阅读到的世界,这都取决于我。同时我也想到若真这样做了,就有可能遇到脑中念念不忘的那位英俊骑士。

"一开始这样的想法只不过是众多杂念中的一个,但每当我坐在纺车前,这想法就变得愈发强烈,让我沉迷其中。我似乎看到自己打扮得美艳动人,被骑士和王子包围。我如此忘乎所以,而再次环顾四周却发现自己只能被困于这间小屋时,就不由沮丧起来。顺带一提,老妇不会在我干活的时候留意我的举动。

"一天,我的女主人又出门了,她对我说这次会比以前出门的时间还要长,让我留心保持屋内整洁,这样就不会觉得时间过得很慢了。她离开前我有些许不安,感觉自己好像再也见不到她了。我目送她远去,不知在担心些什么。这样看来,或许我早在清楚察觉前就盘算好了一切。

"我从未这般勤奋地照顾过这只狗和这只鸟,他们跟我的关系比以前更近了。老妇出去几天后,我下定决心要带鸟儿离开小屋,去探索那个所谓的世界。我的内心又紧张又忧虑,一边希望继续待在那里,一边又觉得这样的念头令人作呕。这是场灵魂深处的奇异争斗,就像体内两个顽固不化的鬼魂在争斗,一会儿觉得静谧的孤独多么美好,一会儿又眷恋那想象中五彩斑斓的美好新世界。

"我不知道该怎么做。小狗一刻不停地围着我跳,日光生机勃勃地洒在田野上,碧绿的桦树泛着光。我感觉要做一件十分紧迫的事情,我抱起小狗,把它拴在房间里,然后把装着鸟儿的笼子夹在腋下。因为这不寻常的举动那只狗蜷缩起来开始呜咽,可怜巴巴地看着我,但我害怕带着它一起离开。我还拿走了其中一个装满宝石的罐子,把它藏得好好的,别的都留在了原地。

"当我带着鸟儿走出门的时候,它奇怪地扭过了头。小狗用尽全力朝我扑来,但只能留在原地。

"我避开了那条通往险峻山崖的路,朝着反方向走去。那只狗还在不停地叫着呜咽着,让我十分不安。鸟儿有几次想要唱歌,但因为它被我带着,不免觉得有些不适。

"我越走越远,狗叫声也越来越轻,最后完全停止了。我哭了起来,想要掉头回去,但对新事物的渴望驱使着我一直向前。

"傍晚时分,我已经翻过了几座山,穿过了几片森林,必须要在一个村子里过夜了。我走进一间小酒馆,表现得十分笨拙,老板为我安排了一个房间和一张床铺。除了梦到老妇的恐吓之外,我睡得还挺好。

"我的旅程十分单调,但走得越远,想到老妇和小狗就越担心,我想到它没有我的照顾一定会饿死。在林子里的时候,我总担心会迎面撞上那老妇。就这样,我一边流泪叹息一边前行。休息时只要把笼子放在地上,鸟儿就会唱起那首奇异的歌,我眼前也就会马上出现那鲜活美丽却已离我远去的寄宿时光。我算是知道人的天性有多么健忘了,儿时的哪趟旅行都不如这次令我发愁,我甚至情愿重新经历儿时的境遇。

"我卖掉几块宝石,在游荡了数日后走到一个村庄。我一到那儿就有一种奇异的感觉,非常害怕,却不知道在怕些什么。不过我马上就发现这里就是我出生的村庄。喜出望外!我心中涌起千百个奇妙的回忆,流下了兴奋的泪水。许多东西都变样了,建起了新的房子,当时刚建起的一些旧房子现在已经拆了,我也看到被烧毁的地方,一切都比想象中狭小和拥挤许多。想到分别多年后能再见到父母,我感到十分高兴。我找到那间小屋,还是那熟悉的门槛,门把手丝毫未变,仿佛昨天还倚靠在那上面一样。我的心猛烈地跳着,匆忙开门后,我却发现屋子里只有一张极其陌生的面孔呆呆地看着我,我向他询问了牧羊人马丁的事,那人告诉我,他和他的妻子早在三年前就死了。我迅速地从房子里退了出来,大声哭泣着离开了那个村子。

"我本还美滋滋地幻想着他们会因为我的财富而大吃一惊,儿时一直幻想的场景终于能在这非比寻常的奇妙经历后成为现实,但现在一切都变成了泡影。他们不能分享我的快乐了,而我也永远地失去了这一生中最大的盼望。

"我在一个惬意的小镇里租下了一幢带有花园的小房子,雇了个女管家。世界虽并不如设想的那般美好,我仍是忘记了那位老妇和之前寄人篱下的生活,就这样心满意足地生活着。

"那只鸟儿已经很久没有唱过歌了,因此当它某天晚上突然唱起来的时候,我被吓得不轻,这次歌词却有所不同。它唱道:

>林中静寂,
>相隔千里!
>哦,懊悔万分,
>时光不返。
>啊,唯一之乐,
>林中静寂!

"我彻夜难眠,比以往任何时候都觉得自己做错了事,一切也都重新涌入记忆中。醒来的时候,那只鸟的目光令我十分厌恶,它一直盯着我,它的存在令我十分不安。它不停地唱着歌,而且越唱越嘹亮,越唱越刺耳,就如往日一般。我越看它越感到害怕。终于,我打开笼子,把手伸进去掐住它的脖子,用力地按了下去,它可怜地看着我,我松开手,它已经死了——我把它埋在了花园里。

"现在我突然很害怕女管家,担心她会像曾经的自己那样把我洗劫一空或干脆杀死我——我认识一位年轻的骑士很久了,也非常喜欢他,便与他结了婚——瓦尔特先生,我的故事到此就结束了。"

"如果您当时见过她就好了,"埃克贝尔特突然插话道,"她奇妙的成长经历给予了她青春、美貌和无法形容的魅力。于我而言她犹如一个奇迹,我爱她胜过一切。我本一无所有,但对她的爱使我变得富裕。我们迁入这里后从未有一刻后悔在一起。"

"你看我们聊的,"贝尔塔继续说,"都已经这么晚了,是时候睡觉了。"

她起身朝卧室走去,瓦尔特希望亲吻她的手背来道晚安,他说:"尊敬的夫人,感谢您,我完全能想象您是如何照顾那只奇异的鸟儿和那只小狗**斯特罗米安**的。"

瓦尔特也去睡觉了,只有埃克贝尔特不安地在走廊里徘徊——"这人不是个傻瓜吧?"他终于开口问道,"都是因为我,我的妻子才跟他讲了她的故事,现在我后悔了!他会不会滥用这个故事?他会不会告诉别人?他难道不会对我们的宝石起了贪念,计划做些什么,但又装作若无其事的样子?因为这是人的天性啊。"

他突然想起瓦尔特在告别时并未表现出应有的真诚。倘若人起了疑心,那一切琐事都会成为怀疑的证据。然后埃克贝尔特又开始自责,责备自己对这位正直的朋友竟起了卑鄙的疑心,并且无法消除了。他整夜被这些执念所困,都没怎么睡。

贝尔塔病了没来吃早饭,对此瓦尔特并不怎么在意,他也相当随意地与骑士告别,他的态度让埃克贝尔特难以理解。他去看望自己的妻子,她正在发烧,她说那晚的故事讲得她心神不宁。

那晚以后瓦尔特便不怎么上山拜访他的朋友了,即使来了也不过说几句无关紧要的话便离开了。瓦尔特的举动使得埃克贝尔特非常痛苦,虽然他试图在贝尔塔和瓦尔特面前掩盖自己的情绪,但内心的不安总会被人察觉。

贝尔塔的病愈发严重,医生也急了起来,她脸上的红晕消失了,眼睛变得越来越红。一天早晨,她把她的丈夫叫到了床边,并让女仆们都退了下去。

"亲爱的丈夫,"她说,"我必须跟你坦白一件事,它让我失去理智,也失去了健康,虽然它听上去只是无关紧要的小事罢了——你知道的,我用尽全力都无法回忆起那只小狗的名字,即使我小时候叫了它无数遍,陪它待了这么久。那天晚上瓦尔特和我告别的时候突然跟我说:'我完全能想象您是如何照顾那只奇异的鸟儿和那只小狗**斯特罗米安**的。'这是巧合吗?他是猜到了这个名字?还是他知道这个名字故意说了出来?这个人和我的命运有什么关联吗?有时我试图告诉自己这只是我的臆想,但我知道,我真真切切地知道,这事儿发生了。一种巨大的恐惧侵袭着我,就像有一个陌生人一直在帮助我回忆。你怎么看,埃克贝尔特?"

埃克贝尔特若有所思地看着他受苦的妻子,他沉默着思索了一番后对她说了几句安慰的话便离开了。怀着一股难以名状的不安,他在一个偏僻的房间里来回踱步。数年来,他只和瓦尔特有交集,但现在,他却成为世上唯一压迫他、折磨他的存在。于埃克贝尔特而言,他觉得似乎只有让这唯一的存在从生命中消失,才能使自己重获快乐和轻松。他拿起了十字弩,想去狩猎,分散一下注意力。

这是一个寒风刺骨的冬天,厚厚的雪掩埋了山坡,压弯了树枝。他漫无目的地走着,额头上都是汗,什么野兽都没看到,这让他更生气了。突然,他看到远方有什么东西在移动,那是瓦尔特正在收集树上的苔藓。不知不觉中,埃克贝尔特把箭头瞄准了他,瓦尔特回过头做出一个吓人的手势,但这时弩箭已经离弦飞出,瓦尔特应声倒下。

埃克贝尔特感到如释重负,但一阵恐惧又驱使他回到城堡。他在森林深处迷了路,因此多走了好一段路。回到城堡时贝尔塔已经去世了,临死之前依旧说了许多关于瓦尔特和那位老妇的话。

埃克贝尔特非常孤独地生活了很长一段时间。他变得越来越忧郁,因为妻子离奇的故事让他惴惴不安,他担心会有什么不幸的变故发生,整个人似乎都崩溃了。谋杀朋友的场景时常在眼前浮现,他活在永恒的自责之中。

为了消除忧愁,他时常到邻近的大城市去参加聚会和节日庆典,希望能随意交到一个朋友来填补灵魂的空虚,但想到瓦尔特,他又开始害怕结交朋友,因为他觉得无论交什么朋友都会变得不幸。他和贝尔塔一起享受了这么久美好祥和的时光,这几年与瓦尔特的友谊也曾让他幸福,如今这两人的猝死让他觉得生活从某些角度来看不像是真实的经历,而更像是一个奇异的童话。

沉默忧郁的埃克贝尔特结识了一位年轻的骑士胡戈,他看上去怀着真诚的善意。这段友谊让埃克贝尔特倍感意外,他越快适应这段友情,就怀疑得越少。两人经常待在一起,这位陌生人竭尽全力帮助埃克贝尔特,他们几乎从来不单独骑马出行,总是同时出现在所有社交场合,简而言之,两人形影不离。

埃克贝尔特总是只能感受到稍纵即逝的快乐,因为他清楚地知道胡戈只是错爱着他,他还不了解他,也不知道他的故事。埃克贝尔特又产生了告诉胡戈一切的冲动,这样他就能确定胡戈是否是真朋友。但疑虑和对被厌恶的恐惧又阻止他这么做。有时候他对自己的卑鄙是如此深信不疑,以至于认为没有人会再尊重他,除非是彻底的陌生人。但即便如此,他依旧禁不住诱惑,在一次郊外骑行中向他的朋友坦白了一切,随即问他是否会喜欢一个杀人犯。胡戈有些震惊,但又尝试安慰他。埃克贝尔特这才放宽了心,与他一道回去城里。

在获得信任的同时心生疑虑,这或许已成为埃克贝尔特的诅咒,因为还没到宴会厅,他朋友在灯光下的脸色就使他心生不悦。他觉得看到了朋友阴险的笑容,也觉得胡戈与他很少说话,与其他在场的人却交谈甚欢,看起来对自己毫不在意。一位与埃克贝尔特常年为敌的年长些的骑士也参加了聚会,他经常以一种独特的方式打听埃克贝尔特的财富和他的亡妻。胡戈正在与他聊天,两人秘密地聊了许久,不时还指向埃克贝尔特。埃克贝尔特证实了自己的怀疑,他觉得自己被背叛了,尽力克制着可怖的愤怒之情。正在他直直发愣时,他突然看到了瓦尔特的脸,他的各种表情,以及曾经如此熟悉的身姿。他定睛一看,确认正在和老骑士聊天的别无他人,就是瓦尔特。他的惊讶难以形容,最后不由自主地连夜离开了那座城市,并在迷路数次后回到了自己的城堡。

他如不安的幽灵般穿梭于各个房间,无法让自己停下来,他的脑中出现着一个比一个更为恐怖的念头,根本无心入睡。他常觉得自己疯了,只是用幻想臆造了一切,随后他又想起了瓦尔特,一切于他而言越来越像一个谜团。他决定外出旅行以便整理一下思绪。他现在永远放弃了获得友谊的念头和与人交往的愿望。

没决定好路线他便出发了,身在何处已经无关紧要。他骑着一匹跑得最快的马一路疾行数日,突然发现自己在重重山崖间迷路了,怎么也找不到出口。终于,他遇上了一位年迈的农夫,为他指了一条穿过瀑布的小路。他本想舍些钱币以表感谢,但农夫谢绝了。"怎么回事,"埃克贝尔特自言自语道,"我又胡思乱想了,这人好像是瓦尔特。"——于是他又回头看了一眼,果然不是别人,就是瓦尔特——埃克贝尔特踢了马一脚,它飞快地跑了起来,穿过了草地和树林,最终累倒在埃克贝尔特身边——埃克贝尔特对此并不在意,决定徒步继续旅程。

他稀里糊涂地登上了一座小山,听见附近有快活的狗叫声,此时桦树也在沙沙作响,然后就听到了一个奇怪的声音在唱歌:

> 林中静寂,
> 重又快乐,
> 不复悲伤,
> 不复嫉妒,
> 重又快乐,
> 林中静寂。

此刻,埃克贝尔特失去了理智,心神恍惚。他无法再从谜团中区分,到底他正在做梦,还是曾梦到一个叫贝尔塔的女人。最奇异之事与最寻常之事交织在了一起,他周围的世界如同被施了魔法一般,他再也无法控制自己的想法和回忆。

一个驼背的老妇一边咳嗽,一边拄着拐杖悄悄走到山上。"你把我的鸟,我的宝石,还有我的狗带来了吗?"她朝他喊道,"看到了吗,恶有恶报。我就是你朋友瓦尔特,你的胡戈。"

"天哪!"埃克贝尔特暗自说道,"我是在怎样可怕的孤独之中度过了一生啊!"

"另外,贝尔塔是你的姐姐。"

埃克贝尔特摔倒在地。

"她为何要阴险地离开我?不然一切都会美好顺利地结束,她的考验几乎都要结束了。她是一位骑士的女儿,但你的父亲把自己的女儿托付给了一个牧羊人。"

"为什么我一直有这种恐怖的预感呢?"埃克贝尔特大喊道。

"因为你青年时期就听你父亲说过,他无法让妻子把这个女儿留在身边抚养,因为她的母亲另有其人。"

埃克贝尔特如死般躺在地上,他疯了。昏昏沉沉、精神失常的他听到了老妇在说话,狗在叫,鸟儿又重新唱起了歌曲。

思考题

1. 鸟儿三次唱歌的歌词发生了怎样的变化?这些变化意味着什么?
2. 文中出现了许多对自然景物的描写,请选取其中你印象最深的一段,分析这段风景描写与故事情节发展之间的联系。
3. 现实与幻境的对立是本文重要的主题之一。它们在蒂克笔下分别呈现出怎样的特点?它们的对立又是通过何种方式体现出来的呢?

诺 瓦 利 斯

（徐璟瑶　撰）

诺瓦利斯（1772—1801）是德国早期浪漫派代表作家之一。他于1772年出生在北德一个贵族家庭，从小接受严格的虔信派教育。在耶拿大学学习期间，他受到费希特、席勒、克里斯多夫·马丁·维兰德（Christoph Martin Wieland）等人的深刻影响，并结识了歌德、赫尔德、施莱格尔兄弟和蒂克等人。1794年，诺瓦利斯遇见了刚12岁半的索菲·封·屈恩，并于次年订婚。但仅在1797年，15岁的索菲就在经历多次手术后去世。未婚妻的早逝对诗人造成了巨大的打击，但同时也促使他对宗教、死亡与爱情产生了新的认识，这在诺瓦利斯1798年发表的断片集《花粉集》（*Blüthenstaub*）、1800年发表的长诗《夜颂》中都显而易见。1801年，诺瓦利斯死于肺结核。

诺瓦利斯未完成的小说《海因里希·封·奥夫特丁根》是一部"浪漫化"的成长小说，在他死后由弗里德里希·施莱格尔于1802年出版。小说的主人公奥夫特丁根是德国中世纪一位具有传奇色彩的吟游诗人，他在小说的开篇就梦见一朵不断变形的"蓝花"，"蓝花"成为诗人对远方与无限的遐想，也在日后成为充满精神秘密的浪漫主义象征。在某种意义上，这部小说与歌德的成长小说《威廉·迈斯特的学习生涯》构成了一种对立，诺瓦利斯借这部小说展现了一种诗意的内在性发展旅程，批判了迈斯特式功利济世的成长模式，以及启蒙带来的极端理性和人的撕裂。诗人借中世纪背景将自然、神秘和感性的力量重新注入新生的"诗意世界"，并让远行的主人公最终走上一条逐渐走向内心世界的归乡之旅。浪漫派和古希腊时期一样，认为诗是所有文学体裁的统称，诺瓦利斯自己称这部小说为"诗的神化"(Apotheose der Poesie),它体现了小说作为"渐进的万象诗"的可能性:一方面融合了诗歌、戏剧、童话、散文等各种不同文学体裁,而它未完成的结尾也恰好呼应了浪漫派所钟爱的断片形式;另一方面在题材上融合了古希腊、古埃及、北欧、阿拉伯神话和基督教传统,还囊括了诗人所热衷研究的各种自然科学现象,通过联结哲学与艺术、自然与历史、爱与基督、自我与整体,构成了一本"诗化小说"。

小说共分为两个部分——"期望"和"实现",后半部分是未完成的断章。本书节选的"克林索尔童话"出现于第一部分结尾处,作者借海因里希的导师克林索尔之口,以寓言形式呈现了"诗意"(Poesie)取代"理性"(Verstand)的过程,不管从情节上还是象征意义上都可以说是整部小说的一个缩影。

故事发生在三个不同的世界:天界、人间和冥府。阿克托(Arctur)是北方星辰世界(天界)的国王,象征着生命的精神。他的女儿弗蕾亚(Freya)象征着和平与渴望;他的妻子索菲(Sophie)象征智慧,在故事的开头便流落到人间,以女祭司的形象出现在祭坛边。在人间的家庭中,父亲象征着感性,母亲象征着心灵,他们的儿子厄洛斯(Eros)象征着爱情。厄洛斯的乳母是金妮斯坦(Ginnistan),她是月亮的女儿,象征着幻想。月亮生活在介于星辰世界和人间两者之间的云的国度。金妮斯坦与厄洛斯的父亲产有一女法贝尔(Fabel,意为寓言),象征着诗意。家中还有一位录事(Schreiber),负责记载发生过的事情,象征着理性。冥府中住着法贝尔的三位姐姐,她们是命运三女神(Parzen),守护冥府大门的则是斯芬克斯(Sphinx)。"克林索尔童话"主要讲述了法贝尔如何战胜录事和命运三女神,帮助索菲回到阿克托的身边,并帮助厄洛斯找到弗蕾亚,重建王国和家园的故事。在故事的最后,父亲苏醒,葬身大火的母亲重新与世界融为一体,厄洛斯和弗蕾亚成为新的国王和王后,世界在法贝尔的带领下重返黄金时代。

诺瓦利斯在"克林索尔童话"中写入了自己对世界的宏大构思,故事中充满了耐人寻味的细节,例如频繁出现的音乐、各种化学反应和自然现象、光与影的反转、石化别人与被石化的理智、古老神话与新神话的交替出现等,编织成一个关于救赎的浪漫主义神话。

克林索尔童话

(徐璟瑶 译)

傍晚来了几位客人,祖父举杯祝这对新婚夫妇身体健康,并承诺马上为他们举办一场美好的婚礼。老人说:"何必再久等呢!结婚越早,爱情越长。我早就发现,年轻时缔结的婚姻是最幸福的。与此相比,中晚年的婚姻就没有了此般热诚。共同度过的青春是一条坚不可摧的纽带,回忆是爱情最稳固的基石。"晚餐后来了更多客人,海因里希便请求他新认的父亲兑现承诺。于是克林索尔对大家说:"我今天答应海因里希讲一个童话故事,如果你们愿意听,我就准备开始了。""海因里希的这个主意真不错,"施瓦明说道,"我们已经很久没听您讲故事了。"所有人都围坐在燃烧的壁炉前,海因里希紧挨着玛蒂尔德,搂着她的肩膀。克林索尔开始了他的故事:

漫漫长夜伊始,老勇士①敲击盾牌,城里最偏僻的巷尾都能听到响声。他重复击打三次,此时宫殿中高大的彩色窗户开始从里透出光亮,人影憧憧。照亮街巷的红光越亮,人影便愈发活络起来。雄伟的立柱和高大的城墙也渐渐明亮起来,直到它们闪着最纯粹的浅蓝色光泽,反射出最柔和的色彩。城里的一切现在都能看清了,人物的轮廓、长矛、利剑、盾牌、盔甲、到处出现的皇冠从四面八方围拢来,最终又销声匿迹,取而代之的是一个朴素的绿色花环,被一个硕大的圆圈所环绕;所有这一切倒映在冰封的大海上,海环绕着山,山上坐落着城,即便是远方环绕着大海的巍峨山脉,也披上了一层微光。人们已经很难看

---

① 在后文中,老勇士也被称为艾森(Eisen)和珀尔修斯(Perseus),前者意为"铁",后者是古希腊神话中的英雄,曾在雅典娜的帮助下,手持盾牌砍下了美杜莎的头颅,象征着力量。本篇译者注中的解读,都基于诺瓦利斯的自述与格哈特·舒尔茨(Gerhard Schulz)的注释本,后不赘述。

清什么,却听到一阵神奇的喧响,仿佛从远方的一座巨型工厂传来。相反,那座城倒变得明亮清晰,光滑透明的城墙折射出华丽的光线,所有建筑物都具有一种绝妙的匀称感,美轮美奂,形成一幅完美的构图。每扇窗前都摆着精致的陶器,里边长满了形色各异的冰花和雪花,以最优雅的姿态闪耀着。

宫殿前巨大的广场上有一个花园,显得格外美丽。花园内满是金属树木和水晶植物,还有宝石花卉和果实。种种植物形态各异,精美绝伦,花园里的光线和色彩充满生气,造就出最美丽的场景。随着花园中心的喷泉涌向高处,泉水在空中凝结为冰,华美之感到达了巅峰。老勇士缓缓经过宫殿前的大门,此时门内有个声音忽然喊着他的名字。他把身子靠到门上,大门随即伴随着轻柔的声响缓缓开启,勇士便踏入大殿。他将盾牌挡在眼前。"你还什么都没发现吗?"阿克托[①]美貌的女儿抱怨道。她躺在硫黄石雕铸成的宝座上,倚着丝绸垫子,身旁几个侍女正殷勤地为她按摩,她柔软的四肢仿佛由牛奶和紫红色颜料汇聚而成。侍女们手下的每寸肌肤都向四周洒露出迷人的光,以一种神奇的方式照亮了整座宫殿。一阵微风掠过殿堂,香气袭人。勇士沉默不语。"让我摸一摸你的盾,"她柔声说道。勇士向宝座走去,踏上精贵的地毯。她抓起勇士的手,饱含柔情地将其放在她迷人的胸脯上,并抚摸着他的盾牌。他的盔甲发出丁零哐啷的响声,一股穿透一切的力量激活了他的身体。他双眼放光,跳动的心脏怦怦地撞击着胸前的盔甲。美丽的弗蕾亚[②]显得更加欣喜,身上散发出更灼热的光芒。这时,宝座后一只华丽的鸟儿喊道:"国王驾到!"侍女们为公主盖上天蓝色的毯子,遮住她的胸脯。勇士放下了他的盾牌,抬头望去。此时大殿两旁旋转着升起两座巨型阶梯,直至穹顶。先是一阵轻柔的乐音传来,随后国王和身后众多随从从穹顶上缓缓走了下来。

那只漂亮的鸟儿展开它闪耀的双翅,轻轻扇动,以千人齐唱般的歌喉向着国王高歌:

[①] 阿克托意为"大角星",是牧夫座中最明亮的恒星,位于北半球。在小说中,阿克托是北方星辰世界的老国王。
[②] 弗蕾亚是北欧神话中掌管爱与婚姻的女神,对应着古希腊神话中的阿芙罗蒂特与古罗马神话中的维纳斯。在小说中,她象征着"渴望"(Sehnsucht)。

> 俊美的异乡人不再踟蹰不前。
> 永恒伊始,温暖已近。
> 当山海皆熔于爱情的烈焰,
> 女王将从长梦中苏醒。
> 当寓言重掌那古老的职权,
> 寒夜将从此地被荡清。
> 世界将在弗蕾亚的怀中被点亮,
> 每种渴望都将找到自己的渴望。

　　国王温柔地拥抱了他的女儿。众星的精灵环立于宝座四周,勇士也在队列中找到自己的位置。不计其数的星星以精巧的组合排列,充满了大殿。侍女们搬来一张桌子和一个盒子,盒中放着许多纸片,上面是用星座组成的神圣而深奥的符号。国王虔敬地亲吻了这些纸片,认真地将它们打乱,然后把其中一些给他的女儿,其他的自己留着。公主依次抽出纸片,将它们一张张放在桌上。然后国王仔细看了看他自己的那些纸片,考虑良久后才选出一张放在桌上。有时候,他仿佛是被迫才选出这张或那张。而当他找到一张合适的纸片,使符号与图形组成美妙的和谐时,大家总能看到他脸上露出喜悦的神情。

　　游戏开始时,环立着的所有人都热情地参与。大家都摆出最奇特的表情和姿态,仿佛每个人手里都拿着一件隐形的工具,并以此辛勤劳作着。与此同时,空气中回荡着柔和又动人的音乐,仔细听来,似乎是由大殿中众星神奇的围转和其他奇特的运动产生的。众星在空中飞旋,疾徐不定,不停变换着队形,并随着音乐的起伏以极富艺术的方式组合成纸片上的图形。音乐同桌上的图形一样,不停地变换着,不论旋律之间的频繁过渡是多么奇妙而令人匪夷所思,都只有唯一的简明主题贯穿其中。众星以一种不可思议的轻盈感随着图形的变化飞翔。他们时而汇聚到一个巨大的集合中,时而又分散在单独的绮丽组合中,有时那奇长的星带倏然绽开,像一道闪电绽裂成无数的火花,有时一些较小的圆圈或图案不停增长,进而显现出令人惊异的宏大形象。而窗户里的彩色人影只是静静地站立着。那只鸟儿则以最多样的舞姿不停摆动它旖旎的羽毛。老勇士也一直辛勤地忙着他手里的工作，直到国王充满欣喜地喊道："一切都会好起来。艾森，请将你的剑扔到世上，好让他们知晓，和平栖于何处。"于是勇士拔出利剑，指向苍穹，然后握紧了剑柄，将它掷向窗外，这把剑飞过了整座城和冰封的海，像一颗彗星般从空中掠过，在环形山脉的边缘伴随着清脆的响声仿佛碎裂开来，其实是在眩目的火光中落了下去。

这时，那位美貌的男孩厄洛斯①正躺在他的摇篮里，安静地休憩着，而他的乳母金妮斯坦②一边轻轻推着摇篮，一边将他的妹妹法贝尔③抱到胸前喂奶。录事④坐在一盏明亮的台灯前，金妮斯坦为了不让灯光打扰到孩子，将她彩色的头巾展开，搭在摇篮上。录事孜孜不倦地写着，只是偶尔不悦地看一眼孩子们，对乳母也一直黑着脸，金妮斯坦则只是和善地朝他微笑，默不作声。

孩子们的父亲总是进进出出，每次都来看看孩子，又友好地向金妮斯坦问好。他不停地向录事说话，录事听得非常仔细，把这些话记录下来，然后把纸递给一位高贵的、神灵般的女子。那位女子倚靠在一个祭坛边，祭坛上摆着一只深色的碗，里面盛满清水，女子脸上带着欣喜的微笑，望向碗中。她每次都将纸浸入水里，如果拿出来时发现有些字还在纸上，并且变得闪闪发光，她就将纸还给录事，录事则把这张纸夹进一本大书之中。但每当他的努力付之东流，写下的东西全部消失的时候，他总会显得很失落。那位女子不时地面向金妮斯坦和孩子们，把手指伸进碗里，蘸几滴水洒向他们。水珠一碰到乳母、孩子或摇篮，就变成蓝色的水雾，显现出千万种奇异的图画，久久萦绕着他们，变幻不止。要是有一滴水碰到了录事，就会有一堆数字和几何图形掉落下来，他便吃力地用一根线将它们串联起来，变成一条项链，戴在自己细长的脖子上。男孩那优雅而妩媚的母亲也时常到屋里来。她看起来总是很忙碌，每次都从房间里带走一件器皿；多疑的录事总是悄悄盯着她，一旦发现她取走了什么，就开始用长篇大论讨伐她的行径。但大家对此都不以为然，似乎也习惯了他那无用的批评。有几次母亲给小法贝尔喂奶，但不一会儿又被人叫走，于是金妮斯坦便把孩子

---

① 厄洛斯，古希腊神话中象征爱欲的神，在小说中象征着"爱"（Liebe）。
② 金妮斯坦来源于阿拉伯神话中女神 Dschinnistan 的名字，在小说中与"幻想"（Fantasie）对应。
③ 法贝尔意为"寓言"，在小说中象征着诗意。
④ 录事是记载事情的书记官，在小说中象征着理性。

抱回去,似乎法贝尔也更喜欢在乳母那里喝奶。有一回,父亲在院子里找到一根柔软的铁条,把它拿进了屋里。录事将它仔细查看,在手中饶有兴致地转来转去,然后得出,如果用一根线系在铁条中间将它悬空,它就会自己转向北方。金妮斯坦也将它拿到手上,将它弯折,压扁,然后对它吹了一口气,于是铁条变成一条蛇的模样,而且突然咬住自己的尾巴①。录事很快就看厌了,他仔细地写下所有事情,关于他的发现能派上的用场更是写得洋洋洒洒。然而,当他的书写成果没能通过试验,碗里拿出来的纸上空无一字时,他就感到万分懊恼。乳母继续把玩着手里的东西。她偶尔碰到边上的摇篮,于是男孩慢慢醒了,掀开被子,一只手挡着光线,一只手伸向那条蛇。当男孩抓到蛇的时候,他忽然充满力量,一下跳出了摇篮。金妮斯坦大吃一惊,录事也吓得差点从椅子上摔下去。男孩站在屋里,身上只披着金色的长发,他怀着溢于言表的喜悦,观察着手里那件指向北方的宝物,内心似乎也被它深深地打动。男孩明显地长大了。

"索菲②,"他用动人的声音对那位女子说道,"让我喝碗里的水吧。"她不假思索就把碗递给了男孩,男孩喝得停不下来,碗里的水却好像一直是满的。终于,他把碗还给那位高贵的女子,并真挚地拥抱了她。然后男孩亲热地拥抱了金妮斯坦,向她要了那条彩色的头巾,以得体的方式系在自己腰间。他又抱起小法贝尔,小法贝尔似乎对他有着不尽的喜欢,开始和他说起话来。金妮斯坦为男孩忙东忙西,她看上去极为风流迷人,像新娘一般亲切地抱住了男孩。她对男孩说了几句悄悄话,把他叫到卧室门边。但是索菲严肃地向她招手示意,还指了指那条蛇。这时候男孩的母亲进来了,他立刻飞到她的身边,热泪盈眶地迎接她。录事愤懑地离去。这时父亲进来,看到母子两人静静相拥,便从他们身后走到迷人的金妮斯坦那里,爱抚着她。索菲上楼去了。小法贝尔拿起录事的笔,开始写字。母子二人非常专心地轻声聊着,父亲则跟金妮斯坦溜进了卧室,希望能忘记白天的事务,在她怀里得到一些慰藉。过了很久,索菲才回来。录事也走了进来。父亲走出卧室,又回去忙自己的事情。金妮斯坦回来时脸颊绯红。录事骂骂咧咧地把小法贝尔从他的位置上赶走,好一会儿才把东西

---

① 衔尾蛇(Ouroboros)是一个古老的神话符号,代表着永恒与无限,与重生的凤凰有类似的象征意义。
② 索菲在希腊语中有智慧的意思,同时也是诺瓦利斯早逝的未婚妻的名字。

重新整理好。他把那张被法贝尔写满的纸递给索菲,准备拿回一张白纸,然而从碗里拿出来的纸上却一字不差,每个字都闪着金光。索菲将它放在录事面前,录事立刻艴然不悦。法贝尔依偎在她母亲身上,母亲一边将她抱在胸前,一边装扮房间,打开窗户透气,还准备着一顿精致的餐食。从窗户望出去可以看到明丽的风景,晴朗的天空像一张画布张开在大地上。父亲在院子里不停忙活着,要是累了,他就抬头看看那扇窗,金妮斯坦站着窗后,把各式各样的甜食扔给他。母子俩走了出来,在各处帮忙,也为他们定下的计划作准备。录事动起笔来,每次他要向金妮斯坦问些什么,他的脸就会扭在一起。因为金妮斯坦有着过人的记忆力,所有发生过的事情她都能记得。不一会儿,厄洛斯身穿漂亮的铠甲走进来,把那条像绶带一样绑在身上的彩色头巾还给金妮斯坦,并询问索菲,他该在何时以怎样的方式踏上他的旅途。多嘴的录事立刻说,可以为他提供一个详尽的旅途计划,但他的建议却被无视了。"你可以立即出发,金妮斯坦愿意陪你,"索菲说,"她知道路怎么走,也熟悉所有的地方。为了让你不被诱惑,她将扮作你的母亲。你要是见到国王,别忘了想起我,我会来帮你的。"

金妮斯坦变作了母亲的样子,对此父亲显得非常愉快。他们两人走了,录事很高兴,尤其是因为金妮斯坦临走时送给他的小本子,里面事无巨细地记载了家族的事迹。只有小法贝尔还是他的眼中钉,他最希望的就是小法贝尔也一起离开,只有这样他才能获得清静和满足。索菲为跪在地上的两人祝福,给他们满满一罐从碗里倒出来的水。母亲满怀着忧虑,小法贝尔想跟他们一起去,而父亲因为一直忙着屋外的事,没能好好参与这场告别仪式。他们出发的时候已是晚上,明月高照。"亲爱的厄洛斯,"金妮斯坦说道,"我们要赶快了,因为我们要先去我父亲那里,他好久没有见我,正充满渴盼地满世界找我。或许你看到他苍白憔悴的面容了?我现在有着别人的样貌,唯有你的证明才能让他认出原本的我。"

爱情[①]走在漆黑路上

---

① 指厄洛斯。

只有那月亮①窥见，
幽灵王国大门开敞
到处是奇异的装点

周围升起一阵蓝雾
边缘闪着金色的光，
幻想②急切地催人赶路
走过河流与田壤。

她丰满的乳房隆起
伴随着神奇的心绪；
对未来欢情的预知
压抑了狂热的情欲。

哀怨着的渴望③并不知晓，
爱情来临的踪迹，
绝望的忧愁如一把刻刀
在她脸上留下纹理。

那小蛇仍保持忠实：
一如既往向北指着，
两人无忧无虑地跟随
这美丽的指路者。

爱情穿过沙漠和荒野

---

① 指金妮斯坦的父亲。
② 指金妮斯坦。
③ 指弗蕾亚。

穿过云彩的国度，
他走进了月亮的宫阙
牵引着他的公主。

月亮独倚在白银宝座，
默默忧愁哀痛；
女儿的声音传进耳朵，
他赶紧去相拥。

厄洛斯站在一旁，被这柔情的拥抱深深打动。慢慢地，这位心神震颤的老人终于回过神来，欢迎他的客人。他取来巨大的号角，并鼓起全身的力气吹奏。一声洪亮的巨响回荡在古老的城堡。高耸的塔楼和它们发光的圆顶，还有高深晦暗的屋宇都震颤起来。城堡屹立不倒，因为它已倏然出现在大海对岸的山巅之上。他的仆从自四面八方涌来，他们奇异的体态和服饰让金妮斯坦感到万分欢乐，而勇敢的厄洛斯也没有被他们吓到。金妮斯坦问候了她的旧相识，大家在她面前都显示出新的力量和天性中全部的美好。性格激烈的涨潮之神跟在温柔的退潮之神后面。炙热的地震充满激情，年长的飓风依偎在他怦然跳动的胸膛上。满怀柔情的阵雨回眸望向七色的彩虹，彩虹远离了更吸引它的太阳，于是面色惨淡地站在那儿。严酷的雷鸣痛斥闪电愚蠢的行径，让它别从无数的云朵后面出来，云朵则摆出万千姿态，引诱着如火的少年。晨昏这两个可爱的姐妹，尤其因为两位新来的客人而感到高兴，两人相拥而泣，留下温情的泪水。这些臣仆的样貌都神乎其神，难以名状。老国王对他的女儿怎么都看不够。她在父亲的城堡里感到十倍的快乐，对于那些她熟知的奇幻景象也根本看不厌。国王把通往宝库的钥匙交给了女儿，还下令准许在那里为厄洛斯上演一出长戏，除非厄洛斯说要离开，否则就可以一直让他享受欢娱，这让金妮斯坦的愉悦之情更难以言表。宝库里面是一个巨大的花园，里面令人琳琅满目的景象是任何语言都无法形容的。参天的气象树之间有不可胜数的空中楼阁，建筑风格超凡脱俗，一座比一座更为珍奇。长着银色、金色和玫瑰色羊毛的大型羊群在其间徘徊,还有极为奇异的动物让树林充满了生机。古怪的雕像散布在各处,还有盛大的游行、神奇的花车不断映入眼帘,让人目不暇接。苗圃里开满了五彩的花卉。楼宇内堆满各式各样的武器,到处是绝美的地毯、墙纸、窗帘、杯盏,还有各种器皿和工具,排成的队列一眼望不到头。从一个山丘上可以望见一个浪漫的国度,密布着市镇和城堡、庙宇和坟茔,有人栖居的平原秀丽多姿,无人的荒野和险峻的悬崖散发着可怖的诱惑力。一切都彼此融合,化为一体。最美的色彩以最绝妙的方式组合在一起。山尖熠熠生辉,仿佛封存在冰雪之下的欲火。平原绽放出翠绿的笑容。远方用各种不同的蓝色装扮着自己,在大海的黑暗中有无数舰船的旌旗在飘荡。在这幅图景的远处可以看到一艘沉船,前面则有一群农夫在欢快地吃着一顿田园野餐;那里是骇人而又美丽的火山爆发,是地震带来的摧残,而近处则是一对爱侣在树荫下亲密地爱抚。向下看去是一个可怕的战场,战场下方则是一个剧院,里面到处是极为可笑的面具。另一边的近处是一具少女的尸体躺在棺材上,她绝望的爱人死死抱着棺材,一旁是恸哭的父母;背景里则有一位清秀可爱的母亲,把孩子抱在胸前,天使们有的坐在他们的脚边,有的从他们头上的树枝向下望。这些景象不停变幻,最终汇聚成一出神秘的大戏。天空和大地躁动翻卷了起来,一切恐怖都被释放,一个孔武有力的声音号召着大家拿起武器,这时一支可怕至极的骸骨大军举着黑色的旗帜,像暴风一般从幽黑的山上席卷而来,攻击生命,而此时生命正与他青年的追随者们在晴朗的平原上举行欢快的庆典,完全没有预见突如其来的攻击。一场可怕的混战开始了,大地震颤;风暴呼啸而来,黑夜被恐怖的流星照亮。幽灵的军团以惨绝人寰的方式撕碎了生者柔软的四肢。柴垛越堆越高,在骇人的嘶吼声中,生命的孩子们被吞噬在烈火之中。从黑色的灰烬之中突然迸发出浅蓝色的泉水,流向四面八方。幽灵们四散奔逃,然而潮水一下子涨起来,吞没了这些丑陋的恶人。很快,一切可怕的东西都被消灭了。天空和大地在甜美的音乐中融为一体。一朵奇美的花朵闪着微光,漂浮在轻柔的波浪上。潮水上方架起了一道闪耀的彩虹,彩虹上有各个神灵列坐在华美的宝座上,向彩虹的两端依次排开。最上面坐着索菲,手里托着碗,边上是一位卷发的美男子，头戴橡叶花环，右手拿着的不是权杖，而是和平的棕榈叶。漂浮着的花朵上，一片百合花瓣垂于花萼上，小法贝尔坐在上面，在竖琴的伴奏下唱着最甜美的歌谣。花萼里边躺着的正是厄洛斯，他向一个微睡中的娇美女孩弯下身来，那个女孩紧紧抱着他。一朵更小的花儿包裹着两人，让他们看起来好像从腰部以上幻化成了一朵花。

厄洛斯怀着万分喜爱之情感谢金妮斯坦，他温柔地拥抱了她，她也回应了厄洛斯的爱抚。旅途的波折和所见的各种事物使厄洛斯倍感疲惫，现在他只想舒服地歇一歇。金妮斯坦感到自己已被眼前的美少年深深吸引，小心翼翼地避免提及临行前索菲给他的水。她将厄洛斯带到一个僻静的浴场，卸下了他的盔甲，自己穿上一条睡裙，显得陌生而充满诱惑力。厄洛斯走进了危险的水波中，从水里出来时他变得心醉神迷。金妮斯坦擦干了他身上的水珠，又擦了擦他强壮而充满青春力量的四肢。厄洛斯怀着热烈的渴望想起他的爱人，在甜美的幻想中抱紧了迷人的金妮斯坦。他放下顾虑，让洪水般的温情支配自己的心绪，享受了一番云雨之乐后，厄洛斯靠在女伴的酥胸上慢慢睡着了。

与此同时，家里发生了不幸的变故。录事把仆从们拉进一场危险的阴谋。他充满敌意的心性早已在寻找谋反的机会，企图挣脱自己身上的桎梏。他终于找到了机会。他的追随者首先制服了母亲，用铁链拴住了她。父亲也在用餐的时候被抓了起来。小法贝尔听到房间里的动静，悄悄躲到了祭坛后面，她发现那里藏着一扇门，便十分敏捷地把门打开，看到一段通往地下的阶梯。她关上门，在一片漆黑中沿着台阶走了下去。录事疾风骤雨般冲进房间，来找小法贝尔复仇，还想抓住索菲，但这两人却不见了踪影。那只碗也已经不知去向，怒气冲天的录事把祭坛砸得粉碎，却没能发现那道隐秘的阶梯。

小法贝尔不知在阶梯上走了多久，终于走到一片空地，四周装饰着华美的廊柱，面前是一扇紧闭的大门。这里的一切形象都显得十分晦暗，这里的空气像一团巨大的阴影，天上悬着一个黑色却发光的物体。一切事物都清晰可辨，因为每个形象都有着各不相同的黑色，背后则投射出一抹光亮——仿佛光与影的角色在这里发生了互换。法贝尔来到一个新的世界，非常高兴，以孩童般的好奇仔细观察着一切。最后她来到大门旁，前面巨型的基座上卧着美丽的斯芬克斯①。

"你在找什么？"斯芬克斯问道。"我的财产。"法贝尔回答。——"你从哪里来？"——"从古老的年代。"——"你还是个孩子。"——"也将永远是个孩子。"——"谁来帮助你？"——"我代表我自己。姐妹们在哪儿？"法贝尔问道。——"到处和无处。"斯芬克斯回答。——"你认识我吗？"——"还不认识。"——"爱情在哪里？"——"在想象里。"——"索菲呢？"——斯芬克斯不知嘟囔着什么，扇动的翅膀发出沙沙的响声。"索菲和爱情！"法贝尔发出胜利的呐喊，走进了那扇大门。她进入一个巨大的洞穴，愉快地来到曾经的姐姐们②面前。暗淡的夜里，她们正在一盏燃着黑光的油灯下进行神奇的工作。小法贝尔围着她们转，殷勤地展示自己的亲热，她们却装作没有看到这位小客人。终于，其中一人以粗暴的言语和蔑视的神情嘶声问道："你在这儿做什么，游手好闲的人？谁让你进来的？你这个小孩，在这儿蹦蹦跳跳，扰乱了原本安静的烛火，让灯油白白燃尽。你就不能安安静静坐下，干点什么事吗？"——"美丽的堂姐，"小法贝尔说，"我觉得闲着并没有什么不好。你们的看门人让我忍不住想笑，她想把我抱到胸前，但大概是吃得太多了，站都站不起来。让我坐到大门前面，再让我织些什么吧，因为我在这儿看不清楚，而且我织东西的时候，还必须唱歌、闲聊，这会打扰你们严肃的思考。"——"你不能出去，但是边上的房间有一道从上界穿过岩石的缝隙照进来的光，你要是真的手巧，可以在那里织。这边堆着无数的旧线头，你可以把它们拧到一起。但是要小心，如果你偷懒，或者把线扯断了，这些丝线就会缠住你，把你勒死。"——老姐姐露出阴险的笑容，继续织起来。小法贝尔抱起一大捧线，拿了梭子和纺锤，唱着歌蹦蹦跳跳地走进了房间。她透过缝隙向外看，窥见了凤凰星座。她为这幸运的征兆感到高兴，于是欢快地织了起来，她没把房门关严，而是留了一条缝隙。她轻声唱道：

---

① 斯芬克斯源于古埃及神话，是庙宇和金字塔前常见的守护者，同时也是希腊神话中用谜语拦住过路人的怪物，猜不中者会被它吃掉。
② 指命运三女神帕耳开，古罗马神话中负责纺织人的生命之线的三位姐妹，对应古希腊神话中的命运三女神摩伊赖（Moirae）。

快从你们的房里醒来,
古老时代的孩子们①;
离开你们舒适的住宅,
清晨已经在敲门。

我将你们的缕缕丝线
纺成唯一一股细绳;
斗争的年代已到终点。
你们当以唯一为生。

每个人都活在所有人身上,
所有人也活在各个人里,
每人胸中有同一颗心荡漾,
吐纳同一口生命之气。

但你们还不过是灵魂,
不过是魔法和幻梦。
快到可怕的洞穴里去
取笑那三位至圣。

纺锤在一双小脚之间往来穿梭,灵巧得不可思议,小法贝尔的双手同时将柔软的细线捻到一起。伴随着歌声,无数碎光②溢出了门缝,像可怕的虫子在洞穴里蔓延开来。此时,老姐姐们一直闷闷不乐地织着手上的线,等着小法贝尔发出抱怨的哀叹。然而,一只吓人的鼻子突然凑到她们的肩膀上偷看,把她们吓坏了。环顾四周,她们发现整个洞穴里满是丑陋的怪物,正在以千百种方式胡作非为。她们慌了神,到处乱跑还撞到对方,厉声嚎叫着,最后要不是因为

---

① 法贝尔歌唱的对象是逝者的灵魂。
② "碎光"指的是逝者的灵魂,它们按照法贝尔在歌中所呼唤的进入了洞穴。

拿着曼德拉草①的录事走进了洞穴,她们差点就吓得变成了石头。燃着黑光的灯在混乱中掉到地上,熄灭了,于是碎光钻进岩石的缝隙,整个洞穴都变亮了。老姐姐们听到录事来了非常高兴,对小法贝尔则感到怒不可遏。她们把她喊出来,对她大吼大叫,而且不许她再继续织下去了。录事讥讽地一笑,觉得小法贝尔已经难逃他的掌心,说道:"你在这里,有人叫你做事,挺好的。希望别少了应有的责罚。你的聪明才智把你引到了这里。我祝你长命百岁,过得开心。"——"谢谢你的好意,"小法贝尔说,"能看得出现在是你风光的时候,你只差一个沙漏和一把镰刀②,就和我美丽的堂姐们的那位哥哥长得一模一样了。你如果需要鹅毛管,我就从你脸上揪下一把柔软的绒毛。"录事做出一副要让她好看的样子。小法贝尔笑着说道:"你要是宝贝你那漂亮的头发和有神的眼睛,那可得小心了。看看我的指甲,你也没有太多值得宝贝的东西了。"他强忍着怒火转向三位老姐姐,她们正揉着眼睛,到处摸索寻找她们的梭子。因为黑灯已经熄灭,她们什么也找不到,于是破口大骂,把气撒在小法贝尔身上。"让她走吧,"录事阴险地说道,"让她去为你们抓塔兰托毒蛛,用来制备你们的灯油。我倒要安慰你们,是因为厄洛斯不停地飞来飞去,你们的剪刀才忙个不停。他的母亲总是强迫你们把线织得更长,可她明天就会化为灰烬。"录事挠自己的痒痒,笑出声来。法贝尔得知这个消息后,流下了泪水,录事看到这一幕,把一截曼德拉草给了老姐姐们,然后耸着鼻子离开了。老姐姐们怒吼着让小法贝尔去找塔兰托毒蛛,却没注意她们的灯油其实还没用完。小法贝尔赶紧起身,假装打开门,又砰地一声关上,自己悄悄地溜到洞穴的深处,那里有一架垂下来的梯子。她迅速爬了上去,不久就到了一扇活动门前,大门通向阿克托的居室。

法贝尔出现的时候,国王坐在中间,他的顾问们围在周围。他头戴北方的王冠,左手拿百合花,右手持天平,脚边伏着雄鹰和狮子。"陛下,"法贝尔在国王面前充满尊敬地俯下身说,"愿你的王冠永固!受伤的心听闻喜讯!智慧速速归来!和平永久地苏醒!忙碌的爱情得享安宁!心灵焕发容光!古代获得

---

① 曼德拉草有麻醉和致幻的作用,历史上多被认为与巫术有关,《圣经》中曼德拉草被认为能使不孕的女子怀孕。
② 沙漏和镰刀是死神的象征,也就是后文说的"堂姐们的那位哥哥"。

新生,未来显现雏形!"国王用百合花抚过她露出的额头,"你所愿的都将实现。"——"我将许愿三次,到第四次的时候,爱情将出现在门前。现在请把里拉琴①给我。"——"厄里达诺斯②,取琴来!"国王喊道。伴着涛声厄利达诺斯从屋顶奔涌而来,法贝尔从厄里达诺斯那金光闪烁的潮水中取出了里拉琴。她预言性地拨弄了几下琴弦,国王赐她一个杯盏,她抿了一口,万般感谢后匆匆离开。她在冰海上滑行,跳跃时划出迷人的弧线,从琴弦里引出欢乐的乐曲。

在她的脚步下,冰面发出最悦耳的音调。悲苦的山崖以为那是他在寻觅中归家的孩子们发出的呼唤,于是用千万次的回声来应答。

法贝尔很快来到海边,遇到了她的母亲,但她看上去憔悴苍白,消瘦而严肃,并在高贵的举止中透露出绝望的苦闷和感人的忠诚。

"你这是怎么了,亲爱的母亲?"法贝尔说,"我觉得你完全变了,要不是感受到你内在的气质我都认不出你了。我希望能重新贴在你的胸前消解倦意,我一直以来都思念着你。"金妮斯坦温柔地爱抚了她,看起来十分愉快亲善。"我当时就觉得,"她说道,"录事不会把你抓住。看到你现在的样子,我开心多了。我过得很糟,但我也时常安慰自己,或许我能获得片刻的安宁。厄洛斯就在附近,要是他看见你,你和他闲聊几句,也许他会停留一会儿。现在你可以躺在我的胸前,我愿意把我拥有的一切都给你。"她把小女孩抱在怀里给她吃奶,一边微笑着低头看她吃得津津有味,一边继续说道:"厄洛斯变得如此狂躁而又喜怒无常,是我自己的原因。但是我不后悔,因为我躺在他臂弯里的每时每刻,都把我带向不朽。我感到自己融化在他炙热的爱抚之下。他像一个美好的强盗,似乎想要将我无情地摧毁,然后在他震颤的战利品面前骄傲地宣告胜利。日暮时我们从犯禁的迷醉中醒来,处于一种极为错乱的状态。宽阔的银白色羽翼盖着他雪白的肩膀,迷人的肉体和硬朗的线条。那股将他从孩童突然变成少年的喷薄而出的力量,似乎完全回到了闪耀的翅膀中,于是他又变回了男孩。他脸上安静的红晕化为嬉笑的鬼火,神圣的庄重化为伪装的玩笑,深刻的宁静化为孩童的焦躁,高贵的礼节化为滑稽的动作。我感到自己被眼前这个任性的男孩深深

---

① 里拉琴是游吟诗人常用的乐器,象征着诗与乐。
② 厄里达诺斯(Eridanus)是古希腊神话中的一个河流之神,也是波江星座的名字。

吸引,这股热情认真而不可抵挡,同时我又痛彻心扉地感受到,他微笑中带着嘲讽,对我的殷切恳求也漠不关心。我发现自己变了一个人,曾经的无忧无虑不见了,只剩下伤感的愁绪和多情的羞怯。我多希望自己能和厄洛斯一起从众人的视线里消失。我不敢直视他那伤人的目光,觉得自己备受羞辱。除了他我无法思考任何事情,我愿意用生命换回他的解脱。就算他伤害我所有的感情,我也只能深深爱慕着他。

"有一段时间,不论我多么真诚地用热泪乞求他留在我身边,他仍要启程远行,从我身边逃走,从那时起我便到处跟着他。他似乎是故意为之,只是为了取笑我。我刚追上他,他就狡猾地溜走。他用弓箭四处破坏,我无能为力,只好去安慰那些不幸的人,而我自己也需要人安慰。他们呼唤我的声音让我知道厄洛斯的去向,而当我不得不离开时,他们痛苦的哀叹又深深刺入我心。怒不可遏的录事追踪着我们,还把气撒在可怜的中箭者身上。那个神秘夜晚的结果是无数神奇的孩子①,他们长得像祖父,也被唤作祖父的名。他们像父亲一样长着翅膀,总是伴随在他身边,折磨那些被他的箭射中的可怜人。但那里来了一支欢快的队伍,我必须走了。保重,可爱的孩子!只要他在近旁,就能唤起我的激情。祝你一切顺遂!"——厄洛斯走了,金妮斯坦紧跟在他身边,他却从不温柔地看她一眼。但是他对法贝尔却很友好,他的小跟班们欢快地围着她跳舞。法贝尔再次见到她的奶兄非常高兴,于是伴着琴声唱了一首欢快的歌。厄洛斯好像回忆起什么,扔掉了手里的弓。小孩们在草地上睡着了。厄洛斯终于被金妮斯坦捉到,忍受着她温柔的爱抚。终于厄洛斯也开始打瞌睡,紧靠在金妮斯坦的怀里睡着了,张开的翅膀盖在了她身上。疲惫的金妮斯坦感到无比快乐,她的目光一刻都无法从这沉睡的美男子身上挪开。伴随着歌声,塔兰托毒蛛从四面八方涌现,在青草上织起一张闪着金光的网,并随着节奏在丝线上充满活力地舞动着。法贝尔此时安慰她的母亲,承诺马上就会来帮她。山崖边传来音乐柔美的回声,让睡着的人沉眠。金妮斯坦从小心保存的容器②里蘸了几滴

---

① 指的是小爱神,金妮斯坦和厄洛斯结合的产物,象征着感性的欲望,所以和他们的祖父,也就是厄洛斯的父亲"感性"相似,后来变成了塔兰托毒蛛。
② 指他们出发前索菲给他们的容器。

水洒在空气中,最美妙的梦便降落在她身上。法贝尔带走了容器,并踏上旅途。她的琴弦没有停歇,塔兰托毒蛛飞速吐出丝线,跟随着充满魔力的乐声而去。

她远远地便看到火刑架上的烈焰窜起,高过了青翠的森林。她哀伤地望向苍穹,看到索菲蓝色的面纱飘拂在大地上空,永远遮住了这巨大的墓穴,这让她很高兴。太阳在盛怒之下赤红地挂在空中,地上的烈火吸收掠夺着它的光线,无论太阳如何尽力留住它的光,它还是变得越来越苍白,越来越斑驳。随着阳光的弱化,火焰变得愈加白炽、猛烈。它更强劲地吸收光线,不一会儿围绕着白日星辰的荣光都被吞噬,每一股新的嫉妒和愤怒之情都让光波加剧爆发,向外逃散,最后只剩下一个哑光的亮盘悬在空中。最终,太阳消散殆尽,只剩一团燃尽后的黑色残渣,掉入了大海。火焰变得无比明亮,火刑架也被吞噬了,火苗越蹿越高,向北方而去。法贝尔走进那看上去已经废弃的大殿,这时候房子已经坍塌了。窗户的缝隙里长出带刺的灌木,破碎的台阶上爬满了各种害虫。她听到屋内一声骇人的巨响,录事和他的追随者们幸灾乐祸地看着母亲葬身于火海,然而,他们突然意识到太阳已经陨落了,也着实吓了一跳。

他们试图扑灭大火,却无济于事,还因此受了伤。疼痛和恐惧迫使他们发出可怕的咒骂和怨言。法贝尔走进房间时,他们更加惊恐万状,并咆哮着朝她扑去,以宣泄怒火。法贝尔溜到摇篮后面,追她的人则冲进了塔兰托毒蛛的网里,复仇的毒蛛不停啃噬着他们。这一群人开始癫狂地跳舞①,法贝尔则弹了一首滑稽的曲子给大家伴奏。这些人的洋相让法贝尔笑个不停,她一边笑一边走到祭坛的废墟前清理碎片,找到隐藏的阶梯,和跟随着她的塔兰托毒蛛一起走了下去。斯芬克斯问道:"什么比闪电来得更突然?"——"复仇,"法贝尔答道。——"什么消失得最快?"——"无权的占有。"——"谁认识世界?"——"认识自己的人。"——"什么是永远的秘密?"——"爱情。"——"爱情在谁那里?"——"在索菲身边。"斯芬克斯卑微地弯下腰,让法贝尔走进了洞穴。

"我给你们带来了塔兰托毒蛛。"她对老姐姐们说道,她们点起了灯,又在辛

---

① 欧洲中世纪时有一种迷信说法,被塔兰托毒蛛蜇伤后必须疯狂地跳舞,剧烈的运动可以治疗蛛毒。

勤地工作着。法贝尔的出现让她们吓了一跳，其中一位拿起剪刀冲向法贝尔，想要刺死她。但她踩到一只毒蛛，脚上被毒蛛蜇了一口，厉声惨叫。其他两人想过来帮她，却也被愤怒的毒蛛蜇伤。她们没法对法贝尔动手，只能到处狂蹦乱跳。"快为我们织轻盈的舞裙，"她们恶狠狠地对小法贝尔说，"我们穿着僵硬的裙子根本动不了，热得快要晕过去，但你必须用蜘蛛的毒液浸泡丝线，以免断裂，还要把在烈火中生长的花朵织进去，否则你必死无疑。"——"乐意效劳！"法贝尔说完走进了边上的房间。

"我会给你们三只肥美的苍蝇，"她对一群鬼蛛说道，天花板和墙上到处挂满了它们轻巧的蛛网，"但你们要立刻为我织三条漂亮轻盈的裙子。我马上就带给你们要织进裙子里的花朵。"鬼蛛们已做好准备，迅速开始织网，法贝尔悄悄溜上阶梯，来到阿克托身边。"陛下，"她说，"恶者舞蹈，善者沉眠。大火烧到这里了吗？"——"烧到这儿了，"国王答道，"黑夜已去，寒冰正融。我的夫人从远方而来，我的仇敌①已堕入深渊。万物复苏，但我还不能现身，因为我独自一人还不能算是国王。你想说什么，请讲！"——法贝尔说："我需要在烈火中生长的花朵。我知道你有一位聪明的花匠能栽出这种花。"——"秦克②，"国王喊道，"把花拿来。"花匠走出队列，取来一个装满烈火的花盆，种下闪着金光的种子，不久，花朵就从盆里蹿上来③。法贝尔采下花朵放在围裙里，随后便返回了。鬼蛛们很勤劳，裙子都已经完成，只剩最后缝上花朵，于是它们灵巧而富有审美地开始了这项工作。法贝尔特别小心，生怕扯断蜘蛛手里的线头。

她把裙子带到疲倦的舞者们面前，此时她们已经大汗淋漓地瘫倒在地，正想从这极度的疲劳中喘口气。法贝尔灵巧地为消瘦的美人们脱下衣服，这三位则没少谩骂伺候她们的小仆人。她们穿上了做工精致、极为合身的新裙子。法贝尔一边侍奉她们，一边称赞主子们的魅力和可爱的性格。老姐姐们对她的恭维和精美的衣裳感到十分满意，同时也休息得差不多了，又重新燃起了跳舞的兴致，到处快活地转圈，还口是心非地应允小法贝尔以长寿和丰

---

① 指的是太阳，因为太阳的存在遮蔽了星辰的光辉，而小说前文中太阳已被烈火吞噬，沉入海底。
② 秦克(Zink)，意为"锌"。
③ 加热后冷却锌液，锌的表面会形成结晶状的锌花。

厚的报酬。法贝尔回到房间，对鬼蛛们说："你们现在可以尽情地享用我放在蛛网上的苍蝇了。"这群蜘蛛早已不耐烦了，因为老姐姐们跳来跳去，来回拉扯着仍在它们那儿的线头。它们冲出房间，扑向舞者们。舞者想用剪刀自卫，但剪刀却早被法贝尔悄悄拿走了。她们败给了饥肠辘辘的同行们，已经好久没享用过如此美味的鬼蛛把她们吃得精光，连骨髓都吮吸干净了。法贝尔透过岩石的缝隙向外看，窥见了手持巨型铁盾的珀尔修斯。剪刀自动飞向了他的盾牌，法贝尔恳请他用剪刀修剪厄洛斯的翅膀，用盾牌让姐姐们不朽，并完成伟大的作品。

接着，她离开地下王国，愉快地登上了阿克托的宫殿。

"麻布已经织好。没有生命的重新被抽走灵魂，生者将统治世界，塑造并利用没有生命之物。内心将被开显，外在将被隐藏。幕布即将拉起，戏剧就要开场。我再次请求以后去编织永恒的时日。"——"幸运的孩子，"国王感动地说道，"你是解放我们的救星。"——"我不过是索菲的教子，"孩子说道，"请允许托玛琳①、花匠和戈尔德②与我同行。我要去收集养母的骨灰，古老的驮负者③要重新站起来，让大地再次浮起，而不是沉浸在混沌之中。"

国王把三位都喊来，并命令他们跟随着小法贝尔。城里光线明亮，街上车水马龙。汹涌的海浪拍打着空心的礁石，法贝尔驾着国王的马车和她的随从一起越过海面。托玛琳仔细地收集飞散的骨灰。他们绕着地球环行，直到遇见远古巨人，并从巨人的肩膀向下爬。巨人似乎被打成了残疾，四肢动弹不得。戈尔德把一枚铸币放进他嘴里，花匠把一只碗塞到他腰下。法贝尔抚摸他的眼睛，倒空了他额头上的容器。当水流过他的眼睛进入嘴巴，又经过他的身体流进碗里时，一道生命的闪电激活了他所有的肌肉。他睁开双眼，充满力量地站起身来。法贝尔纵身一跃跳到她的随从身边，站在缓缓升起的地球上，向巨人亲切地问候早安。"你回来了吗，可爱的孩子？"远古巨人说，"我一直梦见你。我总想着你会在我感到地球和眼睛过于沉重前出现。我大

---

① 托玛琳（Turmalin），意为"电气石、碧玺"，摩擦其表面会产生静电，从而吸附粉尘。
② 戈尔德（Gold），意为"金"。
③ 指古希腊神话中托起天穹的泰坦神阿特拉斯（Atlas）。

概睡了很久。""地球又变轻了,它对善者向来如此,"法贝尔说,"古老的时代又回来了,不久后你又将和老熟人们在一起。我会为你编织快乐的日子,还得有一个帮手,让你偶尔也能享受我们的快乐,在女友的怀里呼吸青春与力量。我们来自异乡的老朋友们赫斯柏利提斯①在哪儿?"——"在索菲的身边。不久后她们的花园中又将鲜花盛开,金色的果实散发馨香。她们到处漫步,收集多情的植物。"

法贝尔离开巨人赶回家中。家里已成一片废墟,墙上爬满了常春藤。曾经的庭院里灌木丛生,遮挡了阳光,柔软的青苔给台阶铺上了地毯。她走进房间,索菲站在重新建造的祭坛旁,厄洛斯全副武装地躺在她脚边,比以往更庄重更高贵。他头顶悬着一盏华丽的吊灯,脚下铺着七彩的宝石,围着祭坛形成一个大圈,祭坛由富有深意的高贵塑像组成。父亲似乎在床上沉睡,金妮斯坦在床前俯下身子,流下了泪水。这一虔诚而充满爱意的举动让她身上原本绽放的优雅被无限放大。法贝尔把骨灰坛递给神圣的索菲,索菲温柔地拥抱了她。

"可爱的孩子,"她说道,"你的勤勉和忠心让你在恒星的队列里拥有了一席之地。你选择了自己身上不朽的部分,凤凰现在属于你了。你将成为我们生命中的灵魂。现在请叫醒新郎吧。使者将传令,厄洛斯要找寻并唤醒弗蕾亚。"

法贝尔听到这些话欣喜万分,她叫来随从戈尔德和秦克,走到床边。金妮斯坦满怀期待地看着他们如何开始这一切。戈尔德熔化了铸币,把闪着金光的液体倒入父亲躺着的容器里。秦克在金妮斯坦胸前挂上了一条项链。父亲的躯体浮在颤动的金波上。"俯下身子,亲爱的母亲,"法贝尔说,"把你的手放在爱人的心上。"

金妮斯坦俯下身子,看到了自己不同的形象。项链触碰了金波,她的手触碰了他的心,于是父亲便醒了过来,把欣喜的新娘拉到胸前。金属凝固后变成一面明亮的镜子。父亲站起身来,眼睛里闪着光,虽然他的身姿是那么俊美和

---

① 赫斯柏利提斯(Hesperides)是阿特拉斯的女儿们,在古希腊神话中看守着金苹果花园。金苹果花园可以类比基督教传统中的伊甸园。在故事的开头,花园随着索菲的离开而冰封起来,最后又重现生机。

伟岸,但他的整个身体仍像是一种细腻而充满动态的液体,他的每一个印象都透过身上最变幻多姿的迷人动作显露出来。

这对幸福的情侣来到索菲身边,索菲为他们送上庄重的祝福,并告诫他们要时常向这面镜子讨教,因为一切事物都会在这面镜子前现出原形,所有幻象都被消灭,原初的形象被永久地保留。然后她拿起骨灰坛,将里面的骨灰倒入祭坛上的碗中。轻柔的嘶嘶声说明骨灰溶解在了水中,随之一阵清风拂过周围人的衣袍和发梢。

索菲把碗递给厄洛斯,厄洛斯又将它递给其他人。所有人都怀着溢于言表的喜悦品尝了圣水,并在内心听到母亲亲切的问候。她活在每个人的身边,她神秘的在场让所有人都流露出幸福之情。

期望已被实现,被超越。所有人都醒悟到自己缺失的是什么,那个房间成为圣人们驻足的地方。索菲说:"巨大的秘密已向众人启示,却永远无法被探明究竟。新世界从痛苦中诞生,灰烬在泪水中化为永恒生命的琼浆。每个人心中都住着神圣的母亲,永远分娩着每一个孩子。在你们跳动的胸腔中是否能感受到甜蜜的降生?"

她将碗中剩下的圣水倒在祭坛上,地球从深处发出震颤。索菲说:"厄洛斯,赶紧和你的妹妹一起去你的爱人身边。很快你们又将见到我。"

法贝尔和厄洛斯很快同随从们一道离开了。盛大的春天在大地上铺展开来,万物欣欣向荣。面纱之下的地球漂浮得更近了。月亮和云彩在欢快的喧闹中向北方移去。国王的城堡在海上映出华丽的光辉,国王身穿华服,和随从们一起出现在城垛上。到处都能看到飞沙的漩涡,显现出故人的形象。他们遇见无数少男少女正成群结队地涌进城堡,便欢呼着迎接他们。有些土丘上坐着刚从梦中醒来的幸福情侣,给彼此久违的拥抱,他们还以为这新世界是一个梦,不停试着说服自己眼前的一切正是美好的现实。

花木生长,绿意盎然。万物都展现出生机和朝气。万物都在说话,在歌唱。法贝尔到处问候着老朋友们。动物走到苏醒的人们身边,致以友好的问候。植物则奉上果实和香气,扮成最娇美的模样。人的胸口不再有一块石头,一切重负都化作脚下坚实的土地。他们来到海岸线上,一艘精心打磨过的钢船系在岸边。他们走上了船,解开缆绳。指向北方的小船像飞燕一般划开相拥的波浪。萧萧的芦苇丛拦住疾行的船儿,使它轻轻靠岸。一行人则赶忙踏上宽阔的玉阶,厄洛斯被宏伟的王城与其财富所震撼。庭院里的泉水又恢复生机,跳动不止,小树林摇曳着发出最甜美的乐音,在那温暖的枝桠和绿叶间,在灿烂的花朵和果实中,似乎流淌着神奇的生命。老勇士在宫殿门前迎接他们。"尊敬的长者,"法贝尔说,"厄洛斯需要你的剑。戈尔德给了他一根链条,链条的一端浸没在海里,另一端绕在他的胸前。请你抓住我和链条,带我们去公主的住所。"厄洛斯从长者手里接过剑,在胸前握住剑柄,剑指前方。大殿的翼门飞起,厄洛斯欣喜地来到沉睡的弗蕾亚身旁。突然一声巨响,一道刺眼的火光从公主射向宝剑,宝剑和链条随即发出耀眼的光芒,勇士在一旁扶着差点晕过去的法贝尔。厄洛斯头盔上的花翎缓缓上升,"快把剑扔了,"法贝尔喊道,"叫醒你的爱人!"厄洛斯抛了手中的剑,冲到公主身边,炽热地亲吻了她甜蜜的双唇。她缓缓睁开黑色的大眼,厄洛斯认出了自己的爱人。一个绵长的吻锁住了这永恒的联结。

　　国王牵着索菲的手从穹顶上走下来,众星和大自然的精灵跟随在他们身后,形成闪耀的队列。一个无比晴朗的白日充满了整个大殿、整座王宫、整座城市和整个穹宇。不计其数的人涌入宽阔宏伟的大殿内,虔诚地静静望向那对爱人,他们跪在国王和王后面前,接受庄重的赐福。国王从头上摘下王冠戴在了厄洛斯金色的鬈发上,老勇士为他卸下甲胄,国王为他穿上披风,然后将百合放在他的左手,索菲将一条珍贵的腕带缠在爱人紧握的双手上,又将她的冠冕戴在弗蕾亚棕色的头发上。

　　"老国王夫妇万岁!"民众们喊道,"他们一直在我们中间,我们却没有认出来!愿我们得到幸福!他们将永远是我们的君王!祝福我们吧!"索菲对新王后说:"将见证你们联结的腕带抛到空中,让民众和世界也一直和你们相连。"腕带在空中升华,不一会儿每个人的头上都出现了一个光环,一条闪耀的光带穿过城市、海洋和大地,大地上正在欢庆着春天的永恒节日。珀尔修斯走了进来,手里拿着一个纺锤,提着一个篮子。他将篮子递给新国王,"这里,"他说道,"是你其余的敌人。里面有一块石板,上面是黑色和白色的地块,另外还有许多雪花石膏和黑色大理石制成的形象。""这是一副象棋,"索菲说,"所有战争都被驱逐到了棋盘和棋子上,这是对曾经晦暗时代的一个纪念。"珀尔修斯走到法贝尔身旁,把纺锤递给她,"纺锤在你手里,能让我们永远快乐,而你会用自己为我们织出一条永不断裂的金线。"凤凰伴着优美的旋律飞到她的脚边,在她面前展开双翅,她坐到凤凰上面,向上飞升,越过了王座,再也不降落。她唱起一首美妙的歌曲,纺起手中的丝线,这线仿佛从她的胸中生出,不停向前缠绕。民众陶醉于新的喜悦,所有眼睛都注视着这个可爱的孩子。又一阵欢呼从门口传来。老月亮和他奇妙的臣仆们一起走进了大殿,在他身后,民众们高高托起金妮斯坦和她的新郎,仿佛托起凯旋的英雄。

他们身上缠着花环,王室以最真挚的温情迎接了他们,新国王夫妇宣告任命他们为人间的总管。

月亮说道:"请赐予我帕耳开的王国,她们奇异的建筑刚从王宫的庭院中拔地而起。我想在那儿请你们欣赏戏剧,这件事小法贝尔也能帮上我的忙。"

国王同意了他的请求,小法贝尔高兴地点头,民众则为这难得的娱乐消遣感到欣喜万分。赫斯柏利提斯送来庆贺登基的祝福,并请求国王保护她们的花园。国王向她们转达了问候,就这样,数不胜数的喜讯接二连三地传来。与此同时,王座已悄悄改变了形象,变成一张华丽的婚床,小法贝尔和凤凰飞旋其上。深色斑岩制成的女像柱在后面托起婚床,前面则是同样的柱子立于玄武岩制成的斯芬克斯像上。国王拥抱着娇羞的爱人,民众也学着国王,彼此拥抱和爱抚。人们只能听到柔声呼唤的名字和亲吻的耳语。最后索菲说道:"母亲就在我们中间,她的存在将永远佑护我们的幸福。跟随我们到居室里去,我们将永远住在庙宇中,守护世界的秘密。"法贝尔不倦地纺织,并高声唱道:

永恒的王国已经建立,
爱与和平中纷争平息,
哀痛的长梦已然逝去,
索菲永是心灵的神甫。

思考题

1. 参照简介中提示的象征关系，思考人物名字与人物之间的关系，查阅相关的神话典故。随着情节发展，故事中的权力关系发生了怎样的变化，神和人的关系发生了怎样的变化？为什么阿克托独自一人还不能是国王？
2. 故事中代表理性的录事扮演了怎样的角色？请结合欧洲浪漫派的时代背景包括启蒙运动和法国大革命来思考。
3. "诗"（Poesie）在故事中具有核心地位，从"克林索尔童话"出发，思考浪漫派如何看待诗与音乐，以及诗与自然的关系。

诺瓦利斯与他早逝的未婚妻索菲

布伦塔诺与阿尔尼姆

(姜林静 撰)

克莱门斯·布伦塔诺(1778—1842)与阿希姆·封·阿尔尼姆(1781—1831)都是海德堡浪漫派的代表人物。布伦塔诺出生在法兰克福一个商人家庭,1798年在耶拿大学学医时开始展现出对文学的巨大热情,并结识了一批魏玛古典主义代表人物和早期浪漫派人士。1801年,他在哥廷根与阿尔尼姆缔结友谊,两人于次年与赫尔德一同坐船沿莱茵河游览采风。1804年,布伦塔诺与女作家索菲·梅隆(Sophie Mereau)结婚后移居到海德堡,不久后阿尔尼姆也跟随前往。1805年至1808年,两人共同收集、整理、改编日耳曼民歌共723首,包括叙事曲、情歌、赞美诗、军歌、漫游曲、童谣等,并以《少年的奇异号角》为书名分三卷出版。

与赫尔德在1778年和1779年收集的民歌集不同,《少年的奇异号角》中收录的全部都是日耳曼民族的民歌民谣,阿尔尼姆甚至希望可以彻底剔除外来词汇,用文学的方式表达民族自豪感,凭借语言匹敌自命不凡的操法语者,对抗入侵的拿破仑军队。这套民歌集出版后引起了巨大轰动,连一直对浪漫派充满反感的歌德都对此赞叹不已,称这套书应该摆在每个普通民众的厨房里和每位学者的钢琴上。它也的确影响了此后一大批德语诗人,尤其是艾兴多夫和海涅。而舒伯特、舒曼、勃拉姆斯、马勒、阿诺尔德·勋伯格(Arnold Schoenberg)等作曲家的各种谱曲更是让这些民歌愈来愈广为流传。

1808年,两人又与约瑟夫·格勒斯(Joseph Görres)一起在海德堡创立《隐士报》(Zeitung für Einsiedler)。虽然只维持了短短几个月的时间,这份报纸却一度成为浪漫派的传声筒,对这一流派之后的发展产生了重要的影响。布伦塔诺的妹妹贝蒂娜(Bettina)也一同参与了创办这份报纸,并在 1811 年与阿尔尼姆结婚。她于 1835 年(歌德去世后)出版了《歌德与一个孩子的通信集》(*Goethes Briefwechsel mit einem Kinde*),其中提到自己与歌德、贝多芬之间的情史,但不少学者认为这是她杜撰的故事,这使她在德国文学史上成为一名颇受争议的女作家。

海德堡之所以成为当时的浪漫主义重镇,与海德堡大学密切相关。创建于 1386 年的海德堡大学是德国境内最古老的大学,它在 1803 年恰好进行了一次学制改革,越来越呈现出新人文主义倾向,教授与学生中支持浪漫派的人士也越来越多。此外,这个城市独特的地理位置使大学融在山川、平地与河流之间,再加上中世纪城堡废墟、古城、老桥,这一切汇合成一幅浪漫主义的理想风景画,海德堡也的确成为 18、19 世纪最常入画的德国城市之一。难怪歌德在 1797 年途径海德堡的日记中说,这座城市中包含着某种善于思考的艺术家期盼从大自然中获取并重新植入大自然的理想主义的东西。可以说,这座城市本身就为渴望复古的浪漫派提供了无穷无尽的艺术灵感。

除了《少年的奇异号角》之外,布伦塔诺与阿尔尼姆两人都还创作了不少诗歌与小说,例如布伦塔诺的中篇小说《正直的小卡斯帕与美丽的小安耐的故事》(*Geschichte vom braven Kasperl und dem schönen Annerl*)和阿尔尼姆的中篇小说《埃及的伊莎贝拉》(*Isabella von Ägypten*)等。

《少年的奇异号角》诗选

（姜林静　译）

夜莺女士[①]

夜莺，我听见你歌唱，
我的心就快蹦出胸膛，
赶快过来告诉我，
这一切该如何是好。

夜莺，我看见你奔跑，
你在小溪边喝个饱，
将你的小嘴浸入水流，
好似那是最醇的美酒！

夜莺，你住得舒适安逸，
菩提树上，绿树冠里，
在亲爱的夜莺女士身边：
愿上帝吻你千遍万遍！

---

① 选自《少年的奇异号角》第一卷。这是一首在德国脍炙人口的情歌，读者能读到一丝隐秘的情欲色彩，让人想到德国中世纪宫廷恋歌诗人瓦尔特·封·福格威德（Walther von der Vogelweide）著名的《菩提树下》（"Unter den Linden"）一诗。

如果我是一只小鸟[①]

如果我是一只小鸟,
也有一对羽翅,
我就飞向你;
但这无法成真,
我独留此地。

虽然我们远隔千里,
梦里却在一起,
与你谈天说地;
但我一旦醒来,
却独留此地。

夜的时辰缓缓流逝,
我的心时刻清醒,
总思念着你,
你千遍万遍地
赠予我你的真心。

---

① 选自《少年的奇异号角》第一卷,原本出自德国诗人赫尔德收集的《民歌集》,被众多音乐家谱曲后广为流传。许多作曲家都曾为《如果我是一只小鸟》谱曲,如约翰·弗里德里希·莱歇特(Johann Friedrich Reichardt)、卡尔·马利亚·封·韦伯(Carl Maria von Weber)、罗伯特·舒曼及其妻子克拉拉·舒曼(Clara Schumann)等。

布谷与夜莺的比赛①

从前在一个深深的山谷,
有一只夜莺和一只布谷,
布谷提出要进行比赛,
大家都要把杰作唱来,
无论是靠技艺靠运气,
胜利者都将获得恩赐。

布谷说:"但愿你喜欢,
我已经挑选好了裁判。"
即刻提名驴子来裁断,
因为他有两只大耳朵,
能听得更清楚明了,
也知道好坏的尺标。②

他们便飞到裁判边,
告诉他事情的原委,

---

① 选自《少年的奇异号角》第二卷。布谷鸟以其不断重复的单调叫声"布谷"著称,而夜莺的音域则非常广,而且复杂多变,优美动听。后来,奥地利作曲家古斯塔夫·马勒根据这首诗歌创作了艺术歌曲《赞美至高的理解力》(Lob des hohen Verstands),收录在管弦乐与钢琴伴奏的声乐套曲《少年的奇异号角》中。马勒借这首歌曲讽刺了当时的音乐评论家,认为他们和驴子一样,看似"有两只大耳朵",却只会中规中矩地根据"三度四度五度"的规则来评判,只喜欢"嬉笑打趣"的哗众取宠式音乐,却不懂欣赏像夜莺的歌声那般真正具有创造性的音乐,却还自称具有"至高的理解力"。

② 让长有两只大耳朵的驴子来作裁判,这一点让人联想到奥维德(Ovid)在《变形记》(Metamorphoses)第十一卷中记载的一场音乐比赛。吹芦笙的潘神不自量力地想与弹奏里拉琴的阿波罗比赛,并请提摩罗斯山作裁判。裁判认为潘那粗野的乐调完全无法与阿波罗高贵美妙的琴声相提并论,并判决阿波罗获胜,只有在场的弥达斯王不服,愚蠢的他被潘的音乐迷住了。阿波罗认为不能让这种无法分辨美丑的人继续长着人的耳朵,就让弥达斯王长出了一对灰色的驴耳朵。在古希腊神话中,代表着"理性"与"和谐"的阿波罗惩罚弥达斯王长出了象征不具辨别能力的驴耳朵。而在《布谷与夜莺的比赛》中,驴子的"大耳朵"反而极具反讽意义地象征着拥有"至高的理解力"。

他命他们开始唱吟:
夜莺唱得如此动听,
驴子说:"你让我头晕!
我脑里塞不进这雅韵!"

紧接着是急鸣的布谷,
布谷!三度四度五度,
把音符唱得断断续续,
期间还穿插嬉笑打趣,
倒讨驴子喜欢,他说,
等等,我要宣判结果。

夜莺你的确唱得尚可,
但布谷唱了美妙赞歌,
还保持内在节奏精细,
根据我至高的理解力,
即使代价是整个国度,
我也要让你最终胜出。

驼背小人[①]

我想走进我的小花园，
想给我的洋葱浇浇水，
一个驼背小人站在那，
开始使劲打喷嚏。

我想走进我的小厨房，
想煮一煮我的小汤，
一个驼背小人站在那，
把我的小锅子摔破。

我想走进我的小屋子，
想吃一下我的小麦片，
一个驼背小人站在那，
已经吃掉了一半。

我想走上我的阁楼，
想去取我的小木块，
一个驼背小人站在那，

---

① 选自《少年的奇异号角》第三卷。这是一首流传甚广的儿童歌曲，目前最通行的旋律出自尼古拉斯·伯日（Nikolaus Böhl）后来收集的歌曲集《奇异号角中的 24 首古老德意志歌曲》(*24 alte deutsche Lieder aus dem Wunderhorn*)。"驼背小人"的形象也出现在后来不少的文学作品中，例如托马斯·曼的《布登勃洛克家族》(*Buddenbrooks*)。此外，瓦尔特·本雅明（Walter Benjamin）在自传性随笔集《1900 年前后的柏林童年》(*Berliner Kindheit um neunzehnhundert*)中，也在最后一篇中提到了童年时一直扰他的"驼背小人"形象。这个"驼背小人"似乎总是抢在他前面，挡住他的去路。虽然这个捣蛋的小怪物也并未构成什么实际的巨大伤害，并且自己也是个可怜的倒霉鬼，还得请求别人替他祈祷，但也正是这个"驼背小人"，让本雅明回忆起几乎快被遗忘了的、曾经属于他的东西。后来，汉娜·阿伦特（Hannah Arendt）在《黑暗时代的人们》(*Men in Dark Times*)一书中回忆本雅明时，也引用了"驼背小人"来讲述缠绕着本雅明一生的"噩运"，正像被"驼背小人"盯上了一样，本雅明也无法摆脱那张由荣誉、天赋、笨拙和噩运织成的巨网。

已经偷走了一半。

我想走进我的地下室，
想打开我的小酒桶，
一个驼背小人站在那，
一把抓走了我的酒缸。

我想坐到我的小纺车旁，
想摇动我的小纺线，
一个驼背小人站在那，
就是不让我的纺车转。

我想走进我的卧室，
想铺一下我的小床，
一个驼背小人站在那，
开始狂笑不止。

当我在我的小床边跪下，
想稍微祷告一下，
一个驼背小人站在那，
开始和我说话。

亲爱的小孩子啊，我求你
也请为驼背小人祷告吧！

乳母的时钟①

月光满溢,
婴孩哭泣,
钟敲子时,
神救所有病体。

神全知晓,
及至鼠咬,
钟敲一响,
美梦落你枕上。

夜祷邻近,
修女打铃,
钟敲二响,
她们列队颂唱。

飒飒风劲,
公鸡打鸣,
钟敲三响,
车夫离开草垫床。

老马踢踏,
圈门吱嘎,

---

① 选自《少年的奇异号角》第三卷。诗歌由九段四行体组成,分别描述了从午夜12点到早上9点的9个小时,展现了德国普通百姓辛勤的日常生活。有不少作曲家曾为这首诗谱曲,其中包括罗伯特·舒曼、威廉·陶伯特(Wilhelm Taubert)等。

钟敲四响,
车夫筛燕麦一筐。

燕雀笑鸣,
太阳苏醒,
钟敲五响,
漫游者已在路上。

母鸡咯咯,
鸭子嘎嘎,
钟敲六响,
懒惰小妖快起床!

跑到面包店,
买个小面包,
钟敲七响,
火边牛奶不会凉。

放进黄油,
还有精糖,
钟敲八响,
快给孩子喂热汤。

晚安,我的孩子①

晚上好,晚安,
赠予玫瑰相伴,
覆着小丁香花,
溜进被窝底下,
明晨,若神答应,
你会重被唤醒。

思考题

1. 本节中选择的几首诗歌,分别属于哪种类型的民歌?
2. 请结合这几首诗歌的配乐重新阅读这些诗歌,你会发现音乐与诗歌之间存在哪些关系?

浪漫派画家莫里茨·封·施温德(Moritz von Schwind)为《少年的奇异号角》所作的素描画

---

① 选自《少年的奇异号角》第三卷,诗歌最后两句表达了一种虔信的谦卑,第二天清晨是否还可以醒来完全在于神的旨意。后来,德国浪漫主义作曲家勃拉姆斯于1868年将其谱成闻名世界的《摇篮曲》(Wiegenlied),一般也被称为"勃拉姆斯的摇篮曲"。

荷尔德林

(贺嘉韵 撰)

弗里德里希·荷尔德林(1770—1843)是德国古典主义与浪漫主义之交时期的诗人和作家。他的作品在生前并未受到重视,直到20世纪初才因诺贝尔特·封·海林格拉特(Nobert von Hellingrath)的重新发现,受到诸多文学家、思想家的极力推崇,如斯特凡·格奥尔格(Stefan George)、马丁·海德格尔(Martin Heidegger)、汉斯-格奥尔格·伽达默尔(Hans-Georg Gadamer)等,在德国年轻人中引发了一场"荷尔德林宗教"。

荷尔德林出生于一个牧师家庭,早年丧父,由母亲抚养长大。中学毕业后他进入图宾根神学院学习神学和哲学,与黑格尔和谢林是同窗,三人都深受法国大革命鼓舞,内心充满对社会变革的渴望,并认为自己肩负着拯救时代和拯救德意志的神圣使命。法国大革命后期的失败让荷尔德林渴望用暴力改造社会的想法幻灭,转而将目光转移到对人及人性的改善,把拯救人类的希望寄托于教育。在神学院学习期间,荷尔德林还对康德哲学和古希腊文化有了深入的学习和了解,并开始文学创作。1790年他与好友克里斯蒂安·路德维希·诺伊弗尔(Christian Ludwig Neuffer)一同组建了作家团体,奉席勒为偶像,席勒的美学和哲学思想也一直深深吸引并影响着荷尔德林的创作。1796年,荷尔德林在法兰克福一位银行家家中担任家庭教师,期间与女主人苏塞特·贡塔尔德(Susette Gontard)相爱相恋,尽管这份爱情注定无疾而终,却为他小说和诗歌中的女主人公"狄奥提玛"提供了原型。之后他离开法兰克福,辗转巴特洪堡和尼尔廷根等地,一度计划筹办名为《伊杜娜》(*Iduna*)的文学刊物,但最终宣告失败。在物质生活和精神生活的种种打击下，荷尔德林被诊断患有精神疾病，于 1806 年在图宾根的精神病院接受住院治疗。出院后他住在图宾根一位木匠家的阁楼中，在这个后来被称为"荷尔德林塔楼"的小屋中度过了半疯半癫却从未停下创作之手的漫长岁月，直到 1843 年逝世。

荷尔德林的文学创作主要以诗歌为主。受席勒和弗里德里希·戈特利布·克洛卜施托克（Friedrich Gottlieb Klopstock）的影响，早期诗歌以颂歌为主，如《人类颂》("Hymne an die Menschheit")和《自由颂》("Hymne an die Freiheit")等。之后他的诗歌作品日趋成熟，形式与内容都更丰富多样、更具个人特色，本书选取了该时期的代表作《面包和葡萄酒》("Brot und Wein")和《生命过半》("Hälfte des Lebens")。除此之外他还著有研究哲学和美学问题的悲剧《恩培多克勒斯之死》(Der Tod des Empedokles)。荷尔德林一方面崇尚古希腊文化，强调自然、诸神和人之间的和谐关系，因此很多诗歌在形式上基本严格遵守古希腊诗律，题材大多取自于古希腊神话，小说背景也设定于希腊；但另一方面，他又认为文学不能脱离政治，时代真正所需要的是祖国的或民族的文学，应立足于现在，关注当下。他在法国大革命的影响下创作，对德国的落后闭塞和人民的麻木不仁深感痛心，于是寄美好的理想与憧憬于诗化的希腊，又将德国的现实与希腊的文明相结合。

其代表作《许佩里翁或希腊隐士》(Hyperion oder der Eremit in Griechenland)分两部先后于 1797 年和 1799 年出版。小说采用书信体和第一人称叙事，以 18 世纪下半叶希腊民族武装反抗土耳其为背景，通过主人公许佩里翁同朋友和爱人的通信，展现了一位诗人的成长过程。

小说第一卷讲述了许佩里翁年少时的经历。他在精神导师亚当斯的引领下，了解了古希腊众神及英雄世界，领略了自然之美，学习了各种知识。告别老师后，他继续求学，结识了志同道合的好友阿邦达，两人都好贤恶恶，立志拯救祖国，建立美好的新世界，但很快又因对待暴力的看法相左而分道扬镳。痛失挚友的许佩里翁在这时遇到狄奥提玛①，不久便陷入热恋。狄奥提玛神圣而智

---

① 狄奥提玛是柏拉图《会饮篇》(Symposion)中女先知的名字，也是柏拉图《美诺篇》(Menon)中苏格拉底的启蒙人，告诉苏格拉底爱欲的本质是"爱美和追求美，也就是寻求神圣、真实和永恒"。此处荷尔德林为小说女主人公取名"狄奥提玛"，表达了一切对立统一、人与自然合一的和谐观念。"狄奥提玛"在荷尔德林的诗歌中也经常出现，如颂歌《致狄奥提玛》(An Diotima)。

慧,与自然和谐统一,是美的化身。两人精神相契,思想共鸣,这使许佩里翁又在爱情中找到了归宿。

小说第二卷集中写许佩里翁参战的经历。他不顾狄奥提玛的劝阻,在阿邦达的鼓动下一起招募自由军,共同反抗土耳其的统治。但他很快意识到士兵们烧杀抢掠的残暴恶行,认识到战争的残酷无情,尽管最后在战斗中幸存,但爱人狄奥提玛却早已抑郁而终,好友阿邦达也去世了。挚爱的相继逝去使许佩里翁陷入了前所未有的痛苦中,失去一切的他来到德意志,在目睹了德意志民族四分五裂、支离破碎的悲惨现实后,最终回到希腊,成为一名隐士。

本书选取了许佩里翁在书信中所描述的精神导师的指引,以及友谊与爱情的洗礼,力求在有限的篇幅内勾勒出主人公的成长历程。与此相对应,爱人、挚友和导师的角色在作者荷尔德林的一生中也有迹可循。因此,本书还节选了荷尔德林写给苏塞特、诺伊弗尔及席勒的书信片段,以期对读者了解荷尔德林的创作及思想有所帮助。

面包和葡萄酒

致海因策

（姜林静　译）

1.
四周闹市歇息，掌灯的街巷归于宁静，
　　装点着火炬的马车也呼啸而去。
百姓回家歇息，满怀白日的欢喜，
　　精明的脑袋在家中掂量着利弊得失，
心满意足；货架上没有了葡萄与鲜花，
　　没有了手工制品，繁忙的集市休憩了。
但远处的花园中响起琴声，或许
　　那是个热恋中的人，或是孤独的男人
思念着远方的朋友与青春年华，而泉水
　　奔涌不息，在芬芳的花坛边淅沥流淌。
日暮时分的空气里，安静地响起敲钟声，
　　一个守夜人挂念着时辰，大声报告钟点，
现在吹来一阵风，激荡起树林的枝梢，
　　看哪！月亮，我们的大地的剪影，
也正悄然升起，狂醉的夜晚正在邻近，
　　漫天繁星，却并不为我们挂虑忧心，
令人惊异地在彼处闪耀，人类中的异乡客①，

---

① 原诗使用"Fremdlingin"一词，是名词"Fremdling"（异乡人，异乡客）的阴性变体。荷尔德林在《许佩里翁》和《恩培多克勒之死》中都曾用过这个词。此处应该是指代上文中的"夜晚"（Nacht）这一阴性名词。

越过群山之巅,悲伤而壮丽地升腾。

2.
无上崇高者的恩宠奇妙,无人知晓
　　她①来自何方,又带人到何等境况。
她如此转动世界,和怀揣希望的人类灵魂,
　　即使智者也不理解她的预备,因为那位
喜爱你的至高的上帝,他乐意如此,也因此
　　你喜爱审慎的白日胜过爱她。
但清澈的眼睛有时也会喜爱阴影
　　乐意在陷入困境前尝试睡眠,
抑或,一个忠诚的男人也喜欢望入黑夜,
　　是的,理当献给她花冠与颂歌,
因为她被迷误者与逝去者奉为神明,
　　自己却永存于最自由的精神之中。
但在彷徨的时刻,在黑暗之中,
　　她于我们也必存一些持久之质,
她赐予我们遗忘与神圣的沉醉,
　　赐予涌流倾泻之言,一如相恋之人,
不眠不休,更满盛的杯盏,更勇敢的人生,
　　以及在黑夜中,保持清醒的神圣记忆。

3.
徒劳地将心埋藏在胸中,我们也徒劳地
　　鼓起勇气,大师与少年,因为

---

① 依旧指代上文中的"夜晚"(Nacht)这一阴性名词,因此使用"她"为代词。

> 谁会阻挡其成,谁会禁止我们的欢乐①?
>> 不舍昼夜,神的火焰总激励我们
> 启程。所以来吧!好让我们看到敞开之域,
>> 好让我们寻找自有之处,无论它多么遥远。
> 元一恒固;无论是在正午时分,还是
>> 侵入午夜,永远存在一种尺度,
> 万物共有,却也各有其自有之命定,
>> 走去和到达,我们所能到达之处所。
> 因此!欢呼的疯癫喜爱讥诮那讥诮本身②,
>> 当他在神圣的黑夜突然抓住歌手,
> 因此来哥林多地峡③吧!这里有辽阔大海咆哮在
>> 帕纳索斯山④旁,初霁的白雪覆着德尔斐的崖石⑤,
> 来到奥林匹斯山⑥,登上基塞龙山⑦之巅,
>> 到那里的云杉树下,葡萄藤下,忒拜城⑧
> 由此处崛起,伊斯墨诺斯河⑨在卡德摩斯⑩领地奔涌,

---

① 荷尔德林在《诗人的天命》(*Dichterberuf*)、《致我们伟大的诗人》(*An unsre großen Dichter*)中都将酒神狄奥尼索斯称为"欢乐之神"(Freudengott)。"欢乐"(Freude)是荷尔德林作品中的一个关键词,意指沉醉在宗教中体验到的喜悦。
② 荷尔德林在此玩了一个文字游戏,原文"spotten des Spotts"意思是神会讥讽某些凡人嘴中对"宗教狂热""神性的疯癫"发出的嘲讽。这个用法能让人想起《旧约·箴言》第 3 章第 34 节:"他(耶和华)讥诮那好讥诮的人,赐恩给谦卑的人。"
③ 哥林多地峡是希腊南部连接欧洲大陆与伯罗奔尼撒半岛的狭长地峡,恰好隔断了哥林多湾与萨龙湾,成为希腊在地理意义上的中心。
④ 帕纳索斯山是希腊中部邻近哥林多湾的山脉,离上文所说的哥林多地峡不远。在古希腊神话中,它是太阳神阿波罗与艺术女神缪斯的家乡。
⑤ 应该指德尔斐圣地,位于帕纳索斯山脚。这里供奉着"德尔斐的阿波罗",著名的德尔斐神谕就是在这里公布的。
⑥ 奥林匹斯山是希腊的最高峰。在古希腊神话中,它是诸神的居所。
⑦ 基塞龙山是希腊境内靠近忒拜城的一片山脉,在古希腊也曾经是进行酒神崇拜仪式的场所。
⑧ 这里原文一语双关,一方面指古希腊维奥蒂亚最大的城邦忒拜(又译作底比斯),即酒神狄奥尼索斯的故乡;另一方面也指河神阿索波斯与河仙女梅托皮的女儿忒拜。
⑨ 伊斯墨诺斯河是忒拜城附近的一条河流。伊斯墨诺斯同时也是大洋河的河神俄刻阿诺斯与她的姐姐忒提斯所生下的 3 000 名河神之一。
⑩ 卡德摩斯是忒拜城的建立者之一,这位英雄与和谐女神哈摩尼亚生下了塞墨勒,也就是酒神狄奥尼索斯的母亲。

将来之神①由此而来,并回到这里指明方向。

4.
蒙福的希腊!你是所有天神的家园,
  我们在年少时听过的故事,是否真实?
庆典的殿堂!以海为地!以山麓为餐桌,
  实在是在远古之时,便独为这庆典而建!
可王座在哪里?庙宇,斟满琼浆玉液的仙樽
  在哪里?取悦诸神的赞歌,在哪里?
在远方应验的箴言②,它们在哪里闪耀光辉?
  德尔斐在微眠,伟大的命运在何处鸣响?
急速的命运又在哪里?充盈着普遍的幸福
  在何处从明亮的空中雷霆万钧地冲向双眼?
天父啊!这呼唤曾千遍万遍地在一代代人的
  舌尖游转,没有人能独自承担生命的重负;
与外邦人愉快地分配并交换着这产业,
  成为欢呼,语言的力量在沉睡中增长:
父啊!欢喜!让声音响彻地极,从父辈继承的
  远古符号③,应验着并创造着。
天神们就是如此降临,他们的日子到了,
  从阴影中降到人类中间,撼天动地。

5.
他们初来时未被感知,只有孩子们奋力

---

① 根据上文的各种影射可以知道,这里的"将来之神"指的是狄奥尼索斯,因为他来自忒拜城。他远走他乡去往东方,最终还将回来。
② 对应上文与下文出现的"德尔斐",暗指德尔斐的神谕。
③ 对应上文"天父啊!""父啊!"的呼格。

跑向他们，幸福来得太明亮，使人目眩，
人类畏惧他们，即使是半神祭司也不知道
　　带着祭品靠近他的这些人的尊姓大名。
但是诸神大勇，人的心中满载着
　　他们的喜乐，却不知如何使用这财富，
他创造，消失，不圣洁之物于他也化为神圣，
　　他用赐福之手去触摸，显得愚拙又善良。
天神尽力忍耐这一切，但以真实的形象，
　　他们自己到来，人类逐渐习惯了幸福，
习惯了白昼，人类凝望启示者，凝望
　　他们的容颜，他们早已被称作**元一**与**一切**，
沉默的胸膛中深深充盈着自由的满足，
　　是第一次独自让所有渴念都获饱足；
人类如斯；倘若这是产业，即使有神亲自
　　恩赐予他，他也不识，也不见。
过去他必须承受；现在却称其为至爱，
　　现在，现在必有语词为其诞生，一如花朵。

6.

如今他开始严肃地思考，敬畏至福的诸神，
　　万物必然真切而实在地宣颂着赞美。
谁也不能注视光，这不让至高者喜悦，
　　懒散的寻求者不配达至寰宇面前。
因此在天神面前，各民族以神圣的秩序，
　　挺直他们的脊梁，庄严地列队站立。
他们建造美丽的庙宇与城市，
　　坚固又高贵，在海滨之上巍然挺立。
但他们在何处？著名的庆典王冠在何处盛开？

忒拜与雅典已朽败不堪；奥林匹亚已没了
刀光剑影，竞技的金色战车也不再驰骋，
　　哥林多的战舰将再也不佩戴桂冠？
为何连他们，古老的神圣戏剧，也沉默不语？
　　为何被祝圣了的舞蹈不再欢欣？①
为何神不在男人的额前画上印记，一如从前，
　　为何不为被击中者刻上戳记，一如从前？
抑或他曾经亲自到来，取了人类的形象，
　　给予慰藉，成全并终结了这天神的庆典。②

7.

但朋友③啊！我们来得太迟，虽然诸神还活着，
　　却在头顶上的另一个世界。
他们在那里叱咤风云，似乎很少关注
　　我们的存在，而天神其实如此守护我们。
因为孱弱之躯并非总能理解他们，
　　人类只能偶然承受神的丰盈。
此后的人生便是对神的梦萦。然而迷误
　　却如微眠般有益，困境和夜晚使人坚强，
直至英雄们在钢铁的摇篮④里长成，
　　心灵获得力量，恰如往常的天神一般。
他们雷霆万钧地从天而至。期间我时常觉得

---

① 上一句中的"古老的神圣戏剧"与这里的"被祝圣了的舞蹈"都是影射酒神狄奥尼索斯。在古希腊祭拜狄奥尼索斯的仪式中，戏剧与舞蹈都是非常重要的组成部分。
② 在这两句双行体中，显然出现了道成肉身、降到人间的耶稣基督的形象。对于荷尔德林来说，基督似乎是诸多"天神"中的一位，他构成了"天神已经远离"与"天神还未再来"之间的桥梁。
③ 指荷尔德林的朋友海因策，此诗就是题献给他的。
④ 根据赫西俄德(Hesiod)在《工作与时日》(Works and Days)中的描述，人类在经历了黄金时代、白银时代、青铜时代以及英雄时代之后，进入了最痛苦、最悲惨的黑铁时代。奥维德在《变形记》中的划分类似，只是去除了英雄时代。

既然如此黑暗,存在与盼望都如此无伴,
    倒不如睡去。我不知道这期间该做什么,
        或说什么,也不知道贫乏时代诗人何为?
但正如你说,诗人就像酒神的神圣祭司,
    在神圣的黑夜踏遍每一块土地。

8.
还在不久以前,我们惦念他们已久,
    那些降福于生命者,全都升天而去,
当天父转面不顾人类之时,哀伤
    便理所当然地开始在大地蔓延,
当一个沉静的守护神①终于出现,从神国
    带来慰藉,宣告白日的终结②,而后消失,
天界的合唱团留下一些恩赐,作为
    他曾经在场、并且还将再来的凭证③,
一如往常,我们能从中享受人性的快乐,
    因为在人类中间,更崇高之物太过崇高,
强大者还缺少至高的喜乐,与圣灵同在的
    喜乐,但还默默地留存着些许感恩。
面包是大地的果实,也是光的恩赐,

---

① "沉静的守护神"也是影射耶稣基督。
② 见《约翰福音》第 9 章第 4 节:"趁着白日,我们必须作那差我来者的工;黑夜将到,就没有人能作工了。"
③ 这个凭证就是"面包与葡萄酒",这不仅是耶稣基督在最后的晚餐时亲自设立的仪式(面包/饼代表他为人类的罪所舍去的身体,葡萄酒代表着他在十字架上所流下的血),同时也是古希腊神灵对人类的恩赐(面包代表谷物女神德米忒尔的赏赐,葡萄酒代表酒神狄奥尼索斯的赏赐)。

葡萄酒的欢乐来自那驱雷掣电的神①。
因此我们在享用时也怀恋天神,他们
　　曾经在场,会在适合之时重新归来,
因此歌手们也庄严地歌颂酒神,
　　这赞颂于古人而言绝非无中生有。

9.

是的!他们说得对,他让日与夜和解②,
　　引领日月星辰恒久地落下又升起,
永远快乐,正如他所喜爱的四季常青的
　　云杉树叶,和他从常春藤中摘选的花冠,
因为他留下了,亲自为无神的人类送下
　　逃匿诸神的踪迹,带到了黑暗之下。
神的儿女吟唱的古老谣曲就曾预言,
　　看啊!那是我们,我们是西域③的果实!
奇妙又精准地在人类身上实现,
　　只要去检验,必相信!然而诸事发生,
却无一生效,因为我们冷酷如幽灵,直到
　　我们的天父认出每一个人,属于所有人。
但在此期间,至高者之子,那个叙利亚人,

---

① "驱雷掣电的神"应指宙斯,他爱上了忒拜城的公主塞墨勒,惹怒了天后赫拉。赫拉化身公主的保姆,怂恿塞墨勒要求宙斯展现真身以证实自己的爱情。宙斯无奈地现出了雷神的原形,结果塞墨勒悲惨地在雷火中被烧死,宙斯从火中救出不足月的狄奥尼索斯,将他缝在自己的大腿中,直至他足月才让他从自己的大腿中第二次出生。因此这里称"葡萄酒的欢乐来自那驱雷掣电的神"。
② 酒神狄奥尼索斯的形象在此与耶稣基督的形象融合起来,他不仅为无神的人类带来现实的欢乐,也启示给他们未来的欢乐。
③ 这里的"西域"(Hesperien)在古希腊神话中被认作古代世界的最西端(见赫西俄德的《神谱》[*Theogony*]),荷尔德林在此处将它作为"西方世界"的代名词。

挥舞着火把,降落到幽灵之中①。
真福的智者看见;被禁锢的灵魂中闪烁出
一丝微笑,他们的眼睛被光所化开②。
连泰坦神③也温柔地发梦,沉睡在大地的
臂膀中,连好斗的地狱犬也醉饮沉睡④。

《酒神巴库斯》(*Bacchus*),卡拉瓦乔(Caravaggio)绘

---

① 荷尔德林在这里又将基督耶稣的形象("至高者之子,那个叙利亚人")与酒神狄奥尼索斯("挥舞着火把")联系在了一起。
② 这一描绘让人联想起《圣经》中的表述。例如《马太福音》第9章30节:"他们的眼睛就开了。"
③ 这里的"泰坦神"应象征着风暴的妖魔巨人堤丰,根据赫西俄德的《神谱》,他是地母盖娅的最后一子,长有百个龙头,力大无穷,最后被宙斯打入冥界。也有一说,说他被压在了西西里岛的埃特纳火山之下。
④ 这里应该指狄奥尼索斯下到冥界,用葡萄酒将看守地狱之门的刻耳柏洛斯灌醉,将自己的母亲塞墨勒从冥王哈迪斯手中救出。同时,这里也影射了基督教信仰中降到阴间、第三天从死人中复活的耶稣基督。

生 命 过 半

（姜林静　译）

悬着黄黄的梨，
开满野玫瑰的
土地依傍着湖水，
你们这些优美的天鹅，
沉醉于亲吻中，
将头浸没到
神圣冷静的水里。

悲乎，若冬天来临，何处
我能采摘花朵，何处
能获得阳光，
以及大地的影子？
墙垣孤立
无语，阴冷，风中
旌旗瑟瑟哀鸣。

许佩里翁①或希腊隐士(选段)

(贺嘉韵 译)

第 一 部
许佩里翁致伯敏(四)(节选)

你知道,柏拉图和他的学生斯特拉是如何相爱的吗?

我也曾如此去爱,如此被爱。唉,我曾经是一个幸福的男孩!

同道者同行,自是愉悦的,而伟大的人物抚育弱小者,助他成长,却也是神圣的。

…………

谁在年少时,能遇到这样一位高贵的灵魂,可真是幸运!

啊,那些难忘的黄金时光啊,充满了爱的甜蜜和学习的欢乐!

我的亚当斯时而把我带入普鲁塔克②笔下的英雄世界,时而又把我引入希腊诸神的魅力世界,他有时用数字和计量来抚慰我年少的血气方刚,有时又带我一同翻山越岭,于白昼,观赏森林原野的花朵和石壁上的野苔藓,于夜晚,仰望尘世之上的神圣星空,以人的认识来解读它们。

…………

---

① 许佩里翁是古希腊神话中的十二提坦神之一,古希腊语意为"超越之人",因为太阳超越天空之上,故一般被认为是掌管太阳之神。荷尔德林借用此名作为书信体小说中主人公的名字。
② 普鲁塔克(Plutarch),罗马帝国时代的希腊作家、哲学家和历史学家,以《比较列传》(*Parallel Lives*,又称《希腊罗马名人传》[*The Lives of the Noble Grecians and Romans*])、《道德小品集》(*Moralia*)等作品留名于世。

我们终要彼此分离,我的心已挣扎得疲倦,终于在最后一刻平静下来。我屈膝跪在他面前,最后一次张开双臂拥抱着他。"为我祈福吧,我的父,"我轻声唤他。而他也灿烂地笑着,额头在晨星中舒展开,目光穿透了苍穹:"替我保管好它,你们美好时代的精神!让它化为不朽,让天地间所有的美好力量都与它同在!"

"神在我们里面,"他愈加平静地说道,"他如汩汩溪流般引导着命运,万物都是他的元素。首先愿他与你同在!"

于是,我们就这样分别了。珍重,我的伯敏!

许佩里翁致伯敏(六)(节选)

··········

在士麦那①学习的日子里,丰富多彩的活动和极速可见的进步给予我的心不少安慰。我仍会回想起这段时光中一些闲适的夜晚。不知多少次我漫步于麦尔斯河②岸边的葱郁树丛中,漫步于我的荷马的出生之地,撷下那些用于祭奠的花朵,掷入神圣的河流中!我怀着和平的梦想步入近处的洞穴,传说那位老者曾于此处吟唱着他的《伊利亚特》。我寻到了他,心中所有的声音都在他面前归于寂静。翻开他的神圣诗篇,却仿佛从未读过,这诗篇此刻在我心中变得前所未有的生动。

··········

我回到士麦那,像从盛宴归来的醉汉。我心中充盈着欢喜,不让死亡占据半分盈余,为能攫取到自然的美而雀跃,却不用其去填补人世的空缺。那寒酸的士麦那也装扮上了令我欣喜的颜色,如新娘一般站着。善于交际的城里人吸引着我,他们荒谬的风俗习惯也像一出儿童闹剧般取悦着我。因我天生便置身于这些时兴的风俗习惯之外,便将它们如狂欢节的衣服一般摆弄着,穿上又脱下。

---

① 士麦那曾是位于小亚细亚半岛爱琴海海滨的一座古希腊城邦,因其得天独厚的港口条件、易守难攻的地形以及与内陆的良好联结而成为当时古希腊的交通中心与战略要地。现为土耳其境内第三大城市伊兹密尔。
② 麦尔斯河流经古希腊城邦士麦那,传说古希腊盲吟游诗人荷马出生于麦尔斯河河畔,被称为"麦尔斯河之子"。

……………

有些野兽在听到音乐时会吼叫。而我身边这些举止得体的人们哪,却在谈论精神的美和青春的心时只是付之一笑。狼群看到有人朝着它们扔来火把就会逃离,而当这些人看到理性的火花,则也会如贼一般背过身去。

……………

我终于厌倦了自弃,厌倦了在沙漠中找寻绿洲,在冰原上找寻鲜花。

如今我更加坚定要离群索居,青春时温柔平和的精神几乎已从我的灵魂中消失,从我所讲述和没有讲述的内容中,我已看清了这世纪无可救药,而原先可以在某一个心灵中找寻自己的世界、以朋友的形象去拥抱同类的美好慰藉,也落空了。

亲爱的!没有希望的生活会是怎样?火花从木炭中迸溅却又转瞬即逝,人们在阴霾的季节里听见阵风,呼啸而过却又瞬间消失,我们不也是这样吗?

燕子也要于冬日找寻一片宜居的土地,野兽也会在烈日下奔走,目光搜寻着一湾甘泉。谁对孩子说,母亲的怀抱从不拒绝他?看,那孩子也正找寻着母亲的怀抱!

若没有希望,则什么都不复存在了。我如今已将内心的宝藏封存,但只是为了留给一个更好的时代,留给那唯一、神圣与忠诚,在此生的某个时期,我渴求的心灵必会与其相遇。

在预感到与它相遇的时刻,它如月光一般轻轻地,萦绕着我平静的额头,我多么快乐地眷恋着它啊!那时我已认识了你,那时你也已如天神一般,自云端俯瞰着我。是你,曾让我在美的和平中,脱身于这世间的浊浪!自此,这颗心不再挣扎,也不再焦炙。

正如百合在寂静的风中摇曳,我也在它的元素中、在它迷人的梦中萌动。

许佩里翁致伯敏(七)(节选)

……………

哦!我微不足道的生活如今结束了!

这位陌生人名叫阿邦达,他告诉我,他和仆人遭遇了强盗的袭击,我之前遇到的两个强盗,都已让他赶走了。但他也在林中迷了路,所以直到我出现,他都不得不待在原地。"我还失去了一位朋友,"他补充道,并把他死去的骏马指给我看。

我把我的马交给他的仆人,和他步行着朝前走去。

当我们一同挽着手从林中走出时,我开始说起:"正是时候。我们为什么犹豫了那么久,彼此擦肩而过,直到突发的不幸才将我们聚在了一起。"

"我必须要同你说,"阿邦达驳道,"你才是那个更有罪的、更冷漠的人。我今天骑马追着你过来。"

"好人哪!"我喊道,"但留神,你在爱上永远不可能超过我。"

我们之间变得愈加亲密和愉快。

....

命运与人们的野蛮行为迫使他背井离乡,在异乡也遭人追逐,尽管少时受尽欺凌,变得粗野不堪,但内心仍充满了爱与渴望,想要穿透这粗糙的外壳,浸润到友谊中;而我,早已真切地同一切相隔绝,整个心灵都如此陌生而孤寂地独立于人群之中,尘世的喧嚣映衬着我内心最爱的旋律,显得如此滑稽可笑;我厌恶一切盲从与麻木,却又深感自身也完全摆脱不了盲从与麻木,我的心背负着许多,因为我与聪明理智者、与野蛮世故者都有过多的纠缠。——由此,也满怀希望,满怀对美好生活的唯一期盼。

....

我们有时会谈论如今的希腊,两个人的心都在流血,只因这片受尽耻辱的土地①也是阿邦达的祖国。

阿邦达对此确实非常激动。

"每当我看到一个孩子,"他喊道,"想到他将要承受怎样可耻和使人堕落的压迫,想到他将如我们一般贫乏,如我们一般找寻人,如我们一般探索美与真,又如我们一般,因为孤立无援而一无所获并最终消亡——唉,从摇篮中抱出你

---

① 小说背景设置在1770年土俄战争爆发前夕的希腊。自1460年以来,希腊一直处在兴起于亚洲西部的伊斯兰教封建军事国家奥斯曼帝国的高压统治之下。

们的孩子扔到河里吧,至少让他们免遭你们所受的耻辱!"

"阿邦达,"我说,"肯定会有所不同。"

"如何变得不同?"他答道,"英雄失去了名望,智者失去了学生。伟大的事迹如果不为一个高贵的民族所听取,也只不过是对昏沉脑袋的当头一棒,高尚的言辞如果不在高尚的心中回响,也不过是一片枯叶在污秽中窸窣作响。你现在又能怎么办呢?"

"我想拿起铁锹,"我说,"将污秽之物铲进坑中。倘若精神和伟大在一个民族中不再能产生精神和伟大,它就和其他仍然是人的民族不再有任何共同之处,也不再有任何权利。若人们仍要尊重这一群意志消沉的行尸走肉,认为他们仍保有一颗罗马人的心,那简直就是一出毫无意义的闹剧,一种迷信。随他们去吧!绝对不可原地不动,这棵干瘪枯萎的树正在窃取新生命的阳光与空气,而这些新生命正是为了一个新世界而逐渐成长起来。"

阿邦达飞向我,拥住我,他的吻渗入了我的灵魂。"战友!"他呼唤着,"亲爱的战友!哦,我现在有上百只臂膀。"

"这才终于是我的旋律,"他继续道,声音像战斗的呐喊,震颤着我的心,"不再需要别的什么!你说了一句特别美妙的话,许佩里翁!什么?神难道需要依附于蠕虫吗?应该无止境地向我们心中的神敞开道路,难道还要他站着等蠕虫给他让路吗?不!绝不!人们无需询问你们愿不愿意!你们当然不愿意,你们这些奴隶和野蛮人!人们也不想改良你们,反正也是徒劳!人们只要确保将你们从人类走向胜利的道路上赶走就好。哦!为我点燃火炬,让我烧掉那荒原上的杂草!替我备好地雷,让我炸掉这土地上累赘的木墩。"

"如果可能的话,"我说,"将它们轻轻放在一边就好。"

阿邦达沉默了一阵。

"我对未来更有兴致,"他终于再次开口,并热情地握住了我的手。"谢天谢地!我不会卑微地死去。在那些奴隶的口中,幸福就意味着困倦。幸福!当你们和我谈论幸福时,我就像是嘴里含着糨糊。所有的一切,都是如此愚蠢,如此无可救药,而你们却为之献出你们的月桂花环,献出你们的永生不朽。"

"哦,圣洁的光!不息地,活跃在广阔的国度中,在我们头顶之上漫步徜徉。"

它的灵魂也在那些光束之中传递到我这里，我饮下这些光束，于是我也得享你的幸福！"

"太阳之子以行动为食，靠胜利而活；用自身的精神来激励自己，他们的力量就是他们的欢乐。"

这人的精神常常是如此地感染他人，让人不禁羞愧于自己竟如此轻易地就被动摇了。

"啊，天哪！"我惊呼，"这是欢乐！"这是不同的时代，这不是我那幼稚可笑的世纪所发出的声音，也不是一片人心只能在监工的鞭子下苟延残喘的土地。是的！没错！朋友，靠你神圣的灵魂！你将和我一同拯救祖国。

"这正是我要做的，"他唤道，"不然就走向毁灭。"

从这天起，我们变得越来越圣洁友爱，深刻却又难以形容的肃穆降临到我们之间。我们在一起也更加快乐。每个人都生活在其本质的永恒基调中，而我们却毫不掩饰地大步向前，从一种伟大的和谐走向另一种。我们共同的生活充满了美妙的庄严与无畏。

············

许佩里翁致伯敏（十四）

伯敏，我曾很幸福！我现在不依旧幸福吗？即使第一次见到她的神圣时刻也是我最后的时刻，难道我不幸福吗？

绝无仅有的一次，我见到了心灵寻找的唯一，我此刻感受到了我们束之星空之上、推移至时间终点的完美。这至高者曾经在此，在人类天性和所有事物的循环之中。

我不再追问它现在在哪里；它曾在这世上并会再度归来，如今只是隐匿于这世间深处。我不再追问它是什么；我曾见过它并认识了它。

啊，你们寻求那至高至善者于深奥的知识，于混乱的行动，于黑暗的过去，于迷宫般的未来，于墓穴之下，于星空之上！你们知道它的名字吗？是唯一还是万有？

它的名字是美。

你们知道自己想要什么吗?尽管还不知道,但我预感到了新的国度中新的神性,我匆忙抓住其他人,引领着他们,从涓涓细流汇聚成川最终流向大海。

而你为我指明了前路!我始于你。那些尚未认识你的日子都不值一提。

哦,狄奥提玛,狄奥提玛,天神般的存在!

许佩里翁致伯敏(十五)(节选)

…………

她就住在离我们不过数百步之遥的山脚下。

她的母亲情思丰富,她的兄弟淳朴快乐,他们的所作所为都由衷地表明——狄奥提玛是家中的女王。

唉!她的存在使一切都变得神圣而美好。无论我往哪儿看,无论我触碰到什么,她的地毯、软垫、小方桌,一切都与她密不可分。而因她第一次呼唤我的名字,因她主动走近了我,于是她纯洁的气息便触动我正侧耳聆听的生命!

我们在一起聊得很少。人为自己的语言而感到羞耻,恨不得变成一个音符融入一曲圣歌。

我们该谈些什么呢?我们只是互相凝视着彼此而羞于谈论自己。

最终我们聊起这片土地上的生命。

还未曾为这土地吟唱过如此炽热又天真的赞歌。

…………

许佩里翁致伯敏(十九)

在我内心的喜悦中也千百次地嘲笑一些人,他们自以为是地认为,一个崇高的灵魂是绝不可能通晓如何烹调菜肴的。而狄奥提玛却总是适时地饶有兴趣地谈论起炉灶。最崇高的莫过于这样一位高贵的姑娘,她善于料理火候并像大自然一样准备好振奋人心的食物。

许佩里翁致伯敏(二十一)(节选)

我从未见过什么如此无欲无求,如此神圣而知足。

如汹涌海浪在极乐岛的岸边翻滚,我那不安的心也环绕着天神般静穆的姑娘而起伏。

除了充斥激烈矛盾、溢满血泪回忆的心境,除了带着万千忧愁、翻腾的希望和无尽的爱,我什么都给不了她。当她以亘古不变的美丽和莞尔一笑的圆满从容地站在我面前时,所有的向往、所有尘世的痴梦,天哪!天神们在金色晨曦中预言到的所有一切都在这独一静谧的心灵中得以实现。

…………

她是我的忘川。她的心灵是神圣的忘川,我从中饮下此在的遗忘,站在她面前如不朽之人般欣喜若狂地痛骂自己,仿佛从梦魇中醒来对所有束缚着我的桎梏都付之一笑。

哦,和她在一起我会成为一个无比快乐、无比美好的人!

和她在一起!但终是化作泡影,我仍深陷过去、现在与未来,不知该拿自己和其他一切怎么办才好。

我的心如一尾搁浅的鱼被扔到岸上不断挣扎,任风吹日晒直到干涸。

唉!但愿这世上还能有什么事可以让我去做!但愿还有一份工作或一场战争能让我振作起来吧!

那个从母亲的怀中被夺走扔到沙漠里的男婴,据说母狼曾哺育了他。

我的心并不是那么幸福。

许佩里翁致伯敏(二十三)(节选)

枉然;我无法向自己隐瞒。无论我和我的思想逃到何处,无论上天还是下海,无论到时间的开端还是尽头,哪怕是我逃至自己最后的避难地,在那儿所有的忧愁往往都会烟消云散,在那儿显现的火焰常常能将生命中一切的快乐与痛苦都在心中燃烧殆尽;哪怕是我投身于这世上最美好神秘精神的怀抱,潜入它的深处如坠入无底深渊,然而就算是在那儿,甜蜜的惊惧也依然找到我,那尽管甜蜜却又令人迷惘混乱的、致命的惊惧,便是狄奥提玛的墓就近在咫尺。

你听见了吗?听见了吗?狄奥提玛的墓啊!

我的心又归于寂静,我的爱也随着死去的爱人一同埋葬。

你知道的,我的伯敏!我很久没有写信给你讲她的事了。因为每当我提起笔来,总希望能冷静地写信给你。

现在是怎么了?

我走到岸边远眺着喀劳亚①,她就安息在那里,就在那儿。

无人愿借我一叶扁舟,也无人会因怜悯而给我他的桨,助我渡海去找她!

就连仁慈的大海也不平静,让我不能仅借一叶木筏便游向她!

我纵身于这汹涌大海,唯愿海的波涛翻滚将我送至她的岸边!

…………

第 二 部
许佩里翁致伯敏(三十三)(节选)

于是我来到德意志人中间。我要求的并不多,寻得的却更少。我谦卑地来,恰如颠沛流离又失明的俄狄浦斯来到雅典的城门,众神的灵荫庇佑着他,美的心灵也来迎接他。

我的境况却大不相同!

自古以来的野蛮人通过勤勉与科学,甚至通过宗教变得更加野蛮,他们根本无法拥有任何神圣的情感,在神圣的美惠三女神②所高歌的幸福面前,已经

---

① 喀劳亚(也称卡拉夫里亚)是希腊萨罗尼克群岛中的一个北部小岛,近伯罗奔尼撒半岛,该岛南部与火山岛斯费里亚相连。据古希腊神话所言是海神波塞冬的圣地,岛上也存有海神波塞冬神庙的遗迹。
② 希腊神话中分别代表"光辉""快乐"和"盛放"的美惠三女神,据《神谱》所载分别是阿格莱亚、欧佛洛绪涅和塔利亚。

堕落到了极点。他们既过分夸张又鄙陋至极,玷污了每一颗善良的心灵,愚钝而蛮横,如破罐子的碎片。我的伯敏啊,这便是我的安慰。

有些话听起来虽很苛刻,但我还是要说,因为都是事实:我想不出有任何一个民族比德意志还要支离破碎。在这里你能看到工匠,但看不到人;能看到思想家,但看不到人;能看到神父,但也看不到人;能看到主子和仆人,少年和成年人,就是看不到人。这简直就是一片战场——肢解了的手、胳膊和身体堆在一起,任鲜血在沙地上流淌成河。

你定会说,每个人都有自己的事要做,我也会这样说。但他必要投入全部心神去做,不必扼杀每一股与自己的头衔不完全相符的力量,不必怀着微不足道的恐惧,完全虚伪地只为自我的名誉而活,他必要满怀认真与热爱,活出他独有的样子,唯有如此,一种精神才会存活在他的行为中。一旦被迫从事泯灭这种精神的行业,他就会轻蔑地拒绝并宁可去学习耕种。但你们德意志人却总是乐于迫不得已、委曲求全,因此你们的工作总是那么烦琐,缺少自由与快乐。若能克服这种困境,这些人就不再会对一切美的生命都无动于衷,栖息于这样的民族之上的也不再是背弃神明和违反自然的诅咒。

…………

我告诉你:在这个民族,没有什么神圣不被亵渎、不被贬低为鄙陋的权宜之计,就算是在原始人中间尚还保持神圣纯洁的,也被那些更精于算计的野蛮人如经营手工作坊一般糟践。也只能如此,因为人的生命一旦被驯化,就只服从于自己的目标,只能追逐己利,无法再热切渴望!恳求上帝阻止这一切吧!他只会保持原状,不论是庆祝、恋爱还是祈祷,甚至即使是在春天的明媚节日,即使所有的忧愁都在这全世界和解的时刻消散,当一颗负罪的心也在纯真中化解时,即使是醉人的春光让奴隶都高兴地忘却了枷锁,而为神性的清风所抚慰,即使当人类的敌人都能如孩童一般时——即使毛虫化茧成蝶,蜜蜂成群飞舞,德意志人也仍然待在他们的天地中不问世事!

…………

看到你们的诗人和艺术家,看到所有尊重天才、热爱并呵护美的人们,同样也令人心碎。好人啊!他们像家里的陌生人一般生活在这世界上,正如受难者尤利西斯①一般乞丐模样地坐在自家门口,而门内那些张狂的求婚者在厅堂上吵吵嚷嚷并无耻地问道:"是谁把流浪汉带到我们这儿来的?"

....

德意志有首老曲唱道,地上一切皆不完美。倘若有人这样对这些背弃神明的人说就好了:在他们中间之所以一切都不完美,是因为没有任何纯洁之物不被玷污,没有任何神圣之物不被笨拙的手所碰触;没有什么能在此生长,是因为他们不敬重生长的根源——神圣的自然。与他们在一起,生活就是枯燥而沉重的,充斥着矛盾与不和、冷漠与死寂,只因他们蔑视天才,然而正是天才将力量与高贵注入人的行为中,将欢乐融入苦难,将爱与手足情谊引入城邦和家庭。

....

哦,伯敏!若一个民族爱美并尊敬艺术家中的天才,那么普遍的精神就会如清风拂过,化解羞涩并消融自负,所有的心都由此虔诚而伟大,英雄也在这种热情中降生。这样的民族是所有人的故乡,就连异乡人都会流连忘返;然而神圣的自然和它的艺术家们在这里却受到了怎样的屈辱?生命中的快乐荡然无存,每一颗星星都远胜于这片土地。人本应是美的,却越来越空虚放荡;为奴为役的想法盲目疯长,迷醉随着忧愁蔓延,繁荣伴着饥荒发展。丰年的祝福转而变为诅咒,众神逃离!

....

---

① 尤利西斯是罗马神话中的英雄,对应希腊神话中的奥德修斯。

书　信　选

（贺嘉韵　译）

致诺伊弗尔[①]（节选）

....

生活的内外联系和我们的精神与心灵，如同命运一般在你我之间连接起一条纽带，任何时候都坚不可摧。我们能在如此全面地了解彼此的软弱与美德后，仍然继续成为朋友。尽管新鲜感在我们之间早已消失，尽管那种美好的错觉，那种在探索的最初时刻，虽只找到了部分就误以为找到了全部的错觉，永远不会发生在你我之间，但我们仍然是朋友。

我们曾争夺同一项荣誉却仍是朋友；曾彼此误解但仍是朋友。亲爱的！我们还需要什么才能相信，我们之间的联系是永恒的，而我们也并非渺小的灵魂？

真是奇怪：自从我们认识以来，我内心经历了很多变化。那些我曾将全部的爱倾注其上的思想和个人，尽管当时我对它们的兴趣胜于一切，于我却都逐渐失去了意义。新的思想和新的个人吸引了我，尽管如此我的内心却仍对你保持忠诚。我或许也不必如此诧异，毕竟是真正的价值赢得了我的心。站在你的

[①] 克里斯蒂安·路德维希·诺伊弗尔是德国诗人和神学家，1769 年出生于斯图加特一个敬虔派家庭，1786 年进入图宾根神学院学习新教神学，期间结识了荷尔德林并成为他之后十几年最亲密的朋友。两人志趣相投，早期都是席勒和克洛卜施托克的拥趸，并对古希腊、古罗马文化兴趣浓厚。诺伊弗尔的诗歌创作也以赞歌和颂歌为主，并以诗体翻译了古罗马诗人维吉尔（Virgil）的《埃涅阿斯纪》（Aeneis）。1789 年，诺伊弗尔将荷尔德林引荐给德国诗人戈特霍尔德·施陶德林（Gotthold Stäudlin）和弗里德里希·舒巴特（Friedrich Schubart），促成荷尔德林的诗歌作品首次成功发表于这两位诗人各自创办的诗刊上。1791 年，诺伊弗尔完成学业后回到斯图加特一家教会创办的孤儿院从事神职工作，期间仍与荷尔德林保持密切的书信往来。两人虽然于 1798 年在斯图加特重聚，但 1800 年后便不再往来。这段友情的消逝也使荷尔德林失去了人生中一位重要的支持者。

角度来看，我更不会觉得诧异，因为可贵的执着正是你所有幸福和价值的根源。这也是为何我如此清楚，你终会比我更加幸福、更加伟大。

兄弟，你走的路是正确的！虽然你让旁人震惊不已，但尽管继续走你的路。这是一门伟大的艺术，倘若有趣的事物会排斥人们心中原本所保有的，那就不要轻易将内心交付于它们。这就是你的艺术！你不会将任何美好、良善与伟大拒之千里，而是给予它们应占的位置，让它们共存。你真是有福之人！我真希望我也能这样！内心的和平是人们所能够拥有的至高境界。

你仍对你的维吉尔无限忠诚，这使我感到无比高兴。这位伟大罗马人的精神必将鼓舞你。你的语言也必将在与他的语言的斗争中变得丰富有力。对你的斗争的答谢虽无非是来自德意志民族的感激，是一些无关痛痒的纪念，但你也定为自己赢得了朋友。而且我觉得过去的几年中，我们的人民似乎不再将眼界局限于直接实用的范围，对这一范围之外的思想和事物也多了一些关注；人们也比以往任何时候都更具有美和崇高的意识；让战争的喧嚣停息吧，真理和艺术将在一个罕见的领域中发挥作用；当然也有一些事表明情况可能恰恰相反。

即使我们能忘记那些可怜的丑角抑或从未沉溺于留恋中，如果人类变得越来越好，如果能完全回忆起神圣的法则和更为纯粹的知识，并永远不会再将其遗忘，那又会是怎样呢？

....

(或 1794 年 3 月写于瓦尔特斯豪森)

致席勒[①]（节选）

....

我有足够的勇气和判断力，使自己独立于其他艺术评论家和大师，并以必

---

① 荷尔德林在图宾根时就十分欣赏和崇敬诗人席勒，并于 1793 年经施陶德林引荐结识了席勒。席勒最初也对这位年轻诗人青睐有加，在他的杂志《新塔利亚》(Neue Thalia) 上发表了荷尔德林的诗歌《命运》(Das Schicksal) 和《许佩里翁片段》(Fragment von Hyperion)。1794 年荷尔德林来到耶拿，并经席勒引荐同歌德、赫尔德、维兰德等大师接触。随着交往的深入，两人在美学和哲学上的分歧逐渐显现。荷尔德林一方面把席勒当作自己学习的榜样，希望得到其支持和认可，一方面又不愿意成为他亦步亦趋的追随者，渴望摆脱他的影响，于是 1796 年荷尔德林逃离耶拿前往法兰克福。之后荷尔德林虽经常将作品寄给席勒，但几乎都没有得到发表，也甚少收到席勒的回复。

要的安宁走我自己的路,但我却无法摆脱对您的依赖。因为我已经感觉到,您的一句话便能轻易对我产生决定性影响,所以我时常会试图忘记您,以免在工作中畏畏缩缩。我敢肯定这种胆怯和拘束正是艺术的死因,因此我十分理解,为何相比于艺术家孤单地将自己与生命世界隔绝的时代相比,要在一个杰作林立的时代恰当地展露天性反而更难。对于前者而言,他与生命世界的区别甚微,他对此太过熟悉,因此不必抵抗,不必屈服于权威。但当大师们的卓越之才对年轻艺术家产生影响时,这种严峻的选择却是不可避免的,这种影响比自然更有力更清晰,也更具征服性和成效。这不是孩童间的嬉戏,也不是第一位艺术家发现了自己与世界所处的古老平衡,而是少年正在与君子们打交道,因为与他们亲近是那么困难,以至于不知不觉都忘记了他们的优势。这少年感觉到了这一点,于是不得不变得固执或顺从。或许他不必如此?至少我不愿像懦夫那样来为自己开脱,正如您所知,在这种情况下他们通常会走数学家的道路,通过无限缩小来使得无穷和有限变得相等或者近乎相等。倘若人们真能原谅对出类拔萃者犯下这样的无耻行径,那也不过是糟糕透顶的安慰:$0=0$!

我谨随信附上《许佩里翁》第一部。由于受各种逆反情绪和无故伤害的影响,它曾一度枯燥乏味、完全走样,以至于我不愿忆起您曾收到过拙作。我以更加自由的思绪和更愉悦的心情重整旗鼓,请您得闲能够浏览,并无论如何给我一些反馈。我觉得在没有第二部的情况下,第一部就问世是极不明智的,因为它绝不可能脱离整部作品而独立成篇。

希望我附上的诗歌也能得到垂青,在您的诗刊中占有一席之地!——我向您承认,我太执着于此,以至于无法静候命运等到诗刊发表。因此也烦请您告知,您认为哪些可取。如果允许的话,我将会从去年迟寄给您的诗中取一两首修改后再递送给您。

当然,我这样说似乎是有求于您,但我并不羞于渴求一个高尚灵魂的鼓励。我可以向您保证,虚荣的满足并不会使我感到安慰,且我对想做和在做的事都保持十分平和的心态。深表敬意。

您最忠实的

M. 荷尔德林

(或 1797 年 6 月 20 日写于法兰克福)

致苏塞特·贡塔尔德①

亲爱的,这是我们的《许佩里翁》!我们在这段满腔热忱的时光里所获得的成果,终将给你带来些许欢乐。原谅我,狄奥提玛还是死了。你一定记得,我们在这一点上无法完全达成一致。但我认为从整个作品的布局来看,这是无可避免的。我最亲爱的!关于她和我们的一切,关于我们生活中的生命所言说的一切,都当作感谢而收下吧!这种感谢表现得越生涩,则往往越真实。但愿我在你的脚下,在安宁与自由中逐渐成为一名艺术家,是的,我想我很快就会成为一名艺术家,这也是我的心在梦里和白日的一切痛苦中抱着无声的绝望所渴望着的。

我们不该拥有那种靠彼此就能给予的快乐,这值得我们终年为此流泪哭泣,但当我们不得不想到,正因为我们彼此牵挂,所以或许不得不在彼此都最有力量的时刻逝去,苍天动容!瞧!这有时也会使我缄默,因而我必须要提防这种想法。你的病,你的信——无论平日我是多么昏庸,如今也清清楚楚地看到,你一直,一直都在受苦——而我作为男人却只能为此哭泣!——告诉我,该如何是好,我们应该对自己的心保持沉默吗?还是互相倾诉!——为了保护你,我始终扮演着懦夫的角色——始终表现得我好像顺从于这一切,表现得我好像是人和事的傀儡,好像我缺少一颗坚强的心,无法忠实自由地以它的权利为它的至真至善而搏动,最珍贵的生命啊!我时常拒至爱于千里之外,甚至否认自己对你的思念,为了你的缘故尽可能温和地经历这命运——你也一直在为此挣

---

① 1796年至1798年荷尔德林在法兰克福任家庭教师期间,与比他大一岁的女主人苏塞特·贡塔尔德相恋,彼时苏塞特已结婚十年,是四个孩子的母亲。与汲汲营营、忙于事业的银行家丈夫不同,苏塞特对文学、音乐和哲学都兴趣浓厚,还阅读过荷尔德林发表的诗歌作品,两人很快就从精神上的共鸣发展成了爱情。1796年夏季,他们共同在巴特德里堡度过了一段与世隔绝的幸福时光,荷尔德林以柏拉图作品中的"狄奥提玛"称呼苏塞特,许多关于"狄奥提玛"的诗都写于这一时期,她也成为荷尔德林诗歌创作的关键人物。同时,荷尔德林在苏塞特的支持下开始创作《许佩里翁》。回到法兰克福后,荷尔德林却因面对苏塞特隐秘的爱而备受煎熬,最终在1798年辞职,并来到离法兰克福不远的巴特洪堡。尽管与苏塞特仍保持书信联系和秘密会面,远离爱人的痛苦和意识到这份爱注定无法跨越世俗的重重障碍,都使荷尔德林陷入了严重的精神危机。1800年荷尔德林离开巴特洪堡前往法国,两人关系最终破裂。1802年,荷尔德林获悉苏塞特因病过世,悲痛欲绝,精神状况进一步恶化。

扎,平和的人啊!为了获得安宁,你总是以英雄的肚量容忍着,对无可奈何的事沉默着,你隐藏和掩埋了内心永恒的选择,这就是为什么我们永远处在茫茫然中,而不再知道我们到底是什么,到底拥有什么,我们几乎都不认识自己了。这种永恒的斗争和内心的矛盾,如果没有神的安抚,定会慢慢置人于死地,到那时我便别无选择,唯有一条出路:为你我而憔悴,抑或唯独在意你,与你一同寻找能够终结这场战斗的途径。

我也考虑过,或许我们能依靠否认而苟活。或许倘若我们索性与希望作别,反倒可以变得坚强。

(或 1799 年 11 月初写于巴特洪堡)

思考题

1. 荷尔德林试图建立诗性的宗教,作为理念世界和现实世界的桥梁,将诗人看作是通向神性的中介。结合荷尔德林的诗学思想,如何理解《许佩里翁或希腊隐士》通过描述希腊诗人的成长过程所体现的诗的意义及诗性的精神?结合组诗《面包和葡萄酒》,如何理解荷尔德林所领悟的"诗人的使命"?

2. 荷尔德林在作品中常常不再具体呼求基督教的上帝或古希腊文明中某个具体的神,而是以指称不明的"诸神"或汇于天地万物的"神性"取而代之。这反映了荷尔德林怎样的思想?

3. 死亡在小说《许佩里翁或希腊隐士》所描述的世界里成了不可避免的主题:爱人和挚友的去世、战场上的屠杀、希腊世界的没落、美的幻想的破灭,请结合《生命过半》一诗讨论诗人笔下的"死亡"主题。

艾兴多夫

(贺成伟 撰)

约瑟夫·封·艾兴多夫(1788—1857)是 19 世纪德国著名的浪漫主义诗人,路德维希·蒂克将他称作"最后的浪漫主义者"。艾兴多夫出身于西里西亚的贵族家庭,童年时成长在卢博维茨庄园(Schloss Lubowitz,位于今波兰东南部)。他青年时曾在哈雷和海德堡学习法律,并在海德堡结识了浪漫主义的代表人物阿尔尼姆和布伦塔诺;中途又赴柏林旁听费希特的哲学课程;最终于 1812 年在维也纳完成了法律专业的修习。此后三年,艾兴多夫投身反拿破仑的德意志自由解放战争,并于 1815 年随军开赴至巴黎。同年,他发表了小说处女作《预感与现实》(*Ahnung und Gegenwart*)。1817 年起他在普鲁士政府中任职,先后居住在布雷斯劳和柏林,主要负责天主教教会和教育事宜。1844 年,艾兴多夫辞去公职,专事创作直至去世。

大自然中无解的神秘似乎是艾兴多夫一生诗意的召唤和启迪。无论是回顾童年,还是登高眺望海德堡,森林都是诗人隐秘的观察点;而山峦、小溪、云雀和原野又同林木一道构筑起自然的无限场域,并将身处其间的人与有限的现实区隔开来。艾兴多夫在自然中寻找的,其实就是浪漫主义所向往的远方、神秘和世界的终极。唯有在浪漫化的大自然中,孤独的人类才可以把自己托付给此种"终极",亦即上帝。不过,艾兴多夫的作品中鲜有浪漫主义文学中常见的极端虔敬的甜蜜或自我毁灭式的晦暗迷狂,更多的是一种自幼浸染的朴素的天主教情感。他笔下的自然虽然承载着有别于世俗的孤独,但究竟还是处处彰显着造物主仁慈的爱。

《无用人生涯小传》(Aus dem Leben eines Taugenichts)是艾兴多夫最负盛名的作品,也可视作整个德国浪漫主义小说的高峰和终曲,时至今日仍有众多爱好者。作家行文措辞质朴,语言清新,几个简单意象叠加就能让读者置身于云雀欢叫的森林,适时添上的云与月又总是契合主人公惆怅的心曲。故事的主人公是一个世人眼中"无用的人"。他喜好音乐却不问农事,终于被父亲打发到"外面的世界"自己闯荡,而"漫游"正是浪漫主义乃至整个德国文学最重要的题材之一。旅途中,他的歌声博得两位贵族女性的青睐,于是他暂且在她们维也纳的府邸中打理花园安定下来。他倾心于年轻的美人,即便后来当上了税务官,每日也只管暗自送上一束鲜花,之后又因为误以为梦中情人已经心有所属而再次踏上了漫游之路。经过一番徒劳的追寻,他又从意大利返回维也纳,终于重逢故人,解开误会,小说最终以幸福的婚礼场景结尾。完满的爱情似乎是一种世俗意义上的成功,这是否是现实对浪漫的"招安",家庭之于浪游的胜利呢?其实叙述者在小说开头就已经暗示了一种温和的人生态度:"亲爱的主,我将此身托付,"而上帝自然有最好的安排。本书所选片段分别选自小说第一章和第二章,主要情节是主人公离家踏上漫游之旅和初到维也纳的缘由,以及情感受挫再次踏上旅途的过程。短短几页,读者已经可以读到在大自然中"欣于所遇"的畅快心情和浪漫主义者在世间找不到安身之所而"自苦"的烦闷。小提琴则成为整部小说的线索:主人公拿起小提琴第一次走进了广袤的世界;自弹自唱,遇见了爱慕的女子;安于庸常让小提琴积了灰;最后也是拿起小提琴感叹:"这世上找不到我们的王国!"由此,这部小说既体现了艺术与生活割裂的苦闷,又呈现了人经由上帝的意志与这种痛苦和解,同时又免于平庸的可能性。

值得一提的是,艾兴多夫的文字极具音乐性:一是语言节奏明快,二是间有歌谣穿插其中。原文中,这些诗歌多采用民歌体裁,音步和韵脚都简单明了,读来朗朗上口。除此以外,艾兴多夫的抒情诗谱曲改编多达 5 000 余种之巨,在德语艺术歌曲的范畴之内是数一数二的。舒曼就曾在他的"歌曲年"1840 年为艾兴多夫的 12 首抒情诗谱曲,集结成《歌曲集》(Liederkreis op. 39)。或许我们可以说,浪漫主义文学的音乐性和德奥音乐内在的精神性本就是互相呼应的。德国浪漫主义力求突破艺术门类,以达到美学的终极,在此也可见一斑。

艾兴多夫不囿于文学体裁，正如同他不囿于故乡而向往未知；而在未知的远方等待着他的或许正是人类最初的故乡。无用的浪漫主义者一方面离开家乡，一方面寻找着天国的故乡。完满和求索、抵达和出发在他的作品中由此统一在一种向着前方漫游的乡愁之中。

月　夜

（姜林静　译）

曾经，天空好像
静静亲吻了大地，
大地于繁花微光中
必定也眷念着天空。

昔日清风拂过田野，
麦穗轻柔摇曳，
林中飒飒低吟浅唱，
浩淼星空澄亮。

我的灵魂也展开，
它那宽阔的翅膀，
穿越大地宁静无涯，
仿佛正要飞回天家。

死 之 欲

（姜林静　译）

尚未沉入蓝色的水波前，
天鹅仍醉生梦死地唱吟；
夏日疲惫的大地正凋零
任其火焰在葡萄园燃尽；
西沉的太阳迸溅出火光，
红霞又为大地斟上酒浆，
直到星连星环抱着醉迷，
奇妙的夜晚就已经升起。

魔 杖

(姜林静 译)

万物中皆有歌眠,
在歌里梦个不停。
若你巧遇神妙言,
世界便跃起唱吟。

海德堡哲学家小道上的艾兴多夫纪念碑上刻着这首小诗

无用人生涯小传(选段)

(贺成伟 译)

第一章(节选)

　　父亲的磨坊旁,水声哗哗啦啦,水车又转得好不欢快。屋顶的雪水一个劲儿地往下滴,小麻雀叽叽喳喳,活蹦乱跳。我坐在门槛上揉揉眼睛,把睡意赶走。在温暖的阳光里,这感觉真是太舒服了。这时父亲从房里走了出来;天刚亮他就在磨坊里丁零当啷地忙活上了,这时候睡帽还斜扣在脑袋上。他对我说:"你个没用的家伙!又在这儿晒上太阳伸懒腰了,四仰八叉,骨头都懒了,活儿都让我一个人干。我可再养不起你了。眼看春天就要来了,你总该去闯闯,到外头给自己挣口饭吃。"——"好吧,"我说,"说我没用也行,那我就到外面的世界走走,自己交上个好运气。"其实这正合我意,不久前我才刚刚冒出了旅行的念头,因为我听见那羽毛金黄的小鸟一改秋冬时节在我家窗前鸣唱的哀伤调子:"农夫,雇下我,农夫,雇下我!"转而在旖旎的春日里又骄傲而欢快地在枝头呼唤:"农夫,莫忘耕耘!"——于是我走进屋去,取来挂在墙上的小提琴。小提琴我拉得相当不错呢。父亲还给了我几个小钱作旅费。就这样,我晃晃悠悠走了好长一截出了村。左右两旁的老熟人和旧玩伴还一如既往地赶着去上工,还像昨天和前天一样翻土犁地,而我却要漫游到自由的天地中去了;看见他们,我真有种说不出的快活。我又自豪又满意,冲着四面八方的可怜人大喊再见,不过倒也没什么人对我特别上心。我心情畅快极了,好像礼拜天永远不会结束似的。等到终于踏上了空旷的原野,我便拿出心爱的小提琴,一边在大道上前进,一边自弹自唱:

上帝向谁把恩宠施予,
就送他到广袤的世界,
处处显耀他的神迹,
在那山林、溪流和原野。

裹足在家的懒汉,
晨光催他也不醒,
只顾得,把婴儿照看,
挣口饭,穷苦愁得紧。

清泉跳跃下丘壑,
云雀欢声向高飞,
满心意气,引吭同歌,
舍我还有谁?

亲爱的主,我将此身托付,
小溪、云雀、原野和林木,
天幕地庐,都是他来照护,
我的路自将有个上佳归处。①

正当我四下里环顾的时候,一驾豪华马车赶上了我。它大概已经在我身后行驶了好一阵子了,而我心里净是歌声,完全没留意到它。马车走得很慢,两位身份高贵的女士从轿厢里探出头来,听我唱歌。其中一位比起旅伴来年轻些,更是格外标致。不过,老实说这两人都教我喜欢。于是我便停住不唱了,较年长的女士吩咐停车,亲切温和地对我说:"哎,快乐的小伙子,你歌唱得倒是真的很好听啊。"我忙不迭地回答道:"回禀夫人,我还会唱更好听的呢。"她随即又问

---

① 原诗采用"民歌"(Volksliedstrophe)体裁,每节四句四音步抑扬格诗句,句末尾阴性韵脚(抑)和阳性韵脚(扬)交替出现;诗歌押交叉韵(abab),简单朴素,节奏明快。

我:"小伙子,你这一大清早要赶到哪里去呢?"我有些害羞了,连我自己都不知道自己到底要去哪儿,于是冒冒失失地随口答道:"维也纳。"然后她们俩便讲起我听不懂的外国话来。年轻的那个摇了好几次头,另一位却笑个不停,终于向我喊道:"你从车后边儿跳上来吧,我们也去维也纳。"还有谁能比我更开心呢!我鞠了一躬,跳上了车,坐在车后。马车夫鞭子噼里啪啦一抽,我们便飞驰在亮闪闪的大路上。风拂过我的帽檐,飒飒作响。

村庄、花园还有教堂的塔楼在我身后渐次退去,面前又迎来新的村落、城堡和山峦;青苗、灌木和草地五彩缤纷,从我身下掠过;头顶上,无数云雀在澄空中飞旋——我不好意思大声叫出来,但在内心深处,我早已欢呼雀跃;我在马车踏板上来回跃动,手舞足蹈,差点弄丢了夹在胳膊下面的小提琴。然而之后太阳越升越高,正午的白色浓云高高堆起,环抱着地平线;庄稼微微起伏荡漾,空气中远处大地上的一切都变得那么空无、闷热而又沉寂。这时,我又想起了自己的村子,还有父亲和我们的磨坊。我想起,池塘的树荫下是多么凉爽惬意;可我也知道,这一切都已经在我身后很远很远的地方了。想到这里,我的心情很是奇怪,好像我一定得再回去似的。我把小提琴夹在外衣和背心之间,满怀心事地坐到踏板上,就这么睡着了。

....

第二章(节选)

....

她这会儿正在那儿跳舞呢,我一个人待在树上这样琢磨道,人家肯定早就又把你和你的花儿给忘了。万事顺心,高高兴兴地,才没人在意你呢。——无论何时何地,我总是这样。每个人在这世上都有自己的一席之地,有温暖的炉火,自己的咖啡,自己的妻子,还有晚餐时自己的一杯葡萄酒,这样就心满意足了;就连看门人那副皮相都挺自在。——哪里都容不下我。无论走到哪儿,好像我都来得太晚,仿佛这整个世界都没注意到有我这个人。

....

这一切把我陷到沉思的深渊里去了。我就像一只刺猬,在自己思想的刺当中缩成一团;府邸那边传来的舞曲渐渐低落了,层云孤单地穿行在幽暗的花园上空。我就这么坐在树上,像只猫头鹰,在我幸福的废墟里挨过整整一夜。

清凉的晨风终于把我从幻梦中唤醒。我猛地四下探望,着实一惊。音乐和舞蹈早已不再,府邸内外四周,草坪、石阶、圆柱,一切看起来都是那么沉寂、清冷而庄重;只有大门前的喷泉还在寂寞地汩汩作响,冒个不停。我身边的枝丫上,鸟儿已经醒了,抖擞着它们彩色的羽毛,张开小翅膀,来来回回好奇而惊讶地打量着我这一道睡在树上的古怪朋友。晨光欢快地扫过花园,在我的胸膛上跃动。

于是我在树上直起身来,许久不曾像这样眺望远方了。我望见多瑙河上已经有几艘航船顺流而下,穿行于葡萄园之间;空荡荡的大道像桥梁一般架在微光闪烁的大地上,蜿蜒延伸到远处的山峦和峡谷。

不知怎得——突然间,从前对远游的渴慕又爬上我的心头:那些旧时的哀愁与喜悦,还有那深深的向往。与此同时,我又想起府邸中的佳人正在休憩,鲜花环绕,绫罗蔽体,还有天使在清晨的宁静中坐在床边,陪伴着她。——不,我喊了出来,我一定得离开这儿,越远越好,一直走到蓝天的尽头!

想到这里,我抓起篮子,把它高高地抛向空中。花儿挂满枝头,又五彩缤纷地散落在绿绿的草地上,可真是赏心悦目。然后我飞快下了树,穿过寂静的花园,直向我的住处走去。一路上我好几次停下脚步,在这里我曾默默凝望过她,又或者在树荫里躺着想过她。

我的小屋四周内外跟我昨天离开时完全还是一个样。小花园好像劫后余生,荒芜一片;房间里大大的账本还没合上;我那差不多快忘记了的小提琴挂在墙上,已经积了灰。一束晨光却正好穿过对面的窗户照射在琴弦上,光耀夺目,给我的心拨出了一阵悦耳的琴音。对啊,我说,快来吧,忠实的乐器!这世上找不到我们的王国!

于是我从墙上取下小提琴,撇下账本、睡袍、拖鞋、烟斗和阳伞,一文不名正如我来时一般。我走出小屋,挥别此地,在发光的大道上漫步前行。

我也常常回头看;心里说不出的滋味,那么悲伤,可是又极其欢畅,仿佛一只破笼而出的小鸟。等到已经走了好一截了，在旷野中我拿出小提琴放声歌唱：

> 亲爱的主，我将此身托付，
> 小溪、云雀、原野和林木，
> 天幕地庐，都是他来照护，
> 我的路自将有个上佳归处。

维也纳的宫殿、花园和塔楼已经在我身后消散在清晨的芬芳中了。头顶上，无数欢唱的云雀在高高的天空中飞翔。就这样，我行走在青山之中，途经欢乐的城镇村野，向着意大利一路南下。

思考题

1. 请概括小说主人公的工作观。浪漫主义者的生活态度与"新教伦理"对工作的要求有何不同？
2. 请列举艾兴多夫反复使用的意象，并分析这些意象在欧洲浪漫主义文学传统中的意义。
3. 主人公为什么说"这世上找不到我们的王国"？这句话体现了浪漫主义文学怎样的美学追求？

E. T. A. 霍夫曼

(杨黄石 撰)

E. T. A. 霍夫曼(1776—1822)被认为是最具影响力的德国浪漫派作家之一。他是一位通才,既是作家,又是作曲家、画家、乐评家、戏剧导演和法律工作者。

霍夫曼出身于律师家庭,大学毕业后便在普鲁士司法系统工作,当过律师和法官。1802 年,他因创作讽刺画批评时局而遭降职,前往波兰工作,同年结婚。1806 年,拿破仑占领华沙,霍夫曼拒绝为其效忠,在流离中一度生活拮据。1808 年至 1814 年是霍夫曼人生中最关键的时期,他先后在班贝格、德累斯顿和莱比锡成为乐队指挥,同时负责剧院场务和作曲。对音乐、绘画、戏剧等多种艺术的涉猎为他的文学生涯奠定了坚实基础,而对医学、心理学和各种神秘学知识的积累,则为其提供了取之不竭的写作素材。在此期间,霍夫曼完成了他的第一篇小说《骑士格鲁克》(*Ritter Gluck*)和奇幻故事《金罐》(*Der Goldene Topf*),同时开始创作长篇小说《魔鬼的长生汤》(*Die Elixiere des Teufels*)。1814 年至 1822 年,霍夫曼回到柏林担任法官,成为声名显赫的畅销作家。他将自己创作的众多短篇小说先后整理成了三部故事集——《卡洛风格的幻想故事》(*Fantasiestücke in Callots Manier*)、《夜间故事集》(*Nachtstücke*)和《谢拉皮翁兄弟》(*Die Serapionsbrüder*)。

霍夫曼在工作之余始终支持进步人士,但长年波希米亚式的生活方式也损害了他的健康,致使其英年早逝。贯穿霍夫曼艺术人生的关键词是"双重生活":他白天担任公务员,晚上则成为艺术家、幻想者和浪荡儿。这种在现实与虚幻、理性与狂想之间徘徊游移的张力也成为他作品中的重要主题。在霍夫曼的小说与童话中，充满了超自然、奇幻和恐怖的元素，但他故事中的人物及其生活大多取材于日常观察与自身阅历，音乐家、艺术家、学者和诗人常常是重要角色。幻想与现实在他的作品中紧密交织，水乳交融，看似离奇出尘的内容，亦是对现实社会的讽喻。

霍夫曼擅长心理刻画，着力于描写个体内心的矛盾冲突，展现人的潜意识与疯狂的一面。在这一点上，他与大半个世纪后才诞生的精神分析学派有异曲同工之处。阴暗、原始、充溢着激情与暴虐的本我与追求美好理想的超我间的对立，常见于他的幻想故事，《沙人》(*Der Sandmann*)里时而阴郁癫狂、时而沉静和乐的纳塔内尔，以及《魔鬼的长生汤》中屈从于诱惑而犯下种种罪恶的修道士梅达杜斯，都是典型的例子。后者也包括了霍夫曼钟爱的另一母题——二重身(Doppelgänger)，或称同貌人。分身、同貌、离魂、变形等神怪元素，亦可视作人物内心的外化。

作为享誉世界的浪漫派作家，霍夫曼对胡戈·封·霍夫曼斯塔尔(Hugo von Hofmannsthal)、托马斯·曼、大仲马、亚历山人·谢尔盖耶维奇·普希金(Alexander Sergeyevich Pushkin)、乔治·桑(Georges Sand)、狄更斯等文学家都产生了不小的影响。他给世界其他国家带来的震动与启发甚于德国。在法国，包括雨果、泰奥菲尔·戈蒂耶(Théophile Gautier)、杰拉尔·德·奈瓦尔(Gérard de Nerval)在内的浪漫主义与唯美主义作家都熟读并化用霍夫曼的小说，波德莱尔更是频频参考和引用霍夫曼的著作，作曲家雅克·奥芬巴赫(Jacques Offenbach)还根据霍夫曼的作品创作了自己最后一部，也是最著名的一部歌剧《霍夫曼的故事》(*Les Contes d'Hoffmann*)。在俄国，陀思妥耶夫斯基(Dostoyevsky)将霍夫曼奉为知音，读完了他的所有作品。而他的童话《胡桃夹子与老鼠王》(*Nußknacker und Mausekönig*)被作曲家柴可夫斯基(Tchaikovsky)改编成了著名芭蕾舞剧《胡桃夹子》(*Der Nussknacker*)，享誉世界。

尽管霍夫曼也曾借鉴英国的哥特小说(如《魔鬼的长生汤》与哥特小说家马修·刘易斯[Matthew Lewis]的《修道士》[*The Monk*]密切相关)，但他在前人的基础上做出了众多革新与开拓。他创作的探案故事《斯居戴里小姐》(*Das*

Fräulein von Scuderi)情节曲折,悬念丛生,比埃德加·爱伦·坡(Edgar Allan Poe)的《莫格街谋杀案》(The Murders in the Rue Morgue)早了二十余年。除了侦探小说,霍夫曼还是科幻小说的先驱者,构想并描写机器人的《沙人》亦早于玛丽·雪莱的《弗兰肯斯坦》。

在写作手法上,霍夫曼也超前于时代。他常常借助自由联想、内心独白等手法呈现人物心理活动。此外,在长篇小说《雄猫穆尔的生活观》(Lebensansichten des Katers Murr)中,霍夫曼下笔恣肆,运用了反讽、拼贴、断片、自指、间离、套层等现代及后现代的典型修辞方法,使整部作品显得错杂荒诞,独具魅力。

德国画家彼得·卡尔·盖斯勒(Peter Carl Geissler)为霍夫曼的《胡桃夹子与老鼠王》所作的插图

沙 人(选 段)

(杨黄石 译)

纳塔内尔致罗塔(节选)

…………

除了吃午饭,我和我的兄弟姐妹很少能在白天见到父亲,他的工作应该十分繁忙。晚饭后(依照老规矩,晚餐七点钟就端上餐桌了),母亲带着我们来到父亲的书房,围着一张圆桌坐下。父亲一边抽着烟,一边喝着一大杯啤酒。他常常给我们讲许多神奇的故事,而且越说越激动,搞得他的烟斗总是熄灭。每当这时,我就用引火纸把他的烟斗重新点燃,这也成了我的一大乐趣。不过,父亲也经常将图画书递给我们,让我们自己阅读,他自己则沉默而木然地坐在安乐椅上吞云吐雾,任我们在雾海里漂游。一到这样的晚上,母亲总是变得悲伤不已,九点的钟声才刚敲响,她就对我们说:"孩子们,快上床,快上床!沙人来了,我已经听到他了。"每当这时,我便真的听见有什么东西拖着沉重的脚步迈上楼梯的咚咚声。这一定就是沙人了。

有一次,那低沉的脚步声让我觉得可怕极了,我便问带我们走开的母亲:"哎,妈妈,那个老把我们从爸爸身边赶走的坏沙人,究竟是谁呀?他长得什么样呢?"

"亲爱的孩子,沙人并不存在,"母亲回答道,"当我说沙人来了,意思只是你们该睡觉了,你们睁不开眼睛的样子就像有人把沙子撒进去一样。"

母亲的回答并不能让我满意。在我幼小的心灵里,反而产生了清晰的想法:母亲之所以不承认沙人的存在,只是为了让我们不再害怕他。但我总能听到他上楼梯的声音。我心中充满好奇,想要知道更多关于沙人的事情,还有他与我们小孩子的关系。终于,我忍不住去问照料我小妹妹的老婆婆:沙人究竟是个什么样的人?

"小纳塔内尔,"老婆婆回答道,"你还不知道吗?沙人是一个邪恶的男人,他会来到不睡觉的孩子身边,往他们的眼睛里撒一把沙子,让眼珠子血淋淋地从眼眶中跳出来。沙人会把这些眼睛都扔到袋子里,带到月牙上,喂他的幼崽们。他们住在巢穴里,长着像猫头鹰一样的弯嘴儿,专啄不听话的小孩的眼睛吃。"①

就这样,沙人可怕而凶残的形象在我心中浮现了出来。每当他在夜晚迈上楼梯,我就吓得瑟瑟发抖,无论妈妈怎么问我,我都只能含着泪水,结结巴巴地叫道:"沙人!沙人!"我只能赶快跑进卧室,整整一夜,沙人的恐怖形象都让我不得安宁。

等我长大了一些才明白,保姆给我讲的关于沙人和月牙上的幼崽巢穴的故事绝非千真万确。不过,沙人在我心中依然是一个恐怖的妖怪。每当听到他走上楼梯,还粗暴地闯入父亲的房间,我就惊恐难耐,战栗不已。有时他很久都不来,但随后就出现得更频繁了。这种情况持续了多年,我始终无法习惯沙人对我们的可怕骚扰,他的恐怖形象也从未淡出我的脑海。他与父亲的交往激起我越来越多的幻想,但我实在不敢当面去问父亲。于是,随着时间的推移,亲自探索、一睹沙人真面目的愿望在我心中变得愈发强烈。沙人促使我走上了神奇的冒险之路,这种事情本来就容易在孩童的心里扎根。没有什么比精灵、女巫、矮人等的恐怖故事更能引发我阅读或倾听的乐趣了,但排在第一位的始终是沙人。在桌子、柜子和墙壁上,全是我用粉笔和炭笔画出来的奇形怪状、丑陋不堪的沙人形象。

当我十岁时,母亲要我搬出儿童房,住到另一个小房间里,那个房间所在的走廊离父亲的房间不远。每当九点的钟声响起,我们听到那个陌生人又来到家

---

① 沙人是欧洲民间传说中的妖精,有两种广为流传的形象。温和版的沙人会在每天晚上造访孩子们的卧室,在他们眼睛里撒上能催眠的沙子,让他们做梦,第二天醒来揉眼睛时,睡眠沙就被擦掉了。恐怖版的沙人一如文中的保姆所说的,是挖小孩子眼睛的恶魔。沙人的这一形象主要起到吓唬、震慑晚上不睡觉的淘气小孩的作用。

E.T.A. 霍夫曼

中，就必须赶紧离开。我在自己的小房间里能听到沙人进入父亲的房间，没过多久，家里就弥漫起一股薄薄的、气味古怪的烟雾。随着好奇心的增长，我逐渐鼓起勇气，想方设法要认识一下沙人。等母亲走开以后，我便常常溜到走廊上，却什么也偷听不到，因为每当我来到能看见沙人的位置，他都已经进了父亲的房间。最终，在难以抑制的欲望的驱使之下，我决定自己藏在父亲的房间里，等着沙人到来。

有一天晚上，我从父亲的沉默不语和母亲的满面愁容中觉察到沙人即将到来。我借口说自己太累了，不到九点就离开房间，然后躲藏在一个紧靠房门的隐秘角落里。不一会儿，大门嘎吱嘎吱地开了，沙人迈着缓慢而沉重的步子穿过走廊，向楼梯走来。母亲带着孩子们急匆匆地从我身旁走过。我轻轻地打开父亲的房门，他像往常一样背对着门坐着，一声不吭，一动不动，也没有注意到我。我迅速溜进房间，躲到柜帘后，紧挨着房门的柜子没有门，里面挂着父亲的衣服。沙人的脚步声越来越近了，门外还传来了奇怪的咳嗽声、咕哝声和摩擦地面的声音。我感到既害怕又好奇，心脏怦怦直跳。忽然，脚步声在门前停下了，门把手被猛地一转，房门哐啷一声弹开了！我硬是鼓起勇气，小心翼翼地向外窥视。沙人就站在房间中央，面对着父亲，明晃晃的灯光照亮了他的脸庞！沙人，这可怕的沙人竟然就是有时会在我们家吃午饭的老律师科佩留斯！

即使是最恐怖的形象，也不会比科佩留斯更让我魂不附体了。请你想象一下：这个男人身材高大，肩膀宽厚，脑袋臃肿而丑陋，面色土黄，浓密的眉毛呈灰白色，一对发绿的猫眼显得咄咄逼人，硕大的鼻头弯垂下来，盖过了上嘴唇，一张歪斜的大嘴常常挤出恶毒的狞笑，脸颊上长着几个显眼的深红色斑点，紧闭的牙关中不时发出奇怪的嘶嘶声。科佩留斯总是穿着裁剪过时的灰色大衣，还有同款的马甲和相同的长裤，再配上黑色长袜跟装有宝石带扣的皮鞋。

科佩留斯的假发小得可怜，只能勉强遮住发旋儿，假发两边的发卷高居两只发红的大耳朵之上，一个宽松扎起的发髻僵硬地盖住了脖子，能够看到固定住皱巴巴的衬领的银搭扣。总之，科佩留斯的整个身躯都丑陋不堪，令人作呕。不过对我们孩子来说，最恶心的是他那双骨节分明、毛茸茸的大手。凡是他用那双手碰过的东西，我们就再也不想要了。他发现了这一点，并以此为乐。他总是以这样或那样的借口摸摸盘子里的糕点或甜甜的水果,而这些甜食本来是善良的母亲悄悄放在盘子里的。我们眼含热泪,出于厌恶,再也无法享用期盼已久的甜食。每逢节日,父亲会为我们每人斟上一小杯甜葡萄酒,科佩留斯便故伎重施,迅速伸出大手来摸,甚至干脆拿起酒杯,放到他那没有血色的嘴唇边,发出魔鬼般的大笑,而我们只能忍气吞声,轻声啜泣。他总喜欢叫我们"小畜生"。只要他在场,我们就不准发出任何声响。我们在心里诅咒这个仇视我们的丑恶男人,他总是处心积虑地与我们作对,连我们最小的一点儿乐趣也要败坏。母亲似乎也和我们一样痛恨这个可憎的科佩留斯。由于他的所作所为,原本天性开朗、活泼自然的母亲变得忧伤、阴郁而严肃。但父亲却将他奉若神明,让我们不仅得忍受他的恶行,还要装出笑脸,想方设法地取悦他。他只要轻微地做个暗示,我们就得给他做他最爱的菜肴,给他献上最珍贵的红酒。

现在,当我看着这个科佩留斯时,一个令人毛骨悚然的想法袭上心头:除了科佩留斯,其他任何人都不可能是沙人。沙人对我来说再也不是那个骗小孩的童话故事里的妖怪,把孩子们的眼珠带到月牙上喂幼崽吃。不!沙人是一个丑陋无比、像幽灵一般的恶棍,所到之处尽是悲痛,尽是苦难,尽是一时或永久的毁灭!

我就像被施了定身法,一动不动地站着。尽管冒着被发现的危险,而且清楚地意识到可能面临的严酷惩罚,但我仍把头探出柜帘偷听。父亲正庄重地接待科佩留斯。

"来,开始工作吧!"科佩留斯用沙哑的嗓子嗡嗡地叫道,并扔下大衣。父亲板着脸,默不作声地脱下睡袍,两人都套上长长的黑色罩衫,但我没看清他们是从哪里拿出这些衣服的。父亲打开了柜子的两扇门,这时我才发现,原来我以为是柜子的地方其实没有柜子,只有一个黑漆漆的洞,里面放着一台小炉灶。科佩留斯走上前去,一股蓝色的火焰从炉子里蹿起,噼啪直响,周围摆着各种千奇百怪的工具。上帝啊!我的老父亲朝着火焰弯下身子,看起来完全变成了另一个人。他似乎正忍受着剧烈的疼痛,平日里温厚诚挚的面容已经扭曲变形,如同魔鬼般狰狞丑陋,就像科佩留斯一样。科佩留斯挥舞着烧得通红的钳子,从浓烟滚滚的炉火中取出一团团闪闪发光的东西,然后用锤子不断敲打起来。这一刻,我仿佛看到自己周围全是人脸,但那些脸上没有眼睛,只有恐怖而幽深的黑洞。

"拿眼睛来!拿眼睛来!"科佩留斯瓮声瓮气地吼道。一阵难以抑制的骇栗攫住了我,我不由得尖叫出声,从我的藏身之处跌了出来。科佩留斯一把抓住我。"小畜生!小畜生!"他龇牙咧嘴地骂道,并猛地把我拉起来,丢到灶台上,火焰要将我的头发烧焦了。"现在我们有眼睛了——眼睛——一双漂亮的孩子的眼睛,"科佩留斯低声嚷道。他用手从火里捞出一把沙子,就要往我眼睛里撒。

这时,我的父亲举起双手,大声哀求:"大师!大师!放过我的纳塔内尔吧,给他留下眼睛吧!"

科佩留斯发出刺耳的尖笑:"这孩子可以保住他的眼睛,用它们去哭他的功课。但现在我们要好好观察一下他手脚的结构。"

科佩留斯粗暴地抓着我,让我的各个关节发出咔嚓的响声,他拧动我的手脚,把它们一会儿摆在这儿,一会儿又摆在那儿。① "哪里都不对!我要把它们修理得像过去一样好!老人很懂这个!"科佩留斯嘶哑地咕哝道。我突然感到身边的一切都暗了下来,变得一片漆黑,剧烈的抽痛传遍了我的神经和骨头,我失去了知觉。不久之后,一缕轻柔而温暖的气息掠过我的面颊,我如同从死一般的沉睡中醒来,母亲正朝我俯下身子。

"沙人还在吗?"我结结巴巴地问道。

"不,亲爱的孩子,他已经走了好久好久了,他并没有伤到你!"母亲边说边亲吻我,亲切地拥抱她苏醒的爱子。

亲爱的罗塔,我为什么要说这些让你感到厌倦的事呢?我为什么要向你连篇累牍地讲述这些细节呢?何况还有很多重要的东西要说呢。就此打住吧!总之,我在偷听时被发现了,受到科佩留斯的残酷虐待。恐惧和震惊让我发起了高烧,在床上病了好几周。

"沙人还在吗?"这是我醒来后的第一句话,也是我康复和得救的标志。现在我只需要再给你讲讲我少年时代最可怕的时刻,你就会确信,如果我现在觉

---

① 对科佩留斯的描写糅合了欧洲古老的炼金术传统与前现代简单粗暴的医学操作方法,这与霍夫曼对神秘学和医学的涉猎密不可分。

得一切都毫无色彩,并不是因为我的眼睛有毛病,而是由于厄运像暗淡的阴云一样笼罩了我的人生,也许只有死亡能让我冲破这层阴霾。

科佩留斯后来再也没有出现,有人说,他已经离开了这座城市。

大约过了一年,有一天晚上,我们一家人按照一成不变的老规矩围坐在圆桌旁,父亲情绪高涨,给我们讲了许多他少年时期旅行中的趣事。这时,时钟敲响了九下,我们听到大门铰链发出吱呀呀的声音,有人拖着缓慢而沉重的脚步穿过门廊,走上楼梯。

"是科佩留斯。"母亲面色煞白地说道。

"对!是科佩留斯。"父亲有气无力地重复了一句。泪水从母亲眼里落下。

"可孩子他爸!"她叫道,"非得这样吗?"

"最后一次!"父亲回答,"我向你保证,这是他最后一次来我这里。现在你先带着孩子们走吧!走吧,上床睡觉去!晚安!"

我感到胸口恍若被一块沉重而冰冷的大石头紧紧压着,透不过气了!我一动不动地呆立着,母亲拉住我的胳膊说:"走吧,纳塔内尔,快走吧!"我任由母亲牵着我,走进了我的小房间。"安静,安静,快躺到床上去!睡吧——睡吧。"母亲在我身后喊道。但我正被心中一股难以形容的恐惧与不安折磨着,难以合眼。

可恨而丑恶的科佩留斯仿佛就站在我面前,双眼闪闪发光,正对我阴险地笑着。我没办法在脑海里摆脱他的形象。大概到了午夜时分,突然传来一声可怕的巨响,犹如大炮出膛,整座房子都被震得地动山摇,丁零当啷,轰鸣声传过我的房门,大门哐啷一声猛地关上了。

"是科佩留斯!"我吓得尖叫出声,从床上跳了下来。

这时,又传来了一声钻心刺耳、绝望无助的惨叫。我向父亲的房间冲去,房门大开着,令人窒息的烟雾朝我喷涌而来,女佣高喊道:"啊,老爷!老爷!"在浓烟滚滚的炉子前,父亲躺在地板上死了,他的脸被烧得焦黑,扭曲变形,令人毛骨悚然。姐姐妹妹们正围在父亲身旁号啕大哭,而母亲已经晕倒在地!

"科佩留斯,你这个邪恶的魔鬼,你害死了我的父亲!"我高叫着,失去了知觉。

两天之后,父亲入殓,躺在棺材里的他,神色复归安详温和,同生前一样。

我欣慰地意识到，父亲与恶魔科佩留斯的结盟并没有让他堕入万劫不复之渊。

爆炸声将邻居吵醒了，这起事件变得尽人皆知，甚至惊动了当局。当局要传唤科佩留斯追究罪责，但他已经消失得无影无踪了。

亲爱的朋友，如果我现在告诉你，那位贩卖气压表的商贩①就是邪恶的科佩留斯，你不会责怪我把仇敌的现身看作厄运将临的标志吧！尽管他的穿着打扮与过去完全不同，但科佩留斯的体型与神态早已铭刻在我的内心，所以我不可能认错。另外，他甚至连名字也没怎么改。如果我没听错的话，他在这儿假称自己是一位来自皮埃蒙特的机械师，名叫朱塞佩·科波拉②。

无论如何，我已下定决心要和他较量，为我死去的父亲报仇。

............③

纳塔内尔致罗塔（节选）

....

当纳塔内尔回到公寓时，他大吃一惊，发现整座房子都被烧毁了，只剩下光秃秃的风火墙兀自耸立在瓦砾堆之上。大火是从住在楼下的药剂师的实验室里烧起来的，并从楼下往上蔓延开来。纳塔内尔那几位勇敢而强壮的朋友及时冲进了他在楼上的房间，成功抢救出他的书籍、手稿与乐器。他们把这些物品

---

① 在这封信被删节的前两段中，纳塔内尔自述一位卖气压表的商贩曾上门向他推销商品。
② Coppola（科波拉）与意大利语中的 coppa（杯子）发音相近，该词引申含义为"眼窝；熔炉"。
③ 略去了第二封信（克拉拉致纳塔内尔）、第三封信及之后的部分段落。简略概括如下：
  在第二封信中，克拉拉劝纳塔内尔不要胡思乱想、过分沉迷于对科佩留斯及世界黑暗面的恐惧，不要任由童年阴影与浪漫想象控制自己的心智。在第三封信中，纳塔内尔提到科波拉并非科佩留斯。另外，最近新搬来了一位名叫斯帕兰扎尼的物理学教授，纳塔内尔无意中看到了他的女儿奥林匹娅，她异常美丽，但眼神空洞呆滞，而且被父亲关在屋子里，不准与任何人来往。
  在第三封信后，作者补充说明了纳塔内尔与克拉拉的身世背景：克拉拉是纳塔内尔家远亲的女儿，在父亲过世后被接来，两人彼此相爱，长大后便订婚了。克拉拉是一位活泼开朗、天真善良、乐观聪慧、情感丰富的少女。纳塔内尔回到家乡后，终日沉浸在神秘主义的狂想中，他悲观地认定自己与他人都要永远受到暗藏在生活背后的邪恶势力的统治，并沉迷于创作无人能懂的文字，与克拉拉的隔膜也越变越大。纳塔内尔执迷于可怕的预感：他和克拉拉的爱情必遭毁灭，并以此为主题作诗。面对克拉拉的善意劝诫，纳塔内尔大发雷霆，克拉拉哀叹两人无法相互理解。克拉拉的哥哥与纳塔内尔发生激烈争执，他们的决斗被克拉拉阻止。三人感怀于彼此所受的痛苦，终于和好如初，并发誓将永远相互忠诚、彼此爱护。纳塔内尔如释重负，觉得自己摆脱了黑暗力量的统治而获得救赎。不过他还是返回了之前的住所，准备再待一年就回乡，与克拉拉永结同心。

完好无损地搬到了另一座房子里,并为纳塔内尔占了一个房间,让他能够马上入住。纳塔内尔并未留意到,他正好住在斯帕兰扎尼教授的对面。同样,当他发现自己总能透过窗户望见奥林匹娅独自坐在屋子里时,也并没有感到奇怪。尽管她的面部表情始终模糊不清,但他依旧能清楚地辨认出她的身形。最终引起他注意的是,奥林匹娅常常几个小时都坐在同一个位置上,一如他曾经透过玻璃门所看到的。她手头上没有任何活儿,就只是坐在一张小桌子旁,还目不转睛地望向他所在的方位。纳塔内尔不得不承认,他从来没有见过比她身材更美的姑娘。这个时候克拉拉还是他的心上人,那个呆滞而僵直的奥林匹娅对他来说完全无足轻重。他只是偶尔越过书本,朝那尊美丽的雕像匆匆瞥上一眼,仅此而已。

有一次,纳塔内尔正在给克拉拉写信,突然听到轻轻的敲门声。他应了一声,门就开了,科波拉那张令人作呕的脸探进屋内。纳塔内尔在内心深处战栗不已,但一想到斯帕兰扎尼曾说过科波拉是他的老乡,以及自己在沙人科佩留斯一事上向未婚妻所作的庄严承诺,他就对自己幼稚的疑神疑鬼感到害臊。于是,纳塔内尔竭尽全力鼓起勇气,尽量温和镇定地开了口:"亲爱的朋友,我不买气压表,请您走吧!"

这时,科波拉已经完全踏进屋内,他张开大嘴,露出丑陋的笑容,灰白色的长睫毛下,一双小眼睛正咄咄逼人地刺出光芒。他声音嘶哑地说道:"啊,不是气压表,不是气压表!也有瓢亮的岩井①,瓢亮的岩井!"

纳塔内尔惊恐地叫了起来:"疯子,你怎么会有眼睛卖?眼睛……眼睛?"

就在这当口,科波拉已经把他的气压表放到一边,将手伸进大衣口袋,掏出了一堆眼镜和长柄眼镜,并把它们放到了桌子上。

"喏——喏,眼——眼,架在鼻子上的,这些就丝我的岩井——瓢亮的岩井!"他一边说,一边掏出更多的眼镜,直到整个桌子都变得耀眼起来,闪烁着奇异的亮光。

数千只眼睛都在抽搐和闪动,朝上凝视着纳塔内尔,而他却无法将目光从

---

① 原文使用了不正确的拼写来还原科波拉的方言口音,故翻译时也相应选用错误的谐音字,下同。

桌子上移开。科波拉还在不断放下更多的眼镜，那些炽热的目光越来越狂野地窜动、交缠在一起，并将一道道血红的光束射进纳塔内尔的胸膛。

纳塔内尔惊恐万分地大叫起来："快停下！快停下，你这可恶的家伙！"他紧紧抓住了科波拉的胳膊，他还在试图从口袋里掏出更多的眼镜，尽管桌子上早已塞不下了。

科波拉发出一阵嘶哑而令人厌恶的笑声，轻轻地挣脱了纳塔内尔："啊！不是您的菜——不过这里还有瓢亮的望远镜。"他迅速收起所有眼镜，又从大衣侧面的口袋里掏出了许多大小不一的望远镜。眼镜刚一消失，纳塔内尔便完全镇静下来。他想起了克拉拉的话，可怕的妖魔鬼怪只是他内心深处的想象，科波拉实际上是一位真诚老实的机械师和眼镜商，压根儿就不可能是可恨的科佩留斯的分身或鬼魂。再说，科波拉现在放到桌子上的所有望远镜，压根儿没什么特别之处，至少不像那些眼镜一样阴森可怕。为了补偿自己先前疑神疑鬼的反应，纳塔内尔决定从科波拉那里买下点什么。他拿起一个制作精良的袖珍望远镜，隔窗远望，以便检验一下它的性能。他这辈子还从没见过这么好用的望远镜，它能将远处的物体一下拉到眼前，让人看得如此明净、清晰、真切。他不由自主地向斯帕兰扎尼的房间内望去，只见奥林匹娅像往常一样坐在小桌子前，手臂放在上面，十指交叉。

现在纳塔内尔第一次看清楚了奥林匹娅那极其美丽的面容①，只是她的目光总是显得异常呆滞无神，但当他把望远镜调得越来越清晰时，他仿佛看到奥林匹娅的眼睛渐渐变得湿润，如同升起的月亮展露出光芒，恍若拨云见日重见光明了一般，她的眼神也变得越来越炽热闪亮、生气勃勃。纳塔内尔就像被施了魔法似的定在窗口，对美如天仙的奥林匹娅观察得愈发仔细认真。这时，一阵清嗓子和用脚擦地的声音将他从酣梦中惊醒。

科波拉在他身后说道："三个杜卡特——三个杜卡特②。"纳塔内尔早就把眼镜商忘到九霄云外去了，他立即付清了钱。"八错吧？瓢亮的望远镜——瓢

---

① 奥林匹娅（Olimpia）与古希腊奥运会的举办城市名奥林匹亚（Olympia）仅有一个字母之差，让人想起古典时期的崇高理想，以及健康整全的人体之美，这与奥林匹娅给纳塔内尔留下的完美印象相契合，也呼应了她呆滞却宁静的姿态，一如古希腊强调人体美的雕塑。
② 科波拉先说的是意大利语，然后才改口为德语。杜卡特是13—19世纪在欧洲通用的金币。

亮的望远镜!"科波拉露出狞笑,用沙哑而令人厌恶的声音问道。

"对,对,对!"纳塔内尔没好气地答道,"再见,亲爱的朋友!"

科波拉用奇怪的目光斜瞄了他几眼,离开了房间。纳塔内尔听见他在楼梯上放声大笑。

"好吧,"纳塔内尔想道,"他在嘲笑我,一定是因为那副小望远镜,我买得太贵了——买得太贵了!"

正当他小声自语时,仿佛有一声死亡般的深沉叹息响彻了整个房间,令人毛骨悚然。纳塔内尔吓得屏住了呼吸,随即意识到,这只是他自己的叹气声。

"看来克拉拉是对的,"纳塔内尔自言自语道,"她认为我是一个荒唐无聊的狂想者,不过这确实很可笑。更可笑的是,我居然认为自己多付了科波拉望远镜的钱,而且这个愚蠢的想法到现在还让我感到担忧,我实在不明白这是为什么。"

纳塔内尔坐下来,打算把给克拉拉的信写完。但他无意间看了一眼窗外,确信奥林匹娅还坐在原处。就在这一刻,仿佛被一股难以抗拒的力量所驱使,他跳了起来,一把抓起从科波拉那儿买来的望远镜,陷入奥林匹娅魅惑的外表中无法自拔,直到他的朋友和好兄弟西格蒙德叫他去斯帕兰扎尼教授那里听课。那个不祥的房间被帘子遮得严严实实。在之后两天里,纳塔内尔都几乎看不到奥林匹娅的身影,尽管他几乎寸步不离窗口,不断地用科波拉的望远镜窥探对面。到了第三天,窗户索性也被遮起来了。纳塔内尔感到极度绝望,思念与渴求灼烧着他的内心,并驱使他跑到城郊。奥林匹娅的身影从空中向他飘来,从灌木丛中走出,从清澈的溪流中浮现出来,用一双闪闪发光的大眼睛望着他。在他的心里,克拉拉的形象已经消隐无踪,他所想的只有奥林匹娅。他高声悲叹,哭诉道:"我崇高而美丽的爱情之星啊,你在我心中升起,难道只是为了顷刻间又消失,把我一个人抛在这幽暗而无望的黑夜中?"

纳塔内尔返回住所时,注意到斯帕兰扎尼的家中人声鼎沸,一片繁忙。所有的房门都敞开着,人们正往里面搬运五花八门的器具,二楼的窗户全被卸了下来,手脚麻利的女佣们来来回回走着,用大大的扫帚和掸子打扫卫生,木工和裱糊匠正在房子里敲敲打打。纳塔内尔停在大街上,目瞪口呆地望着这一切。

这时,西格蒙德笑着向他走来:"嘿,你觉得咱们的老斯帕兰扎尼怎么样?"

纳塔内尔肯定地说道,他对此无可奉告,因为他对教授的情况一无所知,他只是大为惊讶地发觉,往日宁静、昏暗的房子里竟然变得如此热闹非凡、忙碌嘈杂。西格蒙德告诉他,斯帕兰扎尼明天要举办一场盛大的宴会,还有音乐会与舞会,大学里有一半人物都受邀参加。人们纷纷传言,说斯帕兰扎尼打算让他的女儿奥林匹娅第一次向公众露面,而此前他始终谨小慎微地令她与外人隔绝。

纳塔内尔收到了一张请柬。当斯帕兰扎尼家门前迎来滚滚车流,装饰得富丽堂皇的厅堂内也亮起灯火时,他才激动难耐地前往教授家。宴会上宾客众多,大家都打扮得耀眼夺目。奥林匹娅身着华美而高雅的服装在众人面前亮相,在场的人都惊叹于她美丽的容颜与窈窕的身材。她的背驼得有点奇怪,腰身像黄蜂一样单薄,就像是束腰束得太紧所导致的。她的步态均匀整齐,姿势僵硬拘谨,让有些人感到不舒服,不过人们觉得这是由于聚会给她带来了太大压力。音乐会开始了。奥林匹娅极其纯熟地弹奏着钢琴,接着又熟练地演唱了一曲高难度的咏叹调,她的歌喉高亢,音色清丽,尖锐时恍若划玻璃罩发出的声音。纳塔内尔听得如痴如醉,他站在最后一排,无法在刺眼的烛光中看清奥林匹娅的面部表情。于是,他趁人不注意悄悄拿出从科波拉那儿买来的望远镜,远远地观察着美丽的奥林匹娅。啊!他看见奥林匹娅正满怀思慕地朝他的方向望过来,爱的目光使她唱出的每一个音节都清晰地流入他的心田,令他激动不已。炫技般的花腔乐句对纳塔内尔来说宛如来自天堂的欢呼,满溢着爱情的喜悦。在华彩乐段之后,长长的颤音刺破空气,在整个厅堂中久久回荡着。纳塔内尔感到有一双灼热的手臂紧紧地抱住了他。强烈的痛苦与狂喜袭上心头,他再也抑制不住了,终于情不自禁地高喊了一声:"奥林匹娅!"

所有人都转过身来看着他,不少人笑了起来。大教堂的管风琴师脸色变得比先前还要阴沉,干脆说了句:"好了,好了!"

音乐会结束了,接着开始的是舞会。"与她跳舞!和她一起!"这是纳塔内尔现在最大的愿望与目标,可应该怎样鼓起勇气去邀请她——宴会的女王———起来跳舞呢?不!——他也不知道一切是如何发生的:当舞会开始后,他正好紧挨着奥林匹娅,而且正好还没人邀请她跳舞。他还没来得及结结巴巴地挤出几句话,就抓住了她的手。奥林匹娅的手冰冷无比,纳塔内尔感到自己被一股死亡般的极寒浸透骨髓。他凝视着奥林匹娅的眼睛,她则对他回以充满爱意与渴慕的目光。就在这时,她手上的脉搏似乎开始了跳动,生命的血液也热烈地涌流起来。纳塔内尔心中的爱欲也随之高涨,他顺势搂住美丽的奥林匹娅,同她一起在一列列舞伴间穿梭起舞。他以往在跳舞时总觉得自己的节奏感很好,但奥林匹娅跳舞时却有自己独特而严整的节律,常常让他阵脚大乱,步法失矩,他很快就发现自己极其缺乏节奏感。但他并不想和其他女伴跳舞。此外,如果有哪位男子试图接近奥林匹娅、邀请她跳舞,纳塔内尔很可能会马上杀了他。可惜奥林匹娅只和他跳了两轮,之后就坐下来再也不肯跳了,这让纳塔内尔十分惊讶,他一再想把她拉起来。

假如除了美丽的奥林匹娅之外纳塔内尔还能注意到其他事情的话,他一定早就陷入各种令人不快的口角和争执之中了,因为显而易见的是,在这个或那个角落里,年轻人中间时常传出一阵阵半高不低、强压住的讥笑声。他们都用异样的目光盯着美丽的奥林匹娅,对她指指点点,真不明白他们为什么要这样。由于跳了几场舞,又喝了许多酒,纳塔内尔的情绪异常激动,完全摆脱了自己往日的羞怯。他坐在奥林匹娅身旁,握着她的手,极度激动和亢奋地向她倾诉自己的爱意,不过没人能听懂这些话,不论是他还是奥林匹娅。

不过,或许她能听懂吧,因为她目不转睛地凝视着他的眼睛,并一再地发出叹息声:"啊——啊——啊!"纳塔内尔随即回应道:"啊,你这倾国倾城、宛若天仙的女子!你的光辉来自应许的爱之天国,你深沉的心绪映照出了我的全部存在……"他又说了许多诸如此类的话,但奥林匹娅只是不断重复着:"啊,啊!"

斯帕兰扎尼教授几次经过这对幸福的情侣身旁,他微笑着,用一种既满意又异样的神情注视着他们。尽管纳塔内尔正沉浸在另一个完全不同的世界里,他还是注意到了在尘世中、在斯帕兰扎尼教授这儿,一切似乎明显阴暗了下来。他往四周一看,吓了一大跳,他发现大厅已经变得空荡荡了,仅剩的两支蜡烛也快要燃尽了。音乐早已停止,舞会也早就结束了。

"分别吧,分别吧!"纳塔内尔狂烈而绝望地喊道。他先吻了吻她的手,又俯身凑近她的嘴唇,而他炽热的嘴唇碰上的竟是冰冷的嘴唇!正如他之前触碰奥林匹娅冰凉的手一样,一阵恐惧袭上了他的心头,关于鬼新娘的传说兀自闪现在脑海中。但奥林匹娅紧紧地抱住了他,在亲吻时,她的嘴唇似乎又变得如活人般温热了。斯帕兰扎尼教授在空荡荡的大厅里缓缓踱步,他的脚步声发出空洞的回声,他的身影被烛火投射在四周的墙壁上,显得闪烁不定,使他看上去活像一个恐怖的幽灵。

"你爱我吗——奥林匹娅——你爱我吗?——只要说这一个字就行!——你爱我吗?"纳塔内尔悄声问道。奥林匹娅站了起来,但她只会叹息:"啊——啊!"

"哦,你是我迷人而美妙的爱情之星,你在我心中升起,并将永远照亮我的心灵,永远让我心里充满幸福!"

"啊,啊!"奥林匹娅重复回应道,一边走了起来。纳塔内尔紧跟着她,直到她在教授面前站住。

"您和我的女儿聊得十分热烈,"教授微笑着说道,"好,好,亲爱的纳塔内尔先生,如果您这么感兴趣与这个傻姑娘在一起,我十分欢迎您来我家做客。"

纳塔内尔离开时,他感到心胸豁然开朗,怡然自得。斯帕兰扎尼家的宴会成了接下来一阵子街谈巷议的焦点话题。尽管教授已经把一切都张罗得体面而豪华,还是有一些聪明人挖掘到了那天晚上发生的种种不合礼仪与不对劲的事情。人们首先将矛头对准了那个像死人一般僵硬的、一言不发的奥林匹娅。尽管她有漂亮的外表,有些人却说她是一个痴呆症患者,并认为这正是斯帕兰扎尼长期将她关在家中的原因。纳塔内尔听到这些流言蜚语,难免感到恼怒,但他依旧保持沉默,因为他想,倘若要向这帮家伙证明,正是奥林匹娅独有的呆滞才阻止了他们发现她深沉而美好的内在品质,这么做究竟值得吗?

"劳驾,兄弟,"西格蒙德有一天这样问他,"劳驾你告诉我,像你这么害羞的小伙子,怎么会爱上对面那尊蜡像,爱上那个木偶呢?"

纳塔内尔正要动怒,转念一想又克制住了。他回答道:"告诉我,西格蒙德,以你平时能领会一切美好事物的敏锐目光,还有你灵活的头脑,怎么会忽视了奥林匹娅那无与伦比的魅力呢?不过谢天谢地,正因如此你才没有成为我的情敌,否则我们俩肯定得有一个倒在血泊之中。"

西格蒙德大概是发现了他的朋友已经陷入情网,便机灵地做了让步。他表态说,在爱情上,任何人都没有权力妄自评断他人所爱。接着,他补充道:"奇怪的是,我们有许多人对奥林匹娅的看法不谋而合——我说了你可别生气,兄弟!——我们觉得她呆滞得有些古怪,而且她看上去毫无情感。她的身材确实很标致,脸蛋也很漂亮。要是她的眼神没有如此缺乏生命的光彩——其实我想说的是,她似乎并没有视力——就一定算得上美人儿。她的步态均匀而精确,简直不可思议,她的每一个动作都像是由上好发条的钟表齿轮组所驱动的。她的钢琴弹奏和歌唱都完全合拍,毫无错误,恍若一架音乐机器,让人难以忍受,她的舞蹈也是如此。这个奥林匹娅让我们感到惶惑不安,因此谁都不想和她来往。在我们眼中,她仿佛只是装出一副活人的样子,却另有不可告人的秘密。"

西格蒙德的话让纳塔内尔感到酸涩苦闷,但他并没有让自己沉溺于这种情绪之中,他克制住内心的不满,一本正经地回应道:"奥林匹娅大概是让你们这些冷漠无情、缺乏诗意的人感到惶恐不安了。具有诗意气质的人只能向自己的同类敞开心扉!她那充满爱意的目光只有我能明白,它们照亮了我的感觉和思想。只有在奥林匹娅的爱情中我才能重新找到自我。她不像那些浅薄之人,从不参加庸俗琐碎的闲聊,这也许不合你们的口味。的确,她寡言少语,但这寥寥数语就像货真价实的象形文字一般,简练而传神地传达了她的内心世界,充满了爱,还有对精神生活的深刻认识,这也是由于她观照到了永恒的彼岸世界。不过,这些话你们是完全无法理解的,说了也是白说。"

"愿上帝保佑你,老兄!"西格蒙德温声细语地说道,带着几分忧郁,"但我还是觉得,你正走在一条危险的道路上。如果有什么事,你完全可以信赖我……算了,我什么也不想再说了!"

纳塔内尔一下子觉得,冷漠无情、缺乏诗意的西格蒙德原来对自己如此真诚坦率,于是他十分亲切地握住了西格蒙德向自己伸出的手。

纳塔内尔已经完全忘记了世上还有一位他曾经深爱着的克拉拉,还有母亲、罗塔……所有人都从他的记忆中消失了。他现在只为奥林匹娅而活,每天好几个小时都坐在她身边想入非非,憧憬着他的爱情,憧憬着如重生般的炽热

E.T.A. 霍夫曼

好感,憧憬着双方心灵上的默契相投。对于这一切,奥林匹娅总是凝神静听着。纳塔内尔还从书桌最底层翻出了所有他之前写过的东西:诗歌、奇幻小说、长篇小说、短篇小说,还有每天新增的、各种各样天马行空的奏鸣曲、韵诗和歌曲。纳塔内尔总是不知疲倦、一连几小时地向奥林匹娅朗读这些手稿。不过,此前他确实从未遇到过如此专心致志的听众。她既不绣花,也不织毛线;既不往窗外看,也不喂小鸟;既不和小哈巴狗玩,也不逗弄小猫;既不搓小纸片,也不在手上摆弄其他东西。她也不会为了掩饰打哈欠而强装小声咳嗽。简而言之,她能够一连几小时目不转睛地凝视着爱人的眼睛,而且一动也不动,眼神还变得越来越热切,越来越生动。只有当纳塔内尔终于站起来亲吻她的手和嘴唇时,她才会吐露一声:"啊,啊!"接着说:"晚安,我亲爱的!"

"啊,你这美妙而深沉的人儿,"纳塔内尔回到他的房间后感叹道,"只有你,只有你一个人能完全理解我。"

每当纳塔内尔想到自己与奥林匹娅之间的感情与日俱增,他就心潮澎湃。在他看来,奥林匹娅对他的作品和写作天赋的看法简直像是发自他自己的内心深处,这个声音似乎也来自他自己的心底。一定就是这样,因为奥林匹娅和之前一样一言不发。不过,在诸如早晨刚睡醒的头脑清醒时刻,纳塔内尔确实也会回想起奥林匹娅的全然被动与沉默寡言,这时他却说:"语言有什么用!语言!她那天使般的眼睛比人世间的任何语言都更能传情达意。难道一位天使能够屈就自己,让自己局限在可悲的世俗需求所划定的狭窄区域之中吗?"

斯帕兰扎尼教授看起来对自己女儿与纳塔内尔间的关系感到欢欣鼓舞。他对纳塔内尔表现出了确定无疑的好感。当纳塔内尔终于鼓起勇气、拐弯抹角地暗示他要与奥林匹娅订婚时,教授开怀大笑,表示会把决定权完全交给女儿。受到这番话的鼓舞,纳塔内尔再也按捺不住内心的火热冲动,决定第二天就去见奥林匹娅,请她用明确的语言直截了当地说出她早已用那双含情脉脉的眼眸说出的话:她愿意永远做他的另一半。他马上开始寻找离家时母亲送给他的那枚戒指,他要把它送给奥林匹娅,当作共同开启美好人生的定情信物。他无意间看到了克拉拉和罗塔的信,却无动于衷地把它们扔到一边。终于,他找到了戒指,把它包好后便火速奔向奥林匹娅家。刚登上门厅的楼梯,他就听到了一阵奇怪的喧响,像是从斯帕兰扎尼的书房传来的。有跺脚声、丁零哐啷声、撞击声和砸门声,间或夹杂着谩骂与诅咒声。

"放手——放手——卑鄙小人——无耻之徒!——为此付出了一生的心血?——哈哈哈哈!——我们可没这样说定过——是我,是我做的眼睛——我做的齿轮组——带着你的齿轮见鬼去吧——你这条恶狗,头脑简单的钟表匠——快滚——魔鬼——住手——操纵木偶的人——卑鄙的畜生!——住手!——快滚——放手!"

这是斯帕兰扎尼和可恶的科佩留斯的声音,两人正激烈争吵,大吼大叫。纳塔内尔被一股无名的恐惧所攫住,冲进了屋子。

教授抓住了一个女人的肩膀,而意大利人科波拉则抓住了她的两只脚,他们正狂怒地将她扯来扯去。当纳塔内尔认出那个女人就是奥林匹娅时,他惊恐万分,不由得退后了几步。他怒不可遏,想把爱人从两个暴怒者手中抢过来。但就在这一刻,科波拉用尽全力从教授手中夺走了奥林匹娅,随即又用她给了教授狠狠一击,教授被打得跟跟跄跄,在后退过程中碰翻了桌子,摔倒在地。桌上摆着的长颈瓶、曲颈瓶、玻璃瓶、玻璃罩等实验器具都摔得粉碎。科波拉趁机扛起奥林匹娅就往楼下跑,同时发出尖声大笑。奥林匹娅的双脚难看地垂在他身后,碰撞着楼梯,发出啪嗒啪嗒的响声,就像木头发出的声音一样。

纳塔内尔一下子僵住了,他现在看得清清楚楚,奥林匹娅那死人般惨白的蜡脸上没有眼睛,只有两个黑黑的洞——她只是一具没有生命的木偶。

斯帕兰扎尼在地上翻滚着,玻璃碎片划破了他的头部、胸部和胳膊,血如泉涌,但他拼尽全力,大叫起来:

"追上他——追上他,你还在犹豫什么?——科佩留斯——科佩留斯,他抢走了我最好的机器人——花了20年时间制造的——费尽了我的心血——齿轮组——语言——传动装置——我的——眼睛——偷了你的眼睛——该死的——混蛋——快追上他——把奥林匹娅给我夺回来——看,那是你要的眼睛!"①

---

① 斯帕兰扎尼(Spalanzani)教授的形象结合了历史上的真实人物拉扎罗·斯帕兰扎尼(Lazzaro Spallanzani),一位意大利的神父与博物学家。他对机械制造、生理学、气象学和动物学都做了不少研究。E. T. A. 霍夫曼在他的其他小说中也多次用过这一名字。

纳塔内尔这才看到,地上有一双血淋淋的眼睛正在瞪着他。斯帕兰扎尼用没有受伤的那只手抓起眼睛,朝他扔过去,打中了他的胸部。顷刻间,疯狂如同烧得通红的利爪一般紧紧攫住了他,钻入他的内心,将他的神智撕成了碎片。

"呼——呼——呼!——火圈——火圈!转起来吧——快——快!——小木偶,呼,美丽的小木偶转起来吧——"他猛地朝教授扑去,紧紧掐住了他的喉咙。

要不是喧闹声引来了好多人,他会把教授掐死的。人们冲了进来,奋力将暴怒的纳塔内尔与教授分开,这才救了教授一命,他们马上给他做了包扎。尽管西格蒙德很强壮,也制服不了发疯的纳塔内尔。他一边不断用令人毛骨悚然的声音高喊着:"小木偶转吧!"一边用拳头不断向四周击打。最终,众人齐心协力,一拥而上将他扑倒在地,并绑了起来。他的声音低沉了下来,变成野兽般的可怕咆哮。他就这样疯叫着,被送进了疯人院。

善良的读者!在我继续向你讲述不幸的纳塔内尔的故事之前,不妨先来关心一下灵巧的机械师和机器人的制造者斯帕兰扎尼吧。首先,我给你打包票,他所受的伤已彻底痊愈,但他不得不离开大学,因为纳塔内尔的事已经引起了轰动。用木偶来代替活人,并将其偷偷带到理性的茶友集会之中(奥林匹娅有幸参加过他们的集会),这种行为被公认为完全无法容忍的欺骗行径。法学家们甚至将这件事称作一场精心策划的骗局,应当更加严厉地惩处,因为它将矛头指向了公众,而且谋划得如此天衣无缝,以至于没有人(除了十分聪明的大学生)察觉出来。尽管现在大家都装作是明白人,引用各种似乎让他们起疑心的事实作为论据,不过,这些迹象其实完全不能显出他们有多聪明。比如说,一位衣着考究的茶客声称,奥林匹娅打喷嚏的频率要比打呵欠高,这与所有人的习惯相反。这位茶客认为,打喷嚏是为了掩盖传动机构自动上发条时发出的嘎吱声,等等。

一位诗学与修辞学教授吸了一口烟,关上烟盒,清了清嗓子,郑重其事地说:"尊敬的女士们、先生们!你们还没有发现问题的症结在哪吗?这整起事件就是一个寓言,更确切地说,是个隐喻!你们能听懂我的话,无需多言!"

然而,许多尊敬的先生们并不能从此话中得到安慰。机器人事件在他们心中扎下了根,并潜移默化地使他们对人的形体产生了极端的不信任。现在,为了完全确信自己的爱人不是木偶,不少情人要求他们恋慕的女子反其道而行之:唱歌和跳舞时要稍微走点调,听别人朗读时要做点别的事情,如刺绣、编织或逗弄哈巴狗,等等。不过,最重要的还是,他们不能光听不说,而是要时不时以一种能够体现出思想和情感的方式说话。许多人的爱情关系变得更加坚固、更加美好,但也有一些情侣悄悄地分了手。有的人说,"这种事确实没办法打包票。"于是,大家在茶会上都不断地打呵欠,却从来不敢打喷嚏,以免引起任何怀疑。如前所述,由于涉嫌以欺诈的方式将机器人混入人类社会之中,斯帕兰扎尼必须接受刑事调查。但他为了逃避调查,选择了远走高飞。科波拉也从此销声匿迹。

纳塔内尔恍若从一场沉重而恐怖的噩梦中醒来,他睁开眼睛,感到一股难以形容的幸福感随着温和美妙的暖意流遍全身。他躺在父亲家中自己的床上,克拉拉正俯身望着他,母亲和罗塔就站在身旁。

"啊,我亲爱的纳塔内尔,你终于醒了,终于从重病中康复了,现在你又重新属于我了!"克拉拉一边说着肺腑之言,一边将纳塔内尔拥入怀中。

纳塔内尔百感交集,热泪涌流,发出一声深沉的悲泣:"克拉拉——我的克拉拉!"

对身处患难之中的朋友始终忠心耿耿的西格蒙德走了进来,纳塔内尔向他伸出手:"忠实的好兄弟,你果然没有离弃我!"

纳塔内尔精神错乱的迹象已经荡然无存,他在母亲、爱人和朋友的悉心照料下很快恢复了体力。与此同时,幸福再次降临:一位并不富裕的舅舅去世了,本来没人对他有所指望,但他竟给母亲留下了一笔不菲的家产。除此之外,他还留下了一个坐落于城郊宜人之地的小庄园。母亲、纳塔内尔、克拉拉(他已经打算要娶她)和罗塔计划搬到庄园去住。纳塔内尔变得比以往任何时候都要温柔和单纯了,他现在才真正认识到克拉拉那天使般纯真、美妙的心灵。一切都与过去大不相同,也没有人让他再度想起往事。

不过,当西格蒙德同他告别时,纳塔内尔说:"老天作证,兄弟!我曾经走上邪路,幸亏一位天使及时将我引到光明的大道上,她就是克拉拉!"

西格蒙德没有让他继续讲下去,因为他担心,过往那惨痛的经历又会在他心中死灰复燃。

四个幸福的人迁往小庄园的时刻就要到了。正午时分,他们一起穿过城市的大街小巷,做了一些采购。这时,市政厅高耸的塔楼在广场上投下了巨大的阴影。

"嘿!"克拉拉说,"咱们再登一次塔楼吧,一起眺望远处的群山!"

说干就干!纳塔内尔和克拉拉两人一块儿爬了上去,母亲同女佣先回家了,罗塔也没有兴致去爬那数不清的阶梯,便在下面等他们。没过多久,两个相爱的人就已经站在塔楼的回廊上了。他们手挽着手,遥望着那片笼罩着薄雾的森林。在森林背后,碧蓝色的群山犹如一座巨大的城市,耸入云霄。

"瞧那片奇特的灰色灌木丛,仿佛正迈着整齐的步伐向我们缓缓走来。"克拉拉惊叹道。

纳塔内尔机械地将手伸进侧面口袋,他掏出了科波拉的袖珍望远镜,向身旁望去——克拉拉就站在镜头前!——他顿时热血上涌,心跳过速,面色死白地瞪着克拉拉。旋即,他的眼球疾速转动起来,双眼喷出烈焰,口中迸出如同被追猎的野兽般的狂吼。紧接着,他一跃而起,一边发出可怕的狞笑,一边尖声叫喊起来:"小木偶转起来吧——小木偶转啊!"纳塔内尔用巨大的力量抓住克拉拉,试图将其扔下塔楼,但克拉拉在面临死亡的绝望与恐惧中死死地抓住了栏杆。

罗塔听到了纳塔内尔疯狂的咆哮声和克拉拉害怕的尖叫声,可怕的预感掠过他的脑际。他飞奔上楼,发现楼上的门被锁上了。克拉拉的哭叫声越来越响。罗塔又气又急,拼命撞门。终于,门被撞开了。克拉拉"救命!救救我!"的呼救声变得越来越微弱了。

"她被这个疯子给杀害了!"罗塔绝望地大叫道。

通往回廊的门也被关死了。关键时刻,绝望给了他拔山扛鼎之力,他把门的铰链撞开了。上帝啊!克拉拉被疯狂的纳塔内尔紧紧抓住,身体越过了栏杆,悬在半空中,她只能用一只手紧紧地抓住铁栏杆。罗塔快如闪电地冲过去抓住妹妹,将她拉了进来,同时一拳击中狂怒的纳塔内尔。纳塔内尔往后一踉跑,才松开他意图杀死的克拉拉。

罗塔抱着不省人事的克拉拉飞奔下楼——她得救了。纳塔内尔在回廊里来回乱跑,跳个不停,不断叫着:"火圈转起来吧——火圈转啊!"

听到这狂乱的喊叫,人们从四面八方纷纷赶来。在聚拢的人群中,身形异常高大的科佩留斯律师非常显眼,他刚刚来到这座城市,正打算去集贸市场。有人想冲上去制服这个疯子,科佩留斯大笑着说:"哈哈哈,等着就行了,他马上就会自己下来的。"说着,他同其他人一起望向塔楼顶部。

纳塔内尔突然停下来,整个人僵住了。他俯身向下张望,看见了科佩留斯。他尖叫起来:"哈!瓢亮的岩井——瓢亮的岩井!"随即翻过栏杆,跳了下来。

纳塔内尔脑浆迸裂地躺在砖石路面上,科佩留斯已经消失在了熙熙攘攘的人群中。

多年以后,有人声称在一个偏远地区看到了克拉拉,她和一个亲切友善的男人手拉着手,一起坐在一座漂亮的乡间别墅门前,两个活泼欢快的男孩正在他们面前玩耍。由此似乎可以推断,克拉拉还是过上了宁静而幸福的家庭生活,这种幸福生活十分符合她热情开朗、热爱生活的天性,而内心破碎的纳塔内尔永远不可能给她这种幸福。

思考题

1. 你能在《沙人》中找到哪些文学中常见的母题?试逐一分析。
2. 试分析纳塔内尔爱上机器人奥林匹娅以及最终陷入癫狂的原因。

    提示:可从精神分析角度入手,并参考弗洛伊德以《沙人》为例的文章《怪怖者》(*Das Unheimliche*)。

3. 《沙人》是最早详细描写机器人的文学作品,试分析霍夫曼笔下的机器人奥林匹娅具有哪些"类人"的特点,而小说中的人又有哪些"类机器人"之处?这篇小说与其后的机器人科幻小说之间又有哪些异同之处?

第二部分 法国浪漫主义文学

第二部　中国農業生産力論

夏多布里昂

(周芳颜 编译)

弗朗索瓦-勒内·德·夏多布里昂(1768—1848)在《往生者回忆录》中写道:"我发现自己处于两个世纪的夹缝,像是站在两条河流的交汇口。"身处新旧更迭的年代,夏多布里昂徘徊在共和制与君主制、怀疑与信仰、回忆过去和畅想未来之间。

夏多布里昂的青少年时期主要在贡堡城堡中度过,后来年仅18岁便成为军官。1787年,他被引荐给路易十六,并于两年后跟随母亲和姐姐搬到了巴黎。1791年,收到一封要亲呈给华盛顿的推荐信后,夏多布里昂义无反顾地离开了刚刚爆发革命的法国,远游美洲。这段经历后来得到了小说化处理,融入了他的一些作品中。在与贵族少女赛莱斯特(Céleste)成婚后,因法国政治局势波诡云谲,夏多布里昂在1793年逃亡到英国,在那里度过了颠沛流离的几年,并在伦敦出版了《革命史》(*Essai Historique, Politique et Moral, sur les Révolutions Anciennes et Modernes*)。直到1800年,夏多布里昂才重回法国,并于次年从流亡名单上划去了名字。

18世纪末,夏多布里昂重新燃起了对于宗教信仰的热忱,认为复兴天主教是必要的。其1802年出版的《基督教的真谛》中对天主教历史及其仪式的颂扬与拿破仑的政治意图不谋而合。1803年,夏多布里昂被任命为罗马的大使秘书,但次年因昂基安公爵(Duc d'Enghien)被处死一事,他同拿破仑决裂并辞去职务。1811年,夏多布里昂当选为法兰西院士,但被禁止发表入院演讲。1814年,他因发表《论波拿巴和波旁王室》(*De Buonaparte et des Bourbons*)一文受到波旁王朝的重用并被任命为内阁部长。但1816年发表的《以宪章为基础的君主制》(De la Monarchie selon la Charte)引起王室不满,其年金被撤销并因生活所迫出售了自己位于狼谷的住所。

  1820年,刺杀贝利公爵(Duc de Berry)事件迫使路易十八放弃自由主义,夏多布里昂也因其政治报刊《保守党人》(Le Conservateur)再次被国王重用,先后被任命为柏林和伦敦的大使。1822年,在维罗纳议会后,夏多布里昂出任外交大臣,并于次年策划西班牙的侵略战争以协助斐迪南七世(Ferdinand VII)复辟,其政治生涯达到巅峰。但1824年,夏多布里昂因约瑟夫·德·维莱尔(Joseph de Villèle)的不信任而被革职。再次破产后,夏多布里昂将其《全集》(Œuvres complètes)版权出售给出版商皮埃尔-弗朗索瓦·拉得沃卡(Pierre-François Ladvocat)。《全集》中收录了作家1826年到1831年期间所撰写的32卷书,其中包括他在第一帝国时期写下但并未出版的作品:悲剧《摩西》(Moïse)、《阿邦赛琪拉末代王孙的艳遇》(Les Aventures du dernier Abencérage)、《美洲游记》(Voyage en Amérique)、《纳切兹》(Les Natchez)。离职后的夏多布里昂成为自由主义者,在马蒂尼亚克(vicomte de Martignac)担任内阁部长期间被任命为罗马大使,但在波利尼亚克(Jules de Polignac)亲王上任后再次离职,并彻底告别政治舞台。

  自1803年起,夏多布里昂便有了书写回忆录的想法,离开政界后便主要潜心于此,最终在1841年完成了这部融合了内心与历史,怀旧伤感中又带有些许讽刺的《往生者回忆录》。

往生者回忆录(选段)

(周芳颜 译)

选 段 一

自我回忆录最近记下的日期(1814年1月,瓦莱·洛普斯)到今天(1817年7月,蒙博西埃),已经过去了3年10个月①。你们是否听说了帝国的倾覆?并没有:这些地方的宁静并未受到惊扰。但帝国却已灭亡;巨大的废墟在我的生命里崩塌,像被某条不为人知的河流冲垮的古罗马残片。但这一切对于那些置身事外的人们,只是无关紧要的事件:从永恒之手里溜走的这几年,用它无尽的沉寂给一切喧嚣主持正义。

在波拿巴的专制统治正走向终结,他的荣耀还剩下最后一点微光时,我完成了上一卷。路易十八执政期间,我开始书写现在这卷。我曾伴国王左右,对政治曾抱有的幻想已经破灭,如同在我笔下延续的那些不复存在的美好幻象。让我再次提笔的原因是:人心是一切的玩物,人们无法预料怎样无足轻重的小事将会给自己带来快乐和痛苦。蒙田曾说:"我们灵魂的颤动无需缘由:没有目的的空想足以将其挑动和掌控。"

我现在所处的蒙博西埃,位于博斯和佩切的交界处。这片土地上城堡的所有者是科尔伯特·蒙博西埃夫人,城堡在大革命时期曾被出售和拆毁,只剩下由栅栏隔开的两间小屋,之前是看门人的住所。现在的公园是英式风格,却仍保有法国人规整的审美:笔直的小径,被乔木包围的矮林,给人一种肃穆之感。

---

① 原文如此,实际应为3年6个月。

它同废墟一样令人欢喜。

　　昨夜,我独自漫步;时不时有冷风吹过,像是秋日的天空。透过茂密树林的缺口,我停下脚步望向太阳。它消失在阿昌伊塔楼上方的云层里,曾住在这塔楼上的加布里埃尔,在两百年前和我一样看这太阳西沉的景象。而此刻,亨利和加布里埃尔在何处?当我的回忆录公之于众时,我又会在哪里?

　　在桦树枝干的最高处,某只斑鸠的啁啾声将我从思绪中抽离。那一刻,这美妙的声音让父辈的庄园重现在我眼前;我忘记了自己刚见证过的苦难,瞬间被带回过往,重逢那时常能听到斑鸠鸣啭的村庄。听到这声音时,我也和今日一般哀伤。当我们还未经世事,悲伤来自对幸福的朦胧渴求;而此时的我,却因那些受到追捧或争议的事物感到惆怅。在科堡树林,鸟儿的歌唱让我沉醉于幸福的幻象;我曾追求那不可捉摸的幸福,而蒙博西埃公园里似曾相识的鸟儿鸣啭让我想起这些逝去的日子。我无需再去学习什么;我比同行之人更快地走完了这一生。不断流逝的时光牵引着我前行;我甚至不确定能否写完这本回忆录。在多少个不同的地方,我曾提笔写下这些文字,而我又将在哪里能为它画上句点?还剩多少时光,我可以漫步在树林旁?好好珍惜自己所剩无几的时日吧;趁我的青年时光还留有印迹,我需要加快用文字将它描绘:当航行者将永远离开一个海岸时,他会在日志里记下渐渐远去并将消失在视野里的景象。

选　段　二

　　我曾穿过这座城,走过见证它辉煌的海岸,如今的它却已不同于往日。但那迷人的海浪和怡人的微风,使它魅力依旧;在衰败的国度,明媚的天气显得格外重要。威尼斯的文明足够让生活在这里的人们感到惬意。在上天的吸引下,人世间的浮华显得可有可无;周遭的种种艺术遗迹和宏伟废墟,也散发出诱人的德性。这些旧时留下的残片,让你们对新的社会感到厌恶,也丧失了对于未来的渴求。你们会甘愿与周围逝去的一切为伴,一同感受死亡;随着生活褪去它的层层表皮,你们只会想着如何去装点自己的余生。很快,大自然将年轻的一代带到这废墟之上，像用花朵将其覆盖，给最脆弱的种族保留了享受激情和快乐的权利。

威尼斯没有偶像崇拜的传统；它生长并孕育在一个信仰基督的小岛上，远离阿提拉的野蛮行径。为了避免阿拉里克①的暴行，西皮翁家族、圣人保罗和圣女欧多钦的后代逃到伯利恒的洞穴里。与其他所有城市不同，威尼斯是古老文明的长女，它没有因战争的攻占而受辱，也未曾留下古罗马的残骸或是蛮族的遗迹。即便在工业繁盛的时期，人们在这里也看不到任何欧洲北部或西部的景象；我指的是这些新的建筑，这些匆促建造的街道，还有两旁的房屋，它们尚未建好或是空空荡荡。我们还可以在这里建造什么？在才华横溢的父辈们建筑的华丽宫殿旁，清贫的陋室只会暴露出子孙们贫乏的构思；这些粉刷的棚屋与福斯卡里和佩萨罗宏伟的居所相比显得黯然失色。当人们注意到大理石柱的紧急修缮需要用到灰浆泥刀和大把石膏时，会为此感到震惊。即使被虫蛀蚀的木板挡住希腊人或摩尔人的窗户，破旧的衣服晾晒在雅致的阳台上，此般景象也胜过我们的世纪那双脆弱的手所留下的印记。

我为何不能将自己困在这座城里，这座与我命运契合的城？这座但丁、彼特拉克②和拜伦曾经过的诗人之城！我为何不能借着散落在纸页上的阳光，来完成我的这篇回忆录！星辰在此刻仍灼烧着我的佛罗里达草原，随后在这主河道的尽头入眠。它终于消失在我的视野里；但透过孤寂的林中宫殿，它将光线投射在海关塔楼、船上的帆架、船舶的桅桁和圣·乔治·马莱修道院的大门上。寺院塔楼的支柱染成玫瑰色，倒映在海浪里；教堂的白色墙面在照射下显得格外明亮，我甚至能分辨出上面最细微的雕刻。朱代卡岛上，一缕提香式的光芒将店铺紧闭的大门晕染；那停靠在港口以及行驶在河道的轻舟，沐浴着同一束光。威尼斯在这里，坐在海岸旁，好似一位会随着白昼消逝的美人：晚风拂过她飘香的秀发；她在大自然的一切恩宠和微笑中死去。

威尼斯，1833 年 9 月

---

① 西哥特国王，395 年洗劫希腊，并于 410 年入侵意大利征服了罗马。
② 弗朗切斯科·彼特拉克（Francesco Petrarca），意大利诗人、文艺复兴时期的重要思想家。

选 段 三

大地是迷人的母亲,我们从她的腹中来到人世。孩童时期,她将我们紧拥在怀里,贴着她那充满乳汁和香蜜的乳房;当我们逐渐成熟,迈入青年,她用沁凉的泉水、粮食和水果将我们滋养;在一切地方,她都为我们提供荫蔽、浴场、餐桌和床榻;在我们奄奄一息时,她会向我们重新敞开母腹,用花草掩盖我们的躯体,悄悄地将我们与她融于一体,让我们能够以某种美好的形态回到尘世。这就是我醒来第一眼望见天空,我那床榻的穹顶时,对自己说的话。

猎人们白天出门狩猎,而我与妇女和孩子们待在家中。我与两个林中女孩形影不离:一个傲慢,另一个忧郁。我听不懂她们和我说的任何话语,她们也无法理解我的语言;但我会为她们的酒杯找寻甘露,为她们找来藤条取火,找来苔藓做她们的床铺。她们身穿短裙,袖子是宽松的西班牙式剪裁,搭配印度的紧身衣和外套。她们用桦树的菱形花边来装饰裸露的双腿;用花束或灯芯草的细丝来编发辫;将玻璃矿石串在一起做成项链;用紫色的谷物当作耳饰。她们有一只会说话的俊俏鹦鹉——阿尔米德①;她们时而将它放在肩头,当作祖母绿的装饰,时而用头罩将它套在手中,如同十世纪的贵族女士拿着雀鹰。她们会将美洲的油沙草放在胸部和手臂上摩擦,以增强肌肉的力量。在孟加拉国,印度神庙的舞女会嚼提神的烟草,而在黎凡特,埃及的舞女则吸取奇奥斯岛的乳香;佛罗里达人用其蓝白色的牙齿咀嚼枫香树的浆液和乳香树的根部,其中混杂着植物、枸橼树和香草的芳香。她们的生活被自己身上散发出的香味萦绕,像那橙树和鲜花浸浴在它们的树叶和花萼中流出的清香里。为了取乐,我将一些首饰别在她们的秀发上;她们受到轻微的惊吓,却没有反抗;她们以为我对她们施了魔法。其中那位傲慢的林中女孩常常祈祷,在我看来她算得上半个基督教徒。而另一位则会用柔美的声音歌唱,并在每句的末尾处发出令人不安的叫喊。时而我听到她们激烈地交谈,我自以为辨别出了嫉妒的口吻,但当那

---

① 阿尔米德是托尔夸托·塔索所著的《被解放的耶路撒冷》中的一个女巫师角色。

位忧郁的女伴哭泣时,一切又回归沉寂。

我曾是如此软弱,一直都是找寻弱者的例子以鼓舞自己。卡蒙斯①不是在印度爱上了一位蛮族的黑奴,那我为何不能在美洲向两位水仙般的苏丹女孩表达自己的爱慕之情?卡蒙斯在《女奴之歌》一诗中这样写道:

> 这位囚徒将我的心俘获,对我生杀予夺,因我为她而活。连那曼妙花束里的玫瑰,在我眼里也不再魅惑。
>
> 她黑色的秀发,让人陷入爱情;她甜美的脸庞,雪花也想要变换成她的颜色;她活泼中带有几分娇羞:她来自异乡,却非蛮夷之人。

落日时分,我们出发去垂钓。最先映入眼帘的是檫树、郁金香树、木豆树,还有橡树,它们的枝干上布满白色的絮状物。随着目光后移,能看到最迷人的木瓜树,我们将其看成了雕凿的银器,它的顶部像是放着一个科林斯式的罐子。而远景则被香脂树、木兰树和枫香树所占据。

太阳下沉到树林布景的后侧,一缕光线从乔木林顶端滑落,仿佛镶嵌在浓密树叶中闪闪发光的红宝石;阳光透过枝干,分散地投射在草地上,留下交错的柱状和移动的花纹。树林下方,我们能看到丁香花、杜鹃花,以及环状的藤本植物,它们大片地簇拥在一起。而天空中的云彩,一些形如海角或旧塔楼,岿然不动;另一些则漂浮不定,晕染成粉红色或形成条条丝状。随着它们不停地变换,云彩像是打开的炉口,我们看到里面成堆的火炭,翻滚的熔岩浆。一切都变得明亮,光芒四射,金碧辉煌,光明璀璨。

自1770年莫雷起义,一些希腊家庭逃到佛罗里达。他们可能仍相信这里的气候和爱奥尼亚一样,似乎会因人们的热情而变得温和。在士麦那的晚上,大自然酣然入睡,如同厌倦了爱情的交际花。

我们右侧的废墟,曾是俄亥俄河上庞大的防御工事,而左侧则是原始人留下的旧营地;我们所在的岛屿,停留在海浪中,在海市蜃楼的作用下,它的双重

---

① 路易斯·德·卡蒙斯(Luís de Camões),16世纪葡萄牙著名诗人。

映象在我们眼前晃动。东边月亮挂在远方的丘陵上;西边天穹融化在钻石和蓝宝石的海洋里,而太阳仿佛被溶解,一半已淹没其中。天地间的生灵还未入睡;大地满怀崇敬之心,像在给天空供奉香火,而从她腹部发散出的琥珀香,化为露珠再次落回大地,仿佛祈祷再次降落在祷告者的身上。

同伴们离开后,我在树丛旁休憩。它的幽暗被镀上一层阳光,我静坐于明暗交错的地方。灌木丛像是被蒙上一层黑纱,里面飞动的苍蝇发出光亮,随后却因月光的照映消失不见。我们听见湖水起伏的声音,金鱼的跳跃,以及母鸭在潜入水中时发出的叫喊。我的双眼凝视着水面。渐渐地,我同那些跑遍世界每个角落的人们一样,昏昏欲睡。回忆变得模糊不清;像一位泛神论者,我感到自己和大自然一同生长。我背靠着白玉兰树干安然入睡;而熟睡中的躯体漂浮在能看到朦胧希望的水面上。

当我从这遗忘之河中走出,发现自己在两个女人之间;我的女伴们回来了;她们不愿将我唤醒,安静地坐在我的身旁;可能佯装入睡,可能真的睡着,她们的头靠在我的肩上。

微风吹过树林,我们淹没在白玉兰的花雨里。然后最年轻的那个塞米诺尔姑娘开始歌唱:任何对人生不确信的人,都绝不会如此暴露自己。同这旋律一起渗入男人心中的是何种激情?我们无从知晓。一个粗鲁、带着妒忌的声音回应着这歌声:某个焦木人①呼唤出两个表姐妹;她们颤抖着起身,天将破晓。

没有阿斯帕齐亚②的陪伴,我回到岸边重逢这般景象:同拂晓的阳光一起爬到帕特农神庙的柱廊前,我看见西塞隆山、伊米托斯山、科林斯的卫城、古墓以及废墟,这一切沐浴在那泛着金色光芒、晶莹剔透、千变万化的露水里,映照在海水中,然后飘散,如萨拉米斯和德洛斯的微风中弥漫的香气那般。

一路上,我们沉默不语,沿着海岸完成了旅途。中午时分,营地的人们开始检查克里克人售卖、商人想要购买的马匹。根据隆重的集市传统,女人和孩子们都被召唤,作为交易的见证者。不同年龄和毛色的公马、母马、小马驹,以及

---

① 19世纪由美洲印第安人和法裔加拿大人结合形成的混血民族,因肤色像是烧焦的木头而获外号"焦木人"。
② 雅典政治家伯里克利的情妇,当时雅典社会的活跃人物。

那些公牛、母牛和小牝牛,开始在我们周围四处乱窜,奔腾飞驰。一片混乱中,我与克里克人分开了。在树林边缘,聚集起成群的马匹和人群。突然间,我看到我的两位佛罗里达少女在远处;一位焦木人和一位塞米诺尔人直接骑上两匹柏柏尔马,然后用健壮的双手将她们分别放在马的臀部。熙德啊!我为何没有你那神速的巴比耶萨①来追赶他们!良种牝马在前面奔跑,大部队紧跟其后。在水牛和公牛中间,马儿们踢着后腿,上下窜动,马鸣萧萧,马蹄在空中相互碰撞,飞舞的马鬃上沾有血迹。贪食的昆虫形成一道旋风,将这群野马包围。我的两位佛罗里达少女消失了,像被地狱之神掳走的谷神星之女。

我的故事里一切都是这样有始无终,脑海里只留下匆匆而过的画面。我将带着比其他人都要多的亡魂来到爱丽舍②。我的规划出了差错:我不知善用机遇,对别人感兴趣的事物漠不关心。除宗教外,我没有其他信仰。即使我是牧师或国王,那牧杖或权杖能用来做什么?同样地,我可能也对功名和才华、劳作和休闲、财富和不幸感到厌倦。一切都使我厌烦:我费力地拖着我的生命,在呵欠中耗尽生命,走遍各地。

选 段 四

我发现自己处于两个世纪的夹缝,像是站在两条河流的交汇口;这混沌之水将我浸没,我无奈地离开自己的降生地——那古老的河畔,然后带着希望游向未知的彼岸。

按我们古老的说法,整个地貌自我睁眼能从床头看到天空起,已经发生了翻天覆地的变化。倘若我比较人生初始和终点时的地球,会发现两者间有着天壤之别。地球的第五个部分——澳大利亚,被人类发现并占为己有。在南极的冰川里,法国的航行者刚刚发现第六块大陆,而帕里、罗斯、富兰克林沿着北美洲的海岸线,朝着北极点航行;非洲也揭开了自己神秘的孤独。最终人类的足迹踏遍世界的每个角落。人们攻克所有将其分离的地方语言;我们不久定会看

---

① 西班牙民族英雄熙德的战马。
② 爱丽舍(Les champs Élysées),希腊神话中英雄死后进入的乐园。

到船舰穿过巴拿马,甚至是苏伊士地峡。

　　同样地,历史在时间尽头也有所发现;神圣语言所遗失的词汇最终被人们读出。例如刻在埃及①花岗岩上的象形文字,那本是放置在荒漠双唇上的印章,将它的秘密永远封存,商博良②却将其破解。如果新的革命导致波兰、荷兰、热那亚和威尼斯从地图上消失,那么其他共和国已将太平洋和大西洋的部分海岸占领。在这些国家,完善的文明更能凸显自然的勃勃生机:河流本是坚不可摧的阻挡物,汽船作为便捷的交通工具却能溯流而上;城市和村庄布满河流周围,像那从肯塔基州沙漠中崛起的一个个美利坚州郡。没有马匹牵引的列车,负载着巨型的货物和成千上万的旅客,飞驰过曾经难以穿越的树林。大量的矿产资源同建造船舰的树木一起,沿河流和道路而下,给人们带来巨额财富。船舰将冲破巴拿马地峡的天然屏障,然后任意地通向其他海域。

　　在火力驱动下行进的海军,能够横穿大洋,不再局限于在河流里航行;距离被缩短;航行不再受到洋流、季风、逆风、封锁或是关闭港口的阻拦。普兰克特小村庄与工业小说里所描绘的大相径庭:那个时期,女性的活动集中在家里;农民妇女通过纺织麻原料来做衣服;树脂蜡烛的微弱灯光照亮村庄的夜晚;新兴的化学还未带来种种奇观;在织羊毛和纺丝时,人们还不会使用让流水和器具运转的机器;瓦斯仍停留在大气中③,还未被人类用来给剧院或是街道提供照明。

　　改变不仅发生在我们的日常生活里:人类因其代代相传的天性,他的智慧得以向高处探索;他每在天穹中跨下一步,都会意识到一种不可言述的力量所带来的奇迹。这颗在我们的父辈看来很简单的星星,在我们眼里却增大到两倍或三倍;恒星相互的重叠构成了阴影,天空没有足够的空间将它们容纳。在无垠的中心,上帝看到种种卓越的理论神气十足地走过身旁,它们是他至高无上存在的证明。

---

① 原文为"Misraïm"(麦西),含的儿子,诺亚之孙,被犹太人用来指代埃及。
② 让-弗朗索瓦·商博良(Jean-François Champolion),法国著名历史学家、语言学家、埃及学家,是第一位破解古埃及象形文字结构的学者。
③ 在那个时期,甲烷只是作为微量的成分存在于大气中,人们还未发现地下的煤炭在物理和化学作用后可生成瓦斯。

根据不断进步的科学,我们可以想象渺小的地球遨游在阳光的海洋中,在那由天然光线构成的银河系,一种由造物主之手创造的众多星球组合而成的物质。星辰间彼此的距离是惊人的,它们的光芒才刚刚抵达观看者的眼睛,便已熄灭。光源消失在光线到达之前。人类在地球上移动时,显得多么的微小!但智慧却使他变得高大!人们知道何时星星的表面会出现阴影,千年之后的哪个时刻彗星会再次划过,而人类的生命只是短短的一瞬!人类像是天空裙摆的褶皱里微乎其微的昆虫,他却不会错过宇宙深处星球的任何一小步移动。这些在我们看来正冉冉升起的新星,它们将会照亮什么样的命运?当它们的奥秘被揭开,是否预示着人类已迈进崭新的阶段?尚未降生的人们,答案将由你们揭晓;而我对此一无所知,并将退出舞台。

多亏了这漫长的岁月,我得以将这鸿篇巨制写完。这于我是一种宽慰。我感到某个人在推搡着我前行:给我留有位置的小船主人告诉我,只剩片刻便要出发。如果我曾是罗马的统治者,我会像苏拉[①]那样说道,我的回忆录将会在离世前夕完成。但我不会像他那般来总结我的故事:"梦里我的一个孩子指着他的母亲米特拉,然后劝说我在那永恒的至福中安息。"倘若我是苏拉,荣耀永远不可能给我带来安宁和幸福。

新的风暴将会形成;人们相信预感中的灾难将远远超过那曾令我们不堪重负的苦难;为了能够重返战场,人们重新包扎好旧伤口。但我认为未来的灾难不会爆发:人民和国王都已精疲力竭。灾难不会猛然袭击法国;接下来发生的只会是普通的变革。我们必然会经历艰难的阶段。人们只有在感受过痛苦后才想要改变。此外,这绝不是一次无足轻重的改革,而是一场进行到底的伟大革命。未来与我不再相干。它正召唤着其他的画家:轮到你们了,先生们。

1841年11月16日,我写下这最后的文字,窗户朝着西边外交使团的花园敞开。清晨六点,我看见苍白且宽大的月亮停落在荣军院的尖顶上,而东方第一缕金色的阳光刚刚将它照亮:好像宣示着旧世界的终结和新世界的到来。我看到晨曦映射的光芒,却等不到太阳升起的景象。我坐在坟头,然后,手握十

---

① 苏拉(Sulla),古罗马政治家、军事家、独裁官。

字架,勇敢地走向永恒。

思考题

1. 如何把握选段一中风景和回忆掩盖下的时间主题?
2. 如何理解选段二中"威尼斯"对于夏多布里昂的意义?
3. 如何理解选段四中夏多布里昂晚年对于物质文明进步的看法?

延伸题

　　从选段三对于佛罗里达少女的回忆出发梳理《往生者回忆录》中的异域描写,并思考"他者"的体验和想象与浪漫主义内心表达之间的关系。

拉 马 丁

(周芳颜 编译)

阿尔封斯·德·拉马丁(1790—1869)出生于勃艮第马孔一个贵族家庭,青年时便渴望成为父亲那样的外交人才,但作为保守的保皇派无法在拿破仑的统治下施展抱负。波旁王朝复辟时期,拉马丁成为皇家禁卫军一员,1815年拿破仑百日统治时流亡瑞士,后逃到萨瓦省。1825年至1828年间他在法国驻意大利使馆工作。

1829年,拉马丁当选为法兰西学院院士。尽管阿尔蒂尔·兰波(Arthur Rimbaud)认为其诗歌继承了18世纪诗人的修辞与词汇,"被旧的形式所扼杀",但拉马丁的诗歌同样有着朴素的诗歌语言,从灵魂涌出的诗歌旋律,以及透明且敞亮、介于现实和梦幻间、超越时间的画面。诗歌创作不是拉马丁的谋生手段,而是一种内心的冲动,是某种大海深处升起的涌动在吸引着诗人。

拉马丁不仅是一位将写作当作消遣的公爵,同时也是杰出的政治家。1830年七月革命后,拉马丁想通过劝说资产阶级人士来重塑社会结构,改善工人生存状况,因而转向资产阶级自由派,投入政治斗争。1841年,拉马丁参选议会议长。1848年二月革命爆发,拉马丁组织了法兰西第二共和国的临时政府。然而,嘴上高呼"共和国万岁"的贵族们实际上想的是如何将其摧毁。最终,拉马丁在4月的大选中败给拿破仑三世。6月的暴动后,拉马丁的政治生涯也随之结束。

拉马丁的政治思想源于内心的宗教信念,他在1841年写下"倘若道路的尽头没有上帝,又有何前行的意义?";但另一方面,在他看来,没有什么事情比神的存在更加值得怀疑。上帝夺走了拉马丁最爱的两个孩子,他也写了主角有着同样命运的《天使谪凡记》(*La Chute d'un ange*)。1833 年,诗人沉浸在失去女儿的悲痛之中,觉得就连呼啸的风声都仿佛是对自己命运的嘲弄。1854 年,他在写给朋友的信中写道:"莎士比亚说得有道理,生命只是白痴嘴里的一段故事,没有休止,看不到尽头。"晚年拉马丁为偿还巨额债务,被迫再次提笔写作。"我的心在胸膛敲打,像那被人们遗弃的时钟,在这空荡的空气里,仍敲打着对人们已无关紧要的时刻。"这便是拉马丁:一位明朗、有气魄的贵族男子,一位在政治中迷失的诗人,一位活在云端的空想者。

湖①

（周芳颜 译）

就这样，不断被推向新的海岸，
被带进永恒的黑夜里，一去不返，
在岁月的海洋，我们是否从未能够
在岸边有一日停留？

湖啊！刚刚过去一年的时光，
她本该重逢这心爱的波浪！
瞧！如今我却孤身一人，坐在这
你曾看她坐过的石头上！

你曾像这样，在这高耸的岩石下咆哮，
你拍打着它破裂的石面，并碎成浪花，
那泡沫呀，就这样被风儿带到
她那可爱的双脚上。

你可曾记得？某个夜晚，我们泛舟湖上，默默不语；
在这碧水之上，蓝天之下，我们只听见远方
船桨有节奏地在敲打

---

① 这首《湖》，以及后面的《山谷》《傍晚》《孤独》，均选自拉马丁 1820 年出版的《诗的沉思》。

湖面的微澜。

突然间，某个尘世之外的声音
从迷人的湖岸传来，并荡起回音；
波浪在认真聆听，而这珍贵的声音
留下这样一串话语：

"哦时间！请停止飞翔；而你们，美妙的时辰，
请不要再流淌：
在最美好的时日，请让我们
细细品味这稍纵即逝的快乐！

尘世间有太多不幸者向你们恳求，
为了他们，请快快流走；
一并带走折磨他们的日子和忧愁，
请将那些幸福的人们抛之脑后。

韶光请多片刻停留！却是我徒劳的乞求，
时间已从我这里悄悄逃走；
我向这夜说道：慢点前行，
良宵终将消逝在那晨曦里。

那么我们尽情相爱吧！光阴荏苒，
我们须分秒必争，恣意享乐！
时间之海漫无边际，人没有港口停泊；
它不停流逝，我们匆匆行过。"

妒人的时间啊！在那令人酣醉的时刻，

爱情的海波不断向我们倾注幸福，
但这一切离我们远去的速度，
会不会和那不幸的日子相符？

什么？我们甚至不能留下痕迹？
什么？一去便是永远？什么？一切都消失殆尽？
时间曾带来这一切，如今却将其磨灭，
我们将不会再次拥有！

永恒，虚无，往昔，晦暗的深渊哪，
你们是为何，要将那岁月吞没？
说吧：从我们这儿夺走的极致的欢愉，
你们可会悉数归还？

哦湖！沉默的岩石！山洞！幽暗的树林！
时间宽恕了你们，甚至还了你们青春，
请留住这夜晚，还有这美丽的自然，
至少留下记忆！

将它留在你的风平浪静里，留在你的疾风骤雨里，
美丽的湖啊，留在你明媚的山丘里，
黑色的乔木林里，和悬在水边的
荒凉的岩石里；

留在那让你轻轻颤动，吹拂过的微风里，
留在河岸之间回荡的声响里，
和那用柔光染白你湖面的
银色星辰里。

愿风的呻吟,芦苇的叹息,
芬芳空气里弥漫的淡淡香气,
愿我们的所闻所见,以及呼吸的一切,
都说着:他们相爱过!

《加尔达湖景》(*Paysage près de Riva sur le lac de Garde*),让-巴蒂斯特·卡米耶·柯罗
(Jean-Baptiste Camille Corot)绘

山　谷

（周芳颜　译）

我对一切，甚至希望，都感到厌倦，
不会再对心中的愿景，纠缠不清；
只是请将童年的山谷借我一日，
作为等待死亡的庇护所。

看这幽暗山谷的羊肠小径，
山的两侧悬着繁茂的树林，
它们交错的影子俯映在我脸庞，
安谧和寂静将我的一切浸浴。

这里绿丛下，两股溪水悄悄流过，
蜿蜒着勾勒出山谷的轮廓；
它们的波纹和水声，在某一刻交融，
悄无声息地，消失在源头不远处。

我的时日也有如逝水，
静静流去，没有声名，不再回头；
水波清澈，而我浑浊的灵魂
却定无法倒映出晴日的明净。

溪床的清凉,为其加冕的树影
令我终日流连在溪水旁;
像是单调的旋律将孩子摇晃,
汩汩水声伴随我的灵魂入睡。

啊!绿色的壁垒将这里围绕,
但这有限的视野却合乎我心,
我喜欢独自驻足在自然,
只聆听那水声,只看那苍穹。

我一生看过,感受过,爱过的太多,
想在有生之年寻觅遗忘之河①的宁静;
美丽的地方,请成为让我忘却的河畔,
从此唯有遗忘能带给我幸福。

我的心在休憩,我的灵魂沉默不语!
远方尘世的声响在到来前已经消散,
像那远处的声音随风带到耳旁,
却被距离耗尽,变得模糊不清。

这里,我透过那片云瞥见人生
在过去的阴霾中消散不见,
只留下爱情:像幻梦过后
唯一残存的庞大画面。

我的灵魂,请在这最后的庇护所休憩,

---

① 希腊神话中的遗忘之河,是冥府的五条河流之一。

拉马丁

像某个满怀希望的旅者，
在到达城市前再稍坐片刻，
呼吸夜晚芳香的空气。

像他一样抖落脚底的尘土，
人们不会重复相同的道路；
像他一样在这旅途的尽头，
感受这预示着永恒和平的宁静。

你的人生如秋日般短暂阴郁，
像那影子沿着山坡下沉衰微；
你被友爱背叛，被怜悯抛弃，
并独自走在通往坟墓的小径：

但这里，自然满怀爱意地邀请你
依偎在他那永远为你敞开的胸膛；
世界天翻地覆，自然却依然如故，
你的岁月里，有同一轮旭日升起。

他留下的光芒或荫蔽，依旧伴你左右，
请你将爱从那消逝的虚幻之物中抽离；
请伸出耳朵，和毕达哥拉斯一起，
听他倾慕的这回音，那是天籁的和鸣。

请你跟随天上的红日或地上的影子
在广袤的天空，随北风飞走，
沿着神秘星辰柔和的光线
穿过树林，来到山谷的影中。

上帝用智慧创造出这山谷,
最终,请在自然之中发现它的创造者吧!
一片沉寂中,灵魂深处响起声音,
谁还未曾在内心,听到这呼唤?

《林中谷》(Un vallon boisé),让-巴蒂斯特·卡米耶·柯罗绘

傍　　晚

（周芳颜　译）

傍晚带回宁静。
我坐在冷清的岩石上，
置身苍茫的雾气里，
夜的车辇在前行。

金星①在天际升起；
我的脚底，爱神之星
用它神秘的光彩
将这片草地染白。

枝叶繁密的山毛榉那，
我听到细枝在颤动：
好似在墓地旁
有人影摇曳的声音。

来自夜星的一道光
刹那间从天穹坠下，
划过我缄默的前额，

---

① 金星在西方语境下被称为维纳斯，与下一行诗句中的"爱神之星"呼应。

徐缓地触摸我的双眸。

火焰星球的温柔映象,
迷人的光芒,你要将我怎样?
你来到我颓丧的胸膛,
是为了给我的灵魂带来光亮?

你降落是向我揭示
世界的神圣奥义?
白昼将把你召回的
那星球里深藏的秘密?

是否有隐秘的神明,
把你送到不幸者身旁?
你可会在黑夜中将他们照亮,
如同一道希望的光芒?

你可是来向疲惫的心
揭开他乞求的未来?
神圣的光,你可是那晨曦
将迎来无尽白昼?

你的光亮点燃我的心,
我感受到莫名的欢喜,
我想起离世的人们:
温柔的光,你可是他们的灵魂?

或许这些幸福的亡灵

拉马丁

沿着树丛如此滑落?
被他们的身影包裹,
我感到彼此更加靠近!

啊!倘若是你们,心爱的亡魂!
远离喧嚣和人群,
请你们像这样每晚归来,
并融入我的遐想。

请将平静和爱情
带回我枯竭的内心,
像那夜间的露水
在炽热的白天后降临。

来吧!……但那哀伤的雾气
从天边升起;
将柔和的光线遮蔽,
一切又回到黑暗里。

孤　　独

（周芳颜　译）

落日时分，我常常来到山上，
在老橡树的荫蔽下哀伤地坐着；
任目光在平原上随意游走，
风景在脚下不停变换。

这里，泛起浪花的河水，隆隆作响，
蜿蜒着，奔向远方的黑暗；
那里，静谧的湖水拨开它的微澜，
夜幕下，星辰从水中升向天空。

山顶树木丛生，郁郁葱葱，
落日洒下最后一抹余晖，
黑夜女王乘着浓浓雾气
缓缓上升，染白了天际。

此刻，从哥特式教堂尖顶传来
神圣的声音，散布在空气中，
旅客停下脚步，田野的晚钟
将圣乐敲入白天最后的喧嚣。

拉马丁

但面对恬美的风景,我仍心境淡漠,
感受不到美好,也未欣喜若狂。
我注视着大地,如同迷失的幽灵:
照耀生者的阳光无法再温暖亡魂。

我的目光沿着山丘徒劳地起伏,
从南到北,从黎明到日落,
我踏遍广袤大地上的每个角落。
感叹:没有哪里能找到我的幸福。

这些山谷、宫殿或茅舍与我何关?
不过是索然无味的虚幻之物;
河流,岩石,树林,如此珍贵的孤独,
只是少了一人,世间一切都变得荒芜。

我的目光漫不经心地追随
太阳周而复始的轨迹;
天空明朗或阴郁,太阳降落或升起,
于我又有何意义?我对白日没了任何期许。

当我追随着它到无边无际的远方,
双目所及之处却只有虚无和荒凉:
对它照亮的一切,我不渴望拥有,
对这无垠的世界,我没有任何诉求。

但也许在它边界之外的地方,
有真正的太阳照亮其他天空,
如果我能将自己的躯壳留给人间,

我日思夜想的,是否会出现在眼前?

那里,我将陶醉于向往的泉水,
那里,我将找回希望和爱情,
那里,有每个灵魂都渴望的,
没有尘世之名的理想之物。

我为何不能,乘着晨曦微光,
来到你身旁,我模糊的期望;
为何我仍在这大地上流浪?
尘世与我不再有共同的地方。

当林中之叶飘落在草地,
晚风吹起,将它卷向山谷;
而我,恰似这凋零的落叶:
带我走吧,呼啸的北风,就像你卷起它那样!

思考题

学者让-玛西·格莱兹认为拉马丁的诗歌完成了"看似不可能的对于内心的外化",试通过以上几首诗作来阐述你对于这一观点的理解。

垂 死 的 诗 人①

(周芳颜 译)

我岁月的酒杯在仍泛满琼浆时破碎;
人生是悠悠长叹,在每次喘息间溜走;
泪水和懊悔都不能让其止步:
而死神的翅膀,在为我惋惜的铜钟上,
用时断时续的声音敲响我最后的时刻,
是该呻吟?还是歌唱?……

歌唱吧,既然我的手指仍在里拉琴弦上;
歌唱吧,既然死亡给我灵感,让我在彼岸边缘
发出悦耳的叫喊,像天鹅的绝唱。
这是我的才华带来的幸福前兆:
如果我们的灵魂只是爱与和弦,
愿它的告别是神圣的歌唱!

里拉琴在破裂时发出绝美的声音;
刹那间熄灭的灯光被再次点亮,
在消失前发出更纯粹耀眼的光芒;
垂死的天鹅望向天空:

---

① 这首诗选自拉马丁的《新沉思集》(*Nouvelles Méditations poétiques*)。

只有人,将其目光投向过往,
数着他的时日并感到惆怅。

那么,又是怎样的时日,值得我们惋惜?
太阳循环往复升起,时间接连不断流逝;
当下和逝去的时光相似;
某刻带给我们的,另一刻将其夺走:
劳作,休憩,困苦,时而怀揣梦想,
白昼这样过去,然后黑夜来临。

啊!任他哭泣吧!他执着的双手
如常春藤般攀附在年华的残片上,
看到希望同未来一起消散!
而我,从未在大地上扎根,
我毫不费力地离去,像夜晚的微风
将轻盈的草拔起。

诗人好似路过的鸟儿,
从不在河岸边筑巢,
也不在树林的细枝上停靠:
懒洋洋地摇晃在水波上方,
它们歌唱着飞离河岸,而世界
除了声音,对它们一无所知。

在发声的琴弦上,从未有手
按他的方式指点我仍生疏的指法:
上天给予人的灵感无法传授;
就像溪流自然会在斜面上流淌,

拉马丁

雄鹰生来就能独立振翅,划破长空,
蜜蜂从不用学习如何酿蜜。

铜钟在高处发出回响,
在神圣的钟杵下方,时而哭泣时而歌唱,
为了庆祝婚姻、诞生或死亡:
我像这在火焰下冶炼的铜器,
而每一种激情,在击打我的灵魂时,
便会奏出美妙的和弦。

如同风弦琴,在夜晚
伴随微风,发出回响,
将水声融入它的轻叹。
旅客驻足聆听,感到惊奇;
他心驰神往,却无从知晓
是何处发出神圣的叹息。

我常常将泪珠洒在竖琴上;
但于我们,眼泪是天降的露水;
心灵无法在永远明净的苍穹下滋长;
破碎的酒杯里,葡萄汁在流淌,
双脚踏过的枯萎香膏
将它的香气蔓延过你们的足迹。

我的灵魂由上帝炙热的气息形成;
它的火焰将一切邻近之物点燃。
命运的馈赠啊!我因爱得太深而死去!
我所触碰的一切都化为尘土:

天空之火落在欧石楠上，
在一切耗尽时熄灭。

那时间呢？——早已消逝。声名呢？哎！
这虚妄之音代代相传的回响，
这名字，是后世闪耀的玩物，有何意义？
允诺了他锦绣前程的你们，
请听我的里拉琴即将奏出的和弦……
风儿已将它带走！

啊！给逝者的希望请少点轻浮。
什么？这声音的回忆，旋绕在
虚幻的坟墓旁，将会一直回荡？
垂死者的呼吸，什么！这便是荣光！
你们许诺他的回忆将代代留存，
人啊，你们是否拥有两天光阴？

我请众神作证！自我开始呼吸，
我的双唇总是微笑着说出
这由人类狂热发明的伟大名字；
我越想挤出这词语，越发感到它的空虚，
我将其丢弃，它像是干枯的树皮，
我们双唇的任何挤压都只是徒劳。

不确定的荣光带来的无果希望里，
人被时间之流牵动时说出的某个名字
在他前行过程中日复一日地衰微；
时间的水波嘲笑这闪耀的碎片；

拉马丁

一个又一个世纪,它漂浮,前行,搁浅
在遗忘的深渊里。

我将另一个名字抛向无边的波浪:
它跟随着风儿,天空,沉没或漂浮,
我将变得伟大?为何?这不过是一个名字。
那飞向苍穹的天鹅,
朋友,它是否会在意翅膀的影子
仍悬浮在卑微的草地上?

但你为何也曾歌唱?——请问菲勒美拉①
为什么,在黑夜里,她甜美的歌声
在晃动的树荫下与溪流声交融。
我的朋友们,我曾歌唱,像呼吸之于人,
像呻吟之于鸟,像叹息之于风,
像潺潺水声之于流水。

爱恋,祈求,歌唱,便是我的一生。
人哪,尘世间人们渴求的宝藏,
在离别时,我毫无留念;
除了那向天空发出的强烈悲叹,
里拉琴的迷醉,或紧拥我那颗心的
爱恋的沉寂。

去美人的脚下感受到里拉琴的颤动,
在一声声和弦中,看见悦耳的狂热

---

① 菲勒美拉(Philomèle),神话中化作夜莺的女子。

随声音流淌,经过她胸口;
令人们爱慕的双眸泪如雨下,
像在风儿吹拂下,那拂晓的眼泪
落入满溢的酒杯。

看谦逊的圣女哀怨的目光
悲伤地转向天穹,
仿佛想要同逝去的声音一起飞离;
然后,她饱含贞洁的火焰再度向你们坠落,
让她的灵魂在低垂的睫毛下闪耀,
像夜里颤动的一束火光。

看她思绪的影子飘过前额;
她压抑的嘴巴说不出话语;
最终在漫长的沉寂后听到
这话语在天空中回荡,
这话语,上帝和人类的话语:"我爱你!"
这才值得一声叹息。

一声哀叹!一次悔恨!无意义的言语!
灵魂插上死亡的翅膀,在天空飞翔;
我将去往欲望被它们的本能带去的地方;
我将去往能看到希望闪耀的地方;
我将去往我的鲁特琴声飘向的地方,
和我一切哀叹消散的地方!

如同能在阴灵中看到一切的鸟,
信念,这灵魂的眼睛,穿透我的幽魂;

它预言的本性向我揭示了命运。
在未来的田野,我的灵魂,
借火焰的翅膀飞往天空,
它多少次超越了死亡!

请不要在我阴暗的住所上写下任何名字;
不要用碑石的重量使我的灵魂充盈:
少许沙粒,哎!我毫不妒忌。
只请留与我足够的空间,
让经过我墓前的不幸之人
能够放下他的双膝。

常常,在亡魂和沉寂的秘密里,
灵柩上的草地发出恳求的声音,
并在逝者身旁发现希望。
脚放在坟头,对尘世便少了依恋,
视野变得狭窄;而灵魂,更加轻盈,
毫不费力地在天空升起。

打碎这鲁特琴,请交给风、波浪和火焰,
它只有一种声音与我的灵魂相呼应:
撒拉弗①们的那把琴将在我指下响起。
不久,像他们一样活在不灭的狂热之中,
伴随我里拉琴的和弦,也许我将会引领
弥漫着我声音的天空。

---

① 撒拉弗(Séraphin),是天使之首,在神的使者中地位最高,对炽爱产生共鸣,又称作"炽天使",唯一的使命是歌颂神。

不久……但死神沉重和缄默的手

刚刚触摸琴弦；它断裂，

在苍茫的空气里，发出哀怨和静寂的声音。

我冰冷的鲁特琴沉默无言……朋友，请拿起你的琴；

我的灵魂正去往另一个世界，

伴随着你们神圣的和鸣！

思考题

诗何以神圣？试通过《垂死的诗人》来回答这一问题。

延伸题

拉马丁的诗歌观是否和法国文艺复兴时期诗人的诗歌观有相似之处？

维 尼

(徐黎彤 编译)

阿尔弗雷德·德·维尼(Alfred de Vigny，1797—1863)生于图赖讷省洛什城一个贵族军人家庭，外祖父与父亲均曾在军中任职，母亲饱读卢梭的作品，在巴黎将他养大，给了他信仰与艺术品味的启蒙。中学时期的他热衷于军事，未满十八岁便担任国王火枪手，在百日流亡途中护送路易十八，但军营中纸上谈兵的生活令他感到厌倦，遂逐渐开始了文学生涯。维尼把诗看作哲学思想戏剧性或史诗性的"舞台化"，他于1826年发表的诗集《古今诗作》(*Poèmes antiques et modernes*)广受好评。备受沃尔特·司各特赏识的历史小说《桑-马尔斯》(*Cinq-Mars*)亦展示出他叙述者的才能，宣扬了他"抛弃实证，年鉴书写亦可理想化"的美学主张。他致力于在巴黎推广莎士比亚戏剧，反对以司汤达为首的自由派青年的偏见，与拉马丁、雨果以及夏尔-奥古斯丁·圣伯夫(Charles-Augustin Sainte-Beuve)保持了良好的友谊。

1830年后，维尼日渐消沉。由于始终无法信任由他所蔑视的资产阶级扶持上台的路易-菲力普(Louis-Philippe)，诗人只好在圣西蒙主义者与以费利西泰·罗贝尔·德·拉梅内(Félicité Robert de Lamennais)为中心的基督徒中寻求政治安慰。1831年，他在《巴黎》("Paris")一诗中表达了自己的失望之情，并创造了名为"上升"(Élévation)的文学体裁。与此同时，宗教信仰危机以及情人的背叛令他彻底陷入怀疑论。维尼在1832年创作的小说《斯特洛》(*Stello*)就以诗人的孤独为题材，流露出他清醒而又悲观的态度：无论谁当权都将永远放逐诗人。小说中的三位诗人在"黑医生"的带领下，以区分"政治生活"与"诗歌生活"为目的,进行精神分析治疗。维尼政治军事上的失意亦体现在小说集《军队的服从与伟大》(*Servitude et Grandeur Militaires*)中,他塑造的非暴力殉道者雷诺队长是加缪笔下"无神的圣人"的前辈。1841 年,隐居在缅因-吉罗德的维尼领导了关于承认作家对作品处置权的运动。巴尔扎克、拉马丁等均对他表示支持。在经历七次落选后,他最终于 1845 年进入法兰西学院。

1837 年母亲去世后,维尼逐渐从虔诚的基督徒转变为"纯粹精神"的信徒。在拒绝偶像崇拜的前提下,他一直试图寻找能为精神宝藏裹上"不朽水晶"的象征符号,并发明了一种不同于昔日雄辩生动风格的新诗歌(哲学诗)。1863 年 9 月 17 日,诗人在巴黎去世。《命运集》(*Les Destinées*)、《诗人日记》(*Journal d'un poète*)、《未出版的回忆录》(*Mémoires inédits*)等著作都在他死后出版。他作品中的许多意象,如"狼之死""牧羊人之屋"以及"海中漂流瓶"等都成为现代寓言。在后来实证主义文化对浪漫主义的攻讦中,维尼所受的影响要远低于同时代的其他大诗人。后世作家里亦不乏他的信徒与纪念者,如夏尔·皮埃尔·波德莱尔(Charles Pierre Baudelair)、亨利·德·雷尼埃(Henri de Régnier)、夏尔·佩吉(Charles Péguy)以及安德烈·纪德(André Gide)等。

作为遗著之一,著名的《命运集》出版于 1864 年,收录了维尼在 1839 年至 1863 年间创作的 11 首诗。作品充满了浓烈的悲观主义色彩,与他的小说《斯特洛》以及悲剧《查特顿》(*Chatterton*)中流露出的幻灭感相呼应。诗集由约两千句亚历山大体(12 音节)的诗行构成。令人屈服又赐予人希望的命运,既是整部诗集的名字,也是诗集中收录的第一首诗的题目。"自创世的第一天起,/每个命运沉重而有力的脚掌,/落在每个头颅与每个行动上。"诗集的副标题"哲学诗"表明了诗歌使命的深刻性:在一个充满了敌意且不存在上帝的世界,人类的未来会是怎样?诗集中的每一首诗都对应了一种对人类存在和行动深层意义的基本质疑。然而,虽是悲观主义者,维尼仍试图在诗中通过斯多葛主义、对他人的博爱、对善的追求以及诗意的创造,控制并驱除自己的绝望。《牧羊人之屋》("La Maison du berger")一诗颂扬了建立在彼此温柔相待基础上的爱和同情。《海中漂流瓶》("La Bouteille à la mer")则通过描写一位虽不知军舰是否能抵达宁静港湾却一直坚守岗位的船长,表达了诗人对至死不渝的强大意志力的赞美。纵观整部诗集,诗人一直游移在无可救药的绝望所带来的致命吸引与同虚无做抵抗的意志之间。这也是为何,《海中漂流瓶》中的船长在扔出玻璃瓶后会想到:"上帝应允那无情的水/淹没船只,却不准它毁掉思想,/只需一个瓶子,他便战胜了死亡。"

牧 羊 人 之 屋[①]

献给艾娃

(徐黎彤 译)

1.

如果你的心,因我们的生命之重而呻吟,
蹒跚挣扎,似一只受伤的雄鹰,
束缚着的双翅,同我一样,
被命定的世界压垮、冰封;
如果它反抗,永不结痂的伤口将血流不止,
如果它再也看不见爱,这忠诚的星星,
只为它照亮消失的地平线。

如果你的灵魂,也同我一样被禁锢,
厌倦了镣铐与苦痛,
扔掉桨,在悲伤的双桅船上,
垂下苍白的头颅,泪洒大海,
于波涛中寻找一条未知的航线,
颤抖着发现,
它赤裸的肩上,那烙铁留下的社会印记。

如果你的身体,因隐秘的激情而颤抖,

---

① 《牧羊人之屋》和《海中漂流瓶》都选自维尼 1864 年出版的《命运集》。

维 尼

被目光挑衅，腼腆而蠢蠢欲动；
如果它在幽深的隐蔽中寻找
为了避免被世俗玷污的美；
如果你的嘴唇因谎言的剧毒而干裂，
如果你美丽的额头因坠入陌生人的梦境而发红，
这不纯洁的陌生人，他看见你，听到你。

勇敢地离开吧，离开所有城市，
别再让路上的灰尘沾染你的双脚；
从思想的高处俯视，城市卑躬屈膝，
如同注定被人类奴役的石块。
广阔的树林与田野隐蔽了一切，
仿佛海洋包围了阴沉的小岛。
手持鲜花，穿过田野。

自然以庄严的寂静等候你；
青草在你脚下生出傍晚的云霞，
夕阳向大地发出离别的叹息，
美丽的百合花颤动如轻烟袅娜的香炉。
森林遮蔽了它深色的躯干，
山藏了起来，薄雾冥冥中
柳树悬着纯洁的祭坛。

暮色在山谷怀中入眠，
在绿草与金色的原野上，
穿过涧边幽生的灯芯草丛
与天边梦中微颤的树林，
它闪动着钻进一串串野葡萄里，

只留灰色的外衣在河畔，
夜之花轻轻打开囚室。

我的山上布满了厚厚的欧石楠
那是猎人也不曾深入过的地方，
那茂密高大的植物昂起骄傲的头颅，
在夜色中守护着牧人与异乡客。
快把爱情与你神圣的错误藏在这里吧；
如若芳草激荡抑或不够幽深，
我愿为你驱使牧羊人之屋。

四轮轻驰，
车盖不越过你的额头与双眸，
珊瑚和你脸颊的光彩
为暗夜之车与它喑哑的车轴染上了颜色。
门槛熏香，车室宽敞而晦暗，
那里，锦簇花团的阴影中，
是为我们连结的发铺设的寂静的床。

如果你愿意，我将远眺雪的国度，
那里多情的星星燃烧闪耀，
那里被风冲击，被海包围，
那里黑暗的极点被冰封诅咒。
我们漫无目的地流浪。
时间与我何干？世界与我何干？
当你的眼睛道出它们的美，我亦将说出同样的话。

愿上帝引领着迅雷般的蒸汽，

维 尼

沿着铁轨,翻越群山,
天使站在嘈杂的钢炉上,
当它穿过地底,撼动桥梁,
火一般的牙齿吞噬着锅炉,
刺破城市,越过河流,
比狂热跳动的鹿更迅捷。

是的,如果天使湛蓝的眸子并不注视着他的路,
宝剑在手,却无心翱翔着保卫前程,
如果他无意计算每一次杠杆的敲击,如果他听不见
胜利的旅途中每一次车轮的转动,
如果他的目光不碰到水面,手不触到燃烧的火炭:
仅需儿童的小石子,
就能击碎这富有魔力的炉子。

冒烟的铁牛喘息着发出低号,
人们迫不及待地登上。无人知晓
这粗鲁的盲人将带来怎样的风暴,
兴高采烈的旅人为它奉上财宝;
他们的父亲与儿子却沦为
迦太基公牛①灼热的肚中人质,
化作灰烬,被遗弃在黄金之神脚下。

然而定要战胜时间与空间,
到达或者死去。商人是如此嫉妒,

---

① 阿格里真托(今意大利西西里地区的城市)建成不久后的僭主法拉里斯(Phalaris)曾把其敌人生置于空心青铜雄牛腹中烤死。他的暴政被推翻后,自己亦葬身于铜牛腹中。迦太基人占领阿格里真托后,把铜牛运到了迦太基。诗人在此把火车比作迦太基的公牛,意在说明其危险性。

黄金如雨,从木炭燃烧的阵阵蒸汽中洒落,
时机与目的构成我们的世界。
所有人都说:"走吧!"但谁也无法主宰
这智者造出的咆哮着的巨龙;
我们玩火自焚。

罢了,万物流转,火之翅上
巨大的动因启动,
只要总是对慷慨的事物保持开放,
商贩之道服务于激情。
赫尔墨斯果敢的神杖将为商业祝福,
倘若饱受幽思折磨的爱
能一日穿越两个国度。

然而,若非友人因性命之虞
而发出绝望的呐喊,
若非法兰西吹响号角,
邀我们为知识鏖战。
若非临终前垂泪的母亲
仍想用温柔而悲伤的目光
最后一次凝视她深爱的子孙。

避开这些路吧!——它们的旅途是如此无情,
因为铁轨之上,一切都如此迅捷,
似离弦的箭刺透空间,
空气也因此发出哀号。
被抛向远方,人类的造物
只能在自然中吸入并看见

维 尼

一片闪电穿过的令人窒息的迷雾。

那炙热的石子路上轻快的马蹄声
从未在路途中响起;
别了,缓慢的旅程,曾听过的邈远的喧哗,
行人的嬉笑,车轴的延迟,
因地势多变而难以预料的转弯,
不期而遇的友人,被遗忘的时刻,
晚些抵达荒野的期盼。

距离和时间被打败。科学
围绕着大地画出一条哀伤又笔直的路。
世界因我们的经验而缩小,
赤道不过沦落为一枚狭窄的戒指。
再也没有偶然。一切都顺着直线滑行,
自起点开始就未曾变更过轨道,
一直延伸到沉默冰冷的计算深处。

饱含爱意而平静的幻想从未
不带一丝恐惧地注视它被束缚着的白色根基;
只因它的目光必在每件可视的事物上
久久倾注,如同河流;
只因它必焦急地询问一切,
探究神圣的秘密,
侧着头,不断走走停停。

2.
诗歌!噢,宝藏!智慧的珍珠!

内心的躁动,如同大海般翻涌,
无法阻止你细腻的裙摆
堆积出能将你勾勒的色彩。
然而,一旦你在额头闪耀,
那因你神秘苍白的光彩而
担惊受怕的庸俗便开始亵渎。

脆弱的灵魂恐惧纯粹的热情,
无法承受它的炽热与重量。
为何要逃避它?——烈火中的生活有两副面孔。
火焰有时灼烧我们:
这是天上的太阳,是爱,是生命;
但谁又曾想熄灭它?
人人都咒骂之,亦珍爱之。

缪斯女神活该面对傲慢的微笑
与嘲讽的怀疑。
当她的眼追寻萨提尔的目光,
她的话语开始颤抖,誓言变得令人生疑,
不再被允许教授智慧。
她向旅途中的行人喊道:慷慨!
行人既无畏惧也无尊重地施舍了她。

啊!不贞的少女!圣俄耳浦斯的女儿,
你美丽的庄严早已不再!
你不致沦落至此,用窒息的声音,
站在城市污浊的十字路口歌唱,
卖俏的情歌粘在你的嘴角,

维 尼

如同上下翻飞的苍蝇
在你湛蓝的眸边,同无耻之徒暧昧不清。

你自孩提时便降临,在癫狂的希腊,
一位老人,他嫉妒的亲吻令你沉醉,
他第一个掀起你的祭司袍,
在众男孩中,令你坐在膝上。
这侵蚀了你额头的吻留下痕迹;
你一面高歌一面在贺拉斯的宴会狂饮,
席间,伏尔泰将你领到我们面前。

贞女之火熄灭!最庄重的男人
亦不敢将你的冠冕完全戴在额前;
他们自认早已驻足,在你的束缚中踏步不前,
纯粹的诗人被视作耻辱。
他们的智慧之风吹到了讲坛上,
这些风,如同命运一般盲目,
裹挟着带走一切。

他们虚伪的姿态骄傲而自视甚高;
而土地却在罗马指挥官脚下颤抖。
精心筹划的短暂的演说只为逢迎
压迫和打击他们的人群;
柱廊狭窄的剧院不断上演新的剧目,
粉墨登场的政治演员
只得到无味的花束,却没有未来。

他们的视野局限在剧院中,

议会是当选者之间虚伪的战场，
圣殿之中，它徒劳地发表不确知的神谕，
人们远远听见他们争吵的声音，
却仍旧用妇孺们探究
如百臂巨人般可怖的蒸汽实验的困惑目光
打量着议会的把戏。

胆怯的农民低声埋怨地看他们打马而去，
为投票离开了耕作的土地。
然而对永恒的蔑视
一直深埋在未来某位律师心中。
他质疑灵魂，信仰自己的巧舌如簧。
诗歌，他嘲笑你庄严的象征。
哦，你才是沉思者不朽的爱。

如何贮藏这幽深的思想
不令其火焰积蓄在你那
纯粹而又汇聚了它们所有光辉的钻石中？
这面精致而坚固的镜子熠熠生辉；
当我们在不见城墙的灰烬中寻找城市，
却在这未销的石头脚下发现
那已逝民族的遗存。

无双的钻石，你的火光照亮了
人类理性迟缓的步伐！
若想远眺缓缓前行的人民，
牧人就应当将你嵌在他的屋顶。
白日尚未降临。——我们仍置身于

维 尼

黎明前的第一缕晨光
在天边勾勒出大地的轮廓。

稚嫩的人类刚刚从
其熟睡时生长的灌木中崭露头角,
他们的手,穿过被劈开的荆棘,
同第一台机器相互搏斗。
野蛮仍将我们的双脚束缚在套中。
远古的大理石禁锢住我们的腰,
精力旺盛的人类如同司掌边界的神灵一般。

然而我们敏捷的思维喷涌,
它强大的动力开启了所有宝库的大门。
看不见的即是真相。灵魂的世界
聚集了无法触知的宝藏。
上帝的双臂包含了一切,
他的话语是我们智慧之所栖,
如同人世的空间之于我们的身体。

3.
艾娃,你是谁?你是否知晓你的本性?
知晓你的目的与责任?
知晓为了惩罚把手伸向智慧树
那人,上帝的造物
他允准其永远
将自我之爱视为至善之物,
饱受顾影自怜之累?

但是，艾娃！哦，女人！精致的伴侣！
你可知为何上帝要将你置于那人身旁？
那是为了让他在另一个灵魂中自观，
听见了只能由你发出的歌声：
——美妙的歌声中纯粹的激情。——
你是他的审判者亦是他的奴隶，
屈服于他的规则却主宰他的生命。

你令人愉悦的发言中有专横的词句；
你的双眸如此有力，你的外表如此坚强，
来自东方的王都在他们的圣歌中吟咏
你同死亡一般令人生畏的目光；
每个人都试图屈服于你果决的判断……
——然而你的心，背叛了你不屈的外表，
轻易地让步于命运的粗鲁。

你有着如同瞪羚般跳跃的思绪，
却不知如何无依无靠地前行。
土地磨损了它的双足，风令它的双翅感到疲惫，
它的眼睛在日光闪现之时闭上；
有时，在一跃后到达的高处，
你多变的思想，被风的喧嚣扰乱，
不能无畏无忧地坚守在此。

可与疏懒而审慎的我们不同，
你的心同被压迫者产生共鸣，
如同岑寂的教堂里
听见叹息又发出惊呼的管风琴。

维 尼

你火一般的话语鼓动着人民，
你的泪水洗涤了侮辱与忘恩负义，
你的双臂把人类推向前去；他们全副武装着站起。

你应听见悲伤的人类
沉重地发出抱怨。
当心中充满神圣的愤慨之情，
每一次跳动都被城市的空气扼杀。
然而远远望去，革命风暴的叹息
聚拢在城市焦黑的煤炭之上，
拼凑出同一个清晰可闻的词语。

来吧，于我而言天空不过是一道蔚蓝的光轮，
它围绕你，照亮你，守护你；
山岳是你的神殿，森林是你的穹顶；
鸟儿不在风中摇曳的花儿上停留，
后者吐露芬芳，前者喃喃低语，
都为你呼吸的空气赋予魅力；
大地是你稚嫩双脚下的地毯。

艾娃！我热爱造物中包含的一切，
你沉思的视线绽放出斑斓的光彩，
优美的休憩，迷人的滋味，
我沉浸其中凝视万物：
来吧，把你纯洁的手放在我破碎的心上，
请别将我一人抛弃在自然中；
只因我对它太过了解而丧失了敬畏之心。

她对我说:"我是漠然的剧场,
演员的脚步无法将我撼动;
我翡翠的台阶,雪花石膏铺就的广场,
大理石的廊柱上有众神的雕像。
我既听不见你们的呼喊,也听不见你们的叹息;
勉强感受到在我身上上演的人间喜剧,
它徒劳地从天空中寻找无声的观众。

我轻蔑地走过,对蚂蚁般的人群
视而不见,听而不闻;
我不去分辨埋葬他们灰烬的洞穴,
我忽略上面刻写的种族之名。
人们说我是位慈母,而我只是一座坟茔。
我的冬天带走你们的死亡如同带走祭祀的牲口,
我的春天亦无法感知你们的敬慕。

在你们诞生前,我曾美丽而芬芳,
我把乌发舍弃在风中,
沿着天空中惯常的路,
走在神圣摆锤和谐的中轴线上。
在你们之后,穿过一切的起点,
我将独自漫步,在圣洁的静默中
划破我骄傲的额头与胸脯前的空气。"

她悲伤而傲慢的声音对我如是说道,
我在心中憎恶她,我看见
我们的血液流淌在她的波涛中,我们的死亡埋藏在她的绿草下,
它们的汁液滋养着森林的根茎。

维 尼

我的眼睛感受到她的魅力,而我告诉它们:
——把你们所有的目光和泪水倾泻到别处,
去爱那些我们不能再见的景致。

哦!温和哀怨而又叹息着低语的天使,
谁将第二次目睹你的恩泽与柔情?
谁将像你一样带着这般爱抚降生?
它来自你垂死目光所投射出的每一缕光芒,
你侧头时的摇晃,
你因无力而倦怠躺下的身体,
以及你那纯洁的饱含爱与痛苦的微笑。

活着!冷漠的自然,不停地复活
在我们的脚下,在我们的额头上,因为这是你的规则;
活着并蔑视吧!如果您是女神,
人类,这谦卑的过客,因着你成为王;
比起您的全部统治和它虚妄的光辉,
我更倾慕人类苦难的庄严;
您将无法听见我爱的呼唤。

而你,懒惰的旅人,难道不渴望
把你的前额靠在我的肩头入梦?
跨过移动的屋室平静的门槛,
目睹过去与未来。
当广阔而沉默的国土——展现在我们门口,
神灵为我带来的所有人类的画卷
都将因你而获得生机。

我们将前行,只把影子留在
这片逝者曾存在过的贫瘠的土地上;
我们会谈起他们,当一切变得昏暗,
当你甘愿踏上一条被抹去的路,
甘愿倚着未知的树枝做梦,
如同狄阿娜一样在泉水边,
为你喑哑而岌岌可危的爱情哭泣。

《尚普洛塞风景》(*Paysage à Champrosay*),德拉克洛瓦绘

海中漂流瓶

——致一位陌生年轻人的建议

（徐黎彤 译）

1.

勇气，哦脆弱的孩子，我的孤独

聆听到哀怨而无名的歌曲，

是您①将它们送到我那被斗篷遮挡的眼前。

忘掉已经死去的孩子们吧！

忘掉查特顿、吉尔伯特与马菲拉特尔②！

从未来备受推崇的杰作起，

最终，忘掉人类自己。——听吧：

2.

当严肃的水手望见狂风袭来，

折断的桅杆垂在甲板上，

搏斗中，大海的力量远胜自己，

理智的谋算应对沦为徒劳；

湍急的水流冲击裹挟着他，

无法掌舵，孤立无援，

---

① 这里的"您"指上文中"脆弱的孩子"，亦指副标题中的"陌生年轻人"。
② 句中提到的三人分别是英国诗人托马斯·查特顿（Thomas Chatterton）、法国诗人尼古拉·吉尔伯特（Nicolas Gilbert）以及法国诗人雅克·克林尚·德·马菲拉特尔（Jacques Clinchamps de Malfilâtre）。三位英年早逝的诗人生前籍籍无名，命途多舛，常被看作"先浪漫主义"人物。在维尼所作的由三个故事组成的小说《斯特洛》中，吉尔伯特和查特顿分别是前两个故事的主人公。

他双手叉腰面色平静。

3.
他用目光估量这滔滔海水，
虽知已被它打败，却仍将它蔑视，
灵魂屈服于污浊事物之重，
他感到自己如同破碎的船儿般已经死去。
——在某些时刻，灵魂不堪一击；
然而沉思者孑然一身，只期待
令他心潮澎湃的信仰施以援手。

4.
夜晚时分，年轻的船长
为拯救船员竭尽全力。
没有一艘船出现在远处的浪花上，
黑夜降临，双桅船驶向印度岩。
——他放弃，祈祷；沉思，想到
那支撑两极并挥动着
被长长经线穿过的赤道。

5.
他的牺牲已完成；然而地球
需从他的劳动中获得有益纪念。
这是深奥的日志，孤独的计算，
比珍珠和钻石更为稀有；
这是在暴风雨中绘制的，关于洋流、
关于即将令他头破血流的礁石的图纸：
留给未来旅行者崇高的遗言。

6.

他写道:"今天,洋流卷走我们,
令我们在火焰之地惊慌,迷茫。
海水向东流去。我们的死亡已注定:
唯有向北行驶才能穿过这里。
——以下是我的日志,记载了一些
高纬度星座的研究。
愿它抵岸,若这是上帝的意志。"

7.

之后,平静寒冷,如麦哲伦海峡
哨兵般的迷雾海角,
幽暗得好似遍布泡沫的礁石[①],
每个黑色的尖都记录着一场卡斯蒂里亚人的葬礼,
他用力地挑选出一个瓶子,并将它打开,
而他的船顺着水流
如盘旋的鸢,划出一个狭窄的圈。

8.

他一手紧握着这位老伙计,
另一只手,扶在漆黑黯淡的腰间。
它的印章仍带着香槟地区的标志,
瓶颈却由兰斯泡沫的绿色转黄。
只需看一眼,水手便不由忆起
那一日,他把船员们召集起来,围着酒瓶
在被祝福的信号旗下举杯。

---

① 指于 1600 年遭遇海难的圣地亚哥号以及于 1816 年被拆毁的圣伊尔德丰索号,两艘皆为西班牙船只。

9.

他们停下了航行的脚步,这是盛大的节日;
每个桅杆上的人都端起手中的酒杯;
每个得到指令的人都脱帽致意,
从高处爆发的欢呼与之相应和。
夕阳微笑着在白帆上洒下金光;
空气中激荡着雄壮直率的声音,
这是人们对遥远祖国庄严的呼唤。

10.

呼喊过后,每个人都静静入梦。
幸福在阿伊香槟的泡沫中闪闪发亮;
酒杯深处,他们窥见了法兰西的身影。
每个人都将自己的心留在了法兰西的土地上:
一个人从中看见坐在炉边的老父,
细数着他离家的日子;在牧人的桌前,
他看见自己紧邻姐妹的空椅子。

11.

一人看见了巴黎,他的女儿伏案
用圆规标注出所有气流,
泪水打湿了藏针的冰面,
她试图用铁将磁石带回。
还有一人看见了马赛。一位女子起身,
奔向码头,在沙滩上向他挥舞着手绢,
不觉双脚已浸没在海水中。

12.

噢,对不可言喻之爱的迷信,

维 尼

我们心灵的低语就如同我们的声音一般，
科学的计算，令人沮丧的寓言！
你为何一日之内多次向我们现身？
为何在地平线上为我们铺设陷阱？
希望纷飞如同飘扬的雪花；
地球被揉碎，融化在我们指尖。

13.
他们如今在何处？这三百位勇士
在被诅咒的激流中为狂风击倒，
手持印度鱼叉，冰冷的身体上
那褴褛的衣衫，是他们的遗物。
博学的长官们，腰间别着斧头，
他们在砍断桅杆时首先遇难：
如此，三百人中，只剩下了十个！

14.
船长的目光仍落在极点上
他刚刚探索过这片未知的地带。
水没过了他的膝盖，拍打着他的肩膀；
他将一只赤裸的手臂伸向天空。
他的船已被冲走，生命已走向尽头：
把瓶子扔向大海，致敬
他已不将拥有的未来时光。

15.
他微笑着想，这脆弱的玻璃瓶
将带着他的思想与名字漂向港口；

他开拓了不知名的小岛；
标记出新的星辰,并把它同命运关联起来；
上帝应允那无情的水
淹没船只,却不准它毁掉思想,
只需一个瓶子,他便战胜了死亡。

16.
一切都已说完。现在,上帝将帮助他！
波浪冲刷着被海水吞没的船只。
向东与向西的水流交替,
瓶子在这广阔的摇篮中顺流向前。
孤身在海中,孱弱的旅人
并不由微风指引；
——然而它带着枝叶从方舟上来。

17.
激流裹挟它,浮冰阻挡它,
并为它覆上一层厚重的白色外衣。
大海黑色的头发撞击它,而后
带着惶恐轻嗅它,再将它吹向远方。
为改变命运,它期待夏天降临,
在坚冰筑就的城墙上打开缺口,
它将漂流着升向那炽热的线。

18.
某日,一切都很平静,太平洋
蔚蓝的波浪泛着金光、璀璨夺目,
它的光辉映照着热带的太阳。

维 尼

一艘船威严地驶过。
它发现了神圣的漂流瓶：
信号盖过了五彩的光芒，
船派出小艇，停了下来。

19.
然而远处传来军舰的炮声；
奴隶贩子乘风逃走。
发出警报！击沉这些阴暗的对手吧！
从日落到日出，不停淹没黄金与刽子手吧！
战舰召回小艇，如同不安的负鼠般
把它们收进胸中。
升起风帆和蒸汽逃之夭夭。

20.
看不见的斑点一样随着荒凉的波浪消失，
冒险家在无垠中流浪，
它看见这样隐秘而未被发现的海角。
颤抖的旅行者被判漂流；
一年来，它感到在瓶颈处
海藻为它披上了绿衣。

21.
终于，一天夜晚，从佛罗里达吹来的风
将它带到法兰西多雨的海岸。
一位渔民蹲在干燥的悬崖下，
渔网中装着这珍贵的瓶子。
他奔跑着，试图寻找一名学者，展示他的收获，

他不敢打开瓶子,却又想知道
这黝黑神秘的灵药到底为何物。

22.
这是什么灵药?捕鱼人,这是科学,
这是精神啜饮的神圣汤剂,
思想与经验的宝藏;
哦,捕鱼人,若你沉重的渔网捕到的是
蜿蜒在墨西哥矿脉中的黄金,
印度的钻石,非洲的珍珠,
你这日的劳动价值就会大大降低。

23.
瞧。——多么热烈庄重的乐趣啊!
无与伦比的光辉照耀着国家。
全能的炮与慈悲的钟
从颤抖的屋顶弹射出情感。
如今,我们将为知识而非战斗的英雄
举办盛大的葬礼。
念出墙上所写的词:"纪念!"

24.
永恒的记忆!探索的荣光闪耀
在深度相同的人与自然中,
在甚少涉足的正义与善中,
在取之不竭的艺术中,那光芒万丈的深渊!
又何惧这遗忘,侵蚀,荒谬的不公,
以及我们旅途中的寒冰与漩涡?

枯石之上长出参天大树。

25.

这是应许之地最美的一棵树,
这是为你们照亮一切的灯塔,辛劳的思考者们!
永不畏惧激流与海风,破浪前行!
为了那被宝印封存的宝藏。
纯金会留存下来,它的光辉毋庸置疑。
像船长一样微笑着说:
"若是上帝的旨意,就靠岸吧!"

26.

真正的上帝,强大的上帝是理念的上帝!
命运在我们的额头播下种子,
让知识从这里源源不断地流溢吧!
之后,采撷那些如同从灵魂中结出的果实,
一切都带着圣洁孤独的芬芳,
把杰作抛向海中,这汪洋大海:
——上帝之手将接住它并送向港口。

1853年10月,于缅因-吉罗德

思考题

1. 如何理解《牧羊人之屋》中的"艾娃"?这一神秘的女性形象与《圣经》中的"夏娃"有何关联?
2. 在《海中漂流瓶》中,瓶子所传递的是何种信息?从漂流到最终被渔民捕捞的过程有何象征意义?
3. 《海中漂流瓶》中的船长有何象征意义?如何理解维尼在这首诗里所呈现的人与上帝的关系?

雨　果

（雷舒宁　编译）

作为文学史上当之无愧的文豪,维克多·雨果(1802—1885)几乎涉猎所有的文学体裁,留下丰富的诗歌、小说、戏剧、散文作品,体现出惊人的广度。作为浪漫主义的代表作家,雨果又为他的作品注入了抒情的激昂与史诗的雄壮,展现出非凡的厚度。除却文学上的建树,雨果还在绘画领域展示了独特的艺术才华,留下了浓墨重彩的一笔。

雨果的小说和散文作品平实又不失大胆,能带领我们初探他浩瀚而绚丽的文学世界。它们在内容上主要涉及四个方面:传奇故事、游记、政治以及对"天才"的批判性思考。大革命后复杂的时代状况孕育了雨果独特的美学观点:在19世纪这个全新的时代,社会问题应当取代政治成为创作的准则(《文学与哲学论文集》[*Littérature et philosophie mêlées*])。他对社会现实的洞察和强烈的道德批判情感催生了《巴黎圣母院》、《悲惨世界》(*Les Misérables*)等小说巨作;而对政治的热忱与参与,则促使雨果写作了一系列政治散文(《罪恶史》[*Histoire d'un crime*]);流亡生活颠沛艰苦,期间却也诞生了包括《莱茵河》(*Le Rhin*)在内的众多游记作品。

在法国,雨果更为人熟知的是他的诗人身份。雨果的诗作受18世纪"轻诗歌"的启发,洋溢着后古典主义的气质,却又极致地追寻、刻画与展现浪漫主义的方方面面。雨果阐述浪漫主义,却又超脱其间;他勾勒现实,但那诗意而大胆的笔触又体现了他对现代性的追求。在早期作品《颂歌和谣曲集》和《东方集》中,神秘的意境与瑰丽的想象相互交织;在《光与影》中,雨果抛却政治，谱写关于人的诗歌，美与恶、爱与悲、生与死相互碰撞；在《静观集》(*Les Contemplations*)中，多样的主题与丰沛的情感，展露的不仅是雨果的人生，更是人的灵魂。在诗中，雨果构建的是最为宏大的梦，是关于人类的史诗。

  相较于诗歌，雨果的戏剧似乎不大为世人所接受。关于戏剧，雨果坚持独特的"浪漫主义"理念。1827年发表的剧本《克伦威尔》虽未被搬上舞台，但其序言却被视为法国浪漫主义的宣言。在雨果看来，戏剧的目的并非通过人物揭露人性，也非透过情节反映政治、社会问题，而是揭示个人与历史间带着悲剧色彩的关联。这一悲剧色彩在雨果的戏剧作品中表现为个人发现自我的无力，对抗历史的无能，以及在代际冲突面前的束手无策。对雨果而言，被诅咒的人、被边缘化的人、社会中的怪物才是戏剧的主角。戏剧的首要任务，就是为一切反抗社会秩序的人正名。

  更鲜为人知的是雨果的画家身份。比起严肃的事业，绘画更像是雨果自由释放艺术才华的私人天地。纸质邮票可作画布，墨鱼汁、咖啡、木炭皆是颜料，废弃的羽毛笔甚至火柴都成为画笔。雨果的画作大多描绘自然风光与名胜古迹，如他的文学作品一般，画中亦是充满了华丽的想象与戏剧化的张力。虽然作画对于雨果不过是"另一件要做的事"，但他信笔涂鸦，亦留下了近三千幅作品，为其人生更添艺术传奇。

孩　子[①]

（雷舒宁　译）

> 噢！可怕！可怕！可怕！
> ——《麦克白》

土耳其铁蹄踏过。全是废墟与哀号。
希俄斯[②]，美酒之岛，只一片阴冷暗礁，
　　　　希俄斯，昔日千金榆笼罩，
希俄斯，曾水波倒映岛上丛林繁茂，
亦映有小山、宫殿，夜晚时分常常有
　　　　少女和歌而舞，婀娜曼妙。

满目疮痍。噢不；独靠着焦黑的城墙，
有一眸色湛蓝的希腊孩童，瘫坐着，
　　　　低垂脑袋，满是屈辱模样；
他所能避难，他所能依靠的，
仅是一朵白色的山楂花，和他一样，
　　　　立于被遗忘的破败苍茫。

---

① 该诗选自雨果1829年出版的《东方集》。
② 位于爱琴海上的希腊岛屿。1822年希腊独立战争期间，奥斯曼军队登岛并进行了惨无人道的屠杀。法国著名浪漫主义画家德拉克罗瓦曾以"希俄斯大屠杀"为主题创作油画。

雨　果

啊！可怜的孩子，光脚下是乱石狰狞！
哎！为了将你满眶的泪水擦干抹净，
　　　　　这双眸青如天，蓝似海，
为了让这蔚蓝不再布满滂沱泪水，
为了让这眸中重现嬉戏时的欢快，
　　　　　为了重抬你金发的脑袋，

你想要什么？好孩子，得送你何物
才可以让你重新兴致勃勃地盘弄
　　　　　那垂于白色肩膀的卷发？
它们未曾经历刀剑兵刃的羞辱，
飘散垂落在你饱满额头，如泣如诉，
　　　　　似絮叶飘飘然挂于柳树。

又有谁能够驱散你的阴郁和伤感？
是否有这样的百合，似你双眸湛蓝，
　　　　　盛放在伊朗的幽深井旁？
又或是突巴树果？这树木枝繁叶茂，
就算驰骋的骏马，用尽全力地奔跑，
　　　　　百年才能冲出树荫环抱。

为博你一笑，你是否要那林中翠鸟？
它的歌声比双簧管更加轻柔美妙，
　　　　　比铙钹声更加嘹亮激昂。
你要什么？鲜花、甜果还是妙音鸟？
"朋友，"这位蓝眼睛的希腊孩子说道，
　　　　　"我要的是子弹，还有火药。"

思考题

这首诗如何体现了雨果的"反差"美学?

延伸题

从这首诗出发,详细了解希腊独立战争期间法国浪漫派作家的"亲希腊主义"(philhellénisme)。

《希俄斯大屠杀》(Les Scène des Massacres de Scio),德拉克洛瓦绘

诗人的职能①

（雷舒宁 译）

1.
噢，诗人，为何要流浪，
在熙熙攘攘的人海？
何事使你忧虑迷茫，
政党纷争，混沌阴霾？
他们这阴沉的氛围
使你的诗凋谢枯萎；
气息冲散你的墨香；
屈膝奉迎中，你的心，
就像这城市的草坪
损蚀在那人来人往。

在雾霭茫茫的都城，
你是否惊恐地发现，
百姓和国王在斗争？
二者似被宿命相连。
轻率的仇，无由的恨，
为何任其充斥耳中？

---

① 该诗选自雨果1840年出版的《光与影》。

噢,诗人,导师,播种者?
上帝赐你这些名称,
请不要混迹于众人,
在流言中漠然求生!

快发声,高洁的魂魄,
打破这片歌舞升平!
快绽放,圣洁的花朵,
装点这片沙漠无垠!
噢,梦想家,去寻找退路,
洞穴,和隐匿的庇护,
在遗忘中寻觅爱情,
在寂静中努力倾听
高处之音,庄严、柔情,
在阴暗中等待天明!

去那森林! 去那海滩!
谱写你灵性的歌曲,
唱出树叶们的震颤,
谱出浪涛们的韵律!
上帝在荒僻处等你;
上帝不混迹人群里;
人类渺小,自负,薄情。
在生生不息的原野,
自然是把大里拉琴,
诗人是神定的琴手。

冲出这风暴吧,智者!

雨　果

这满是工事的帝国，
入境之路穷凶险恶，
没有司南，无人掌舵，
任它像艘腊月出海的船，
舱内晾着干透网兜，
在房间休憩的水手
听见夜晚穿过黑暗，
伴有噪音阴森、凄惨，
原来是桅杆在震颤！

2.
唉！唉！诗人如此叹道，
我爱那流水与丛林；
我绝妙思想的塑造
得益于它们的低吟。
造物不带仇恨痛苦。
那儿，没有阻碍和束缚。
草地、山峦，皆善良大方；
阳光赋予玫瑰艳丽；
在这万物的宁静里
我的灵魂闪耀四方。

我爱您，神圣的自然！
我想融进您的怀里；
但在这冒险的世纪，
人人都应拼尽全力！
一切思想都是力量。
上帝供树皮以汁浆，

供鸟儿以开花枝桠，
为草木塑平原溪流，
为口腹酿佳醇美酒，
赋思想者智慧才华！

上帝需要他，在非常时候，
人人苦作，人人伺候。
厄运必降临那人，辞别兄弟，
抛却手足返回沙漠！
厄运必降临那人，脚穿拖鞋，
任凭仇恨裹挟丑闻
折磨着不安的凡人！
耻辱啊，自残的思想者，
唱着那无用的歌谣，
往出城的大门奔逃！

渎神的世风下，诗人
正筹备更好的时光，
他，来自乌托邦的人，
脚踏于此，着眼他方。
是他，一直行如先知，
他可执万物的手掌，
应该，无论褒扬、辱骂
都如同摇曳的火把，
让那未来闪闪发亮，
照耀在所有人头上。

他看着人们浑浑噩噩！

雨　果

未来必将成就之事，
向他投来希望之影，
筑成他饱含爱意的梦。
人们嘲笑他。没关系！
又有灵魂归于沉寂，
人们不闻更不会问。
他同情蔑视他的人；
用浅薄荒唐充圣人，
笑声朗朗，毫无思想！

———

众人侵袭我们的梦，
质疑讥讽波涛四起，
似海洋在滩涂纵横，
传出阵阵喘息、啜泣。
振奋你心的庄严构想
此时仍然潦草模样；
生命的印章却已然盖上！
夏娃孕育创造人类、
橡子、将孵化的鹰卵！
乌托邦是生命摇篮！

在这摇篮，时候一到，
您将见证、诞生、闪耀，
一个更美好的社会
让民心愈加愉悦宽慰，
权利所催生的义务，

神圣秩序,必胜信念,
加之道德,这流动的组合
不论欢乐、忧愁,总是
在脚下播撒些什么,
让法律在梦中收割!

然而,为使萌芽茁壮,
得需受神启发之心,
它们纯洁且又坚定,
沐浴神圣、有力光芒。
航海大船,两侧若是
没有水手,则必倾覆。
与此同理,众人皆知,
为救愚民开辟道路,
上帝,在思想大船的两旁,
需要划动那智慧的双桨。

————

远离了你们,神圣理论,
这应许未来的法典,
这修辞者,干枯双唇,
丧失记忆,胸无未来,
他曾逐理论的星光,
却在某天抛却薄纱
和藏于纱后的幻想,
他任凭灵魂被凌霸,
即使对方无比卑贱、

雨 果

野心勃勃、贪得无厌!

趾高气扬,色厉内荏,
奢靡无度,挥金如土,
确有此人,满腹诗书,
却痴想,能黄金果腹,
当向主人进献仆从,
他那虚伪谄媚笑容
像出卖神灵的旧时神甫,
众人思考,他却独醉,
在这场淫乱的狂欢,
无耻笑声,四下弥漫!

远离利欲熏心文士,他们
藏身阴影,肆无忌惮
对那纸醉金迷呼喊:
妓女们,来爱抚我吧!
时而,他们酩酊大醉
壮起胆子走向寺庙,
那里他们度过青春,
他们满脸仍是酒意,
双手带着荒淫气息,
竟敢接近贞洁少女!

远离那些学究,他们
冥顽不灵,鄙视贤人!
竟然把哲学扭曲成
那谋私图利的商铺,

教会庇护的奸商小人！
看，卑劣、伪善的败类，
兜满黄金，衣服鼓鼓，
叨扰那沉思的神甫，
庙中，柱上钉着告示，
揭开他们的下流卑鄙！

远离你们，纨绔青年，
昼伏夜出，日以夜计，
欺凌妇女，荒淫度日，
如饥似渴，欲望无底！
懦弱啊，欲火焚身之际，
一个声音悄悄响起，对他说：
这被金钱玷污的少女，
毁了你的狂欢纵欲，
葬身之地唯剩两处，
停尸房，或是你的床！

远离那自负的怒火，
它在十字路口疯狂叫嚣！
远离如猫一般的大众，
他们不日终将成虎！
远离谄媚欺世之人！
还有那自私自利者，
圈地为王，自大猖狂！
以及一切无火之焦木，
没有灵魂的胸膛，
容不下神的灵魂！

雨 果

———

如若世间，唯此奸人，
公正的神！心中忿忿，
我们这时代的诗人
上前哭喊：不幸！不幸！
看那诗人，以纱遮面，
为逝去之日哀哭追念，
独立屋前，凭靠门槛，
面朝这片夜色微阑，
阴沉脸色，将那灰烬
撒向地平线的四角！

若像鹰隼翱翔云间
耳听胜利者的笑声，
这是善讥讽的诗人
还有爱嘲笑的阿里斯托芬①们，
为洗刷我等无尽耻辱，
佩特罗苏醒于阴暗处
重拾他那罗马短剑。
在我们这可耻时代，
阿尔基罗库斯②的错格
上蹿下跳，手执长鞭！

上帝从未退身一旁！

---

① 阿里斯托芬（Aristophanes），古希腊喜剧作家，善于批判、嘲讽他人，现存代表作《和平》（*Peace*）、《鸟》（*Birds*）、《蛙》（*Frogs*）等。作品多以当时的人和事件为素材，对其加以戏剧化和幽默化处理。
② 阿尔基罗库斯（Archilochus），古希腊最早的抒情诗人。他的诗歌多以个人经历与情感为主题，并对诗歌格律进行大胆创新，将复杂的节律运用到抒情诗歌中。

绝不！在隐秘的山间，
万物向之而生的太阳
从未完全降落一边！
不过，为那昏暗山谷，
为那心智蒙蔽的阴魂，
为那高傲的败坏心灵，
深渊之上，太阳留下
几缕光芒闪耀山顶
几寸真理映照前庭！

———

勇敢些，不论你们拥有思想、才智，
抑或神经焦虑，备受侵蚀，
又或心灵病弱，灵魂受伤，
还是终日祷告，苦苦冥想！

各代各辈！鼓起勇气！
尤其是你们，随着风暴
在林中掀起的响声，
来到此处却心有不甘之人！

你们，没有目的，不知停息，
游荡的怀疑家，伸展双臂，
坚信在阴暗的路上
能看到你们梦的模样！

你们，劳心费神，

雨 果

敬畏神圣的哲人，
将自己钉在深渊旁，
悬在深壑边、荆棘上！

你们，一切体系沉没后，
浪涛中凯旋的幸存者，
尽管胜利，却颤抖哀伤，
保住的，只有自己的心！

你们，圣贤，每日清晨
目睹朝阳，花丛流连，
迎着黎明曙光而归，
浑身浸润神圣光辉！

你们，角力者，为了洗涤四肢，
不到拂晓便已起身！
你们，遐想者，房中造梦，
眼睛消失在一切的阴影之中！

你们，坚持不懈的人，
一直将那幸福期待，
并且依然握住希望，
这上帝衣袍的下摆！

探险者有长灯相伴！
牧羊人有刺棒武装！
勇敢些，立于山巅的人！
加油吧，深入山谷的人！

只要人人随你身畔,
不论小路还是田埂;
暗流,有上帝作岸,
云朵,有上帝鼓风。

只要他能坚守信仰,
不论欢乐还是苦痛,
有时他温柔地凝望
一颗星,一朵花,一孩童;

只要他能感受,不论
被奴役或享有自由,
在体内有根弦颤抖,
是普世的人性在鸣奏;

加油!于阴影、泡沫中,
目标马上就要出现!
人类身处薄雾朦胧,
这不是谜底是谜面!

足够的黑夜与风暴
肆虐你垂斜的额头。
抬起脑袋!抬起眼眸!
光在上方!去追寻吧!

————

人民啊!快听诗人的话!

雨 果

听从这神圣的梦想家!
无他,你的夜晚昏暗,
唯他,额间光芒灿烂。
未来刺破丛丛阴暗,
唯有他透过这晦暗
辨出未破土的萌芽。
他温柔仿若女子,
上帝对他轻声细语,
似同森林、波涛谈话。

是他,一路披荆斩棘,
抛却欲望,无视嘲弄,
在废墟中佝偻身体,
收集被遗落的传统。
丰厚传统浇灌孕育
世界发展一切所需,
受到上天祝福感谢。
所有思想,人文或神谕,
皆扎根立足于过去,
图求将来开枝散叶。

他在闪耀!他把火焰
掷向那永恒的真理!
让真理为灵魂闪现
最明亮的光辉熠熠。
他让光明尽情涌入
城市、荒原,宫殿、茅屋,
还有那平原和高地;

自上而下,他揭开真理;
因为诗人就是星辰,
向着上帝,指引国王和牧人!

1839 年 3 月 25 日至 4 月 1 日

思考题

诗人在现实与理想、当下与未来之间扮演了怎样的角色?

延伸题

从"先知"这一形象出发,理解法国浪漫派的自我定位。

缪　塞

（郁罗丹　编译）

阿尔弗雷德·德·缪塞（1810—1857）是19世纪法国诗人、剧作家、小说家，浪漫主义文学代表人物。他自小受到文化艺术的熏陶，中学时期就显露出过人的才华，19岁出版了第一部个人诗集。这名风度翩翩、才华横溢的金发少年很快成为巴黎文艺界的宠儿，雨果、拉马丁、圣伯夫等人都对这位后起之秀赞赏有加。1834年至1836年是缪塞文学创作的巅峰期，诗歌、戏剧和小说等体裁遍地开花，"四夜组诗"（即《五月之夜》[*La Nuit de mai*]、《十二月之夜》[*La Nuit de décembre*]、《八月之夜》[*La Nuit d'août*]和《十月之夜》[*La Nuit d'octobre*]）、《洛伦萨丘》（*Lorenzaccio*）、《一个世纪儿的忏悔》等代表作皆诞生于这两年间。

年轻的缪塞以最光鲜的方式开启了自己的创作生涯，而事实上，他的作品也始终烙印着那个天真热烈又敏感偏执的少年形象：他狂热地向往爱与被爱，固执地追求绝对、纯洁与崇高；但他也善于观察，对世态人心有着清醒的认知，因此常深陷悲观与苦闷中难以自拔。激烈的内心冲突折磨着缪塞，却也是他创作中情感张力的来源：内在不同声音的对话频繁出现在他的作品中。"四夜组诗"标志着缪塞诗作的最高峰，也是法国浪漫派抒情诗的杰作。诗人与缪斯的一唱一答，实则是心中的爱与苦、热烈与孤独、绝望与希望在进行此消彼长的永恒较量。在《十二月之夜》中，"我"与幻影就像作者内心两种矛盾的存在，他们相互对立，又共同经历着生命的悲欢穷达，彼此成了最忠诚的旅伴。而在戏剧中，那个复杂的悲剧主人公洛伦佐又何尝不是自身的纯洁与污秽、崇高与低劣博弈下的牺牲品呢？他为了追求英雄的事业伪装出卑鄙的面目，但堕落的毒酒却侵入骨血，荒淫的外衫粘连上血肉，洗不净双手的人只能和自己同归于尽。《洛伦萨丘》是浪漫主义正剧当之无愧的代表作，其宏大的背景、复杂的人群、丰富的画面和动作、多变的地点和语气，时常让人联想起莎士比亚的《哈姆雷特》(*Hamlet*)和《裘力斯·恺撒》(*Julius Caesar*)。除此之外，缪塞创造了"椅中戏剧"的形式，其剧本仅供阅读，从而摒弃了舞台演出的陈规旧俗，体现了更大的创作自由。

缪塞成长于拿破仑失势、波旁王朝复辟下的法国，那是一个年轻人被褫夺了英雄信仰的年代，旧秩序坍塌而新秩序尚未建立，启蒙运动的理想价值被动摇，苦闷、虚无、不知所措是一代人的精神顽疾。自传小说《一个世纪儿的忏悔》中的花花公子奥克塔夫就是最好的写照，他内心痛苦挣扎，在声色犬马中寻求慰藉，对待爱情热烈而脆弱，最终换来悲剧收场，"世纪病"一词也由此得名。敏感的天性和特殊的时代背景造就了缪塞，他的笔下总有一种激情在与虚无暗暗对抗，这种激情不限于男女之爱，也包含对一切理想价值的信仰。但他与虚无的对抗似乎注定是一场无果的追逐，寻找、获得、失去、再寻找，循环往复，构成宿命般的轮回。

洛伦萨丘（选段）

（郁罗丹　译）

第二幕　第四场（节选）

……………

玛　丽：我的孩子，你知道我昨晚做了个什么梦吗？

洛伦佐：什么梦？

玛　丽：其实这不是一个梦，因为我并未入睡。我一个人在这空旷的房间里，灯远远地摆在窗边那张桌子上。我梦见了往昔幸福的日子，梦见了你的童年，我的小洛伦佐啊。我望着黑暗的夜，对自己说：他要天亮了才回来，那个曾经夜夜苦读的他。我的眼里噙满泪水，摇了摇头，感受它们的滑落。突然，我听见走廊里缓慢的脚步声，我转过身，看见一个身着黑衣的人向我走来，腋下夹着一本书。那人是你，伦佐。"你回来得真早啊，"我大声唤道。但那个幽灵在灯旁坐了下来，没有回答我。他翻开了书，而我也认出了，我从前的小洛伦佐。

洛伦佐：您看到他了？

玛　丽：就像看到你一样。

洛伦佐：他什么时候走的？

玛　丽：你今早回来拉响门铃的时候。

洛伦佐：我的幽灵，我的！而他却在我回来的时候走了？

玛　丽：他神色忧伤地站起来，像清晨的雾气那般消散了。

洛伦佐：卡特里娜，卡特里娜，给我读读布鲁图斯的故事吧！

卡特里娜：您怎么了？从头到脚都在发抖。
洛伦佐：母亲，今晚请您坐到那天夜里坐过的位子上，如果我的幽灵回来了，请告诉他：他很快就能看到让他震惊的事情了。

…………

第三幕　第三场（节选）

…………

（洛伦佐上）

洛伦佐：菲利普，你怎么坐在街角？你是在乞讨吗？
菲利普：我在向人类的正义乞讨；我是个渴求公道的乞丐，荣誉是我破烂的衣衫。
洛伦佐：老伯啊！你为什么呜咽？为谁落泪，一个无畏无过之人，竟将世间最珍贵的珠宝撒向泥土？
菲利普：我们得铲除美第奇家族，洛伦佐。你也是其中一员，但这只是你的姓氏。如果我没看错你，如果你演出的那些肮脏戏码，都被我这冷静忠实的观众看在眼里，那么，脱下你小丑的外衣吧。如果你曾经也是个正直的人，那今天再做一回吧。皮埃尔和托马斯被捕入狱了。
洛伦佐：对，对，我知道。
菲利普：这就是你的回答？这就是你的真实面目，身无佩剑之人？
洛伦佐：你想要我怎么办？说吧，到时你自然会得到我的答复。
菲利普：行动吧！怎么行动？我不知道。用什么手段？用什么撬棍才能撼动这座死亡的堡垒，将它拔起，掷入河中？怎么办？用什么策略？谁能帮我们？我也还没有头绪。但是，行动，行动，行动吧！哦，洛伦佐！时候到了。你不是受尽诋毁，被视如恶狗，被看作丧尽天良之辈吗？但我曾经不顾人言，向你敞开家门，伸出双手，与你坦诚相交。你说话啊，让我瞧瞧自己是否看走了眼。你不是告诉过我，有另一个洛伦佐，藏身在眼前这个洛伦佐背后吗？那个人不是深爱着他的祖国，忠诚于他的朋友吗？你曾那么说，而我信了你。说话啊，说话啊，是时候了。

洛伦佐：如果我不是你所想的那样，那就让太阳坠于我头顶吧！
菲利普：朋友，戏弄一个绝望的老人，是要遭天谴的。如果你说的是实话，拿出行动来！……你所经之处，石头都在叫骂；你每走一步，都留下血泊涌动。我却仍用朋友这个神圣的称呼喊你。我像个聋子一样，对世人的控诉充耳不闻，因为我相信你；我如盲人一般，对你的恶行视若无睹，因为我爱着你。……正直起来吧，因为我已如此度过了一生；行动吧，因为你年轻气盛，而我已行将就木。
洛伦佐：皮埃尔和托马斯被关进了监狱，仅此而已吗？
菲利普：苍天大地啊！是的，仅此而已，不值一提，不过是我牵肠挂肚的两个孩子，将要坐上强盗的被告席而已。我有多少根白发，就吻过多少次他们的脑袋。而明天，我将看到这两颗脑袋被钉在堡垒的大门上。是啊，仅此而已，确实也不过如此。
洛伦佐：不要用这种语气跟我说话了。痛苦吞噬着我，比起这痛苦，最黑暗的夜也显得光芒刺眼。

（他在菲利普身旁坐了下来。）

洛伦佐：您回去吧，保持冷静，或者，最好离开佛罗伦萨。如果您能离开这里，一切都交给我。
菲利普：我，做一个被放逐的人！躺在旅馆的床上苟度晚年！上帝啊！这一切竟是因为某个叫塞维亚第的人说了一句话！
洛伦佐：您要知道，塞维亚第想要诱拐您的女儿，但不是为了他自己。亚历山大插足了他的床笫，在嫖娼上公爵也行使着初夜权。
菲利普：那我们要坐以待毙吗？洛伦佐啊，洛伦佐！……告诉我你的想法，我照做便是。
洛伦佐：您回家去吧，我的好先生。
菲利普：我决定了，我要去巴兹的府上。那里有五十个立场坚定的年轻人，他们已经发誓要采取行动。作为斯特罗兹家族一员，作为一位父亲，我将向他们庄重演讲，他们会理解我的。今晚我将宴请四十位族人，向他们讲述我的遭遇。走着瞧吧，走着瞧吧！一切还有希望。美第奇家最好小心点。

洛伦佐：菲利普，这世间有不少魔鬼，不要小瞧了正在蛊惑你的这个。

菲利普：你想说什么？

洛伦佐：当心啊，这个魔鬼比加百列更俊美。当他靠近时，自由、祖国、人类的幸福，这些词如同里拉琴的琴弦那样和谐鸣奏。那是他闪耀的双翼上，银鳞碰撞的声音。他的泪水滋养了大地，他手中持着殉难者的棕榈枝……当心啊！有一次，我也曾见他穿越苍穹。那时我正埋首书海，他的手拂过我的头发，它们便像轻盈的羽毛那般颤抖不止。至于我是否听取了他的话，不提也罢。

菲利普：你的话让我费解，但不知为什么，我又害怕理解你的意思。

洛伦佐：您脑海中只有救出儿子们这一个念头吗？您扪心自问，没有另一个更宏大、更可怕的想法，像拖着迷途的马车那样，将您拖拽到那群年轻人当中吗？

菲利普：好吧！没错，但愿我的家族蒙受的不公能成为自由的信号。为了我，为了众人，我非去不可。

洛伦佐：菲利普，当心你自己吧，你已经想到了人类的幸福。

菲利普：这话什么意思？你里里外外都已经成为一股污浊之气了吗？你曾跟我说，你是一只盈满美酒的瓶子，但事实上装的只是这股浊气吗？

洛伦佐：我对您而言的确珍贵，因为，我要杀了亚历山大。

菲利普：你？

洛伦佐：正是我，就在明天或者后天。回去吧，想办法把您的孩子们救出来。如果您做不到，就让他们受点小罪吧，我确信没有其他危险。我跟您重申一遍，几天之后，佛罗伦萨将再没有亚历山大·德·美第奇了，正如午夜里看不见太阳。

菲利普：若果真如此，我想到自由又有什么错呢？你若要动手，事成之后，自由不就到来了吗？

洛伦佐：菲利普，菲利普，当心你自己。你这灰白的头顶，承载了六十年的德行……

菲利普：如果你这些晦涩的话里藏着什么我能理解的东西，你就直说吧……
洛伦佐：菲利普，如你所见，我曾也是正人君子。我信仰美德，信仰人类的伟大，如同一个殉道者信仰他的上帝。我为可怜的意大利洒下的泪水，超过了尼俄柏①为她儿女流的眼泪。
菲利普：所以呢，洛伦佐？
洛伦佐：我的青年时代如金子般纯净。沉默的二十年，我胸中蓄起一股雷电。我必将成为惊雷中的一束花火。因为某天晚上，坐在古罗马斗兽场的废墟上，突然间，不知为何，我站了起来，将被露水打湿的双臂伸向天空，发誓必定要亲手除掉祖国的一个暴君。那时我还是一个性格温和的学生，只关心艺术与科学。我说不清心中怎会产生这奇怪的誓言。也许那就是人们陷入爱情时的感受吧。
菲利普：我一直相信你，但是仍觉得自己在做梦。
洛伦佐：我也像在做梦。那时我很幸福，心情平静，行动自在。我的姓氏让我可以期待王位。我只需任由日升日落，就能看到人类的全部前程，在我的周围繁荣不息。他人与我恩怨无扰。我曾是一个善良的人，而我却想成为伟人，这造成了我永生的不幸。必须承认，当上苍促使我下决心铲除一个暴君时，我的骄傲也在推波助澜。我还能对你说些什么呢？世上所有的恺撒，都让我想到布鲁图斯。
菲利普：为美德而骄傲，是一种高贵的骄傲，为什么要否认呢？
洛伦佐：除非你疯了，否则你永远不会理解，支配着我的，是一种怎样的思想……我一定要成为布鲁图斯，当这个念头开始进入我生活的那天起，我就像一尊走下基座、游荡在广场上、穿梭于人群中的雕像。
菲利普：你让我越来越震惊了。
洛伦佐：我原本想要刺杀克莱蒙七世，但在下手前就被逐出了罗马。亚历山大让我重拾这项大业。我想要独自行动，拒绝帮助。我为人类的福祉效劳，但骄傲却让我在所有博爱的梦想中单打独斗。于是我必须凭借计

---

① 尼俄柏（Niobe），希腊神话人物，第比斯王后。传说中因为她炫耀自己的生育能力，引起阿波罗与阿尔忒弥斯的愤怒，杀死了其六儿六女。尼俄柏伤心过度化为石像，而石像双眼依旧流泪不止。

谋与敌人单挑。我不想煽动群众,也不想像西塞罗那样做一个行动上的废人,仅以口舌获取荣耀。我要走到他跟前,与这个活生生的暴君徒手肉搏,杀死他,再将我浴血的剑掷在演讲台上,让亚历山大的鲜血散发的热气升腾,直奔演说家们的鼻腔,重新激活他们那浮夸的脑瓜。

菲利普:这是何其坚定的信念啊,朋友,何其坚定的信念啊!

洛伦佐:我要自己去刺杀亚历山大,这是一项艰巨的任务。佛罗伦萨的过往与今日一样,沉溺在美酒与鲜血之中。皇帝和教皇让一个屠夫成为公爵……为了成为他的朋友,获取他的信任,我要去亲吻他油腻的嘴唇上饕餮过后的残留。我曾经如百合一般纯洁,但我在这项任务前没有退缩……我沦为了一个邪恶又懦弱的人,沦为了羞耻和耻辱本尊。但又有什么关系呢?这不是重点。

菲利普:你低下了头,你的双眼湿润。

洛伦佐:不,我没有脸红。石膏面具从不会因为羞耻而脸红。我敢作敢当。你将会明白,我的计划已经成功了。亚历山大即将走进某个地方,并再也不能站着出来。我的痛苦即将结束了……

菲利普:若你所言不假,你就是我们的布鲁图斯。

洛伦佐:我可怜的菲利普。我曾相信自己是一位布鲁图斯,我也曾牢记那根裹着树皮的金棒①。现在的我已经看清世人,我奉劝你不要插手。

菲利普:为什么?

洛伦佐:啊!菲利普,您始终活在自己的世界里。您像一座明亮的灯塔,矗立在人类这片汪洋的岸边,注视着水里您自身光芒的倒影;在最深的孤独中,您发现海洋在苍穹绚丽的华盖下,显得美轮美奂。您不曾细数过每道波浪,也不曾投掷过探针;您对上帝的创造满怀信心。但是我呢,这些年里,我潜入水中,沉入生活这片波涛汹涌的海里……当您在欣赏水面的时候,我看见了海难的残骸、枯骨和水怪②。

---

① 传说罗马共和国的建立者卢修斯·尤尼乌斯·布鲁图斯(Lucius Junius Brutus)曾经把金棒用树皮包裹献给阿波罗。他也是后来凯撒的刺杀者马尔库斯·尤尼乌斯·布鲁图斯·凯皮欧(Marcus Junius Brutus Caepio)的祖先。
② 原文为"Léviathan"(利维坦),是《希伯来圣经》中描写的一种怪物,常用于指称海中的巨大怪兽。

菲利普：你的悲伤让我心碎。

洛伦佐：我之所以跟您说这些，是因为我在您身上看到了曾经的自己，而且您正打算重蹈我的覆辙。我对人类没有丝毫鄙视；书籍与史家的错误在于，他们没有展示人类的真实面目。生活如同一座城市，我们可以在这里住上五六十年，除了步道和豪宅以外一律不看。但是千万不要步入那些藏污纳垢之所，也不要在归途中在贫民区的窗前逗留。菲利普，我的看法是，如果你想救孩子们，我会叫你安心待着，这是最好的办法，受点训诫后他们就会被送回来；如果你想为人类做些什么，我劝你还是断了双臂吧，因为不久之后，你会发现，只有你还双臂健全。

菲利普：我认为，是你扮演的角色，让你产生了这样的想法。如果我没理解错，为了一个崇高的目标，你曾选择了一条污秽的道路，而现在你认为世间一切，都像你见过的那样。

洛伦佐：我的梦醒了，仅此而已。我告诉你做这样一个梦有多危险。我看清了生活，它就像是肮脏的厨房。相信我，如果你还保有敬畏，就不要插手。

菲利普：别说了。别像折断一根芦苇那样，折断我暮年的拐杖。我相信一切你称为梦想的东西；我相信美德、廉耻和自由。

洛伦佐：而我却还在街上好好站着？我，洛伦萨丘！这些孩子里，没人向我扔烂泥！我的汗水还在姑娘们的床上冒着热气，在我路过时，他们的父亲也不曾拿着刀和扫帚喊打喊杀！那成千上万户人家，直到第七代，还会谈论着某天夜里，我钻进他们家这件事……菲利普，你呼吸的空气我也呼吸着；我鲜艳的丝绸大衣在细沙铺成的步道上悠哉地拖着；我的热巧克力里没有一滴毒药。我要说什么呢？菲利普！当我止步在她们的门前，那些可怜的母亲就含着羞愧，掀起她们女儿的面纱。姑娘们向我展示容貌，笑脸相迎，可那微笑却比犹大的吻更加卑贱。而我，我一手捏着女孩儿的下巴，一手愤怒地攥紧拳头，摇动着口袋里四五枚罪恶的金币。

菲利普：诱惑者不该鄙视弱者。既然已有怀疑，为什么还要引诱呢？

洛伦佐：我是撒旦吗？苍天为证！我还记得，我本会与被勾引的第一个姑娘一道放声大哭，但她却笑了起来。当我刚开始扮演当代布鲁图斯的角色时，我穿着罪恶织就的新衣,就好像一个十岁的孩子,穿上了传说中巨人的盔甲。我原以为堕落是一种烙印,只有在恶魔的额头才能见到。我开始大声宣告,我这二十年的德行,是一张令人窒息的面具。哦,菲利普!我就这样进入了生活,而且发现周围的人,所作所为与我无异。在我的眼前,所有面具都脱落下来。人类把我当成了得意门生,向我掀起长袍,让我看他畸形的裸体。我看到了人的真实面目,于是我对自己说:我做的这些,究竟是为了谁呢?当我与我的幽灵并肩,走遍佛罗伦萨的大街小巷,我环顾四周,寻找能给我一点勇气的面孔,同时我自问:当我大功告成,那个人会从中受用吗?……我总是期待着,能在人类的脸上看到一丝正义。我注视着,如同一个情人在婚礼前,注视他的未婚妻!

菲利普:如果你只看到了恶,我同情你,但无法相信你。恶存在着,但它离不开善,就如影子的存在离不开光。

洛伦佐:你不过是一心要把我看成蔑视人类的人,这是对我的侮辱。我清楚地知道,世上有好人,但又有什么用呢?他们在做什么?他们能怎么做?如果肢体已坏死,良知苟活着又能如何?……我能预见到的,是我败局已定,因为人们不可能理解我,更不会善用我提供的机会。

菲利普:可怜的孩子,我为你感到痛心。但如果你是个正直的人,那么解救了你的祖国后,你就会回到原来的样子。洛伦佐,想到你的正义,我老迈的心感到欣慰。到那时,你可以扔掉这扭曲你的、丑陋的伪装,你将找回与哈尔摩狄奥斯、阿里斯托革顿①的铜像一样纯净的本质。

洛伦佐:菲利普!菲利普!我曾经是个君子。但是这只手,既然掀起了真相的面纱,就不能再把它放下。它到死之前都要保持不动,扯着这可恶的面纱,而且越掀越高,掠过人类的头顶,直到使人长眠的天使,替他蒙住双眼。

菲利普:所有病都能被治愈,恶也是一种病。

洛伦佐:太晚了。我已经习惯了我的职业。邪恶于我曾是外衣,但如今它已粘

---

① 哈尔摩狄奥斯(Harmodius)和阿里斯托革顿(Aristogiton)是古希腊的两位"弑僭者",即弑杀僭主的人,他们刺杀了当时的雅典僭主喜帕恰斯(Hipparchus)。人们在广场上竖立了二人的铜像作为对捍卫民主的英雄的纪念。

连在我的皮肤上。……善用我的成果,菲利普,这就是我要对你说的,不要为你的祖国费力了。

菲利普:你选择了一条危险的道路,这并无不可。但我为什么不能选择另一条道路,与你殊途同归呢?我打算号召人民,坦坦荡荡地行动。

洛伦佐:当心你自己,菲利普。同你说这句话的人,知道这话的分量。不管你选择哪条路,总要与人打交道。

菲利普:我相信共和派的正直。

洛伦佐:我同你打赌。我不久就会杀了亚历山大,一旦我得手了,如果共和派言行一致,建立一个共和国对他们来说轻而易举,甚至能造就这片土地上前所未有的美好国度。如果他们能拉拢民众,一切更不在话下。但我向你保证,他们和民众都不会有所作为。我对你唯一的请求,就是不要掺和进去。说吧,如果你有话想说,但是要当心你说的话,更要当心你做的事。让我完成我的计划。你的双手依然干净,而我已一无所有,不会有损失……

菲利普:如果你有这种想法,为什么还要去杀死公爵呢?

洛伦佐:为什么?你想知道为什么吗?

菲利普:你如果认为,这场刺杀对你的祖国无益,为什么还要动手呢?

洛伦佐:你当面问我这个?看看我吧!我也曾风度翩翩,温和仁厚。

菲利普:这是怎样的深渊哪!你向我打开了怎样的深渊哪!

洛伦佐:你问我为什么要杀亚历山大?难道你要我服毒自尽,或者自投阿尔诺河?难道你要我做个幽灵,敲打这副骸骨时……(他捶着胸膛)发不出一点声音吗?如果说我是自己的影子,如今只有一根线,将我的心,同我往日的几根心弦相连,难道你要我扯断这根唯一的线吗?你想过吗?这次行刺是我身上残存的全部美德!你想过吗?两年以来,我从崖壁上不断滑落,而这次行刺是我手指能抓住的唯一一株草!你以为,我因为丧失廉耻,就连骄傲也抛掉了吗?难道你希望,任由我生活的谜团在寂静中死去吗?是啊,毫无疑问,如果我能回头是岸,如果我习得的恶行能烟消云散,我也许会饶过那个赶牛车之人。但是,我贪恋美酒、赌博和女人,你明白吗？如果说你对我还有所敬重，还愿意与我说话，那你敬重的就是这场行刺，也许正因为你自己做不到。……我要让世界知道，我是什么样的人，它又是什么货色。谢天谢地，也许明天我就能杀了亚历山大；再有两天，我就大功告成。那些围着我斜眼打量，就像打量从美洲运来的一只新奇怪物的人，那时就可以打开话匣子，说个痛快了。无论人们是否理解我，无论他们是否有所行动，该说的我都会说。如果无法令他们擦亮长矛，我就激发他们修尖鹅毛笔。在人类的面颊上，将留下我用剑抽打的血印。他们爱怎么称呼我都行，布鲁图斯也好，埃罗斯塔特①也罢，但我不希望他们忘了我。我整个人生都系在我的匕首尖上。无论上帝听到我的刺杀后是否回头，我都要在亚历山大的坟前，看看人性到底是善是恶。再过两天，人类将到我的意志的法庭前受审。

…………

第四幕　第五场（节选）

…………

洛伦佐：[……]我成了怎样一个蜡人啊？罪恶，难道就像德伊阿妮拉的长袍②，已经深入我的血肉了吗？我连自己的舌头都控制不住了吗？就连我吐出的气息，都已经不由自主地成为污言秽语了吗？我啊，不过是想戴上一张与他们相似的面具。我虽出入于肮脏的场所，却一心要在污秽的外衣下保持内心的清白，这曾是我不可动摇的决心。然而，我既无法找回原来的自己，也洗不净现在的双手，用鲜血也洗不净了！[……]

…………

---

① 埃罗斯塔特（Érostrate）是一个古希腊年轻人，于公元前356年纵火烧毁了位于土耳其以弗所的世界七大奇迹之一的阿尔忒弥斯神庙。事后他自豪地认了罪，并且声称这样做是为了让自己的名字留在历史书上。
② 德伊阿妮拉（Déjanire），赫拉克勒斯的第二任妻子，因为想唤回丈夫专一的爱，而将浸泡过肯陶人涅索斯的血的长袍当作礼物送给赫拉克勒斯。然后赫拉克勒斯一披上长袍，四肢就被粘住，长袍像火烧一样吞噬着他的身体。他想脱下长袍，皮肤却被一块块扯下来。

思考题

1. 怎样理解洛伦佐口中比加百利更俊美的"魔鬼"?
2. 行刺公爵的计划对于洛伦佐有何意义?

《洛伦萨丘》(剧院海报),阿尔丰斯·慕夏(Alfons Mucha)绘

十二月之夜

（郁罗丹 译）

诗　人

学童时代的一晚，
孤寂的厅堂里，
我久留不去。
一个身着黑衣的苦孩子，
来我桌前坐下，
与我酷似，宛如手足。

他面容俊秀，神色忧伤。
借着幽幽烛光，
来读我翻开的书。
额头靠在我手上，
直到翌日，
若有所思，笑容温柔。

十五岁那年，
一日我漫步林间，
穿过石楠花丛，
一个身着黑衣的年轻人，

缪 塞

走来坐在树下，
与我酷似，宛如手足。

我上前问路，
他一手持吕特琴，
一手捧野蔷薇，
朋友般向我致意；
而后侧过身体，
手指向那丘陵。

在情窦初开的年岁，
某天我独坐房里，
为初尝苦果而悲泣。
一个身着黑衣的陌生人
来我的炉火边坐下，
与我酷似，宛如手足。

他面色阴沉，心有戚戚，
一手高指苍天，
一手紧握利剑。
他似乎苦我所苦，
但只长叹一声，
倏然如梦，消散无迹。

到了放荡不羁的年龄，
一天我在宴席上酣饮，
当我举起酒杯，
一位身着黑衣的宾客

走来坐在我对面，
与我酷似，宛如手足。

黑色的大衣里，
露出一角破旧的红袍；
头戴爱神木的枯叶。
孱弱的手臂向我伸来，
我们举酒碰杯，
杯子却碎在我笨拙的手里。

一年后的深夜，
我跪倒床边，
床上父亲已辞别人世。
一个身着黑衣的孤儿，
走来坐在床头，
与我酷似，宛如手足。

他眼里噙着泪水，
如痛苦的天使，
头戴荆棘编织的冠冕。
吕特琴躺在地上，
血色浸染衣裳，
剑，插在胸膛。

我清晰地记得，
在生命的每时每刻，
都能认出他的模样。
这个古怪的幻影，

缪 塞

许是天使,许是恶魔,
竟如密友,形影不离。

后来,我厌倦了折磨,
为了重生或了结,
我离开法国,独自流放。
我要远走高飞,
去寻找希望的残骸。

在比萨,亚平宁的山麓下;
在科隆,莱茵河的对岸;
在尼斯,山谷环抱的坡地;
在佛罗伦萨的宫墙深院里;
在布里格的古老木屋内;
在阿尔卑斯的苍凉群山间。

在柠檬树庇荫的热那亚;
在苹果树苍翠的维瓦;
在勒阿弗尔,面对着大西洋;
在威尼斯,光怪陆离的利多岛,
亚得里亚海,苍白的浪头
拍打在孤坟乱草上。

所到之处,苍穹无垠,
我心力交瘁,目光恹恹,
永恒的伤口还在流血。
苦闷如瘸腿之人,
拖着我疲惫的形骸,

肆意欺凌。

所到之处，我如饥似渴，
憧憬未知天地，
追逐梦的幻影。
纵使初来乍到，
目之所及却似曾相识，
尽是人类的丑态与谎言。

所到之处，长路漫漫，
我将头埋入掌中，
抽噎如妇人。
又像一头绵羊，
毛在矮树丛里被扯光，
灵魂竟也赤身裸体。

当我睡意昏沉，
当我厌世轻生，
当我颠仆倒地
总有一个身着黑衣的苦人儿，
走来坐在我的路边，
与我酷似，宛如手足。

你是谁，为何我这一生，
处处有你。
看你那忧伤，我不禁怀疑，
你是主宰厄运的神祇。
温柔的笑里满藏隐忍，

缪 塞

你连泪水都饱含怜悯。
看着你，我热爱上帝。
你的哀伤与我的不幸，
亲如姊妹，契若金兰。

你是谁？你不是我的守护天使，
不曾给我关照。
你洞悉我的苦难（多稀奇的事！），
却冷眼看我备受煎熬。
同行二十载，
我却不知如何唤你。
你是谁，莫非是上帝派你至此？
向我微笑，却不和我同欢；
为我嗟叹，却不予我慰藉。

那天晚上，我又见你身影。
夜色凄凄，疾风敲打窗棂。
我独自蜷缩在床，
看着身旁珍视的空位，
残存着吻的温热。
我像弃妇一样痴缠旧情，
生命已千疮百孔，
破布一块，撕扯殆尽。

我收起旧日的书信，
几缕头发，是爱的残骸。
过往在我耳边叫喊，
唤出曾经的山盟海誓。

我凝视这神圣的遗物,
双手颤抖;
泪从心里流出又咽回心里,
流过泪的眼睛,
明天会将它们忘记。

我把往日残存的幸福,
收进一个棕色的包袱。
我知尘世间,若有千古不朽,
唯那青丝一绺。
我像潜入深海的水员,
迷失在遗忘的暗流。
四下探测,
避开世人目光,独自悲泣,
为那被掩埋的、可悲的爱情。

我要在这易碎的珍宝上,
盖上黑蜡的封印。
想把它退还,却不敢相信,
我哭泣着,踌躇不定。
啊!软弱的女人,你傲慢又疯癫,
往事历历,你情难自已。
苍天明鉴!何苦自欺欺人?
你若不曾爱过,怎会流泪呜咽,
泣不成声?

看,你憔悴颓靡,痛苦饮泪:
但你我之间,只剩爱的幻象。

好吧,永别了。日后天涯两隔,
你且看那寸阴如岁。
走吧走吧,冷若冰霜的心,
请将傲慢带走。
我的心依旧鲜活,
您留下的伤口,
还经得起风霜。

走吧走吧!不朽的自然,
不会永远垂怜您。
啊,可怜的孩子,只知孤芳自赏,
却不懂宽厚待人!
行了行了,命运自有安排;
失去您不代表失去一切,
把我们燃尽的爱情抛弃吧
永恒的上帝!我曾这般爱你,
既然要走,又何必当初?

忽然,昏沉夜色中,
我见一个影子悄悄游荡。
他掠过窗帘,
坐到我床边。
你是谁,面容如此阴郁惨白,
身着黑衣,像一幅凄凉的肖像?
你想做什么,你这可怜的飞鸟?
是一场梦?还是我自己的身影,
倒映在镜中?

你是谁,我年少时的幽灵,
不知疲倦的旅人?
告诉我,为何当我流落异乡,
你总躲在沿途的暗影里。
你是谁,孤单的访客,
总来殷勤探望我的痛苦?
你为什么随我云游四方?
你是谁,你是谁,我的兄弟,
只在我流泪时现身的人?

幻　影

朋友,你我有共同的父亲。
我不是守护的天使,
也不是人类的厄运。
我热爱的人哪,我不知道
他们身处这浊世
将走向何方。

我不是上帝也并非恶魔。
你刚才喊我兄弟,
那正是我的名字。
你所到之处,我始终相随,
直到你辞别人世,
我就去你坟头作伴。

苍天将你的心托付于我。
当你深陷痛苦,

缪　塞

就来找我，请别犹豫。
我将一路相随，
但我不能牵你的手，
朋友啊，我是孤独。

思考题

　　试比较《十二月之夜》一诗中的"幻影"和《洛伦萨丘》第二幕第四场选段里所提到的"幽灵"。

1911年巴黎 J. 梅尼亚尔（J. Meynial）出版社出版的缪塞诗集《夜》（*Les Nuits*）中，画家吕克-奥利维耶·莫尔森（Luc-Olivier Merson）所绘的插画

奈 瓦 尔

（徐黎彤 编译）

杰拉尔·德·奈瓦尔（1808—1855）原名杰拉尔·拉布吕尼（Gérard Labrunie），1808年生于巴黎，父亲是拿破仑大军团中的军医，母亲随军，并在他两岁时病逝于西里西亚。奈瓦尔幼年同外祖父生活在瓦卢瓦，六岁时随父来到巴黎。他就读于著名的查理曼中学，并在那儿结识了后来著名的高蹈派作家泰奥菲尔·戈蒂耶。19岁时，他旅居在圣日耳曼昂莱的亲戚家，对表妹苏菲心生爱慕，然而表妹的迅速订婚使得感情无疾而终。早逝的母亲以及无法追求到的初恋成为奈瓦尔"白日梦"的源头，瓦卢瓦与圣日耳曼昂莱亦成为他文学地图上的两处制高点。在圣日耳曼昂莱的日子里，他开始在文学领域小试牛刀，着手翻译歌德的《浮士德》。他和好友戈蒂耶同雨果的浪漫主义文社保持密切往来，并参与了1830年的《艾那尼》（Hernani）论战。他和许多波希米亚主义艺术家关系紧密。1834年，他搬进了位于卢浮宫附近的长老胡同小旅店，并在那儿度过了一段无忧无虑的时光。

经济上的拮据迫使他搬离了长老胡同。与此同时，他爱慕的女演员简妮·科隆（Jenny Colon）拒绝了他的追求。此后，奈瓦尔对毕达哥拉斯主义和炼金术产生浓厚的兴趣，痴迷于对数字以及色彩和谐的冥想。1841年，他第一次罹患精神疾病。1842年简妮·科隆去世。次年，诗人开始了他的东方之旅。他于1851年出版了《东方之旅》（Voyage en Orient）一书。同年末，奈瓦尔疯癫复发，1853年进入布朗什医生位于巴黎帕西的精神病诊所进行治疗。1854年1月，其代表作《火的女儿》（Les Filles du feu）出版，同年10月他离开了布朗什医生的诊所。1855年1月26日清晨,奈瓦尔被发现吊死在巴黎的老灯笼街。

奈瓦尔的作品揭示了梦是如何在现实生活中诞生、绽放并最终倾泻而出的。短篇小说《西尔薇娅》(*Sylvie*)回溯了他早年的经历,叙述者为追寻对难以接近的阿德丽安娜的记忆,牺牲了质朴可爱的农女西尔薇娅,而后又自认在女演员奥蕾丽身上发现了她的新化身。女演员戳破了一切,叙述者又回到了绝望的孤独中。而《奥蕾莉娅》(*Aurélia*)则是诗人在布朗什医生的诊所时撰写的,回忆了与简妮·科隆断绝关系以来所经历的故事。小说充满了谵妄、错乱的梦,晦涩难懂。在最后的梦境中,叙述者得到救赎,如同俄耳甫斯一般,找回了幻化成不同形象的奥蕾莉娅。

奈瓦尔在19世纪并不受重视,直到20世纪人们才逐渐意识到他的价值。他的诗歌凝练,散文灵动,体现了浪漫理想主义的纯粹精神。诗人直到临死前都未曾停止通过神话与神学探索内心的焦虑,并带着病态的清醒描绘一切。这正是他的伟大之处。

西尔薇娅(选段)

(徐黎彤 译)

1. 迷失的夜晚

我走出了一家剧院,每天晚上我都以一副求爱者的打扮出现在舞台前。有时这里人满为患,有时又空无一人。我无意于一直注视仅聚有三十来个勉强爱好者的正厅、存放着帽子与过时服装的更衣室——又或者是成为活跃躁动且每层楼都充斥着花团锦簇的衣裙、闪闪发亮的首饰以及光彩照人的面庞的大厅中的一员。我对舞台上的表演漠不关心,剧院里的一切都不能把我吸引——除非在某部乏味杰作的第二或第三幕,一个熟悉的幽灵照亮了空旷的空间,为这些虚浮的人物注入了一丝生的气息与语言。

我感到自己活在她身上,而她亦只为我存在。她的微笑充满了无尽的真福;她嗓音的颤动是如此甜美却又嘹亮,让我不禁因幸福与爱而战栗。于我而言,她就是完美的一切,回应了我全部的热情和心血来潮——她在舞台脚灯自下而上的照耀中如同白日般美丽;当脚灯熄灭,只留吊灯的光芒自上而下地倾泻在她身上,令她更加自然之时,她又苍白如夜,在自己那独一无二的美丽阴影下闪烁,仿佛额前戴星的时令女神显现在赫库兰尼姆古城褐色背景的壁画之中。

一年来,我还未曾想过打听她在别处的样子;我害怕扰乱那向我反照出她影像的魔镜——至多,不过用耳朵收集些关于女人而并非女演员的闲谈。我亦很少打探曾流传于爱丽德公主或特拉比松女王[①]身上的绯闻——我的一位叔

[①] 爱丽德公主是莫里哀(Molière)喜剧《爱丽德公主》(*La Princesse d'Élide*)中的人物;特拉比松女王名叫安娜·阿纳特鲁卓,1341年成为特拉比松帝国的女王。文中提到这两个名字并不指实际的历史人物,而是指戏中的角色。

奈瓦尔

叔生于十八世纪末年,因为如需了解一个时代,那么最好在那个时代生活过,他早早告诉我女演员不是女人,大自然忘了给她们造一颗心。毫无疑问,他谈论的是那个年代的事;然而他给我讲述了如此之多的故事,或出于幻想,或出于失望,并展示出众多用象牙雕刻的肖像、用作鼻烟壶装饰的迷人纪念章、大量泛黄的票子和褪色的狭缎带,让我忽略了时间,把所有女演员都往坏处想。

我们生活在一个怪异的时代,就像革命结束后的平凡日子或伟大统治后的衰颓,已不复投石党时期的英勇风流,摄政时期优雅考究的堕落,亦不再有督政府期间的怀疑论调与疯狂宴饮;这是活力、犹疑、懒惰、闪耀的乌托邦、对哲学或宗教的憧憬以及模糊的热情的混合物,其间还掺杂着某些文艺复兴的本能;对过往纷争的厌倦,不确定的期盼——如同佩雷格里努斯与阿普列乌斯时代①的某些事物。物质的人类对玫瑰花束心驰神往,它能通过美丽的伊西斯女神的双手使人获得新生;夜晚,永葆青春与纯洁的女神在我们面前显现,她令我们对白日虚度的光阴倍感羞耻。这志向与我们的年纪不符,贪婪的神甫虚荣而故作姿态,让我们远离了可能的活动范围,只留下这诗人的象牙塔作为我们的庇护所。为了远离人群,我们尽量在塔中登得更高。在大师指引下所到达的高处,我们终于呼吸到孤独纯粹的气息,在传说的金杯中啜饮遗忘,因诗歌与爱而沉醉。啊!面目模糊的爱,玫瑰色与蓝色的爱,形而上的幽灵的爱!从近处看,真实的女人与我们的质朴的话语相悖;她应以女王或女神的形象出现,尤其不能接近。

然而,我们中的一些人却不怎么接受这柏拉图主义的矛盾,地下诸神的火炬因我们重温亚历山大的旧梦而晃动。——正是如此,带着消逝的梦留下的苦涩哀伤走出剧院,我自愿加入了某个俱乐部的社团,那儿很多人聚在一起晚餐,一切忧郁都在某些耀眼、灵活、激烈且偶尔崇高的头脑那不竭的兴致面前退却——如同在革新或衰落时代那样,讨论高涨到如此地步,以至于我们中最羞涩的人将会不时向窗外张望,看看匈奴人、土库曼人抑或是哥萨克人到来与否,并终于因此暂时打断雄辩者与诡辩家的争论。

"喝吧!爱吧!这就是智慧!"这是最年轻之人所想。他们中的一人告诉

---

① 佩雷格里努斯(Peregrinus)是古希腊犬儒哲学家,阿普列乌斯(Apuleio)是古罗马作家、拉丁语小说《金驴记》(*L'asino D'oro*)的作者。奈瓦尔常以两人自比。

273

我:"长期以来我与你在同一家剧院相遇,我每次去都是如此。那你是为哪个女人而来呢?"

为了哪个?对我来说好像无法为了另一个她而欣然前往剧院。然而我却吐露了一个名字。——"罢了!"我的朋友宽宏大量地说,"你看那边,那个快活的男人刚把她送去。他遵循了我们俱乐部的规矩,也许只在天黑后才去找她。"

我的眼睛看向他所指的男人,没有流露出过多的情绪。这是一个衣着得体的年轻男子,面色苍白而不安,举止端庄,双眸中有忧郁与温柔的印记。他在惠斯特牌戏桌上掷出一枚金币,毫不在意地将它输走。——这与我有什么关系呢?我自言自语道,他或是另一个人有什么分别呢?必须要有一个,那个人似乎值得被选中。——那你呢?——我?这不过是我追求的一个形象,如此而已。

走出俱乐部,我来到了阅览室,不由自主地翻看一张报纸。我想,这是为了了解股市的行情。我剩余财产中有一大笔外国证券。传言,被忽视已久的它们将得到承认——这是部长换届之后刚刚发生的。这些基金的评级已经很高;我的荷包再次鼓了起来。

处境的转变导致了一个念头,只要我想,长久以来爱着的女人就是我的。——我已触及了我的理想。这难道不仍旧是一种幻想,一个讽刺的印刷错误吗?然而别的报纸也这么说。——赚来的钱就好似伫立在我面前的用黄金刻成的摩洛①雕像。"现在说些什么呢?"我思索道,"之前的那个年轻人,如果由我代替他坐在他撇下的那个女人身边?……"这个念头令我颤抖,我的自尊心在作祟。

不!不是这样,在我的年纪,金钱并不能杀死爱情:我不会变成一个堕落的人。此外,这都是另一个时代的想法了。谁告诉我这个女人是可以被收买的?——我粗略地浏览了仍拿在手中的报纸,我从中读到了这几行:"外省花束节。——明日,桑利斯②的弓箭手们将把花束归还给卢瓦西③的弓箭手们。"这

---

① 根据《圣经》记载,摩洛是一种流行于古代迦南地区的神祇,传说在火祭儿童之后显灵。
② 地名,位于法国瓦兹省的城市,坐落在诺内特河畔,紧邻尚蒂伊与埃尔默农维尔。
③ 地名,位于法国索恩·卢瓦尔省的城市,属勃艮第·弗朗什·孔泰大区。

些词句,非常简洁,唤起了我一系列新的感受:这是一段已被长时间遗忘的有关外省的记忆,一段来自少年时期天真节日的遥远回音。——号角声与鼓声远远地在小村庄与树林中回荡;年轻的姑娘编织着花环,一边唱歌,一边为花束配上合适的缎带作为装饰。——一辆笨重的拉着货的牛车接收着沿途的礼物,而我们,这地区的孩子们,佩戴着弓与箭,组成了一支随行的队伍,并自称为骑士——并不知晓我们只是在世世代代重复一个存在于君主统治和新宗教下的德鲁伊教节日。

2. 阿德丽安娜

我再次躺在床上却毫无睡意。坠入半梦半醒的状态后,所有青春岁月在我的脑海中重现。这种状态下,神智与混乱古怪的梦境作抵抗,漫长的一生中那些最受瞩目的画面被压缩成了几分钟,通通浮现在我眼前。

我再次来到一座亨利四世时期的城堡前,它尖尖的屋顶上铺着石板岩,正面呈浅红色,锯齿状的墙角由黄色石块砌成,榆树与椴树围成一片绿色的广场,落日如火的余晖穿透了叶簇。年轻的姑娘在草地上围成圈起舞,吟唱着由母亲传给她们的古老曲调,让人感受到如此自然纯粹的法式精髓正存在于瓦卢瓦这片古老的土地上,千百年来,法兰西的心脏在此跳动。

我是这起舞的圆圈中唯一的男孩,带着年轻的女伴西尔薇娅,一个隔壁村的小姑娘。她明艳而充满活力,双眸乌黑,身材匀称,皮肤微褐!……我只爱慕她,眼里只有她——直到我隐约察觉,在翩翩起舞的人群中,有一位高挑美丽的金发女子,我们叫她阿德丽安娜。突然,随着舞蹈的规则,阿德丽安娜同我单独来到了圆圈中央。我们身高相当。大伙儿起哄让我们接吻,舞蹈与歌唱声变得比任何时候都快。在亲吻她的同时,我不禁按了按她的手。她长而卷曲的金发拂过我的面颊。一瞬间,一种陌生的困惑占据了我。——美丽的姑娘需要唱一首歌才能回到原来的舞蹈中。我们刚围着她坐下,她便唱出一首古老而饱含忧郁与爱的抒情歌,嗓音清脆而富有感染力,又如同这多雾地区的少女般朦胧含蓄。歌谣讲述了一位因为爱情而被父亲囚禁在高塔的公主的不幸。当她轻轻颤抖着转调模仿祖先的声音时，旋律每一小节都以抖动的颤音结束，使得这年轻的声音愈发优美。

伴着她的歌声，夜色从高树降临，初升的月光洒在她一人身上，与围成圈专注聆听的我们区别开来。——她的歌声停止，没人敢打破这宁静。凝结的水汽薄薄地笼在草地上，白色的絮团在青草枝头散开。我们仿佛置身天堂。——我终于起身，奔向城堡的花圃，那里月桂树被种在巨大的单色釉陶花盆中。我折下两枝月桂，编成一顶用缎带系起来的花冠。我把这头饰戴在阿德丽安娜头上，苍白的月光下，它润泽的叶片在女孩的金发上闪闪发亮。她好似但丁笔下的贝阿特丽齐，冲着游荡在圣所边界的诗人微笑。

阿德丽安娜站起身。她展开细长的身姿，向我们优雅地行礼，随后奔跑着回到城堡中。——人们说她是过去某个法兰西国王姻亲家族的后裔的孙女，身体里流淌着瓦卢瓦的血液。因着这节日，大伙儿同意让她加入我们的游戏中；我们应当再也见不到她了，因为次日她又回到了那个她寄宿的修道院。

当我再次来到西尔薇娅身边，我察觉到她在哭泣。那顶献给美丽女歌手的桂冠正是她流泪的原因。我为她做了另一顶，然而她却说自己既不在乎桂冠，也配不上它。我无力辩解，在送她回家的路上，她再也不同我讲一句话。

我记起应回到巴黎继续学业，心中怀着对一段戛然而止而又温柔哀伤的友谊的双重印象——接踵而至的是一种模糊而不可能的爱情，是连学院哲学都无法平息的痛苦思想的源头。

阿德丽安娜的形象取得压倒性胜利——光荣与美丽的幻影占据了艰苦的学业时光，并使之变得柔和。次年的假期，我获悉这位几乎不露面的美人为了她的家族献身宗教。

3. 决　　心

一切都在这半梦半醒的记忆中得到解释。这模糊而无望的爱情，为女演员而生，每晚都将我引到演出的时刻，只为让我暂别沉睡的时光。它从我对阿德丽安娜的记忆中发芽，在那夜苍白的月光下开花，它是玫瑰色与蓝色的幽灵，从半浸在白色水汽中的青草上滑过。

用爱慕一个演员的形式爱一个修女！……如果二者是同一个！——这足以让人疯掉！这是命中注定的习惯，陌生人吸引着你，如同那一潭死水中，灯芯草丛上飘忽的磷火一般……回到现实中吧。

我曾如此爱过的西尔薇娅，为何我三年都不曾想起她？……她是个很漂亮的姑娘，是卢瓦西最美的那一个！

她一直都在，她，无疑有美好而纯洁的心灵。我再见到她那玫瑰与葡萄藤交缠的窗台，莺鸟的笼子悬挂在左侧；我听见纺锤的声音以及那首她最爱的歌谣：

> 美丽的姑娘坐在
> 流淌的小溪旁……

她依然在等我……谁会娶她呢？她是那么可怜！

在她的村子里，在围绕在她身边的那些双手粗糙、面容枯瘦、脸色苍白、身穿工作服的老实农民中，她只爱我，这个小巴黎人，而那时的我正准备前往卢瓦西附近看望我那可怜的叔叔，他今日刚刚去世。三年来，我如同老爷一般将所得的微薄遗产挥霍一空，那本该足够应付我一生的费用。如果同西尔薇娅一起，我应当能将钱存下来。命运给我留下了一线机会。现在还为时不晚。

此刻，她在干什么？她睡着了……不，她还没睡；今天正是篝火晚会，一年当中唯一彻夜跳舞的日子。——她在聚会中。

现在几点了？

我没有表。

杂物堆积起来，只为让这陈旧的公寓恢复它的本色。在这些熠熠生辉的旧物之中，一座文艺复兴时期的玳瑁座钟焕发出新的光彩，美第奇风格的女像柱依次靠在微微腾跃的马上，支撑着时令女神头上的镀金圆顶。普瓦捷的狄阿娜，倚着鹿，是布满珐琅数字刻度的表盘上的浅浮雕。座钟无疑仍然走时，但已有两个世纪未被校正。——我在图赖讷①买下它并非为了知晓时间。

我下楼来到门房那里。他的布谷鸟挂钟显示此时是凌晨一点。——还有四小时,我自言自语道,我就能到达卢瓦西的舞会。在亲王府外的广场上,仍有五六辆等待着俱乐部或赌馆常客的马车。"到卢瓦西!"我清楚地说道。"它在哪里?""就在桑利斯旁,大概八法里的地方。""我把您载到邮局,"车夫漫不经心地说。

多么悲伤的旅途,夜晚,这通往弗兰德斯②的路只有在到达森林后才变得美丽!一成不变而又单调的两行树木不断变换着模糊的形状;除此以外,就是被蒙莫朗西、埃库昂以及吕扎仕的青色山丘阻隔在左侧的绿色苗圃和被翻过的土地。这是戈内斯③,充满神圣联盟与投石党记忆的粗俗小镇……

过了卢浮宫,便是一条两侧栽种着苹果树的小道,我数次看见那些在夜晚绽放的花朵,仿佛地上的星星。这是通往村庄最快的路。——当马车上坡时,过去常来这里的记忆忽然涌上心头。

4. 西地岛④之旅

许多年过去了,那段在城堡前遇到阿德丽安娜的日子已经沦为了童年记忆。我在主保圣人节之时再次回到了卢瓦西。我重新加入了弓箭骑士的行列,在曾经所属的组织中占有一席之地。一些来自古老家族的年轻人组织了这次聚会,那些深藏在森林中的城堡便为他们的家族所有。欢快的马车队从尚蒂伊、贡比涅、桑利斯赶来,成为弓箭手们的乡野随从。待穿过村庄与小镇的漫长游行、在教堂中举行的弥撒、技巧决斗以及颁奖礼都结束后,获胜者被邀请至一座长满白杨与椴树的小岛参加宴会,它位于诺内特河与特夫河交界处的某个池塘中央。悬挂彩旗的小船载着我们来到岛上,这样做是因为岛上有一座被圆柱

---

① 地名,法国历史上的一个行省(于1789年被取消),首府为图尔。
② 法国历史上的一个地区,范围大致与如今的诺尔省相当,包括里尔、敦刻尔克等城市。
③ 同上文的蒙莫朗西、埃库昂以及吕扎仕一样,都是沿途的小市镇。
④ 西地岛,即现今希腊岛屿基西拉岛,十九世纪初被法国占领。传说西地岛毗邻维纳斯诞生的地方,岛上亦建有献给维纳斯的神庙。

支撑的椭圆形神殿,正好可以充当宴会的大厅。——那儿,如同埃尔默农维尔一样,十八世纪末轻佻的建筑星罗棋布,一些具有哲学头脑的富翁从它们体现着当时品味的平面图中获得灵感。我坚信这座神殿最初应当是献给乌剌尼亚①的。三根圆柱已经倾倒,摇摇欲坠地支撑着神殿的一部分额枋②;但大厅内部早就被打扫干净,柱子之间挂着些装饰带,这近代的废墟焕然一新——相较于贺拉斯,它更属于布夫莱③或绍略④的多神教。

横渡湖泊让人联想到华托⑤的《西地岛之旅》。唯有我们现代的衣着打乱了这种错觉。为宴会准备的巨大花束从马车上卸下,被摆放在一艘大船上;随行的白衣少女按照习俗在长椅上落座。这效仿了旧日的优雅队列映照在池塘平静的水面上,使得它同夜幕下小岛那朱红色的布满荆棘、廊柱以及稀疏树丛的水岸区分开来。不久,所有船只依次靠岸。庆典上的花篮摆在桌子中央,大家各自入席,最幸运的那些人挨着姑娘们坐下:只需被她们的亲人认识即可如此。于是我又来到了西尔薇娅身边。她的哥哥已同我在聚会上打过招呼,因很久没再前去他家拜访,还好生责怪了我一番。我以因学业在巴黎不得脱身为由进行解释,并向他保证此次前来正有拜访的意图。"不,他已经忘记我了,"西尔薇娅说。"我们是村里人,巴黎是多么高不可攀的地方!"我想要吻她以封住她的嘴,然而她还在赌气,只有在她的哥哥介入下,她才将神色冷漠的脸颊伸到我面前。我并没有从这个别人也能得到的吻中感受到丝毫愉悦,因为在这个人人都会向路人致意的淳朴地区,一个吻只是老实人之间的礼节。

节日的组织者安排了一个惊喜。在宴会的尾声,一只藏在鲜花下的野天鹅从巨大的花篮深处飞起,它强健的双翅掀起了此前困着它的花环与花冠,将它们抛撒到各处。当它愉悦地朝着最后一缕夕阳飞去之时,我们随机拿到花冠,并把它们戴在身旁姑娘的额头上。我有幸能将它献给最美的那一位,西尔薇娅

---

① 希腊神话中九位缪斯之一,代表天文学与占星术。
② 建筑物柱顶盘下部,直接靠在柱子或壁柱顶端的部分。
③ 布夫莱(Boufflers),18世纪法国诗人。
④ 绍略(Chaulieu),17世纪晚期至18世纪早期法国放浪主义诗人。
⑤ 让-安东尼·华托(Jean-Antonie Watteau)是法国洛可可时代画家,代表作为《西地岛之旅》(*L'Embarquement pour l'ile de Cythère*)。

微笑着任由我亲吻,比上次温柔了许多。我知道自己已将原来那不愉快的记忆抹去。这回,我毫无保留地爱着她,她亦变得如此美丽!她已不再是那个会因为另一个更高大、更钟灵毓秀的女孩而被我轻视的乡下姑娘。她身上的一切都无与伦比:那自年幼时期就如此迷人的乌黑眼睛,魅力已然变得令人难以抗拒;弯弯的眉弓下,那瞬间点亮了匀称、温和的面庞的微笑,透露出雅典气质。在她同伴们不够端正的脸蛋之中,我爱慕这如同古代艺术品般端庄的面容。她的双手精致而修长,双臂变得白皙又圆润,个子也高挑起来,这一切使得她蜕变成了一个我从未见过的女子。我禁不住跟她诉说她的变化有多大,企图以此掩饰我先前短暂的不忠。

除此以外一切都对我有利,与她哥哥的友谊,节日迷人的氛围,傍晚的时间安排以及通过雅致想象重现了旧日爱侣们盛大集会的同样地点。我们尽力避免跳舞,只为谈论童年的记忆,一边遐想一边共赏印在树叶和水面的晚霞。直到西尔薇娅的哥哥将我们从沉思中拉回现实,他告诉我们是时候回到他们父母居住的村子了,离那儿还有些距离。

9. 埃尔默农维尔

我毫无睡意。为再看看叔叔的房子,我前往了蒙塔尼。当我隐约看到它那黄色的外墙和绿色的外板窗时,一股巨大的悲伤笼罩了我。一切都好似从前一样,只是需要到农民家中拿取大门钥匙。百叶窗一打开,我怀着感动的心情再次看见那些保存良好、一如旧日模样的老家具,那曾时不时擦拭过的高大的胡桃木衣橱,那两幅我们认为出自祖上某位老画家之手的弗拉芒油画,仿布歇作品的版画,以及装裱起来的出自莫罗①之手的《爱弥尔》与《新爱洛伊斯》全套版画。桌上摆着一只制成标本的狗,我曾见过生龙活虎的它,是伴我在树林中行走的老伙伴。这可能是最后一只哈巴狗了,因它所属的种族业已消失。

——当谈到鹦鹉的时候,农民告诉我它还活着:"我把它带回了家。"

---

① 让-米歇尔·莫罗(Jean-Michel Moreau),又称年轻的莫罗,法国画家、雕刻家。

奈瓦尔

花园宛如一幅优美的野生植物图。从某个角度,我辨认出了过去开辟的童年花园。我浑身颤抖着走进书房,依然可见那存放着精心挑选过的书籍的小书架,它是逝者的老朋友,书桌上放着些花园里找到的残存古董、花瓶、罗马纪念章,这些发掘于自家的收藏令它们的主人感到幸福。

——去看看那只鹦鹉吧!我对农民说。——那只鹦鹉对午餐的需求仍如同它壮年时期一般,它圆圆的眼睛盯着我,眼皮上布满褶皱,令人想起了历经沧桑的老人的目光。

这迟来的对深爱故地的重游为我平添了许多愁思,我觉得有必要再见到西尔薇娅,这唯一能将我和这片土地联系起来的鲜活而又年轻的人物。我重新去往卢瓦西。此时已是正午,大伙儿都因节日的疲惫而酣睡。去埃尔默农维尔散心的念头浮现在我脑海,那儿只需经过一法里的森林小道就能到达。正值盛夏时分,我因路途的清凉而感到愉悦,如同置身公园小径一般。高大的橡树仿佛穿着同样的绿色制服,只能通过白色的树干将它们同枝叶茂密的桦树区分开来。鸟儿静悄悄的,我只听到啄木鸟为了筑巢敲击树干而发出的声响。一瞬间,我差点迷失了方向,因为路标杆上的指路牌不再清晰可辨,许多地方的字迹都已被磨去。最终,我放弃了位于左侧的"荒漠",抵达了跳舞的环形广场,昨日的长椅仍立在那里。所有关于充满哲理的古代的记忆,被旧时的主人复苏,在这好似《安纳夏尔希斯》①与《爱弥尔》中所描绘的如画风景前,重新涌现于我的脑海。

当我透过柳树与榛树的枝干远眺波光粼粼的湖水时,辨认出叔叔曾在散步时数次带我去过的地方:这便是其建造者不幸没能完工的"哲学神殿"。它外观同蒂沃利的女预言家神庙一样,至今依然屹立在一丛松树下,展示了自蒙田和笛卡尔起,直到卢梭,所有大名鼎鼎的思想家的名字。这座建筑已是一片废墟,常春藤优雅地为它垂上花边,荆棘入侵了那些分离开的台阶。那儿,在孩提时代,我曾见过节日里身着白衣的少女们来此受领学习与智慧的奖励。从前缠绕着小山丘的灌木玫瑰到哪儿去了呢?野蔷薇与覆盆子遮蔽了原先遗留下的

---

① 18世纪法国文人让-雅克·巴特勒米(Jean-Jacques Barthélemy),也称巴特勒米神父,其所作《公元前四世纪中叶,年轻的安纳夏尔希斯的希腊之旅》(*Voyage de jeune Anacharsis en Grèce, dans le milieu du quatrième siècle avant l'ère vulgaire*)掀起了古希腊考古热潮。

植物，一切都回到了原始的状态。——那些桂树，是否如同不愿再踏足林中的姑娘们吟唱的那般已被砍掉？不，这些来自温柔的意大利的矮小灌木已消失在我们雾蒙蒙的天空下。所幸的是，维吉尔的女贞树仍在开花，好似为了强调那刻写在门上的大师的名言："知晓万物的原因。"——是的，这座神殿如同许多其他的一样坍塌，健忘且疲惫的人们离开了它的周围，冷漠的自然收复了艺术曾占据过的地盘；然而求知的渴望将永远留存，不受任何力量与活动的影响！

这是岛上的白杨，卢梭的坟冢里并未葬着他的骨灰。哦，圣贤！你曾给予我们力量的乳汁，我们却因太过孱弱而不能充分将其吸收。我们已经忘却了为父辈们所熟知的你的忠告，也已经失去了对你的话语，这古代智慧最后的回声的感知。然而，请不要绝望，如同你临终时刻所做的那样，让我们把双眼转向太阳！

我再次看见城堡，平静的水面围绕在它周围，瀑布在岩石间呻吟，而这条马路将村庄的两部分连接起来，四个鸽棚分别建在四角，在背阴山坡的俯视下，草坪延伸出去如同热带草原一般；加布里埃尔之塔远远地映照在点缀着短暂绽放的小花的人造湖面上；泡沫翻腾，昆虫鸣叫……要避免吸入污浊的空气，它不动声色地占领了荒漠里的粉状砂岩，以及玫瑰色的欧石楠和青翠的蕨类相间的旷野。一切都如此孤独而悲伤！西尔薇娅迷人的眼神、疯狂的步伐、愉悦的呼声，曾赋予了我刚游览过的地方如此之多的魅力！她仍是个野孩子，双脚赤裸，虽戴着草帽皮肤却呈褐色，草帽上长长的缎带同她乌黑的发辫一起混乱地飘扬。我们要去瑞士农场喝牛奶，他们告诉我："小巴黎，你的情人可真漂亮！"哦！乡下人可不会同她跳舞！她只和我跳，一年一次，在弓箭节上。

10. 大 卷 毛

我又回到了前往卢瓦西的路上；所有人都已醒来。西尔薇娅穿着一套小姐的衣服，几乎是城里人的品味了。她带着所有过去的天真向我展示她的房间。她的眼睛总是闪烁着迷人的微笑，然而她双眉间突出的眉弓偶尔又给人以严肃的感觉。房间装饰简洁，家具是现代的，一面边框镀金的镜子代替了原先的画镜，上面画着一位田园诗中向穿着蓝色与玫瑰色衣裙的牧羊女献上爱巢的牧羊人。原先整洁地铺着印有花枝图案的深蓝呢绒床单的带柱大床,被胡桃木的小床所取代,上面挂着带箭纹的帷幔;窗前,笼子里曾装着的莺鸟,早已换成了金丝雀。我急于离开这个丝毫不见过去踪影的房间。"您如今已不再织蕾丝了吗?"我对西尔薇娅说。"哦!我不再织蕾丝了,这片地方目前已不再有人需要蕾丝了;甚至在尚蒂伊,生产花边的蕾丝作坊也歇业了。""那您现在在做什么?"——她从房间的某个角落拿出一个类似于钳子一样的铁制工具。"这是什么?""这是人们叫作机械装置的东西;能在缝制手套时固定手套外皮。""啊!您现在是手套工人啦,西尔薇娅?""是的,我们在这里为达马尔坦制作手套,这在如今很常见。但我今天什么也不做,让我们去您想去的地方吧。"我看向去往奥提斯的路,她摇摇头;我明白她年迈的姑妈已不在人世。西尔薇娅叫来一个小男孩,让他给驴装上鞍。"我仍因昨天而疲惫,"她说道,"但去散散步对我来说是不错的。我们去沙阿利吧。"于是乎我们跟随带着树枝的小男孩穿过森林。不一会儿,西尔薇娅就想停下,我抱着她使她坐下。我们的谈话无法再变得亲密无间……我应当向她讲述我在巴黎的生活,我的旅行……"我们是怎么变得这么疏远?"她说道。"再次见到您让我感到惊讶。""哦!这就说得通了!""得承认那时候您没有那么漂亮。""我对此一无所知。""您还记得小时候您是我们中最高的吗?""而您是最聪明的!""哦!西尔薇娅!""我们每个人都被放在驴背上的篮子里。""我们之间也不用以您互称……你还记得过去教我在特夫河与诺内特河的桥下捕虾吗?""你呢,你记得有一天你的乳兄把你从水里捞起来。""大卷毛!是他告诉我能过去的……这水!"

我赶紧转变了话题。回忆让我猛地想起刚来到这地方的时候,我穿着被农民们嘲笑的英式小套装。只有西尔薇娅觉得我穿着得体,但我不敢让她想起如此久远时期的评价。我也不知为何,思绪总是停留在那套我们曾在她奥提斯的老姑妈家穿过的结婚礼服上。我问她那些礼服怎样了。"啊!好姑妈,"西尔薇娅说,"她把裙子借给我在达马尔坦的狂欢节上跳舞穿了,已经是两年前的事了。之后的一年,她就去世了,可怜的姑妈。"

她一边叹息一边流泪,以至于我都无法询问她是在怎样的情况下参加了一场假面舞会;然而,因着她做女工的才能,我明白西尔薇娅已经不再是个农家女了。唯有她的父母仍处于原来的境况中,而她仿佛一位工业仙女般活在他们之间,周身散发着富裕的气息。

13. 奥蕾丽(节选)

....

次年夏天,尚蒂伊将举办赛马会。奥蕾丽所在的剧团在那儿有一场表演。一到地方,剧团在三日内将听从经理人的安排。——我恰巧是这个老实人的朋友[……]我说服剧团经理也到桑利斯和达马尔坦演出。起初,他偏向于去贡比涅,但奥蕾丽赞同我的想法。次日,当大家同房东和政府人员协商时,我租了马,与奥蕾丽一起,经由科梅尔池塘去往布兰卡王后①的城堡午餐。奥蕾丽侧坐在马上,金发飘扬,如同昔日王后般穿越森林,连农民们都驻足赞叹。"F夫人②曾是他们见过的唯一一个如此威严、敬礼如此优雅的人。"——午饭后,我们去往一些让人联想起瑞士的村庄,那里诺内特河水为锯木厂提供动力。这让我印象深刻的场景将她吸引,却没能令她停下。我原本打算带奥蕾丽去奥里③附近的城堡,到我第一次见到阿德丽安娜的绿色广场去。——她没有流露出丝毫情绪。于是我把一切都告诉她;我向她讲述这在夜晚才能隐约感受到的、之后梦见的、实现在她身上的爱的起源。她认真地听完并对我说:"您根本不爱我!您等着我对您说:'演员和修女是一样的!'您在寻找一出戏,仅此而已,并且您错过了结局。走吧!我不再相信您了!"

这一席话如同惊雷。这些我长久以来感受过的奇怪热情,这些梦,这些泪,这些绝望与温柔……所以这不是爱?但爱去哪儿了?

那天晚上奥蕾丽在桑利斯演出。我留意到她对剧团经理人怀有好感——

---

① 卡斯蒂利亚的布兰卡(Blanche de Castille),生于1188年,1223—1226年间为法国国王路易八世的王后。1226—1236年间,因法国路易九世尚未成年,出任摄政。布兰卡王后城堡与科梅尔池塘皆为尚蒂伊森林中的景点。
② F夫人指苏菲·道斯(Sophie Dawes),婚后称作德·费歇尔夫人(Baronne de Feuchères),莫特方丹地区的领主。
③ 法国瓦兹省的一个城镇,属于桑利斯地区。

长着皱纹的年轻男主角。这个人是个好脾气,对她大献殷勤。

....

14. 最 后 一 页

　　这便是使人陶醉、迷失在生命之初的幻象。我尝试不按次序把它们固定下来,然而许多人都将理解我。幻觉一个接一个地落下,仿佛某种果实的外皮,而这果实,就是经历。它味道苦涩,却也蕴含着某种加强的辛辣——请原谅我这过时的文风。卢梭说大自然的景色抚慰一切。有时,我试图重新找回属于自己的、消失在巴黎北部冥冥薄雾中的克拉伦斯树林。这一切都物是人非!

　　埃尔默农维尔!仍盛开着古代田园诗的地方——再次根据格斯纳①的翻译而得!你失去了你唯一的星星,它曾为我闪耀双倍的光芒。一圈圈蓝色和粉色相间,如同阿尔德巴汗这迷惑人的星辰②,这星星是阿德丽安娜或西尔薇娅——这是一份爱情的两半。一个是崇高的理想,另一个是温柔的现实。如今你的树荫,你的湖泊,甚至是你的荒漠,对我意欲何为? 奥提斯,蒙塔尼,卢瓦西,附近贫穷的小村庄,沙阿利——无论我们重现什么——你们不曾保留下过去的分毫! 有时我需要再看看这些充满孤独与幻想的地方。在那里,我独自哀伤地复原某个天性造作的时代转瞬即逝的痕迹;偶尔,我因读到刻写在花岗岩侧面的鲁歇③的诗句微笑,它们在我眼中是崇高的——又或是因一眼泉水或一个献给潘神的洞穴上某些仁爱的格言。耗费如此巨大精力开凿的池塘,徒劳地展示着它那潭被天鹅蔑视的死水。再也不是那个孔代亲王带着他骄傲的女战士狩猎、号角声遥遥呼应重重回响的时代了!……如今已不再有直接通往埃尔默农维尔的路。有时我经由克雷伊和桑利斯前往那里,又或是取道达马尔坦。

　　人们从来只在晚上抵达达马尔坦。我将在名叫圣约翰的画像的旅店过夜。他们通常会给我一间整洁的房间,里面铺着地毯,镜子上方是一幅画。这间房是

---

① 萨洛蒙·格斯纳(Salomon Gessner),18 世纪瑞士诗人,用德语写作,以田园诗著称。
② 即毕宿五,金牛座中最亮的恒星。
③ 鲁歇(Roucher),18 世纪法国诗人。

最后一次杂乱旧物的回归之旅,我戒掉它们很久了。我盖着这个地区使用的鸭绒被温暖地坠入梦乡。早晨,当打开被葡萄和蔷薇藤簇拥的窗户时,我欣喜地发现一条长达十法里的绿色地平线,那是如同军队般整齐排列的白杨树。一些村庄零星地隐藏在它们尖尖的钟楼下,这些钟楼建有被我们称作"骨骼"的尖顶。首先能辨认出奥提斯——紧接着是埃夫,然后是韦尔;透过树林也许能认出埃尔默农维尔,如果它曾建有一座钟楼——但在这个充满哲思的地方,人们已然忘掉了教堂。当肺部充满了如此纯净的在高地上呼吸的空气后,我愉快地下楼,去糕点店转了一圈。"这是给你的,大卷毛!""这是给你的,小巴黎!"我们像童年时那样友好地碰拳,然后我爬上几层楼梯,两个小孩欢快的呼声迎接了我的到来。西尔薇娅雅典式的微笑点亮了她迷人的容貌。我自言自语道:"那也许曾是幸福;然而……"

我叫她洛洛特,她觉得我同维特①有几分相似,除了没有如今已不再时髦的手枪。当大卷毛吃午饭时,我们将领着孩子们在长满椴树的小道散步,那些树木包围了城堡旧塔楼的残骸。当孩子们练习用弓射击,把父辈的箭插入稻草中时,我们阅读几首诗或几页简短到几乎不再读过的书。

我忘了提到,奥蕾丽所属的剧团到达马尔坦演出的那天,我带着西尔薇娅去看戏了,我问她觉不觉得那个女演员长得像她过去认识的某个人。"像谁呢?""您还记得阿德丽安娜吗?"

她发出一阵大笑,说道:"妙极了!"之后,仿佛自责一般,她叹息道:"可怜的阿德丽安娜!她在圣S修道院死去……那是1832年左右。"

> **思考题**
>
> 1. 梳理不同选段中所提到事件的时间顺序,进而思考《西尔薇娅》的叙事特征。
> 2. 如何理解西尔薇娅、阿德丽安娜和奥蕾丽这三位女性对于文中"我"的意义?

---

① 洛洛特和维特都是歌德小说《少年维特之烦恼》(*Die Leiden des jugen Werthers*)中的人物,洛洛特即女主角绿蒂(法语译作 Charlotte 或 Lotte)。

第三部分 英国浪漫主义文学

华兹华斯

（阮俊华　撰）

威廉·华兹华斯(1770—1850)是英国浪漫主义的奠基人之一，也是浪漫主义的核心人物和重要知识分子。作为一位充满思辨精神的诗人，他在诗歌中密切关注人与自然的关系，提倡在诗歌中使用日常词汇和语言。

威廉·华兹华斯是约翰·华兹华斯(John Wordsworth)和安·库克森(Ann Cookson)的儿子。1770年4月7日，华兹华斯出生于英国坎伯兰郡的科克茅斯，在其死后的两个多世纪里，这片地区都和他有着密切的联系。从在语法学校上学起，华兹华斯就已经开始写诗。1787年，他进入剑桥大学的圣约翰学院学习。1790年，在大学毕业前夕，他前往欧洲徒步旅行。这次旅行对于他的创作生涯产生了巨大的影响，加深了他对自然的热爱和对普通人的同情——这是他诗歌创作的两个主要主题。华兹华斯最著名的作品是与塞缪尔·泰勒·柯尔律治合写的《抒情歌谣集》和浪漫史诗《序曲》，后者记录了"诗人心智的成长"。

《我如流云天际独游》(*I Wonder Lonely as a Cloud*)也是华兹华斯最著名的诗歌之一，又被称为《水仙花》(*Daffodils*)。1802年4月15日，华兹华斯和他的妹妹在湖边发现了一条长长的水仙花带，由此产生了创作这首诗的灵感。在诗中，华兹华斯再现了当时于湖边漫步、看见水仙花摇曳的场景。全诗前三节皆为回忆中的场景，最后一节诗人植根于现实，点出即便身处孤室之内，依靠对于自然的回忆和向往，也能获得无上的精神慰藉。在华兹华斯的笔下，自然不是一处无声无息的布景，而是被诗人倾注了无限柔情的意象，是治愈受尽工业、社会和城市摧残的人性的良药。

我如流云天际独游

(阮俊华 译)

我如流云天际独游,
高高浮于谷底山岗,
突然之间看见一群、
一簇,金色的水仙;
在湖边,在树下,
在风中飘摇着舞动着。

好似银河中闪耀的明星
璀璨绵延,
它们铺成一道不断的长线
沿着湖湾的边沿:
一瞥之中我见到万朵繁花
摇着脑袋欢蹈。

侧旁的水波起舞;但它们
快活地让粼粼波光相形见绌:
诗人也不禁快慰
在如此欢乐的群体中:
我呆望着——呆望着——却不曾想过
这一幕曾带给我多少财富:

时常,我躺在沙发上,
思绪空缈或沉郁,
闭上眼它们再次浮现眼前,
在这独处的至福之中;
那时我的心中便洋溢着欢乐,
还有那水仙花的舞蹈。

1802年9月3日①作于威斯敏斯特桥上②

(王清卓 译)

凡世再无更美的景致可以呈现：
谁若仅路过这动人庄严的风物，
他的灵魂一定是呆滞又麻木。
此时的这座城市身着华服般，
将这美丽的熹微晨光披上肩；
船舶，塔楼，剧院，教堂，穹屋，
静默而分明，大地和天空袒露
在未染烟尘的空气里明亮熠然；
第一缕初阳笼罩着溪谷和山陵，
也不比眼前这番景象更为瑰丽；
我从未见过、感受过这般深沉的宁静！
河流徐徐流淌，顺遂自己的心意。
主啊！家家户户好像都沉睡未醒，
这整颗伟大的心脏③也尚在休憩！

---

① 据华兹华斯的妹妹多萝西·华兹华斯的《格拉斯米尔日记》(Grasmere Journals)，本诗应作于1802年7月31日。
② 本诗并非写于威斯敏斯特桥上。华兹华斯自称此诗是他去法国的途中，在马车顶上写成的（"Written on the roof of a coach, on my way to France"）。威斯敏斯特桥是一座位于英国伦敦的拱桥，横跨泰晤士河。
③ 指伦敦。

早春诗行[①]

(王清卓 译)

当我斜倚在一片树丛中时,
我听到千百种交响的乐声,
美妙的心境里,愉悦的心思
却将悲伤的念头招致心灵。

大自然使我躯体里的灵魂
与她美好的造物相互契合;
而这使我内心悲伤地思忖
人是如何对待自己同类的。

穿过簇簇樱草,蜿蜒于绿丛,
长春花牵蔓,绕出个个花环,
每一朵花,在我的信仰中
都在享受着它呼吸的甘甜。

鸟儿在我周围嬉闹、蹦跳,
它们的心思我虽无计可懂——
但即使它们的动作再微小,

[①] 本诗作于1798年4月。

似乎也有一阵快乐的颤动。

抽芽的嫩枝舒展如扇面儿,
要去捕捉那和畅的微风;
我尽我所能地想,终究懂得,
欢乐也蕴含在这片景象中。

假若这信念是上天所赐予,
假若这是自然的神圣预设,
难道我没有理由去痛惜
人是如何对待自己同类的?

我曾经在异乡人中穿行①

（王清卓　译）

我曾经在异乡人中穿行，
在浅海彼岸的陆地；
英格兰啊！我竟那时才懂，
我有多深的爱予你。

那忧郁的梦，已成了过往！
我再也不别你海岸，
再也不离开；因为我好像
爱你爱得愈发深远。

曾穿行于你的山峦之间，
我感到神往的快乐；
我珍爱的她曾摇车纺线，
傍着那家乡的炉火。

晨光曾披露，暗夜曾遮住

---

① 本诗作于1801年，是华兹华斯的《露西》(Lucy)组诗中的第三首。诗人于1798—1799年间曾在德国小住，因思念祖国写成此诗。

露西①嬉游过的荫处；
而那也是最后一片绿芜，
是露西目光的归处。

---

① 关于露西的身份至今众说纷纭。一说她是华兹华斯的妹妹多萝西·华兹华斯；一说她是华兹华斯在法国的爱人安妮特·瓦隆（Annette Vallon）；此外还有认为她是华兹华斯的私生女等说法。

汽船、高架和铁道①

(王清卓 译)

机械运转,在战争中的陆路和海上;
那儿曾有着古老的诗意,如若不然,
诗人如何会对你们②做出错误的判断!
但你们的存在,无论是如何毁伤
大自然的可爱,也不能被证明阻挡
心灵获得对未来变化的先兆的感知,
或者对未来生发出的幻象;据此
也许能发现你们的灵魂是什么模样。
美感可能否认与你们粗糙的外形
有任何瓜葛,但大自然确乎拥抱
在人类的技艺里,她合法的产物;
时间因你们胜过他弟兄"空间"而欢笑,
接过你们勇敢献上的王冠——它象征
希望;并对你们微笑,带着崇高的鼓舞。

---

① 本诗作于1833年。在华兹华斯的中年后期,他表示正如他曾在《抒情歌谣集》序言中所预料的那样,他将把科学引发的工业革命吸收进他作诗的题材中来。这首诗就是对他预言的一个具体体现。
② 译诗中的"你们"均指第一行的"机械"。

思考题

1. 在《1802年9月3日作于威斯敏斯特桥上》和《汽船、高架和铁道》两首诗中，可以看出华兹华斯对工业化和城市化进程及其产物持何种态度？
2. 结合《我如流云天际独游》和《早春诗行》，试着论述华兹华斯的自然观。
3. 哈罗德·布鲁姆（Harold Bloom）在《西方正典》（The Western Canon）中声称西方经典抒情诗传统中只有两人称得上真正的创新者：恰如彼特拉克"发明"了文艺复兴诗歌，开启了贵族时代的抒情传统，华兹华斯则"发明"了现代抒情诗，开启了民主时代或曰混沌时代的抒情传统。你是否同意这一观点？为什么？
4. 华兹华斯在《抒情歌谣集》序言中写道："诗的目的是真理，不是个别的、局部的真理，而是普遍的、经常起作用的真理，它不靠外面的证据存在，而依赖热情打进心里……诗是人和自然的形象……诗是所有知识的气息和更纯净的精神……他是人性的最坚强的保卫者。"结合你读到的华兹华斯诗作，你如何理解这段话？

《雨，蒸汽和速度——西部大铁路》(Rain, Steam and Speed — The Great Western Railway)，威廉·透纳(William Turner)绘

柯 尔 律 治

(阮俊华 撰)

塞缪尔·泰勒·柯尔律治(1772—1834),英国抒情诗人、评论家、哲学家。他与威廉·华兹华斯合写的《抒情歌谣集》是英国浪漫主义运动的先驱,而他的《文学生涯》(*Biographia Literaria*)则是英国浪漫主义时期最重要的文学批评作品。

柯尔律治于1772年出生在德文郡偏远的奥特里。他是安·鲍登(Anne Bowden)和约翰·柯尔律治(John Coleridge)的第十个孩子,也是最小的孩子。在回忆早年生活的生动书信中,他把自己描述为"一个真正的不穿裙裤的人,我的血管里没有一丝文雅"。柯尔律治在这些书信中描述的童年的孤独和自我专注,更多的是与他在家庭中的地位有关。他的一生充斥着失范感、无价值感和无能感。柯尔律治的父亲是当地的牧师和语法学校校长。从幼年起,柯尔律治就热衷于阅读罗曼司小说和东方故事。1791年,他进入剑桥大学耶稣学院学习。在大学里,他继续如饥似渴地阅读充满想象和哲思的作品。

1798年,柯尔律治与华兹华斯共同创作《抒情歌谣集》。这一时期,他的诗歌充满思辨性和奇妙的神谕性,与华兹华斯和骚塞一起被称为"湖畔诗人"。然而在30岁的时候,柯尔律治却放弃了诗人的职业,开始作为一个实践批评家来定义和捍卫艺术。他推广华兹华斯的诗作,认为它们是英国文学史上的一个里程碑,与此同时,他还对认识论和形而上学进行了全面的研究。

《古舟子咏》是柯尔律治创作的一首长诗,共分七部分,首次出版在跟华兹华斯合作的《抒情歌谣集》中。全诗以老船夫的叙事角度,讲述了他的海上奇遇。在一次航行中,他杀死了一只信天翁,由此给同伴和自己招致不幸。诗歌在现实和回忆的双线交替中进行,讲述了老船夫同伴的死难,老船夫的苦难,以及最终的救赎。自然与精神,平凡与高贵,罪与罚,都是《古舟子咏》所反映的主题。全诗的线索由老船夫对信天翁的态度的转变串起。作为上帝、自然对人类之爱的信天翁却惨遭老船夫的杀害,而背离了自然的人类也因此受到责罚。交织的爱与恨缠绕贯穿着整首诗,并以老船夫最终回归到爱的怀抱结束。全诗的诗眼出现在倒数第三节"懂得爱的人才懂得祈祷,/一切生灵既伟大也渺小;/因为上帝平等地爱着我们,/他创造了我们也深爱着我们"。

忽必烈汗

——又名《梦中所见》,残稿①

(阮俊华 译)

    1797年夏天,作者身体欠佳,隐居到一所偏僻的农舍里。这所农舍位于波洛克和林顿之间,就坐落在萨默塞特和德文郡交界的埃克斯穆尔高地上。因为身体不适,他服下一剂止痛药。在药物的影响下,他一边读着珀切斯在朝圣之旅里写下的这些话,或者类似的字句,一边靠着椅子遁入睡眠:

    "在这里,忽必烈汗要建造一座宫殿,一座气派的花园:于是乎,方圆十里的沃土被院墙围了起来。"作者大概昏睡了近三个小时——至少外在感官如此——睡梦中,所有的景象都挟带着相应的字句,毫不费巧思便涌至他面前,如果这样也能称为作诗的话,他信心满满,自信能写下不少于两三百行。一觉睡醒,他还清晰记得梦中的全部,便拿起纸笔墨,迫不及待地写下记得的诗句。不幸的是,正在此时,一个从波洛克来的人有事叫他出去,还耽搁了他一个多小时。等他回来,他懊悔不迭地惊觉,对梦中所见,除了模糊大致的印象,一些零碎的诗句和图像,其他所有都像石子投入溪流后表面荡开的水纹一样消失不见了。唉,之后的诗句终究是佚失了:

        一切的魅影
        破碎——美好的幻影世界
        消散,一千个圆环散去,
        打破彼此的形状。暂留步,

---

① 在《忽必烈汗》的手稿副本中,柯尔律治更加详细地叙述了自己的"梦":"我"因为痢疾,吃了两块鸦片,这篇不可追回的残稿作于此后。

可怜的年轻人!连眼都不敢眨一下——
溪流很快就恢复平静,很快
这些景色将回归!看呀!他留下了,
很快,美丽模糊的形体的碎片
颤抖着回来了,连在一起,于是现在
池水恢复成一面镜子。
　　　　——柯尔律治《画像;或者情人的决心》,第 91—100 行

　　然而,根据脑海中尚存的记忆,作者时常想要完成这首一开始就赠予自己的诗。明日我将唱首更甜美的歌①:但明日尚未到来。

　　为了与这一幻象形成对比,我附上一个性质完全不同的片段,以同样忠实的态度描述痛苦与疾病的梦境。
　　　　　　　　　　　　　　　　　　　　　　　　——1816 年

在上都,忽必烈汗曾令人
建造一座华美行宫:
圣河艾尔弗②,流经
深不可测的幽谷,
又至暮日西沉的汪洋。

沃野越十里,
高墙坚塔绕:
园林明丽,溪流蜿蜒,
满树繁花,沁人心脾;
古树森森,亘古如丘,
金阳灿灿,环抱草野。

---

① 原文是希腊文,引自古希腊诗人、牧歌体创始人西奥克利特斯(Theocritus)的《牧歌》(*Idylls*)。
② 该词可能源自希腊河流阿尔菲斯,这条河流入爱奥尼亚海。

绿地茵茵，松柏常青，
幽谷横斜，陡然直降！
野地荒芜，如圣如魔，
似弦月当空，弃妇恸哭，
声色凄绝，为其恶魔情郎！

深沟巨壑，浪涛沸反，
大地震颤，悸动喘息，
地泉奋上，时涌时息，
巨石腾空，状若冰雹，
好似打谷扬场，麸皮翻飞：
碎石狂舞之中，圣河激荡。

河道参差，似迷宫曲折，
蜿蜒五里，流经林间谷地。
直抵玄冥，为人力所不逮，
喧嚣下沉，遁入死海：
狂乱之中，忽必烈听闻
先祖远唤，昭告战事将起！

行宫倒影，逐水波中央；
音律协和，自洞壑幽泉。
钟灵毓秀，巧夺天工，
行宫之上，春光融融，
洞窟之下，冰雪重重！

如梦亦如幻，
我见少女持扬琴，

自彼阿比西尼亚，
弹唱高山阿伯诺。

倘若我心能复现，
此声同此歌，
快然和乐，深以为然，
余音绕梁，绵延不绝，
假以建造，天上宫阙。
行宫和暖！冰窟苦寒！
百闻莫若一见，
既见当呼，留心啊！留心啊！
他目光如炬，他长发飘逸。
绕其三圈，
心怀敬畏，闭上双眼，
因他食之以美馔，
因他饮之以琼浆。

古 舟 子 咏

七组诗

（阮俊华　译）

1.
有位老迈的船夫
拦下三人中的一人。
"以你灰白的长须和明亮的双眼起誓，
为何阻拦我的去路？①

新郎家的大门已敞开，
我又是他的近亲；
宾客入席，宴会开启：
觥筹交错尽欢愉。"

他瘦骨如柴的手抓住他，
"那儿曾有艘船，"他说道。
"走开！放手，老疯子！"
即刻他便松了手。

他双目熠熠凝视对方——
赴宴的客人旋即驻足不前，

---

① 一位老船夫遇到三个骑马去赴婚宴的人，并拦住了其中一个。（原注）

听他训诫宛如三岁小孩：
船夫于是心愿既遂。①

赴宴的宾客坐在石头上：
他别无他法只得洗耳恭听；
于是乎这个老人，
双目炯炯的舟子继续讲述：

"起锚出港，众人欢送，
我们高高兴兴扬帆起航
行经教堂，越过山丘，
航至灯塔之下。

日出于左方，
生于海面！
其道大光，
日落右侧没于汪洋。②

日复一日，日头渐高，
直至中天，立于桅顶——"
赴宴的宾客捶胸顿足，
因为婚礼上巴松管已顿挫轰鸣。

新娘步入大厅，
娇艳如红红的玫瑰；
摇头晃脑的吟游诗人

---

① 赴宴的客人被老船夫的双眼迷住了，被迫留下听他讲故事。（原注）
② 老船夫描述着船只如何在好风吹送下，向南航行，一路上都是好天气，直到赤道。（原注）

步履欢快走在她跟前。①

赴宴的客人捶胸顿足,
然而他别无他法只得聆听;
于是年迈的老者
目光熠熠的船夫接着说道:

然后风暴袭来,
暴虐且强悍:
他扇着自己巨大的双羽,
追赶我们一路向南。②

桅杆巍巍船首垂垂,
好似被叫骂着追打,
却仍陷于敌人的阴影之下。
他低着头向前,
船只越开越快,
狂风隆隆怒吼,
我们向南逃走。

如今此处雪雾交加,
气温骤降冷得出奇:
桅杆般高耸的冰山浮过,
绿宝石一样碧翠。

---

① 宾客听到婚礼上的音乐;但老船夫接着讲故事。(原注)
② 船只被风暴驱赶到南极。(原注)

冰壁惨淡的寒光
划破寒流:
人兽形踪既灭——
坚冰俱在其间。①

寒冰在此,寒冰在彼,
四周皆是风雪:
铮铮碎裂,怒号着嘶吼着狂啸着,
好似昏厥时听到的声响!

终于有只信天翁飞过,
穿越浓雾而来;
仿若一位信徒,
我们以神名欢呼。②

它吃着从未尝过的食物,
一圈圈盘旋。
坚冰陡然炸裂开来;
舵手便领我们破浪而行!

于是好风南来相送;
信天翁振翅随后,
此后每日,饮食玩耍,
水手招呼它便到场。③

---

① 被冰雪和让人胆寒的声音覆盖的大地,没有任何生物在此出没。(原注)
② 直到一只名叫信天翁的大海鸟穿过雪地的雾气,受到极大的欢迎和款待。(原注)
③ 瞧!信天翁带来了好兆头,当船穿过雾和浮冰向北返回时,信天翁跟随着它。(原注)

在浓雾或迷云中,在桅杆或横索上,
信天翁停歇了九天九夜;
这期间的每个夜晚,皎白的月光
都穿透了白蒙蒙的海雾。

"上帝保佑你,老船夫!
庇佑你不被恶魔纠缠!——
你怎么了?" ——因为我用十字弓
射杀了信天翁。①

2.
太阳升到右方:
出于海面,
依旧藏身在雾气当中,而在左侧,
我们驶向大海。

好风仍南来相送,
但可爱的鸟儿却不再跟随,
不论水手如何招呼,
它也不曾出现吃食玩耍!

我犯下可怖的罪行,
将为所有人招致不幸:
大家都坚称,是我杀死了带来风儿的鸟。
啊该死的家伙!他们说道,
杀死了带来风的小鸟!②

---

① 老船夫毫不客气地杀死了带来吉兆的虔诚的鸟儿。(原注)
② 水手斥责老船夫,因为他杀了吉祥鸟。(原注)

既不阴沉也不彤红,就像上帝的头颅,
太阳升起光芒万丈:
于是他们又坚称我杀死了
带来雾气阴霾的鸟儿。
你做得对,杀了那鸟,
那带来雾气阴霾的鸟。①

和风吹拂,白沫翻涌,
水波自在;
我们率先闯入
寂静之海。②

风渐停,帆渐息,
周遭寂静凄凉;
我们彼此之间说着话
试图打破海域的沉寂!③

天气炎热天色铜黄,
血红的太阳,
正午高悬于桅杆之上,
不比月亮大多少。

日复一日,度日如年,
我们动弹不得,呼吸不畅;
宛如画中海上

---

① 但当迷雾散去后,他们又为老船夫辩白,于是成了共谋从犯。(原注)
② 微风继续吹着;船进入太平洋,向北航行,直到到达赤道。(原注)
③ 船只突然停滞不前。(原注)

静止的画中船。

四周除了海水,还是海水,
所有的甲板却开始干枯卷曲;
四周除了海水,还是海水,
却无任何淡水可饮。①

深海确实在腐败:上天啊!
竟会如此!
长着腿的家伙黏滑地
爬行在黏腻海面。

一圈接着一圈,跳着转着,
死亡的火焰在夜晚起舞;
海水像巫婆的魔油,
着了绿的、蓝的、白的火舌。

有人说自己梦见了
带来灾祸的恶灵;
他从九㖡深的雪与雾之地而来,
跟随我们至此处。②

每个人都唇焦齿干
舌根委顿;
好似被煤烟呛住

---

① 信天翁开始复仇了。(原注)
② 有一个精灵跟着他们。他是这个星球上看不见的居民之一,既不是死去的灵魂,也不是天使;可以向博学的犹太人约瑟夫(Josephus)和柏拉图式的君士坦丁派米迦勒·普塞卢斯(Michael Psellus)请教有关它们的事情。它们数量众多,无处不在。(原注)

无法言语。

老天啊！这一船老小
面色枯槁！
如今挂在我脖子上的，
不是十字架而是死鸟。①

3.
日复一日，度日如年。
口干舌燥，目光呆滞。
度日如年！度日如年！
双眼如此失神，
当我望向西边，
看见天边有物在游弋。

起初好似一星尘粒，
接着又如一团云雾；
靠近了靠近了，
我终于知道它是什么物体。②

一星尘粒，一团云雾，一具物体，我认得！
它继续靠近着：
好像一边躲避着海妖，
一边左冲右突，腾挪闪转。

---

① 水手们悲痛万分，恨不得把全部罪过都推给老船夫，把这只死海鸟挂在他的脖子上作为证据。（原注）
② 老船夫在远处的海面上看到一个东西。（原注）

喉咙饥渴,嘴唇干裂,
无人欢笑,也无人哀鸣;
焦灼中,我们呆立!
我咬破手臂,吮吸血液
才得以大喊出,有船! 有船!①

喉咙饥渴,嘴唇干裂,
听到我的呼喊,他们惊得张大嘴巴:
上帝保佑! 他们笑得合不拢嘴,
大口大口地吸气,
好像在痛饮空气。②

快看! 快看!(我喊)她不再戗风而行!
她是来此消灾降福;
海面无风也无浪,
她却稳稳向前龙骨昂扬。③

西边的海潮红似火。
白日将尽夜降临!
西波之上残阳万丈;
那奇形怪物骤然加速,
闯入阳光和我们之间。

旋即太阳便蒙上道道黑影,
(愿圣母垂怜!)

---

① 靠近时,它好像是艘船;付出巨大代价,他才让声音冲破干咳的喉咙。(原注)
② 一阵狂喜。(原注)
③ 恐怖接踵而来。难道有船可以在没有风浪的情况下航行吗?(原注)

似乎他硕大的脸庞

燃烧着从地牢的铁栅中眺望。①

天哪!(我自忖,心跳如擂鼓)

她迫近了迫近了!

她的风帆是否如游丝一般

在日光中不安地飘动?

是否太阳像透过栅栏一样,

透过她的肋骨张望?

是否船上只有那一个女人?

还是说载着两人,她和死亡?

是否死亡即为她的友伴?②

她唇色血红,面容妖冶,

长发璀璨如黄金:

肌肤惨白如麻风,

她是生死之间的噩梦,

让人汗毛倒竖血液凝固。③

那艘赤裸的巨船驶向我们,

这二人投掷骰子;

"游戏结束!我是赢家!"

她说着,鸣哨三声。④

---

① 看起来只是一艘船只的骨架。(原注)
② 她的船骨看起来像落日前面横亘的栅栏。除了那位幽灵一样的女人和她的死亡友伴,骷髅船上再无他人。(原注)
③ 船只和船员都一样!(原注)
④ 死亡和活着的死亡投骰子决定船员的命运,然后她(后者)赢得了老船夫。(原注)

残阳入海;群星涌现:
夜幕亟临;
随着海上一声远唤,
幽灵船疾驰而来。①

我们静听着侧目看去!
内心的惧怖,溢满杯盏,
生命之血被恐惧啜饮!
星光淡了,夜色浓了,
舵手的脸被灯光照得苍白;
船帆上的夜露滴滴坠下——
月如钩②,悬至东边的桅杆,
一颗明星缀于一旁③。

一个紧接一个,在群星躲避的月亮下,
来不及呻吟或哀叹,
每人脸上痛苦狰狞,
以眼神咒骂着我。④

两百条汉子
(听不见一声呻吟或哀叹)
重重倒地,一命呜呼,
他们接连倒下。⑤

---

① 太阳的宫廷中没有黄昏。(原注)
② 正在月升之时。(原注)
③ 弦月旁边有一颗孤星被视为厄运的征兆。
④ 一个接着一个。(原注)
⑤ 他的船员倒下死去了。(原注)

灵魂从尸体中飞散——
飞向至福或是哀叹!
每个灵魂经我而过,
就像十字弓嗖嗖射出!①

4.
"我害怕你,老船夫!
我害怕你骨瘦嶙峋的双手!
你是如此的颀长,瘦削,黝黑,
就像海边一道道沙丘。②

我害怕你和你炯炯的双眼,
你干瘦的双手,如此黧黑。"——
不要怕,不要怕,赴宴的客人!
这具躯体还未命殒倒下。③

孤独,孤寂,茕茕孑立,
孤身一人在无垠的海里!
从未有一位圣人怜惜
我饱受煎熬的灵魂。

众多的人,众多美丽的生命,
全部倒地死去!
而千百万黏滑之物却活了下来;
我也苟活至今。④

---

① 但是活着的死亡,她开始在老船夫身上产生效应。(原注)
② 客人担心是幽灵在同他讲话。(原注)
③ 但老船夫让他放心,自己仍是血肉之躯,并接着讲起了自己可怕的悔告。(原注)
④ 他鄙夷这些迟缓的生物。(原注)

我望向正在腐败的大海,
移开了目光;
我望向正在腐败的甲板,
躺满了死尸。①

我仰望上天,试图祈祷;
但祷词还未说出,
邪恶的低语就脱口而出,
我心顿感干枯如尘灰。

我阖上眼睑,双目紧闭,
眼球如同脉搏抽动;
远空和汪洋,汪洋和远空,
犹如千钧在目,
死去的水手横尸脚下。

冷汗从它们的四肢上流下,
尸体既不腐败也不发臭:
它们长久地注视我,
毫不游移。②

一个孤儿的诅咒
可使人万劫不复;
但死人眼中的诅咒
更加可怖!
七天七夜的诅咒我历历在目,

---

① 嫉妒它们能够活着,其他许多人却死去了。(原注)
② 死人眼中的诅咒同他共存。(原注)

然而我无法死去。

月亮升至中天，
一刻不停一处不歇：
她慢慢爬升，
伴着一两颗星——①

她的光辉嘲笑着湿热的海，
像四月的白霜洒满洋面；
只要是船只投影下的海面，
着魔的海水就熊熊燃烧，
一切仍是骇人的血红。

船身阴影之外，
我看见白色的海蛇游荡：
身后拖曳着银光，
每当它们支起头身，
古老鬼火星星点点崩落。②

荫蔽在阴影之下
我观察着它们繁丽的花纹：
蓝色、亮绿还有墨黑，
它们盘旋着浮动着，
拖拽着金色的火焰。

---

① 在孤寂与滞塞中，他向往着攀升的月亮和逗留之后继续上升的繁星；每一处青天都属于它们，这是它们指定的休憩场所，它们的故乡和家园。它们主人般不请自来，带着一种静默的喜悦。（原注）
② 借着月光他看见上帝无比冷峻的造物。（原注）

快活的活物啊!没有言语
能传达它们的美丽:
一股喜爱之情由衷而生,
我祝福这些毫不知情的生命:
一定是神明心生怜悯,
于是我暗自祝福它们。①

正在此时我终于又能祈祷;
信天翁从我的脖颈脱落,
落入水中沉没,
如同铅石入海。②

5.
睡眠,美好的东西,
从南极到北极,无人不爱!
我赞美圣母玛利亚!
她从天堂送来酣睡,
潜入我的灵魂。

甲板上的水桶,
放在此处已久,
我梦见它们盛满甘霖;
待我醒来,天便落雨。③

我的嘴唇被滋润,喉咙变清凉,

---

① 它们的美丽和幸福。他由衷地祝福它们。(原注)
② 咒语开始失效了。(原注)
③ 受到圣母的庇佑,老船夫获得了雨水的滋润。(原注)

浑身的衣物湿透；
梦里我一定喝饱了水，
醒来我的身体继续享用甘霖。

我走动却感知不到四肢：
我如此轻盈——好像
在梦里已经死去，
成了有福的游魂。

不久我听见海风呼啸：
却未曾靠近；
但仅凭声音
就让纤薄的风帆鼓动。①

天空突然生动起来！
一百道闪电划过，
照亮了天际！
前前后后，里里外外，
暗淡星光跃动其间。

海风来势汹汹，
风帆蓑草般尖啸，
骤雨倾注而下，
月亮隐没不见。

乌云坼裂，

---

① 他听到异响，又在天空和自然中看见躁动和异象。（原注）

柯尔律治

明月隐蔽:
好似流水壁落,
又如闪电划空,
雨落如泄洪。

狂风不曾靠近过船身,
然而航船驶向前方!
电闪月光之下,
死者开始呻吟。①

它们开始呻吟,活动,全都起身,
然而无人言语,也无人转动眼珠;
此番景象,即便在梦里也过于诡谲,
看到死者复生起立。

舵手驾船,船只向前,
可海面无一丝微风;
水手们操纵绳缆,
如同往日一般。
像工具一样活动四肢——
我们成了幽灵船员。

我兄弟的儿子,
站在我身边,膝盖蹭着膝盖:
那具尸体和我明明拉扯着同一根绳索,
他却对我一句话都没说过。

---

① 船员的尸体受到了惊扰,船只开始航行。(原注)

"我害怕你,老船夫!"
冷静点,赴宴的客人!
它们不是痛苦中逃跑的鬼魂
又重回躯壳,
而是一群受神祝福的精灵:①

一到黎明——它们便停手,
聚集在桅杆周围,
甜美的歌声从口中传出,
离开它们的身体。

一圈又一圈,余音不绝,
接着腾起冲向太阳;
随后又缓缓降落,
时而齐唱,时而独唱。

有时云雀从天而降,
我听其啼鸣;
有时群鸟齐唱,
悠扬婉转
充盈海天!

有时宛如仙乐飘飘,
有时是孤笛独奏;
有时又是天使高歌,
让天穹俱静。

---

① 既不是凭借着人的灵魂,也不是凭借地下和空中的恶魔,而是凭一群有福的天使之灵,由守护圣徒召唤派遣而来。(原注)

乐声暂歇;但船帆鼓噪,
余音袅袅,直至正午,
好似仲夏茵茵,
曲水叮咚,
树木岑寂入眠,
小溪安唱谣曲。

我们继续航行直到中午,
其间不曾有任何微风吹拂:
行船且徐且缓,
水下自有助力推动向前。

龙骨之下九㖿深,
来自雪与雾之地的精灵
推动这艘大船航行。
时至正午风帆哑然,
船只再次停滞不前。①

太阳正落于桅杆顶,
把船固定在大海之上:
可旋即
不安地动了起来,
前前后后
不安地摆动。

接着像一匹以蹄刨地的野马,

---

① 在一队天使的指引下,从南极而来的孤独的精灵带领着船只向南极航行,但是依旧想要复仇。(原注)

船身陡然跃起：
血液直冲脑门，
我晕倒在地。

在昏迷中躺了多久
我并不清楚；
但在我魂魄回笼之时，
我的灵魂听到
半空的两个声音。①

"是他吗？"那个声音问道，"是这个男人吗？
以死于十字架的基督之名起誓，
就是他用残忍的弓箭
射杀了无辜的信天翁。

那栖身在雪与雾之地的精灵，
爱着这只鸟，
而这只鸟却被他爱的人
用弓箭射杀了。"

另一个柔声，
甘露般甜蜜：
他说道："这个男人忏悔过，
他必将继续忏悔。"

---

① 极地之灵的恶魔同胞，隐形在天地之间的居民，议论着老船夫犯的过错；它们两人互相交谈，一个对另一个说，老船夫已经深深悔过，极地之灵收到他的忏悔，已经回到南边去了。（原注）

6.

第一个声音
"告诉我,告诉我!请再说一次,
用你轻柔的声音——
是什么让船只疾行,
当海面风平浪静?"

第二个声音
"像奴隶在主子面前不敢动弹,
海上没有丝毫的微风;
他大而明亮的双眼,
静静地仰望一轮月亮——

他向明月祈求前路;
因为她一直为他领航,
无论歧途还是顺路。
看吧,兄弟,看呀!
她如此慈悲地垂怜他。"

第一个声音
"是什么让船只疾驰,
即便无风也无浪?"

第二个声音
"空气在前方被剖开,
又在后方合上。

飞吧,兄弟,飞吧!高些,再高些!

否则我们就迟了：
因为这水手正慢慢回神，
船只便越走越慢了。"

我醒了，船只依旧向前，
似乎天朗气清：
静夜之中，明月高悬；
死去的人们站在一起。①

它们全都站在甲板上，
甲板成了一座地牢停尸房：
皎皎月光之下，
它们石化的双眼紧盯着我。

让它们死去的剧痛和诅咒，
从未真正远离我：
我既不能躲避它们的目光，
也不能召集它们一同祈祷。

现如今咒语终被打破；
我再次巡视碧蓝的海面，
眺望远处，
之前看到的一切都消失不见——②

像走在人迹罕至道路上的行人
步履充满恐惧和胆战，

---

① 超自然的移动已经减速；船夫醒过来，他又重新开始忏悔。（原注）
② 咒语终于失效了。（原注）

路途间曾有一次转身回看,
随后就再也不敢回头。
因为他知道,让人惧怖的大敌①
就紧随其后。

尔后一阵海风吹拂我,
却不曾有丝毫声响动静:
这风的甬道不在海上,
既不泛起涟漪,又不加深阴影。

它撩拨起我的头发,又轻拂我的面庞,
好像春天草地上的和风——
这阵风奇妙地挠拨着我的恐惧,
却好似在对我表示欢迎。

船儿飞驰,
又十分平稳:
和风阵阵——
只吹拂我一人。

梦寐的欢愉啊!这就是我
在灯塔之巅所见的吗?
这是山巅?还是教堂?
这是我的故国吗?②

我们航经港口,

---

① 指撒旦。
② 老船夫看见自己的故土。(原注)

我一路上哭着祷告——
上帝啊,请让我清醒过来吧!
或者就让我永远睡去。

海湾如琉璃一般透亮,
星星点点缀于一团!
月光皎白栖于港湾,
月影绰绰水面斑驳。

石山映着月光,
山上的教堂同样闪耀:
月光沉静如水,
风标纹丝不动。

海湾洁白又明亮,
其间千百奇形,
暗红的阴影,
共海而生。①

离船首不远处
便是猩红的黑影:
我扭头观望甲板——
基督啊!这是何等的奇观!②

每具横死的尸体,
我以圣十字起誓!

---

① 天使离开了尸体。(原注)
② 以它们自身光的形态出现。(原注)

发光的六翼天使①
站在每一具尸体旁。

这群天使们,挥手致意着:
此景只应天国才能得见!
它们是陆地的明灯,
每位都发散着柔光;

这群天使们,挥手致意着:
悄无声息——
无声无息;但这沉默
却如同仙乐,沁入我心。

不久我便听到桨声涛涛,
我听到领航员欢呼;
不禁扭头一看,
一艘小船显现。

领航员和他的儿子,
我听到他们急着赶来:
老天爷啊!即便我身处尸群,
也难抑内心欢乐。

我见小舟上还有一人——我听见他的声音:
是一位虔诚的隐士!
他高唱着自己

---

① 撒拉弗,最高阶的天使。

在树林里所作的圣歌。
他会洗去信天翁的血,
赦免我的灵魂。

7.
这位隐士长居森林,
这片森林从山到海。
他的柔声多么高亢!
当水手从远邦归来,
他总爱与他们交谈。①

他跪下晨祷、午祷、晚祷——
膝下垫着柔软的厚垫:
就像腐朽的树桩上
长着厚厚的青苔。

小艇靠近了,我听见他们交谈:
"哎,我觉得真是奇怪!"
"我们在远处看到的亮光呢?
那之前的信号现在在哪儿呢?"

"真是怪了,我以我的信仰发誓!"隐士说道——
"他们也不回应我们的呼唤!
船板已经扭曲变形!风帆
也褴褛破败!
我从未见过此番情景,

---

① 树林中的隐士。(原注)

柯尔律治

就仿佛①

秋叶枯黄,
漂于小溪之上。
当常春藤覆满白雪,
小猫头鹰在枝头低哮,
树下野狼吞噬母狼的幼崽。"

"老天爷啊!这船看着十分不详"——
(领航员应道)
"我害怕"——"划呀,快划呀!"
隐士高声说道。

小艇靠近了船只,
我既没出声也没起身;
小艇划至船下,
一声声响突然爆出。

它在水下咕咚作响,
越来越大,越来越吓人:
它碰到船,劈开港湾;
船只即刻如铅石般沉没。②

被天空和海洋发出的
可怕的巨响所震慑,我如一具

---
① 他们惊讶地靠近着这艘船。(原注)
② 船突然下沉了。(原注)

在水中泡了七天的尸体；
但恍惚如梦，我发觉
自己已身处领航员的小舟。①

船只沉没于海中的漩涡，
小舟也被水波牵扯着打转；
万籁俱寂，
除却山谷间的回声。

我嚅动嘴唇——领航员便惊叫
抽搐着倒下；
神圣的隐士仰起头，
端坐着向上天祈祷。

我拿过船桨：领航员的儿子
已经精神失常，
连连大笑，
不时翻起白眼。
"哈哈，"他说道，"我看得一清二楚，
原来魔鬼也会划桨。"

如今，身处我的故乡，
我终于站上了坚实的大地！
隐士径直下了船，
几乎无法站立。

---

① 老船夫被领航员的小船救了。（原注）

柯尔律治

"赦免我吧,赦免我,圣人!"
隐士在额前画了个十字。
"快说,"他说道,"我命令你——
你到底是什么人?"①

旋即我周身
剧痛难忍,
逼迫我不得不开口讲述;
如此疼痛才会离我而去。

此后,某个不定的时刻,
剧痛又会不期而至:
直至我将这可怕的故事说完,
我的五脏六腑都在剧烈燃烧。②

如同夜晚一样,我四处流浪,
获得了言说的神奇力量;
只消让我见一人,
他便不得不听我说话:
于是我便开口对他把故事传唱。

门中传来一阵喧笑!
婚礼上宾客盈门:
在花园的凉亭里,
新娘伴娘齐声合唱:
晚祷的钟声响起,

---

① 老船夫诚心地恳求隐士赦免他;他得终身悔过了。(原注)
② 此后,在他今后的生活里,剧痛都逼迫他从一个地方游荡到另一个地方。(原注)

告诉我此刻应当祷告!

客人们!这个人
曾在汪洋之上独身流浪许久:
孤寂得连上帝
似乎都不曾涉足过。

能和虔诚的信众
一同前往教堂,
对我来说,
将比婚宴更加甜蜜幸福!——

一同上教堂,
一同祈祷,
老人,婴孩,友爱的亲朋,
年轻人和少女
都一同欢乐地向天父作揖!

别了,别了!但我告诫你,
你这赴宴的客人!
爱人、爱鸟也爱野兽的人,
他的祈祷才能奏效。①

懂得爱的人才懂得祈祷,
一切生灵既伟大也渺小;
因为上帝平等地爱着我们,

---

① ("我")用亲身经历告诫他人,要爱和尊重上帝创造和爱的一切生灵。(原注)

他创造了我们也深爱着我们。

老船夫神采奕奕,
须发皆白,
他离去了:客人也转身离开,
不再赶往宴会。

他大为震动,
久久不能自已:
到了第二天清晨
他变得更加深沉智慧。

古斯塔夫·多雷(Gustave Doré)为《古舟子咏》所作版画

睡 眠 之 痛[①]

(王清卓 译)

在将四肢摊到床上之前,
我并没有做祷告的习惯——
不是口中呢喃,双膝跪着;
而是默默地,缓缓地,
我的心灵向着爱谱写祷词,
在谦卑的信赖中双目闭合,
只有满怀着的恭敬谨慎,
胸无杂念,心无旁骛,
只有一片祈求神助的诚心;
这种感觉在我的灵魂中遍布:
纵我脆弱不堪,却仍被庇护;
因在我体内,在我的周围
都有着永恒的力量和智慧。

但是昨夜,我大声祷告,
在极度的痛楚中难以解脱,
怪状和乱想遽然腾跳,
如恶魔一般折磨着我:

[①] 本诗作于1803年,彼时柯尔律治受梦魇的折磨,对睡眠充满恐惧——很可能是他戒吸鸦片后的脱瘾症状。

一道惨白光芒，一众恣肆魍魉，
我感觉犯有不可容忍的罪状，
凡我蔑视的，却更为强壮！
复仇的渴望，薄弱的意志
虽受到压制，却仍熊熊不熄！
欲望吊诡地掺杂着憎恶，
纠集于野蛮或可恨的事物。
怪异的激情！疯狂的喧闹！
还有羞耻和恐惧把一切压倒！
未被隐匿的行径将被藏隐，
黑白不分，我因而不能懂
我是恶魔同僚，还是受苦之人：
因都是罪过、懊恼或悲痛，
我自己和他人都是同样的心情：
窒息灵魂的耻辱，扼住生命的惶恐。

就这样两夜过去了：夜晚的颓然
使将至的第二天惊愕且伤感。
睡眠，这广泛的福佑，于我
却是精神狂乱的最糟的灾祸。
第三夜，当我刺耳的尖叫声
将自己从恶魔般的梦中惊醒，
被离奇、狂暴的折磨压倒，
像孩子一样，我的眼泪簌簌直掉；
就这样，借由泪水压制住
我的痛苦，代以更平和的情绪。
在我看来，这样的惩罚，
是因本性与罪孽在最深处的缠结——

因为它们总是重新扰动,永不停下
其中那深不可测的地狱之界,
尽管目睹、了解、痛恨它们行径的可怕,
却仍期盼并要付诸实践!
对于这样的悲伤,这种人欣然认可,
但是为何,为何降临于我?
我唯一的需要就是感到被爱,
而对我之所爱,我真真切切地爱。

自题墓志铭①

(王清卓 译)

停一下,信主的过路人!——停一下,主的孩子,
以平和的心胸读下去。眼下这块草皮
埋葬着一位诗人,或曾看起来像是一位。——
哦,请为 S. T. C② 祈祷,为他沉思一会;
他经年累月辛劳地过活,勤于笔耕,
曾经于生中觅得死,愿于此死中觅到生!
请怜悯,为主赞颂——他曾希望,曾请求
可被主宽恕,而非留名。③ 愿福泽同佑!

---

① 本诗作于1833年,柯尔律治逝世的前一年。他曾在一封信中将本诗命名为《一位鲜为人知的诗人的墓志铭;他名字的首字母比他的全名更广为人知》("Epitaph on a Poet little known, yet better known by the Initials of his Name than by the name itself")。
② S. T. C 即柯尔律治(Samuel Taylor Coleridge)全名的首字母缩写。
③ 原文为"to be forgiven for fame"。据柯尔律治自己的注释,其中的"for"等同于"instead of",即"代替;而不是"之意。

思考题

1. 《古舟子咏》中的老船夫是何种类型的人物?他的海上历险与《奥德赛》(Odyssey)中奥德修斯的海上漂流是否有可比之处?

2. 《忽必烈汗》中诗人对"东方"和"中世纪"的想象有何特色?这些特色是否能够,以及多大程度上可以反映柯尔律治同时代英国作家的共性?

3. 关于想象力,柯尔律治在《文学生涯》中写道:"最理想的完美诗人能使人的全部灵魂活跃起来,使各种才能互相制约,然而又发挥其各自的价值与作用。他到处散发一种和谐一致的情调和精神,促使各物混合并进而溶化为一,所依靠的是一种善于综合的神奇力量,这就是我们专门称为想象的力量。"结合他的诗作,谈谈如何理解这段话。

威廉·布莱克

(王清卓 撰)

威廉·布莱克(1757—1827),英国诗人、版画家,浪漫主义文学代表人物之一。布莱克生于伦敦一个贫寒的袜商家庭,一方面迫于贫穷,另一方面出于对雕刻的兴趣,他10岁便停止接受正规教育,被母亲凯瑟琳·赖特·阿米蒂奇(Catherine Wright Armitage)送到了一家绘画学校学习。14岁起,他向雕刻师詹姆斯·巴西雷(James Basire)拜师学艺,度过了7年学徒生涯;与此同时,他在闲暇时间广泛阅读,并开始尝试诗歌创作。1779年,布莱克进入皇家艺术学院学习,表现出了对古典美术如米开朗琪罗和拉斐尔作品的偏好。1782年,他与凯瑟琳·布歇(Catherine Boucher)结婚,并教会了布歇读书、写作和雕刻,布歇后来成为布莱克印制插图作品时极为重要的帮手。

1783年左右,布莱克的第一部诗集《诗的素描》(*Poetical Sketches*)付梓,这部诗集表现出了浪漫主义诗歌的一些基本特征,被一些评论家认为是为浪漫主义时期做的准备。1788年后,布莱克陆续出版了四本插图诗集,包括他的代表作品《天真与经验之歌》(*Songs of Innocence and of Experience*)及《天堂与地狱的联姻》(*The Marriage of Heaven and Hell*)。《天真之歌》(*Songs of Innocence*)共包括19首诗歌,体现了人类纯真、快乐的理想生活状态,《关于他人的苦难》("On Another's Sorrow")就是其中的一个代表。相比之下,《经验之歌》(*Songs of Experience*)中收录的26首诗歌则是对当时社会现实的批评,如《伦敦》("London")就控诉了战争和瘟疫给人民造成的巨大伤害。布莱克的诗和画是不可分割的,二者有时互为补充,互相印证,有时却又可能彼此矛盾。这给布莱克的作品增添了更多魅力,也为后世欣赏这些作品提供了更多可能性。

虎

(阮俊华 译)

猛虎！猛虎！侵略如火，
划破森林的暗夜。
何等不朽的手笔，
造就如此令人胆寒的匀称躯体？

在何等遥远的深渊长空
你烈火般的双目燃烧？
借着何等的双翅翱翔？
借着何等的铁掌擒火？

何等的臂力，何等的工巧，
才能把你的心筋锻造？
一旦当它开始搏动，
何等骇人的手脚将被驱动？

何等的铁锤？何等的钢链？
又在何等的熔炉里将你的头脑锤炼？
何等的铁砧？何等致命的虎扑
敢教一切降服？

当星辰掷下长枪,
又把天国浸满泪水,
他是否会笑看自己的造物?
他曾创造了羔羊,也创造了你?

猛虎!猛虎!侵略如火,
划破森林的暗夜。
何等不朽的手笔,
造就如此令人胆寒的匀称躯体?

爱 的 花 园[①]

（包慧怡 译）

我前往爱的花园，
目睹前所未见之事：
在我曾经嬉玩的绿茵草甸，
一座小教堂在中央矗立。

这教堂紧闭门扉，
门上写着：不得入内；
所以我转身向爱的花园，
众多馨香之花曾于此绽放。

但我见到爱的花园满是坟茔，
本应是花儿的地方，墓碑遍布：
一身黑袍的牧师正绕圈逡巡，
用荆棘将我的喜乐和爱欲捆住。

---

① 本诗作于 1794 年，收入《经验之歌》中。

病 玫 瑰[①]

（包慧怡 译）

哦，玫瑰，你病了。
那隐形的蠕虫
那趁夜色飞行于
呼啸的风暴中的蠕虫

寻到了你那
蔷薇色欢愉的床笫：
而他晦暗的秘密的爱
摧毁了你的生命。

---

① 本诗约作于1794年，收入《经验之歌》中。

伦　　敦[①]

(刘颖杰　译)

我彷徨穿梭在每条特许宪街[②],
附近流淌着泰晤士那条特许宪河,
我遇到的每张脸庞都盖着
"意志软弱""哀愁命苦"的章。

在人民的嘶吼哀号中,
在婴孩的惊惧啼哭中,
种种音响,声声咒骂[③],
我听到人心锻造的镣铐丁零当啷:

扫烟囱的孩童如何哭泣?
呜咽熏黑教堂,声响使之战栗。
一生凄苦的士兵如何叹息?
声声含血,流淌下染红宫殿墙壁。

[①] 本诗作于 1794 年,收入《经验之歌》,是于《天真之歌》中没有对应的几首诗之一。这两部诗集表达了布莱克认为人性会随着成长逐渐被社会侵蚀腐坏的想法。本诗创作于法国大革命之后,此时的英国被严格的法律与腐败的教廷约束,底层人民贫苦不堪。
[②] 原文为"Charter'd Street",下一行原文为"Charter'd Thames"。1794 年英国处于当时社会制度的严格管控下,"特许宪制"指依照宪章合法规定,保证某些人或某个阶级享有特殊权利,同时也暗示特定行为的禁止。反复修辞的运用表明人文与自然同时受宪章管制,体现当时英国法律的荒唐与束缚。
[③] 原文 ban 有多重含义,这里取诗人时代的用法,同 curse,与本节中的各种声音的提喻手法相衬,并和下文娼妓的诅咒呼应。

但最绝是我在午夜街巷所闻，
妙龄娼妇的诅咒是怎样
吓回新生婴孩的眼泪，①
又用瘟疫装殓燕尔新婚。②

《伦敦》，威廉·布莱克绘

① 大多数评论家认为本句暗示新生儿因为父母的性病（也是下文的瘟疫）而先天失明，但译者对这一说法的科学性存疑，因此取 blast 一词的引申义（孩童因声波的巨大冲击而吓回眼泪），表示娼妓的残忍以及婴孩给她带来的绝望。
② 原文为"And blights with plagues the Marriage hearse"，使用了矛盾修辞法，意为妓女为了谋生染上性病，又将其四处传播，让婚礼的马车变成送葬的灵车。这里译者用中文"装殓"与"妆奁"的谐音来体现这一矛盾：新婚夫妇的妆奁本应满含祝福，而今却因时疫变成灵柩。

关于他人的苦难[①]

(王清卓 译)

我怎能看到他人的哀伤,
却不在心中感他之所想。
我怎能看到他人的伤悲,
却不去寻求善意的宽慰。

我怎能看着一滴泪掉落,
却不感受到同样的难过,
一位父亲怎能看着他的孩子哭泣,
在心中却没有充满悲戚。

一位母亲怎能安坐倾听,
一个婴儿因恐惧而呻吟——
不,不,这绝对不可能。
这绝不可能,绝不可能。

那对着世间万物微笑的主,
怎能听到鹪鹩小小的苦楚,
怎能听到小鸟的哀伤和担忧,

[①] 本诗作于1789年,收入《天真之歌》中。

怎能听到婴儿所承受的悲愁——

却不坐到鸟儿的巢旁边
向它们的心胸倾注爱怜?
却不坐到摇篮的附近去
伴着婴儿的泪一同哭泣?

却不守坐着,白天接夜晚,
将我们所有的泪水都拭干?
哦!不,这绝对不可能。
这绝不可能,绝不可能。

他确乎赐予万物他的愉快。
他变身成一个小小的婴孩。
他变身成一个哀愁的人,
他也真切地感到了悲辛。

不要认为,你能够叹口气,
而造你的主会没有紧邻你。
不要认为,你能够落滴泪,
而造你的主会不在你周围。

哦!他赐予我们他的愉悦,
他要把我们的悲伤给毁灭
这些悲伤逃离、远去之前,
他都会坐在我们身旁悲叹。

思考题

1. 《虎》中的猛虎象征着什么？有学者认为，布莱克即使在他最精要的短诗中也是个神秘主义者，你是否同意？为什么？
2. 对比出自《天真之歌》与《经验之歌》的诗作，在风格、语调、精神内核等方面是否有所不同？如有，有何明显不同？
3. 《伦敦》如何处理"都市"主题？反映出诗人对城市及其居民的何种态度？体现出诗人对工业时代人性的何种反思？

拜 伦

（刘颖杰 撰）

乔治·戈登·拜伦(1788—1824)是19世纪英国最伟大的诗人之一，也是浪漫主义作家的典范。他的作品虽然在形式上延续了18世纪的传统，但却表现出诗人对既定信仰体系的怀疑态度，在当时的知识分子与社会各界引起强烈争议，也影响了后世欧美各个门类的艺术名流。他将真情实意埋于字里行间，孕育了"拜伦式英雄"。

拜伦是两个贵族家庭的后裔，其祖父是一位海军上将，叔祖是拜伦家族第五代男爵。拜伦10岁时，叔祖与叔祖的继承人去世，拜伦成为家族第六代勋爵。此后他求学于哈罗公学与剑桥三一学院。他的脚天生畸形，但跛足反而使他更热衷于运动，他打板球、练拳击、击剑、骑马，还是一名游泳运动员。尽管在大学时代有诸多消遣，他总会找时间尝试抒情诗创作。拜伦获得文学硕士学位之际已经成年，他于1809年随约翰·卡姆·霍布豪斯(John Cam Hobhouse)启程远行，途经葡萄牙和西班牙，前往马耳他，最后抵达阿尔巴尼亚、希腊和小亚细亚。在希腊他饱读诗书，将阅读时的灵感融入他的许多重要诗歌中，包括最后一部作品《唐璜》。

自早期作品《恰尔德·哈洛尔德游记》(*Childe Harold's Pilgrimage*)出版以来，拜伦的名声就已传遍英国。他面庞英俊，接二连三的风流韵事使他被大众排斥，最终在1816年4月25日被迫永远离开英国。拜伦的创作灵感源于羁旅途中的感情经历。同时，他也一直致力于创作悲剧。为了组织去希腊的远征，协助希腊摆脱奥斯曼帝国的支配，他一度中断了所有文学活动。虽然后来拜伦对希腊革命的胜利逐渐不再抱有希望,但他还是通过写作激发了欧洲人对希腊独立事业的热情。在阴暗的沼泽小镇密松吉,拜伦过着斯巴达式的简朴生活。他训练军队,在派系阴谋与军队无能的混乱中表现出领导能力与对时局的洞察力,可惜在刚过完 36 岁生日不久,疲惫不堪的他却因病去世了。时至今日,拜伦仍被希腊人尊为民族英雄。拜伦的学生和朋友都认为拜伦变化无常的性情有其迷人之处。正如玛丽·雪莱在拜伦死后六年所写:"拜伦勋爵是令人着迷的人,或许有些缺点甚至有点幼稚、却充满哲思光芒。他敢让世界臣服于自己的生活。他浮躁、懒惰、阴郁,但他比任何人都要快乐。"拜伦自己也很清楚地意识到这一点,他曾告诉他的朋友布莱辛顿夫人(Countess of Blessington):"我变化无常,世事交替出现,无物天长地久——我是良善与邪恶的奇怪混合,人们很难对我下确切的定论。"但他一直忠于自己的原则,他接着对布莱辛顿夫人说:"我只有两种感情始终如一——对自由的热爱和对虚伪的厌恶。"

泳峡后记——从塞斯托斯至阿比多斯[①]

(刘颖杰 译)

1.
倘若,是在阴郁的十二月,[②]
利安德,那少年总在黑夜
(哪个少女会忘却这段故事?)
横渡你的湍流,广阔的赫勒斯庞特!

2.
倘若,冬日的风雪肆虐之时,
他游向海洛,没有丝毫勉强,
你那时的洪流就这样倾泻,
美丽的维纳斯,我该多么怜悯这对璧人!

3.
而我,怠惰于现世的可怜人,

---

① 本诗写于 1810 年 5 月 9 日,引用了希腊神话中海洛(Hero)与利安德(Leander)的典故。海洛是阿佛洛狄特的女祭司之一,住在塞斯托斯(位于赫勒斯庞特海峡的欧洲一端)的塔楼之上。利安德是生活在阿比多斯(海峡另一端)的年轻人。利安德爱上海洛后每天晚上都会在海洛塔楼上的灯光指引下,游过赫勒斯庞特海峡去见海洛,直到有一天狂风大作,利安德溺于海上。1810 年 5 月 3 日,拜伦以相反路线横游过赫勒斯庞特海峡。拜伦曾在此诗的笔记中说到赫勒斯庞特海峡的宽度"在四英里以上,虽然实际的距离无法这么衡量。潮水很快,没有船只可以通行,海水因为是雪山融水所以极度寒冷"。
② 利安德与海洛的私会原本只在温暖和煦的季节维持,后来冬天来临,海水降温,加之一场暴风雨让利安德看不清塔楼的灯光,他因此溺毙海底。

拜 伦

尽管是在和煦的五月，
坠膘的四肢①稍微伸展，
都觉是今日非凡壮举。

4.
但自从他横渡了那急流，
据这漏洞百出的故事，
求爱——以及——天知道还有什么，
为爱而泳，就如我为荣耀而泳②

5.
难定谁的旅程最勇：
可怜的凡人！因此上帝还让你们受尽挫折！
他没了力气，我笑道：
他溺于汪洋，我困于疟疾。

---

① 原文为"dripping limbs"。dripping 在 15 世纪时指烤肉滴下的油脂，现也有"淋湿的，湿漉漉的"之义。译者将此理解为因体脂含量高而垂坠的手臂。本节诗人戏谑地自嘲，以与利安德作比。
② 这里值得一提的是，拜伦因足部畸形而跛足，但这反而更让他热衷于运动，他的游泳技术十分高超。译者认为，对于先天不足的后天弥补，是拜伦追求的小小荣誉之一。

她步履袅娜^①

(刘颖杰　译)

1.
她步履袅娜,像那夜色
清朗无云,星光熠熠;
绝妙光影交叠错落
汇聚于她的美貌与眼眸:
朦胧了温柔月华,
上帝绝不肯将此赠予艳俗白日。

2.
多一道阴影,少一抹光晕,
都会折损这不可名状的优雅,
摇曳于丝丝乌黑润顺的秀发,
又柔缓地点亮她的面庞;
那儿,思想恬淡美好地诉说着
她的胸怀冰清玉洁,弥足珍贵。

---

① 本诗写于 1814 年 6 月,收入抒情诗选《希伯来乐曲》(*Hebrew Melodies*)。这本诗集大多取材于《圣经·旧约》,是拜伦取古典题材为浪漫主义所用的经典案例。诗中的主人公是拜伦表亲之妻安妮·威尔莫(Anne Wilmot)。本诗也是《希伯来乐曲》的开篇之作,诗中不仅描写了美人令人惊艳的外表,更突出其内心高洁,回应《旧约》中《雅歌》等篇章对女性美的礼赞。

3.
跃然脸颊,藏于眉宇,
柔和宁静却脉脉千语,
微笑摄人心魄,顾盼光泽焕然,
可却诉说着温良岁月,
内心平和包容一切,
情思满含纯真爱意!

这天我走过第三十六个年头①

(刘颖杰 译)

1.
此时此心本应波澜不惊,
既然世人已不再动心,
但就算我无法被爱,
请让我依然保持热爱!

2.
我的时光裹在泛黄的树叶里;
爱的鲜花硕果已逝者如斯;
蠕虫、溃疡、悔恨
是我仅存的所有!

3.
我胸中怀有的火苗
暗淡如遗落汪洋的火山;
它的微焰已无法点亮任何火把——
火葬后的尘堆!

---

① 本诗作于 1824 年,此时拜伦中止文学创作,组织了一次去希腊的远征,以援助希腊摆脱奥斯曼帝国的独立战争。他对希腊的情况十分了解,对战争胜利怀有信心,但却在一系列激战中节节败退,并因为过度劳累在过完 36 岁生日后不久亡故。这是一首创作于其 36 岁生日之际的诗歌,其中涵盖了拜伦对人生的思考及对死亡的理解。

4.

祈愿、忌惮、关心则乱,
这苦痛中的高尚
连同爱的力量我都无法分享,
只有佩戴那副镣铐。

5.

但这未成定局——这也不在此地
这念头会动摇我的灵魂,也非此时
当荣光装点着英雄的棺木
或萦绕于他的眉间。

6.

剑锋——旌旗——战场——
看这荣光与希腊,在我周遭!
屹于盾牌之上的斯巴达傲骨①
何曾如此自由!

7.

醒悟吧!(除了希腊——她已觉醒)
醒悟吧!我的意志!想想是经谁
你的生命之血追溯其源头,
然后反击!

8.

踩碎那些复萌的热忱,

---

① 拜伦崇尚斯巴达的生活方式,并在作战过程中亲自率兵领将,展现出审时度势的洞察力与卓越的领导能力。

卑贱的男儿气概！——对于你，
你应漠不关心，
无论美人笑颦。

9.
如若伤怀青春，何必苟活至此？
英勇就义的国土
就在此地——征战戎场，
倾尽生命的气息！

10.
去寻觅——尽管觅多得少
一个英烈的归巢——致臻之隅；
再顾盼左右，择汝良地，
安然而息。

骷髅杯上的诗[①]

(刘颖杰 译)

别说话,也别让我的思绪[②]出走:
在我唯一拥有的头颅中,
从这儿——不像活着的骷髅,
流泻出的一切都不落窠臼。

我活过,爱过,痛饮过,像你那般;
我已亡故:骨骼深埋大地;
斟满——你无法伤我毫厘;
蛆虫之唇比你的嘴更为腌臜。

盛满美酒,更为得宜,
强过滋养曲蟮蝼蚁,
跃入杯中轮回旋转,
神之佳酿好过蛇蜥之餐。

[①] 本诗写于1808年,是拜伦的早期作品。在本诗中,拜伦赋予头骨制杯言语的能力,暗含了铭记死亡(*memento mori*)与活在当下(*carpe diem*)两个主题,表达了诗人对死亡的不屑。用头骨制作杯盏在当时本身也是大不敬的行为,暗含拜伦对无神主义(atheism)的坚持。传说拜伦本人也确有一盏骷髅杯。
[②] 原文为"spirit"。spirit 在全诗中有两个意思,一是精神、灵魂,二是酒精。人活着的时候头颅用来装载智慧,人死了头颅用来装载醇饮。酒是亡者逝去后的灵魂。

某地某时，我的才智许会发光，
若因援及他人，让他闪烁辉煌；
或在某时，天哪！我的智慧消散，
还有什么高贵似醇酒让头颅满杯？

趁你可以，把酒尽欢；另一程，
当你倾尽所有与我飞驰，
你将得到救赎远离尘土，
与亡者一起欢呼起舞。

何妨——既然浮生一瞬，
幻象又岌岌可危？
既已逃离蠕虫废墟，
　　机不可失劝君惜取。

致伯沙撒①

（刘颖杰　译）

伯沙撒！自宴会一劫，
你的肉欲也将永垂不朽；
瞧啊！在你化烬之前
雕凿出的字眼，闪着光的壁板。
被千百个自以为是误解，
是上帝为你涂油加冕；
可你，最不堪一击，最窝囊委屈，
难道预言有写，你除死别无他选？

去！掐断你眉间生长的蔷薇——
衰鬓斑白但少有蜷曲；
少时花环于你不再相宜，
你那王冠则更不用提，
你让冠上珠翠暗淡无光；
再添上廉价玩意，

---

① 伯沙撒（Belshazzar）是拜伦时常援引的对象。他是新巴伦王朝最后一个皇帝那波尼德（Nabonidus）之子，但其位最高只在摄政王，未曾真正作为君主统治国家。同时他也被犹太传统刻画为迫害以色列的暴君，并且不敬宗教。《旧约·但以理书》中描绘了伯沙撒死前的宴会：为了宴请皇亲国戚，伯沙撒用了祭祀餐具，这时突然出现一只手，在壁上写下"Mene, Mene, Tekel, Upharsin"。当时只有先知但以理揭秘了这四个词的含义，它们预示着国家会因伯沙撒的恶行而四分五裂，于是伯沙撒在当晚被了结。本诗体现了作者作为无神论者对伯沙撒的同情，并在一定程度上指责上帝给予伯沙撒不公的命运及但以理自以为是的误读。

戴着它贱民都会耻笑;
又向良人学习怎样了结此生!

哦!起初你能承冠之重,
可曾经的誓言与价值的灵光,
其魂已亡,而后青春荒芜,
只给你留下成堆尘土。
来看你改变嘲讽者的讥笑:
但希望之神躲闪的目光中满含热泪,
哀悼着,纵使你来到人间——
却无法统御,不配生活,也休想长眠。

思考题

1. 结合《泳峡后记——从塞斯托斯至阿比多斯》《这天我走过第三十六个年头》以及拜伦去世前投身希腊独立战争的实践,谈谈希腊文化对他意味着什么?拜伦如何看待诗与社会变革、文化与政治的关系?
2. 《致伯沙撒》中拜伦如何化用希伯来经典文本,并完成对《旧约·但以理书》正统叙事的颠覆?结合《这天我走过第三十六个年头》《骷髅杯上的诗》《致伯沙撒》,试论拜伦对死亡的态度。
3. 你如何理解"拜伦式英雄"?诗人本人是否堪称这样一类英雄?

雪　莱

（刘颖杰　撰）

一生激进、思想前卫的珀西·比希·雪莱(1792—1822)实则出身于坚定的保守派家庭，其祖先自17世纪初便是苏塞克斯的贵族。依循其准男爵的身份，雪莱就读于伊顿公学和牛津大学。幼时的雪莱体格瘦小，举止古怪，不善运动，因此常被年长健壮的男孩欺凌。他把求学时期遭逢的霸凌看作人对同类无情施暴的缩影。从那时起，他决定将自己的一生献给反抗不公与压迫的事业。

1810年秋，拜伦求学于牛津大学，期间与托马斯·杰斐逊·霍格(Thomas Jefferson Hogg)相识。因着共同对哲学的酷爱与对正统的鄙夷，他们联合起草了《无神论之必然》(*The Necessity of Atheism*)，力陈上帝的存在无法在经验基础上被证实，并将这本政治宣传册寄送给各区主教与牛津大学的学者们。校方因雪莱拒绝否认宣传册中的内容而立即将其开除。持续6个月便夭折的大学生涯令雪莱又惊又痛，同时也加深了他与父亲的嫌隙。

被赶出家门的雪莱来到伦敦，后与17岁的赫利埃特·委斯特布洛克(Harriet Westbrook)私奔至爱丁堡结婚。这对少年夫妻行走奔波，于1812年2月至都柏林分发《告爱尔兰人民书》(*An Address to the Irish People*)，支持天主教解放运动，致力于解救长期遭受压迫的贫苦大众。回到伦敦后的一年间雪莱完成了叙事长诗《麦布女王》(*Queen Mab*)，抨击、批判宗教的伪善和贵族阶级与君主制度的惨无人道。

1813年春，雪莱与赫利埃特在这段饱含浪漫色彩的仓促婚姻中渐行渐远。雪莱转而爱上威廉·葛德文才情横溢的女儿玛丽，并与其逃至法国。一贯秉持无排他之爱的雪莱还邀请赫利埃特作为妹妹同住。在公众眼光中,雪莱不仅是无神论者、革命者,还属于放浪不羁之流。两年后赫利埃特孕期溺毙自杀,腹中胎儿生父不详。次年12月雪莱与玛丽结婚,并于1818年搬至意大利。

在意大利期间,雪莱又恢复了辗转不安的生活状态,避人不见,健康状态每况愈下。他与玛丽的几个孩子都相继夭折,只有生于1819年的儿子珀西·弗洛伦丝·雪莱(Percy Florence Shelley)长大成人。在这样的生活背景下,雪莱创作出了他这一生最为盛传的诗篇。1822年7月8日,雪莱卒于海难:一阵狂风将其与爱德华·威廉姆斯(Edward Williams)驾驶的"唐璜号"淹没。几天后,雪莱的尸体被冲上岸,火化后骨灰被埋葬在罗马的新教墓地。

流亡国外的经历给予了雪莱"流放者"与"异族人"的视角。同时,他的处境使他幻想建立知识联盟,或者其他新形式的伦理政治团体,这雄心体现在他与拜伦、济慈、利·亨特(Leigh Hunt)等人的友谊中。雪莱热爱阅读,涉猎广泛,这使他成为最博学的英国诗人。有文学评论家提出雪莱的气质中流露出"非确信的理想主义"——这一态度也是他参与的激进派社会与政治革命的底色。评论家们对雪莱的性格的讨论莫衷一是,就像他们很少对雪莱融合政治与诗歌的成就达成一致。拜伦回应雪莱死后收到的攻评时曾说:"他无疑是我所认识的最优秀、最无私的人。"雪莱诗歌中的政治思想启发了后世的政治激进分子,他的作品成为19世纪中叶的宪章派、20世纪末的马克思和恩格斯以及20世纪初的圣雄甘地和英国工党的指路明灯之一。

奥兹曼迪亚斯[①]

(包慧怡　译)

我邂逅一名旅者,来自古寂之国,
他说——"两条没有躯干的石头巨腿
矗立荒漠中……附近的黄沙层中,
破碎的面庞一半沉陷,紧蹙着眉,
抿起嘴唇,露出凛冽专横的冷笑,
足见雕塑家读彻了其人生前的激情,
激情仍残存,刻印在无生命的废墟,比起
调弄其情的雕者之手和由情滋养的像主之心
活得更久;底座上镌刻着这些词句:
吾乃万王之王,奥兹曼迪亚斯,
神啊,看看我的伟业,然后绝望!
此外一无所留。环绕那巨石像遗迹
　　废墟之外,戈壁空莽无边,
　　唯余平沙寂寂,向远方铺展。"

[①] 本诗写于1818年,奥兹曼迪亚斯(Ozymandias)是公元前13世纪埃及法老拉美西斯二世(Ramesses II)的希腊名字。根据公元前1世纪希腊历史学家狄奥多罗斯·西库洛斯(Diodorus Siculus)的记载,埃及境内最大的雕像上刻着如下铭文:"吾乃万王之王,奥兹曼迪亚斯,如果有人想知道我是谁,我在哪,请让他的成就先胜过我的伟业。"

犹太浪人的独白①

(刘颖杰 译)

是有三重分身且永生的那位吗,②是他
敢于阻止命运的无尽循环
将我打入最深的那层地狱吗?
难道雷鸣闪电无法摧毁我身?
难道凌迟酷刑③无法涸竭我躯?
是的——快让我去毁灭之神④的居所,
挑衅她走出那深窟险洞的老巢,
嘲讽她让该死的怠惰转为怒火,
用气焰点燃遗忘之主的死亡长炬,
而后泰然登上火葬灭世恶霸的柴垛。
世间的暴君!你这凄苦灾祸的獠牙!
在你深恶痛绝的名录中
就没有快意恩仇的运数吗?
云层中就没有沾眉即死的毒药

---

① 在欧洲传说中,犹太浪人因为在耶稣去往十字架行刑的路上诅咒耶稣,而被处以在耶稣再临前流浪永生、无法赴死的惩罚。他因永生而非神,被看作是异化的代表。此诗是雪莱以犹太浪人的口吻所作。本诗中的犹太浪人作为受害者,四处寻死而不得,控诉上帝惨痛的惩罚,质疑上帝慈悲的形象。雪莱将犹太浪人的遭遇神话化,是其哥特风格的代表作。犹太浪人也是雪莱常用意象之一,其另一首长诗《犹太浪人》(*The Wandering Jew*)也是雪莱早期诗歌中具有代表性的作品之一。
② 此处指耶稣基督,原文为"Eternal Triune",指出耶稣三位一体与永生的特征,没有直接点出其名讳。
③ 原文为"steel drink the blood-life where it swells",直译为"钢铁将肿胀部分的血肉饮光"。
④ 原文为"Destruction"。

雪　莱

来了结誓死蔑视你的凡人吗?
哪里找正午肆虐的瘟疫,它只屠杀
以色列所偏爱民族的万千子孙?
哪里有专司毁灭的牧师,飞驰四方
将悲伤绝望的怒潮倾洒
灌溉亚述人①共同的心血?
哪里去找地震邪魔,风卷残云
混迹在骇人可拉②未觉的追随者中?
或是天使长炽灼的双刃利剑③,驱策追逐
把我们的祖先④赶出天恩荫庇
(经你一手抚育)竟因他人罪名⑤,
只为合你神通广大恣意祸福的心意?
是的! 我宁愿招惹此等灾殃,
无所不能的暴君! 我向您致谢——
干了这杯! 将仇怨憎恨一饮而尽;放过我——让我死!

---

① 原文为"Assyrian",基督徒中的闪族语使用者,这里指犹太人群体。
② 在以色列人从埃及出发去往以色列的旅途中,可拉领导了一次针对摩西和他的兄弟亚伦的叛乱。作为惩罚,他被大地吞噬,走向生命的终结。依照这个典故,雪莱将"地震邪魔"安插在可拉领导的叛乱队伍中,与可拉最后被大地吞噬的结局相吻合。
③ 双刃利剑(Two-Edged Sword)为天使中的首领天使长所有。在亚当和夏娃被驱逐出天堂后,上帝将此剑赐予天使长,派他在天堂门口守卫,以阻止亚当和夏娃归来。
④ 指亚当和夏娃。
⑤ 这里引用夏娃因撒旦的诱惑而偷食禁果,连同亚当一起被逐出天堂的典故。这里是诗人对此新的理解:上帝一手抚育亚当和夏娃,却毫无慈悲之心,本是撒旦的过错,却以最严厉的惩罚对待他们,表现出上帝伪善、用惩罚来掩盖自己报复心的真实面目。

致尼罗河①

（刘颖杰 译）

日复一日聚积倾泻的雨珠
浸透隐蔽的埃塞俄比亚幽谷；
来自烈日沙漠冰雪覆盖的群峰，
凛冬与炎夏于此相拥交融，
将融化的成片雪原在阿特拉斯山上半悬。
风暴栖息处飞绕飓风星火，
尼罗精魂②在侧，咒语咄咄，
驱策河川奔赴浩瀚的结果。
埃及古陆忆中之洪皆迅猛如今③，
都拜你所赐啊，尼罗！你最为明了：
怡神清风伴着邪祸瘴气，
你所至之处同时滋育甘果与毒药。
当心啊人类！知识之于你，④
犹如沧溽洪流之于埃及，轮回无尽。

---

① 本诗写于1818年，为商籁体诗歌，是雪莱在与济慈、利·亨特三人的诗歌创作比赛中所作。
② 拿破仑的远征队伍打开了尼罗河两岸的交通，使人们能探访沿岸的雕像和其他文物，人们开始对埃及之谜产生兴趣。原文为"Nile's aereal urn"。
③ 古埃及时期，大多数人民的生活依靠尼罗河，以灌溉庄稼或实现货物通航。但同时，尼罗河每年的洪水也会成为当地居民生存的威胁。
④ 这里诗人将知识类比为同时招致祸福的尼罗河：它能推动人类文明进程，也能将人类毁于一旦。

爱尔兰人之歌①

(刘颖杰 译)

星辰尽可融于寰宇,光明之源
许会沉寂于无尽混沌黑夜,
琼楼玉宇终将坍塌,尘世归烟,
但你的肝胆啊,爱林②!永世不朽。

看!无垠的残垣四下蔓延,
昔日桑梓倾颓塌陷,
仇敌于故国的版图策马扬鞭,
而英武的勇士横尸遍野。

唉!曾予喜悦的竖琴魂灭弦断,
唉!故土欢腾的乡乐噤声哑然,
但战歌铿锵,刀剑叮当,
斯洛汉③的绝望嘶吼仍于耳畔回响。

---

① 本诗写于 1809 年,爱尔兰解放运动是雪莱早期诗歌的政治主题之一。雪莱 1812 年去往都柏林,参与爱尔兰时政并为天主教徒解放运动(catholic emancipation)撰写宣传册,本诗作为这一运动的预言,体现了雪莱对爱尔兰时政的关心,并希望爱尔兰军队追求独立自由的精神能启发英国人民奋起反抗当下的统治,实现解放。
② 原文为"Erin",指爱尔兰。
③ 原文为"Sloghan",是爱尔兰当地姓氏。

啊！英雄何在！胜于亡际，
肉身倒地挣扎，血染山野，
亡魂御风驰骋，呼啸怒号，
"爱林之子，报仇雪耻！"呐喊不竭。

印度小夜曲①

(刘颖杰　译)

我从有你的梦中醒来，
在唯一甜睡的夜晚，
那时微风呼吸轻柔，
那时星辰闪烁明亮。
我从有你的梦中醒来，
脚下却有精灵
牵引着我——谁知如何
去你闺房的夜窗，我心爱的人！

曲调游弋沉醉
在这良夜，噤声的溪流——
黄兰②香消玉殒
如梦里甜蜜的情愫；
夜莺的埋怨，
在她心上化为乌有；
我也想在你心间长眠不醒，
啊，你让我魂牵梦萦！

---

① 小夜曲(Serenade)的传统源于中世纪时期，这首诗是雪莱所作的爱情诗，其中包含了印度热带地区夜晚特有的意象，读来恬静宜人。
② 原文为"champak"。黄兰，双子叶植物纲木兰科植物，以花朵香气浓郁而闻名，多分布于印度马来亚区。

噢,让我从草坪上起身!
我死去!昏厥!倒下!
让你的爱意化为细雨轻吻
落在我苍白的双唇和眼帘。
我的脸颊冰冷惨淡,哎呀!
可内心却小鹿乱撞——
噢!将它再度印入你的肉身,
在那它终将零落破碎。

思考题

1. 雪莱笔下的埃及和其他众多异域如何参与塑造了一种英国特色的"东方想象"?雪莱是否是一名世界主义者?或者说,雪莱在何种意义上是一名世界主义者?
2. 你如何理解《犹太浪人的独白》中犹太浪人的形象?
3. 雪莱在《为诗辩护》中写道:"诗与最初的人同寿……诗人不仅强烈关注今天的现状,并寻求应该使今天的事物井然有序的法则,而且在今天中看见明天……诗人参与在永恒与无限之中,参与在一体之中。"你如何看待这段话?

济　慈

（王清卓　撰）

约翰·济慈(1795—1821)是 19 世纪浪漫主义诗人之一，与拜伦、雪莱一同被推为第二代浪漫主义诗人的代表人物。济慈命运多舛，出身卑微，未及 15 岁便失去双亲。他未曾接受过高等教育，16 岁时便离开私立学校，被其监护人送去做药剂师学徒。尽管学医前途光明，但对文学的热爱促使济慈最终放弃了从医，专心诗歌创作。在好友查尔斯·考顿·克拉克(Charles Cowden Clarke)和利·亨特等的引介和影响下，济慈阅读了大量斯宾塞、莎士比亚、弥尔顿(John Milton)等文学大家的名作，并尝试写作和发表诗歌。

1817 年，济慈的第一本诗集出版，但在评论界备受冷落。1818 年，他的代表作之一叙事长诗《恩底弥翁》(*Endymion*)问世。由于济慈与政治立场激进的亨特交好，保守背景的《评论季刊》(*Quarterly Review*)等刊物对其进行了恶意抨击，但这些并未使济慈一蹶不振。20 岁时，济慈写道："啊，给我十年吧！我可以在诗里/征服自己；我可以大有作为/听从我灵魂对我自己的指挥。"(《睡与诗》[*Sleep and Poetry*]第 96—98 行，屠岸译)。济慈的诗作中贯穿着他对死亡的关注和思考，如在《当我担忧也许来不及……》(*When I Have Fears That I May Cease to Be...*)中，他就表达了对自己的才华也许无法完全施展的忧虑。孰料一语成谶，济慈于 25 岁就因肺结核病逝于罗马。

虽然天不假年，但从拾笔至逝世，济慈只用了 5 年就给英国文学留下了珍贵的遗产。1819 年是济慈诗艺成熟的顶峰，仅在这短短的一年里，他就写出了《圣阿格尼丝节前夕》《无情的美人》和包括《忧郁颂》("Ode on Melancholy")与

《夜莺颂》("Ode to a Nightingale")在内的 6 首颂诗及多首十四行诗。济慈的诗歌中充满了丰富的感官描写,表现出对大自然的强烈感受和热爱。他诗作中的哲思,如"美即是真,真即是美"的命题,更是一直启发着后人的思考。济慈为自己题写了墓志铭"此地长眠者,声名水上书";然而,他的哲思与才华注定了他的声名不会如逝水而去,而会永远在英国文学史的长河中波光熠熠。

初读查普曼译荷马[1]

（包慧怡　译）

我曾漫游众多黄金的疆土，
将曼妙的万国千邦尽览；
我也曾造访过西方岛屿千万，
诗人令其在阿波罗那儿留驻。
我常听闻有一片广袤国度，
深思的荷马统御那片领地；
我未曾呼吸它的纯净宁谧，
直到听见查普曼朗声诵读：
那时我仿佛成了望天的星师，
崭新的行星漂移入我的视域；
又如硬汉科尔特斯鹰眼锐利[2]
凝望太平洋，船员面面相觑，
　　各自心怀着臆测与狂念，
　　沉默地站在达利昂之巅。

---

[1] 本诗写于1816年10月。乔治·查普曼（George Chapman）是伊丽莎白时期的杰出诗人，戏剧、古典文学学者，翻译家。他是莎士比亚十四行诗中提到的"对手诗人"（Rival Poet）热门候选人之一。与济慈亦师亦友的查尔斯·考顿·克拉克曾推荐济慈阅读查普曼翻译的荷马史诗，据说济慈读了一个通宵，破晓时分才从克拉克的住处步行回家。同一天上午10点，克拉克在邮件里收到了这首十四行诗。

[2] 第一个从美洲中部的达利昂山看到太平洋的并非征服阿兹特克的西班牙殖民者埃尔南·科尔特斯（Hernán Cortés），而是另一名西班牙殖民征服者瓦斯科·努内斯·德·巴尔沃亚（Vasco Nunez de Balboa）。不过与济慈同时代的评注者几乎无人注意到这一笔误。

明 亮 的 星[①]

(包慧怡 译)

明亮的星,惟愿我能如你一般恒定——
并非如你身披明辉,孤高悬垂于夜空,
终夜不曾阖上眼睑,凝视下界,
像那坚忍无眠的隐士,在自然中
俯瞰这波动的浪涛履行牧师的圣仪,
冲刷大地上属人的海岸,将之净化,
并非如你遥望轻柔降落的新雪,
为延绵的山脉与荒沼覆上面纱;
并非如此——却依然恒定,坚贞不移,
枕卧我俊俏恋人正趋丰满的胸脯,
为了永远感受它温软的一起一伏,
为了永远在一种甜美的焦虑中苏醒,
　　一直,一直倾听她温柔静谧的呼吸,
　　就这样获得永生,或是晕眩着死去。

---

① 本诗常被看作济慈生前留下的最后一首诗。1820年秋,诗人坐船去意大利养病途中,将这首诗手写于随身携带的莎士比亚十四行诗集页边,次年2月济慈病逝于罗马。但学界一般认为该诗的初稿写于1819年,旅途中的版本只是誊抄。

当我担忧也许来不及……[①]

（王清卓　译）

当我担忧也许来不及，在我的笔
拾尽我多才的头脑的落穗前，
在高摞着的书堆，借由文字，
如丰收的谷仓贮存熟透的谷粒前，
我会死去；当我在星空上注视着，
崇高传奇故事的巨大云朵显像，
并想到我也许无法活到可以描摹
它的影子之时，用命运那魔力的手掌；
当我感觉我永远无法再看到你——
你这转瞬即逝的美丽造物；
永远无法再享受无忧无虑的
爱情的魔力之时——便孤身停伫
在苍茫的世界边岸上思虑重重，
直至爱情和名声都没入虚空。

[①] 本诗作于1818年1月。

无情的美人①

(王清卓 译)

1.

骑士啊,什么叫你苦恼,
面色苍白,孤身游荡?
湖中的莎草②已然枯萎,
也没有鸟儿歌唱。

2.

骑士啊,什么叫你苦恼,
如此憔悴,如此忧愁?
松鼠的粮仓贮满食物,
也已结束了丰收。

3.

我见你额苍白如百合,
缀着湿热苦楚的露珠,
你双颊如褪色的玫瑰,
也在迅速地干枯。

---

① 本诗作于1819年4月,题目取自法国中世纪诗人和政治作家阿兰·夏蒂埃(Alain Chartier)的诗歌"La Belle Dame sans Merci"。济慈仿照民谣,将这首诗写成了对话形式:前三节是对骑士说的,后面的部分是骑士的回复,前三节和后九节的叙述者不同。
② 多年生草本植物,多生长在潮湿处或沼泽地。

4.
我在草地上邂逅一美人,
美貌至极,若仙子之女;
她秀发飘飘,步履轻盈,
眸中狂野之光奕奕。

5.
我为她编织了一顶花环,
还有芳香的束腰和手镯;
她凝视着我,柔声叹息,
就好像她真的爱我。

6.
我抱她上马,悠悠踱步,
一整日再没看别的什么,
因眼中只见她侧身向我
吟唱一曲仙子之歌。

7.
她为我寻来甜美的草根,
天赐甘露,和野生蜂蜜,
她用一种奇异的语言说——
"我是真心地爱你。"

8.
她引我进她的仙子洞穴,
在那里啜泣,哀哀嗟叹,

也是在那，我用四个吻，①
合上她狂野的双眼。

9.
在那里她诱我安然入眠，
我梦到——啊！将降灾祸！
那是我最近做的一个梦，
就在这冰冷的山坡：

10.
我看到诸多国王、王子、
勇士，面无血色如白骨；
他们叫道——"无情的美人
已经将你囚为其奴！"

11.
我见他们饥饿之唇大张，
昏暗中预言可怕的灾祸；
我一觉醒来，发现自己
就在这冰冷的山坡。

12.
这就是我为何在此徘徊，
面色苍白，孤零零游荡，
纵然湖中的莎草已枯萎，
也没有了鸟儿歌唱。

---

① 关于为何是四个吻（with kisses four），一来应是为了押韵，二来济慈曾在一封信中解释道，他必须用一个偶数，才能把双眼都照顾到（"I was obliged to choose an even number that both eyes might have fair play"）。

夜 莺 颂

(阮俊华 译)

1.
心如刀割,五感麻痹,
睡意昏沉,犹如饮下毒酒,
又似才服鸦片至最末一滴,
便向忘川①坠去。
我并非殷羡你的欢快,
反倒是因你的快乐过分欣喜——
是你,羽翼轻快的树精,
在这悠扬婉转;
榉木森森,树荫无尽之处,
展喉高唱夏日之歌。

2.
若有美酒一口!
取自藏于地底的陈酿,
浅尝便有花神的芬芳,乡野的葱绿,
舞蹈,普罗旺斯②的歌谣,
还有明媚灼热的狂欢!

---

① 希腊神话中阴间的一条河,据说能让人忘却一切,故译作忘川。
② 法国东南部城市,薰衣草的故乡。

若杯中斟满温暖的南国,
满是臻美羞赧的灵泉①,
杯沿闪烁珠玉般的泡沫,
口唇都被涂染成紫色:
倘如我饮下,这世界将褪去不见,
同你一齐消失于树丛之间。

3.

远远隐没,消散,忘却
那树丛间的你所不知的一切,
所有的困倦、狂热和焦灼,
此处的人们枯坐着彼此哀叹;
中风的老年人抖落最后几缕悲哀的银发,
苍白的青年人日渐形销骨立如鬼影而后死亡;
此处满是忧愁,
双眼蓄着铅灰色的绝望,
美无法维系她明媚动人的双眸,
爱情也蜉蝣般朝生暮死。

4.

走吧!走吧!因为我将飞向你,
不是坐着酒神驾驶的猎豹战车,②
而是乘着诗神看不见的翅膀,
即便我的大脑困顿又迟缓:
但我已与你同行!夜色如此温柔,
月神恰巧升至中天的宝座,

---

① 希腊赫利孔山上的泉水,传说可激发创作诗歌的灵感。
② 罗马神话里的酒神巴库斯(Bacchus),相传他驾驶着豹子拉的车出游。

众星拱卫着她；
而此处没有光亮，
除却从天堂吹拂而来的天光
穿过了碧脆的阴幽和生着绿叶苔痕的曲径。

5.
脚下的花朵看不见，
枝头柔和的芳香也看不见，
但在芬芳的黑暗中，
我能猜到这节令里每种香气来自何方，
是青草，灌木，还有长有果木的原野；
白色的山楂树，田园的野蔷薇；
易凋的紫罗兰掩映在枝叶中；
五月中旬的长子，①
麝香蔷薇，缀满酒香，含苞欲绽，
夏夜里的绿蝇低低絮语。

6.
黑暗中我谛听：有多少回
我几乎已爱上静谧的死亡，
沉思中呢喃着他的姓名，
平静的呼吸如游丝；
没有任何时刻比此刻更适合丰饶的死亡，
在午夜时分无恙地划下休止，
而你在尽情地欢唱！
你仍在歌唱，可我却空有双耳——

---

① 麝香蔷薇是五月中旬最早开放的花，故诗人称其为"五月中旬的长子"。

你高亢的安魂曲却只为草泥。

7.
你不是为死而生的,不死鸟!
贪食的岁月不能践踏你;
我在这流逝的夜里所听见的鸣唱
昔日也为帝皇和小丑所听:
兴许是同一首歌
在路得①悲伤的心中找到了通路,每当她思念起故土,
就泪水涟涟地站在他乡的麦田上;
也是这首歌,
在孤寂的仙境,窗含汪洋怒涛滚滚,
绕窗三日余音不绝。

8.
孤寂!这个词像丧钟一般
将我震醒,从你身边回到我孤独的自己!
别了!幻梦终成泡影,
这盛传善骗的精灵名不符实。
别了!别了!你的哀歌渐渐消失,
越过近旁的草地,蹚过静止的河流,
翻过山丘;如今深埋在
另一个山谷间:
难道是幻象?抑或是清醒的梦境?
乐声飞逝了——我醒了,还是睡了?

---

① 路得(Ruth)是《旧约·路得记》中丧夫后拾取麦穗养活婆婆的孝女。

忧 郁 颂①

（王清卓　译）

1.

不，不，不要去那忘川，不要扭拧附子草②
紧扎土中的根茎，把它的毒液作酒；
也不要自讨被冥后红宝石色的葡萄——
龙葵——吻上你苍白前额的苦头；
不要用紫杉的果③制作你的玫瑰念珠④，
也不要让圣甲虫⑤抑或死头蛾⑥化作
你悲哀的灵魂，别与多绒的猫头鹰
作伴，把忧伤的隐秘对它披露；
因相互重叠的忧影将太过浑噩，
灵魂的苦楚将沉溺，永不清醒。

2.

但当一阵忧郁的情绪倏然而至，
有如从天而来的啜泣的云翳，

---

① 本诗作于 1819 年。
② 附子草和第四行中的龙葵都是有毒的植物。
③ 死亡的象征。
④ 天主教徒念经时用的法器。
⑤ 被古埃及人视作重生的象征，常被置于坟墓中。
⑥ 旧时认为将死之人的口中会飞出蝴蝶或飞蛾——即其灵魂。此处也可能指死头蛾，因其背部有酷似骷髅头的图案而得名。

滋养着垂头丧气的鲜花枝枝，
将青山藏入四月的云雾罩衣；
你应把哀愁倾注入清晨的玫瑰，
或者起伏的海波上面的彩虹，
又或是团团簇簇锦绣的牡丹；
或者，如若你的恋人对你发威，
就抓住她柔嫩的手，随她乱语声声，
并深深啜饮她无伦的盈盈双眼。

3.
她①与美同在——那必将消逝的美；
还有欢乐，他的手总放到双唇上
准备道别；还有痛苦的愉悦在周围，
只要蜜蜂啜上一口，它就变成毒浆：
啊，就在那快乐所驻的殿堂里
影影绰绰的忧郁有她至上的神龛，
尽管只有能够咬破欢乐的酸果，
有着敏感味觉的人才可以看见；
他的灵魂一尝及她忧伤的魄力，
便在云雾中，悬作了她众多战利品中的一个。②

---

① 指"忧郁"。
② 古希腊和罗马文化中有将战利品悬挂于神殿的做法。

思考题

1. 结合《初读查普曼译荷马》《明亮的星》《当我担忧也许来不及……》,谈谈济慈对十四行诗(商籁体)这一诗体的运用与革新。
2. 济慈在《夜莺颂》《忧郁颂》中体现出对"美"和"死亡"怎样的态度?
3. 《无情的美人》中,济慈如何化用中世纪文学主题和诗歌形式,又如何为之注入新的创造力?
4. 济慈在1817年12月的一封书信中提出了"消极感受力"(negative capability)的重要概念:"我立刻想到是何种品质塑造一个人的成就,尤其是文学成就,莎士比亚就颇具这种品质——我说的是'消极感受力',也就是说,一个人能够安于不确定性、神秘性与怀疑之中,而非令人心烦地追究事实和理由。……在伟大的诗人身上,'美感'凌驾于其他一切考虑之上,或者说美感湮灭了其他一切考虑。"结合你读到的济慈的诗,谈谈对"消极感受力"的理解。

《忧郁 I》(Melencolia I),阿尔布莱希特·丢勒绘

图书在版编目(CIP)数据

欧洲浪漫主义文学导读/姜林静,陈杰,包慧怡编著. —上海:复旦大学出版社,2021.9
ISBN 978-7-309-15586-0

Ⅰ.①欧… Ⅱ.①姜…②陈…③包… Ⅲ.①浪漫主义-文学研究-欧洲 Ⅳ.①I500.9

中国版本图书馆 CIP 数据核字(2021)第 058458 号

欧洲浪漫主义文学导读
姜林静 陈 杰 包慧怡 编著
责任编辑/谢露茜

复旦大学出版社有限公司出版发行
上海市国权路 579 号 邮编:200433
网址:fupnet@fudanpress.com　http://www.fudanpress.com
门市零售:86-21-65102580　团体订购:86-21-65104505
出版部电话:86-21-65642845
上海四维数字图文有限公司

开本 787×960　1/16　印张 24.75　字数 366 千
2021 年 9 月第 1 版第 1 次印刷

ISBN 978-7-309-15586-0/I · 1268
定价:58.00 元

如有印装质量问题,请向复旦大学出版社有限公司出版部调换。
版权所有　侵权必究